W0076521

Das Buch

Aus unwiderstehlichen Reizen, spontanen Begegnungen und einer Prise Sünde mixt Bestsellerautorin Lonnie Barbach einen neuen heißen Lesecocktail, in dem es nur um das eine geht: um Verführung, jenen seltsamen Augenblick zwischen Fantasie und Erfüllung, in dem nichts sicher, aber alles möglich ist. Zwanzig sinnliche Geschichten entfachen die prickelndsten Momente der Erotik, voller Spannung, Lust und Risiko. Aus sehr unterschiedlichen Blickwinkeln loten die Autorinnen und Autoren die schillernden Seiten der Verführung aus, den gewissen Kick im Spiel von Kitzel und Widerstand, der entsteht, wenn eine Person alles auf die Karte ihrer erotischen Überzeugungskraft setzt.

Die Herausgeberin

Dr. Lonnie Barbach, Autorin von Welterfolgen wie *Der einzige Weg, Oliven zu essen, Welche Farbe hat die Lust* und zuletzt der Erotika-Kollektion *Wildkirschen*, ist als Psychologin in privater Praxis und an der University of California Medical School in San Francisco tätig. Sie lebt mit ihrer Familie in Mill Valley, Kalifornien.

In unserem Hause ist von Lonnie Barbach bereits erschienen:
Die dritte Weiblichkeit
Der einzige Weg, Oliven zu essen
For yourself
50 Wege zu neuer Lust?
Wildkirschen
Fühlst du mich
Welche Farbe hat die Lust

Lonnie Barbach (Hrsg.)

Purpur deiner Haut

Erotische Erzählungen

Aus dem Amerikanischen von
Regina Conradt und Ursula Wulfekamp

Ullstein

Ullstein Taschenbuchverlag
Der Ullstein Taschenbuchverlag ist ein Unternehmen der
Econ Ullstein List Verlag GmbH & Co. KG, München
2. Auflage 2002
© 2000 für die deutsche Ausgabe by
Econ Ullstein List Verlag GmbH & Co. KG, München/Ullstein Verlag
Copyright © 1999 by Lonnie Barbach
Titel der amerikanischen Originalausgabe: *Seductions*
(Dutton, Penguin Group, Penguin Putnam Inc., New York)
Übersetzung: Regina Conradt und Ursula Wulfekamp
Umschlagkonzept: Lohmüller Werbeagentur GmbH & Co. KG, Berlin
Umschlaggestaltung: DYADEsign, Düsseldorf
Titelabbildung: Image Bank
Gesetzt aus der Aldus
Satz: Franzis print & media GmbH, München
Druck und Bindearbeiten: Elsnerdruck, Berlin
Printed in Germany
ISBN 3-548-25155-2

Für David Geisinger, den ich liebe und schätze.
Bedauerlich ist nur, dass er mich nicht schon
vor vielen Jahren verführt hat…

Inhalt

Einführung

Wenn ich mir die erotischsten Momente sexueller Begegnungen vergegenwärtige, dann fallen mir vor allem außergewöhnliche und unvorhergesehene Zusammentreffen ein: die Tänze der Verführung. Sexuelle Erlebnisse bleiben einem meist dann am lebhaftesten in Erinnerung, wenn besondere Ereignisse den Akt der körperlichen Vereinigung herbeigeführt haben: eine Einladung zu einem provokanten sinnlichen Spiel; eine Erwartungssituation, die einem vergnüglichen und genüsslichen Ereignis vorangegangen ist. Deswegen habe ich hier eine Reihe von Geschichten zusammengestellt, die sich besonders auf diese Anfangsphase beziehen: Storys, in denen die Bühne vorbereitet wird, auf der die sexuellen Begegnungen stattfinden sollen.

Die Verführung ist der Zündstoff für die Romanze. Sie facht das Feuer der sexuellen Begierde an und steuert deren Intensität. Unglücklicherweise geht die Kunst der Verführung in vielen langjährigen monogamen Beziehungen total verloren, obwohl sie doch eigentlich ein wichtiger Bestandteil sein sollte. Das ist ein tragischer Verlust, denn er beraubt die Beziehung all ihrer erotischen Lebendigkeit und Leidenschaft. Die Verbindung wird langweilig und eintönig. Der Alltag schleicht sich ein, und die Zuneigung schwindet.

»Verführen« heißt nichts anderes, als jemanden »von etwas wegführen«. Jede Verführung bedeutet die Überwindung psychologischer oder emotionaler Widerstände. Diese Widerstände können manchmal ganz simpel aus Desinteresse oder Alltagsroutine entstanden sein, oder sie sind komplexer, wenn beispielsweise jemand in besonderen romantischen Vorstellungen vom Partner gefangen ist. Auf jeden Fall beginnt immer eine Person, um eine andere zu werben und damit deren Aufmerksamkeit von Dingen abzulenken, die momentan für sie im Mittelpunkt stehen, und sie auf einen neuen Aspekt hinzulenken.

Doch eine Verführung ist letztlich immer eine gemeinsame Angelegenheit. Schließlich müssen beide Partner bereit sein, das sich entwickelnde erotische Spiel mitzumachen. Natürlich kann jederzeit eine der Personen das Spiel abbrechen und aussteigen – der zu Verführende kann die Annäherungsversuche des Verführers zurückweisen und damit die Interaktion beenden.

Gewalt und Nötigung sind das genaue Gegenteil von Verführung. Statt umworben und verlockt zu werden, wird der andere unter Druck gesetzt und in seiner Freiheit eingeschränkt. Die Vergewaltigung, die ein Mann begeht, ist der extremste Auswuchs davon. Das hat mit Verführung nichts zu tun, denn Verführung ist dazu da, Menschen zu öffnen, die sich verschlossen haben. Sie ist wie eine Einladung an den anderen, empfindsamer zu sein und dadurch auch eher bereit zu größerer Nähe und Intimität.

Verführungsversuche gibt es überall in der Natur und bei allen Tierarten. Ohne solche Lockspiele würde es kaum Paarungen geben, und die Arten würden aussterben. Verführung ist ein Prozess, in dem die sexuelle Bereitschaft einem potenziellen Partner gegenüber stimuliert werden soll und sich somit die Wahrscheinlichkeit vergrößert, dass ein Individuum seine Gene dem allgemeinen Genpool zur Verfügung stellt. Durch die natürliche Selektion werden diejenigen bevorzugt, die die Kunst der Verführung am besten beherrschen.

Jede Tierart hat ihre eigenen Verführungsrituale, wobei ein einzelner oder alle Sinne zusammen als Pforte für das sexuelle Vorspiel nutzbar sind, wenn diese angemessen stimuliert werden. Einige Tiere benützen für die Verführung visuelle Lockmittel, um sich attraktiv zu machen: Der Pfau schlägt ein Rad und spreizt sein Gefieder, um damit die Aufmerksamkeit seiner zukünftigen Partnerin auf sich zu lenken; bei verschiedenen Fischarten geht es darum, dass sich das Männchen möglichst farbenfreudig präsentiert und so die Wahrscheinlichkeit wächst, dass es von dem Weibchen als Vater ihrer Brut ausgewählt wird.

In der Tierwelt sind Töne die wichtigsten Aphrodisiaka. Das männliche Stachelschwein produziert ein ganz bestimmtes durchdringendes Quieken, um eine Partnerin anzulocken. Der Elefantenbulle stößt einen einzigartigen Trompetenlaut aus. Alligatorenmännchen bellen, und selbst manche Fische schnurren, um anzuzeigen, dass sie auf Brautschau sind. Frösche und Kröten haben spezielle Quaktöne, die sie nur zur Paarungszeit von sich geben.

Natürlich gehören auch Gerüche zu den überall in der Tierwelt vorkommenden Taktiken, um Partner anzulocken. Tiere mit bestimmten Fruchtbarkeitszyklen, wie Hunde und Katzen, unternehmen Begattungsversuche nur, wenn der Geruch des weiblichen Urins oder der Vulva dem männlichen Tier diese fruchtbare Phase signalisiert.

Wir Menschen aber sind potenziell jederzeit für Sex zu haben. Bei uns hat der Geschlechtsverkehr kaum mehr biologische und evolutionsmäßige Absichten im Sinne der Fortpflanzung, sondern geschieht aus ganz anderen Motiven. Tatsächlich hat nur ein geringer Prozentsatz der sexuellen Begegnungen den Zweck, Babys zu zeugen. Die Menschen machen Sex, um Liebe auszudrücken, Zuneigung zu beweisen und Intimität herzustellen. Er trägt dazu bei, tiefere seelische Verbindungen zwischen den Partnern aufzubauen. Außerdem entsteht aus der Sexualität heraus eine intensive körperliche und emotionale Lust, die in einer tiefen, befriedigenden Entspannung kulminiert.

Weil die »Belohnung« also groß ist, haben die menschlichen Wesen besonderes Interesse an Flirts und legen viel Wert auf den Akt der Verführung. Sie ist dazu da, alle Sinne zu schärfen. Die Dajaks in Borneo und die Maoris in Neuseeland schmücken ihre Körper mit komplizierten Tattoos. Die Papuas auf Neuguinea malen sich die Gesichter und Körper mit leuchtenden Farben an, um mit ihnen deutlich sichtbare Locksignale auszusenden. Wir, die wir in den mehr industrialisierten Ländern leben, drücken unsere Werbungsversuche wohl eher durch unsere Kleidung aus. Frauen tragen Modeschmuck und benutzen Make-up, um damit ihre Vorzüge zu unterstreichen und so gut als möglich zur Geltung zu bringen.

Töne und Klänge wurden schon im Altertum als aphrodisierende Mittel angewandt. Poeten haben ihre Angebeteten mit Versen angehimmelt, Troubadoure mit musikalischen Ständchen. Der Apache spielt die Flöte, in anderen Stämmen greifen die jungen Männer zur Gitarre oder zur Harmonika, um den jungen Mädchen zu gefallen. Und alle nutzen wir die Konversation – Worte der Liebe und der Lust –, jene ganz intime Kommunikation voller Anspielungen, die zwischen zwei Liebenden stattfindet, während sie miteinander reden – sei es beim Essen oder unter der Bettdecke spät in der Nacht.

Geruchs- und Geschmackssinn dienen ebenfalls dazu, Anziehungskräfte und Begehren zu mobilisieren. Mit Parfüm- und Eau-de-Cologne-Düften versuchen wir, Aufmerksamkeit zu erregen; in einigen Kulturen tupfen sich Frauen sogar Vaginalflüssigkeit hinters Ohr, um damit potenzielle Partner anzulocken. Für einige Menschen sind die so genannten Pheromone – die natürlichen Körpergerüche des Partners – die verführerischsten Signale. Manchmal ist es auch der Geschmack der Haut eines anderen, dem wir erliegen, oder die Süße seiner Küsse.

Auch die Berührung sollte nicht außer Acht gelassen werden: Wir reagieren manchmal auf die Wärme und Struktur der Haut eines möglichen Lovers, wenn wir an bestimmten Stellen damit in Berührung kommen. Händchenhalten, Streicheln des Gesichts – jede solche Berührung kann dem Akt des Verführens neue Dimensionen und Steigerungen hinzufügen.

Bei den Menschen sind die romantischen Begegnungen

bedeutsamer und vielfältiger als bei anderen Spezies. Nur wir nutzen Fantasievorstellungen als wichtige Muster der verführerischen Annäherung. Wir allein haben die Fähigkeit, die Verführung zu einer Kunstform zu perfektionieren, obwohl auch wir ins Tierreich gehören und auch unsere Gehirne darauf programmiert sind, auf jemanden, den wir anziehend finden, in einer physiologischen Reaktionskette zu antworten, die die Lustgefühle auf beiden Seiten – dem Verführer und dem Verführten – steigern soll. Wenn uns jemand erregt, reagiert unser Körper automatisch mit dem Ausstoß von Phenylethylamin, einem natürlichen Stoff, der das Nervensystem stimuliert und eine Art Euphorie hervorruft, und das erhöht unsere Energie und macht uns optimistisch. Das Herz schlägt wie wild, wir fühlen uns angeturnt, verlieben uns vielleicht auf der Stelle – zumindest aber wird die Lust angefacht. Es kann sein, dass uns in solchen Augenblicken ein heftiges Gefühl von Überschwang und Power überfällt. Mit ein bisschen Kreativität und Vorsicht kann eine kunstvolle Verführungsszenerie selbst in Langzeitbeziehungen die Ausschüttung des Phenylethylamins bewirken. Unsere Fähigkeit, solche lustvollen Erfahrungen zu erleben, können wir immer wieder spüren, sie bleibt uns das ganze Leben lang erhalten.

Die Kunst der Verführung kann verschiedenen Zwecken dienen. Sie erhöht die Chancen der Fortpflanzung und dient dem Erhalt der Artenvielfalt. Sie kann zum psychischen Wohlbefinden beitragen und das Selbstbewusstsein steigern – erfolgreiche Verführer fühlen sich stark und bedeutend; diejenigen, die verführt werden sollen, fühlen sich begehrenswert und wichtig genommen. Die Verführung ist das Tor zur Leidenschaft, sie fördert das romantische Interesse und die Kreativität und facht auf diese Weise den Appetit auf Sex an. Dadurch wird wiederum die Wahrscheinlichkeit vergrößert, dass der Sexualakt aufregend, erfüllt und lustvoll wird. Und da wirkliche Nähe zwischen zwei Partnern nur dann zu Stande kommt, wenn wir uns öffnen und verletzlich werden, aber uns dennoch sicher fühlen, kann Verführung schlussendlich – weil sie ja eine zwanglose Einladung zum Geschlechtsverkehr ist – gerade in länger bestehenden Beziehungen das Gefühl der Sicherheit in der Verbindung stärken.

Um im Bereich des romantischen und sexuellen Wettbewerbs erfolgreich aufzutreten und die Lust voll genießen zu können, die unsere Körper zu erleben in der Lage sind, müssen wir uns in der speziellen Kunst der Verführung üben.

Wie in allen komplexen Kunstformen lernen wir auch im Bereich der Verführung meist durch Beobachtung, Experimentieren und vielleicht auch auf Grund unserer erblichen Veranlagung. Wir sammeln Anregungen aus Kinofilmen, aus Büchern oder aus vertraulichen Geständnissen von Freunden und aus Techniken, die frühere Lover angewandt haben. Wir probieren sie aus, perfektionieren sie und machen sie uns zu Eigen. Aber unsere eigene Persönlichkeit, unser individueller Geschmack, unsere Stärken und Schwächen, unsere individuellen Neigungen prägen das ganz persönliche Muster dafür, wie wir jemanden verführen – und auch für die Art und Weise, wie wir auf die Verführung durch andere reagieren.

Einige Aspekte dessen, was als Verführung bezeichnet wird – beispielsweise Sprüche wie »Ich liebe dich« oder »Du siehst heut einfach klasse aus« –, sind so üblich und so beliebig, dass sie im Alltagsleben einer Beziehung schon fast zur kaum mehr spürbaren Routine verkommen. Andere Verführungen können so einzigartig und beredt sein, dass sie für immer unvergesslich bleiben. Es gibt Verführungen, die sich im Kontext einer Beziehung von allein ergeben, aber es gibt auch andere, die durch die jeweiligen Umstände und Umgebungen entstehen. Manchmal ist eine Verführung wie ein ständiger Austausch zwischen zwei Partnern, der erst lebendig wird, wenn er stattfindet, während sie zu anderen Zeiten aus den Bedürfnissen einer der beiden Personen entsteht, weil sie das Gefühl hat, sie müsse die Hindernisse beseitigen, die ihre Zweierbeziehung so distanziert werden lässt. Fatalerweise gibt es auch eine Art destruktiver Verführung, deren Beweggrund keineswegs der Wunsch nach Zuneigung und Gemeinsamkeit ist, sie beabsichtigt vielmehr, zu untergraben, zu verletzen, zu übervorteilen und Rache zu üben.

Die Geschichten in diesem Buch illustrieren die vielfältigen Formen der Verführung, vom spontanen, launigen Spiel bis zum in alle Einzelheiten geplanten Akt. Einige sind humorvoll, andere traurig oder ernst; einige herzlich und liebevoll, andere dunkel und bedrohlich. Aber alle sind in ihrer Essenz voller Erotik, und jede Begegnung in diesen Storys erzählt etwas Erstaunliches oder Wichtiges über die Kunst der Verführung. Unübliche Situationen wirken verlockend und bieten neue Möglichkeiten für Abenteuer und Spaß, die es zu erforschen gilt. Ich hoffe, sie regen Ihre Fantasie an und bringen neue Nuancen in Ihre Liebesbeziehung.

Viel Spaß beim Lesen ... und lassen Sie sich einfach verführen.

ERSTER TEIL
DER TANZ DER VERFÜHRUNG

Eine gut gemachte Verführung ist ein listiger Tanz. Wie bei vielen anderen Tänzen hängt der wunschgemäße Verlauf auch bei diesem Paartanz weitgehend von demjenigen ab, der die Führung übernimmt. Je besser sie oder er die Kunst des Führens beherrscht, desto außergewöhnlicher wird die Veranstaltung. Genau wie das Tanzen ist auch die Verführung eine höchst intime Form von Kommunikation. Die spezifische Wechselwirkung bestimmt den Erfolg; sie ist ein Spiel, in dem beide Spieler für sich die Entscheidung zu treffen haben, ob sie miteinander tanzen wollen. Die zielgerichtete Verführung funktioniert nur, wenn einer oder eine führt und die oder der andere bereit ist zu folgen. Wenn daraus Sex und Liebe entstehen sollen, muss der Verführer die Kraft haben, zu beeinflussen, zu manipulieren, zu kontrollieren, zu begeistern, zu verlocken und auf diese Weise den Widerstand des Partners zu besiegen. Was diesen Tanz einzig und allein in Bewegung hält, ist die Frage: Lässt er/sie sich verführen oder nicht? Bis zu dem Augenblick, in dem sich der Mitspieler entschieden hat, verführt werden zu wollen, herrscht Ungewissheit. Die Frage, ob der Widerstand überwunden werden kann, wird quasi zum erotischen Funken, der überspringen muss. Deshalb kommt es darauf an, in welcher Weise die erotische Spannung aufrechterhalten wird, und die Frage, die sich jetzt stellt, heißt: Klappt es für beide, oder klappt es nicht?

Power, Charisma und sexuelles Selbstbewusstsein sind enorm wichtige Merkmale der persönlichen Attraktivität, die ein sich anbietender Partner ausstrahlen muss. Es gibt nichts, was verführerischer wirkt, als wenn jemand seiner selbst ganz sicher ist und sein unverhohlenes Interesse und Begehren dem Objekt seiner Begierde offenbart. Dieses Selbstbewusstsein, kombiniert mit einem ungewissen Ausgang, führt mit zweifelsfreier Sicherheit dazu, dass sich die erotische Anziehungskraft und Intensität vergrößern.

In Edward Buskirks Erzählung »Die andere Frau« ist James, ein langjährig verheirateter, monogamer Mann, fasziniert von der Vorstellung, die beste Freundin seiner Frau zu verführen. Buskirk hat eine angenehm humorvolle und überraschende, leicht mokante erotische Rätselgeschichte geschrieben, in der Brenda, die Ehefrau, hinter der Bühne wie eine perfekte Puppenspielerin die Fäden in der Hand behält. »Wenn eine Frau selbstbewusst ist, wirkt sie weitaus sexyer als alle anderen«, sagt Buskirk. »Brenda lässt sich durch die erotischen Tagträume ihres Mannes, sich von einer anderen Frau verführen zu lassen, nicht entmutigen. Sie ist sich ihrer Sexualität und ihrer ehelichen Beziehung sicher genug, um Spaß zu haben an seinen Fantasievorstellungen.« James hält seine Gefühle unter Kontrolle, so dass es nicht so sehr darum geht, ob er es schaffen wird oder nicht, sondern vielmehr darum, was überhaupt passieren könnte. Und damit sind drei Personen in das Netz der Verführungskünste eingesponnen.

Die Erotik kann durch die zweckgerichtete Verführung verstärkt werden, wenn sich der Vorgang über längere Zeit hinzieht. Sich in die Augen zu schauen und dann sofort miteinander ins Bett zu hüpfen ist natürlich auch eine Art der sexuellen Begegnung, die sogar von einzigartiger Intensität und explodierenden Lustgefühlen begleitet sein kann. Doch wenn sich die Sache hinzieht, wenn eine gewisse Langsamkeit und ein Gefühl von Genuss im Spiel sind, dann kann sich die erotische Spannung dramatisch steigern. In langsamerer Gangart konzentrieren wir uns stärker auf den Moment des Ereignisses. Die Erwartung wird gesteigert und mit ihr die sexuelle Vorahnung.

In »Feuerzeichen« erzählt Tee A. Corinne eine besondere Lesbengeschichte, in der ein elektrisierendes erstes Zusammentreffen den Ton für eine besonders kreative Verführung angibt, die schon in sich zu einer Kunstform wird. »Verführung ist wirklich wie tanzen«, erklärt Corinne, »die eine Person sagt: Ich möchte tanzen, und die andere sagt: Zeig mir, wie es geht. Meine Hauptperson verhält sich zwar nicht ablehnend, aber sie ist auch nicht gleich zur Hingabe bereit. Dadurch entsteht eine Pause, die ihre Erregung steigert. Nachdem die erotische Spannung erst mal entstanden ist, hat sie Zeit, sich darauf einzulassen.«

Eine andere Art, die erotische Spannung aufrechtzuhalten, ist der Aufbau von Hindernissen, die überwunden werden müssen. Jede Hürde verschärft die Frage: Klappt es, oder klappt es nicht? Jede Verzögerung stellt die Frage nach der potenziellen Absicht des Verführers. Das Ziel wird immer verlockender. Je mehr Hindernisse zu überwinden sind, desto größer ist das Begehren.

Doraine Poretz' Story »Wie im Kino« strotzt nur so von Hindernissen. Zunächst ist die Vereinigung unmöglich, weil Beauregard Thomas Darcy III. – der große Schwarm der Protagonistin – kein Jude ist. Obwohl beide andere Ehen eingegangen sind, wird Beaus Liebe nie erlöschen. »Was für eine Verführung am allerwichtigsten ist, ist das leidenschaftliche Engagement«, meint Poretz, »aber das muss sehr subtil gezeigt werden. Nichts, das leicht zu haben ist und offen angeboten wird, kann wirklich verführen. Beau bleibt beständig, gibt nie auf, trotz aller Widerstände. Und wenn Clare und er dann irgendwann tatsächlich die Gelegenheit haben, sich zu lieben, haben sich durch die jahrelange Abstinenz die sexuelle Spannung und die Fantasie so gesteigert, dass es für beide das große einmalige Vergnügen wird.«

Manchmal wirkt der Tanz der Verführung so gekonnt, dass schwer zu entscheiden ist, wer der Verführer und wer der Verführte dabei ist. In einer Studie über das Paarungsverhalten von Ratten haben zunächst männliche Forscher die Art und Weise analysiert, wie sich die Weibchen gegenüber dem »Anbaggern« der Männchen verhielten. Dann kamen Forscherinnen ins Team, die aus ihrer weiblichen Sicht ganz andere Voraussetzungen beobachteten und in ihren Studien feststellten, dass die Verführung gar nicht von den Rattenmännchen ausging. Sie merkten, dass in Wirklichkeit erst durch das Verhalten der Rattenweibchen der männliche Verführungstanz initiiert wurde. Die Verführungshaltung des Männchens war eine Reaktion, die vom weiblichen Tier ausgelöst wurde. Das Weibchen übernahm demnach die Führung, das Männchen folgte ihr. In komplexen Verführungsmustern können die Rollen des Verführers und der Verführten undurchschaubar werden, weil einer auf des anderen Reaktionen reagiert. Hannah Katz schildert diese Sorte von Verführung in »Doppelklick«: Realität und Fantasie sind hier untrennbar miteinander verwoben. In dieser leicht surrealen Story schleicht sich die Verführung richtiggehend zur Hintertür herein. »Sie war von ihm angeturnt«, erklärt Katz, »und er erwiderte die Zuneigung. Trotzdem hat er sich nicht an sie herangemacht. Er hielt die Karten fest in der Hand und wartete ab, bis sie den ersten Zug machte. Die Frage ist, wer in diesem Fall die Fäden gezogen hat: Ist sie, die ihn dazu bringt, seine Lippen den ihren zu nähern, die Initiatorin, oder er, der darauf wartet?«

Im Tanz der Verführung spielt es eine wichtige Rolle, auf welche Weise man sich ergibt. Tatsächlich ist das Nachgeben der Punkt, der im Endeffekt dazu führt, dass die Verführung stattfindet. Die Art des Nachgebens bestimmt, ob die volle Intensität der totalen Unterwerfung spürbar wird. Überwältigt zu werden gibt dem Verführten das schöne, befreiende Gefühl, total ausgeliefert zu sein. Man ist für die nachfolgenden sexuellen Handlungen nicht verantwortlich zu machen. Auf diese Weise lassen sich die immer noch von gesellschaftlichen Zwängen auferlegten Schuldgefühle wunderbar überwinden. Kapitulation erlaubt uns das schuldlose Schwelgen im Hedonismus sexueller Erlebnisse.

Für Phoenix McFarland nimmt diese Kapitulation eine bestimmte Form der rein körperlichen Befriedigung an. In »Die letzte Verführung« zeigt uns McFarland, dass man weder jung noch sexy sein muss, um große sexuelle Erlebnisse zu haben. Emma, die schon jahrelang an den lebenserhaltenden Schläuchen der Intensivstation hängt, wacht noch einmal auf und erlebt den ultimativen Höhepunkt. »Jemand tritt mit Emma sexuell in Kontakt«, sagt McFarland, »und sie ist schon weit jenseits irgendwelcher Verantwortung oder Erwartung. Sie muss überhaupt nichts mehr erreichen. Sie muss ihn weder anmachen noch jung und schön aussehen, sondern kann einfach sie selbst sein. Sie kann sich entspannen und alles loslassen. Es geht um nichts als um ihr Vergnügen; alles andere zählt nicht mehr.«

Ob der Tanz der Verführung dem Muster Anführer und Mitspieler folgt, oder ob er aus einem komplizierten Arrangement von wechselndem Rollenspiel entsteht – zentrales Thema in diesen Geschichten ist immer die Dynamik von Macht und Unterwerfung.

DIE ANDERE FRAU
Edward Buskirk

»Könntest du dir vorstellen, mit einer Frau zusammenzusein, Brenda?« Der etwa dreißigjährige Mann, der den dunkelgrünen Minivan fuhr, stellte seiner Frau diese Frage ganz sachlich und blickte dabei gerade so weit zu ihr rüber, dass er aus den Augenwinkeln ihre Reaktion beobachten konnte, dabei aber den fließenden Verkehr auf der nach Norden führenden Autobahn im Auge behielt. An diesem leicht dunstigen, schwülen Julinachmittag schien halb Chicago – genau wie sie auch – der Stadt entrinnen zu wollen. »Sexuell, meine ich.«

Offenbar brauchte die attraktive dunkelhaarige Frau ein paar Augenblicke, bevor ihr klar wurde, was ihr Mann da gefragt hatte.

Als sie verstand, was er meinte, wandte sie ihm ihr Gesicht zu und ließ die Liste sinken, die sie durchgegangen war, seit sie aus der Ausfahrt ihres Vorortquartiers in die Straße eingebogen waren. Sicher hätten sie wieder irgendetwas Wichtiges vergessen, hatte sie ein paar Minuten zuvor bemerkt. Es wären einfach keine richtigen Ferien, wenn sie nicht wenigstens eine absolut wesentliche Kleinigkeit zu Hause gelassen hätten. »Was hast du gerade gesagt, James?« Sie kniff die Augen zusammen.

Er lachte und war sichtlich ein wenig verwirrt. »Ich habe gedacht, du hättest zugehört«, sagte er und deutete auf das Radio. »Da war gerade ein Anruf für Dr. Ruth oder Laura oder so, und die Frage wurde gestellt, ob es für eine verheiratete Frau normal sei, wenn in ihren sexuellen Wunschvorstellungen auch Frauen eine Rolle spielten.«

Brenda verdrehte die Augen. »Und du hast darüber nachgedacht, ob auch ich jemals derartige Fantasien in Bezug auf andere Frauen gehabt hätte?«

Er grinste leicht dümmlich. »Nur so aus allgemeiner Neugier.«

Sie hob den Kopf: »Hast du dabei an jemand Spezielles gedacht, James?«

»Nein, nicht wirklich.«

»Bist du dir da ganz sicher? Vielleicht so jemand wie – na ja, ich weiß nicht, aber sagen wir mal – wie Linda?«

Linda war Brendas Zimmergenossin im College gewesen und ist schon jahrelang ihre beste Freundin. Jetzt gerade hat sie Brenda eingeladen, ein paar Tage in ihrem Ferienhaus an einem See im Norden von Wisconsin zu verbringen. Und sie sollte ruhig auch ihren geliebten Ehemann mitbringen.

James und Brenda schaffen es meist nicht, gemeinsam für ein paar Tage wegzufahren, aber zurzeit haben sie beide beruflich so eine Art Sommerloch, und die Kinder sind mit Brendas Schwester beim Camping. Brenda hat Linda schon wer weiß wie lange nicht mehr gesehen. Und die Gelegenheit ist günstig wie selten. James hat beschlossen, sie zu begleiten, zumindest auf der Fahrt dorthin.

»Na gut«, sagt James jetzt achselzuckend, »ist ja egal. Nehmen wir Linda einfach mal als Beispiel. Hast du ihr gegenüber jemals derartige Regungen gehabt?«

Brenda atmet tief ein. »Nein, Liebster, hab ich nicht. Ich gebe ja zu, Linda ist sehr attraktiv, aber leider ist sie nicht mein Typ. Ihr fehlt jenes entscheidende kleine Zipfelchen an Ausstattung, mit dem ich mich im Lauf der Zeit doch sehr angefreundet habe.« Sie wendet sich wieder ihrer Liste zu. »Trotzdem, James, ich weiß dein Angebot zu schätzen.«

»Was soll denn das nun wieder heißen?«

»Ich weiß doch, was in deinem Kopf vorgeht.« Brenda lächelt vor sich hin. »Vielleicht hast du es ja nicht bemerkt, weil ich so beschäftigt schien und dem Radio nicht wirklich meine Aufmerksamkeit zugewandt hatte, aber ich hab doch genug davon mitbekommen, um zu wissen, dass da gerade niemand diese Frage gestellt hat, die dich so interessiert. Du hast sie dir einfach ausgedacht, stimmt's?«

»Wie kommst du denn darauf!?« James' Gesichtsausdruck zeigt eine Mischung aus Ärger und Verletztheit.

»Jetzt reg dich nicht auf«, sagt Brenda, »glaubst du wirklich, mir könnte verborgen geblieben sein, welch gewaltigen Eindruck Linda bei dir hinterlassen hat! Bei keiner meiner sonstigen Freundinnen hast du je Lust gezeigt, sie mit mir zu besuchen, auch wenn sie um die nächste Ecke wohnte. Aber Linda ruft aus dreihundert Kilometer Entfernung an, und du fängst sofort an zu jiepern wie ein Hundejunges. Schon die ganze Woche über hast du nur noch an sie gedacht. Ich hab in deinen Augen gleich, nachdem sie angerufen hatte, diesen abwesenden Blick bemerkt. Es hat nicht viel gefehlt, und du hättest heute Nacht, als wir uns geliebt haben, ihren Namen geflüstert.«

»Das ist doch … lachhaft«, behauptet James und hofft sehr, dass sein Gesicht nicht annähernd so rot angelaufen ist, wie es sich anfühlt. »Ich habe keinerlei Interesse an Linda, außer als Freundin. Außerdem ging es um die Frage, ob du diesbezüglich irgendwelche sexuellen Fantasien hättest, und nicht darum, was ich habe. Nebenbei gesagt, habe ich keine.«

»Lügner«, sagt Brenda nur. »Ich hab die Frage schon richtig verstanden, denn ich kenne dich gut genug, um zu wissen, was du meinst. Irgendwo ganz hinten drin in deinem schmutzigen kleinen Hinterkopf hast du schon immer die Vorstellung gehabt, nur weil Linda und ich in der Collegezeit zusammen in einem Zimmer gewohnt haben, könnten wir vielleicht auch etwas miteinander gehabt haben. Das ist doch schließlich genau das, was mindestens in der Hälfte dieser fingierten Leserbriefe in den Magazinen zu lesen ist, die du unter den Fachzeitschriften in deinem Arbeitszimmer versteckst. Schlüpfrige Geschichten über geile Zimmerkolleginnen, die ihre heißen kleinen Händchen einfach nicht im Zaum halten können und übereinander herfallen!«

»Keine Ahnung, welche Magazine du meinst«, entgegnet James und versucht, kein zu verblüfftes Gesicht zu machen. »Offenbar verwechselst du mich mit irgendeinem anderen Ehemann!« Wie zum Teufel hatte sie die Hefte entdeckt?

»Ich glaub schon, dass ich den richtigen Ehemann erwischt habe«, grinst Brenda,« nämlich den, der hofft, falls Linda und ich in unserer Studentenzeit mal zusammen getrieben haben, was die Mädchen in deinen Magazinen so tun, dann könnte es dir vielleicht gelingen, uns wieder zusammen ins Bett zu kriegen. Und das Beste daran wäre, dass eventuell auf dem Laken zwischen uns auch noch ein Plätzchen für dich frei wäre. Natürlich mehr in Richtung auf Linda, die dir schon, seit du sie zum ersten Mal gesehen hast, als höchst erstrebenswerte Errungenschaft vor Augen schwebt. Keine schlechte Idee, über so eine angeblich im Radio gestellte Frage herauszufinden, ob ich vielleicht an deinen kleinen Fantasieszenarien Geschmack finden könnte.« Brenda lächelte. »Na, liege ich richtig damit?«

»Auch wenn du wolltest, könntest du gar nicht mehr daneben liegen«, erwiderte James und merkte, dass er in ihren Ohren wahrscheinlich ebenso wenig überzeugend klang wie sich selbst gegenüber. Wie machte sie das bloß? Es war fast beängstigend, wie gut sie seine Gedanken lesen konnte.

Brenda lehnt sich an ihn, ihre Hand streichelt seinen Schenkel entlang. »Ich mache dir sehr ungern deine Seifenblasen kaputt, aber, mein Schatz, ich muss dir sagen: Deine Magazine erzählen Unsinn. Nicht alle Collegefreundinnen haben lesbische Neigungen. Und was Linda anbetrifft, wenn du sie verführen möchtest, dann solltest du es besser ganz allein und ohne meine Hilfe versuchen.«

Verschmitzt lächelnd wandte sich Brenda ein weiteres Mal ihrem Packzettel zu. »Das heißt, falls sie nicht zuerst versucht, dich zu verführen. Ich habe wohl bemerkt, wie sie mit dir geflirtet hat. Also, meinen Segen habt ihr! Auf meine Wenigkeit braucht ihr keine Rücksicht zu nehmen. Ich finde schon was, um mich zu beschäftigen.«

»Das kannst du dir ruhig aus dem Kopf schlagen«, knurrte James, »und falls du es in all den Jahren noch nicht bemerkt haben solltest, sei dir hiermit gesagt: Ich bin ein streng monogamer Mann. Deine Fantasien sind nicht meine.«

Brenda lacht nur. »Du kannst sagen, was du willst, mein Lieber!«

»Ich bin völlig überrascht, wohin uns diese Unterhaltung gebracht hat«, erwidert James. »Ich stelle dir eine einfache kleine Frage, die ich, im Gegensatz zu dir, sehr wohl im Radio gehört habe, und bevor ich weiß, wie mir geschieht, drehst du mir einen Strick daraus und behauptest, ich wollte dich mit deiner besten Freundin betrügen. Und das auch noch direkt unter deinen Augen! Du hast vielleicht Ideen! Damit könntest du glatt zum Fernsehen gehen und Soaps schreiben!«

»Pyjama«, sagt Brenda.

»Was?«

Brenda schaut ihn an, legt die Liste ins Handschuhfach und sagt: »Mir ist gerade eingefallen, was ich vergessen hab einzupacken – deinen Pyjama.« Sie grinst leicht hinterhältig. »Aber das macht es euch ja nur einfacher, dir und Linda, wenn da kein dämlicher Schlafanzug auszuziehen ist, nicht wahr?«

James grinst und schüttelt in übertriebener Missbilligung den Kopf: Die Dinge stehen schon ausgesprochen schlecht, wenn einem Mann auch noch die Freude an seinen kleinen harmlosen Spinnereien verdorben wird, weil seine Frau sie besser kennt als er selber und ihn wie einen dummen kleinen Jungen aussehen lässt.

»Verdirb dir nicht die Augen, Liebster!«

Brendas Flüstern lässt James heftig zusammenzucken. Er hat nichts davon mitbekommen, dass sie plötzlich hinter der Liege auf Lindas pinienbeschatteter Seeterrasse aufgetaucht ist, auf der er es sich bequem gemacht hat. Er hatte angenommen, sie sei ins Haus gegangen, um sich ihren Badeanzug anzuziehen.

Aber ehrlich gesagt, hat er im Moment kaum einen Gedanken an Brenda verschwendet. Und auch der neue Roman von John Grisham, den er auf dem Schoß hält, interessiert ihn momentan kein bisschen. Selbst der grandiose Ausblick von dem etwas erhöht liegenden Ferienhaus auf den sonnenbeschienenen See mit den kleinen glitzernden Wellen ist ihm nicht besonders aufgefallen. Seine Blicke sind einzig und allein auf den schlanken, tief gebräunten Körper ihrer Gastgeberin konzentriert, die noch immer das winzige Bikinioberteil und die Shorts trägt, in denen sie sie begrüßt hat. Spielte es sich wirklich nur in seinem Kopf ab, oder dauerte der Begrüßungskuss, den sie ihm gegeben hatte, tatsächlich dieses winzige bisschen länger, als es übliche Freundschaftsküsschen tun? Jetzt lag sie auf einem weißen Badetuch draußen auf dem Steg und wartete auf Brenda.

»Du hast sie nicht aus den Augen gelassen, seit wir angekommen sind. Es muss wohl an ihrem neuen Haarschnitt liegen«, sagt Brenda ohne den leisesten Unterton von Sarkasmus, legt ihrem Mann liebevoll den Arm um die Schultern und schmiegt sich an seinen Nacken. »Wenn ich mir die Haare so ganz, ganz kurz schneide, schaust du mich vielleicht auch mal so an, wie du sie angeschaut hast, ja?«

»Sicher nicht«, antwortet James. Zu spät fällt ihm ein, dass er etwas falsch gemacht hat. »Ich meine damit, dass mir deine Haare so gefallen, wie sie sind. Und überhaupt: Ich schaue gar nicht zu ihr hin, ich lese. Wirklich.«

»So?« Brenda legt schnell die Hand auf die aufgeschlagene Seite des Paperback. »Dann wiederhole doch mal eben den Satz, den du als letzten gelesen hast!«

James murmelt etwas Unverständliches.

»Hab ich's mir doch gedacht«, sagt Brenda und lässt ihre Hand über seinen Bauch in den Schritt seiner Khakishorts gleiten. »Nanu, was ist denn hier los? Soll ich mir vielleicht lieber ein Hotelzimmer nehmen, damit ihr beide allein seid? Ich bin nur sicher, für Linda ginge das klar. Ich habe den Kuss gesehen, den sie dir aufgedrückt hat.«

Brenda hat seinen Reißverschluss runtergezogen, ihre

Hand gleitet in die Shorts, ertastet seine Erektion. Mit der anderen Hand öffnet sie seinen Gürtel und bringt sein steifes Glied ans Tageslicht.

»Was ist denn bloß los mit dir, Bren?«, fragt James und bemüht sich, seine Blöße mit dem Paperback zu bedecken.

Brenda lächelt, während sie ihre Finger spielen lässt. »Vielleicht hättest du lieber ein anderes Buch – am besten ein Hardcover – mitbringen sollen.«

James entfährt ein kleiner Schrei, als ihr Griff fester wird. »Hast du sie nicht mehr alle? Was ist, wenn Linda jetzt hersieht!«

»Es würde dir doch nicht wirklich was ausmachen, wenn sie dich so sieht, oder?«, flüstert Brenda dicht an seinem Ohr und knabbert an seinem Ohrläppchen, während sie ihn langsam massiert, wobei ihr Fingernagel die pulsierende Ader an der Unterseite seines Gliedes nachzeichnet. »Ich nehme an, sie ist sich der Wirkung, die sie auf dich hat, voll bewusst. Irgendwie kann ich mir nicht vorstellen, dass sie diesen sparsamen Stofffetzen meinetwegen angelegt hat.«

Genau in diesem Augenblick richtet sich Linda auf und schaut in ihre Richtung. Sie hält die Hand als Schutz über ihre Augen, dann winkt sie ihnen zu. Mit der freien Hand winkt Brenda zurück, während sie mit der anderen unbeirrt mit ihrem rhythmischen Auf und Ab fortfährt. James zieht die Knie hoch, um sich abzuschirmen, und sagt voll echter Verzweiflung: »Brenda, ich bitte dich!«

Brenda scheint ihn nicht zu hören. »Ich verstehe schon, was du an ihr so attraktiv findest«, sagt sie, massiert fester und immer schneller werdend. »Es sind die Beine, die Bräune und dieser schamlos entblößte Busen. Wirklich, sehr, sehr sexy! Na ja, ich fange an, mir vorzustellen, was für ein heißes Paar ihr zwei im Bett abgeben würdet.«

»Bist du dir da ganz sicher?« James' stoßweise Atemzüge zeigen an, dass seine Frau ihn fast zum Höhepunkt gebracht hat. Immer noch versucht er, Linda die Sicht zu nehmen, aber er macht keinen Versuch mehr, Brenda von ihrer Betätigung abzuhalten.

»Nur sei du dir nicht zu sicher«, sagt Brenda und spielt mit der Zunge in James' Ohr, während ihr Daumennagel rund um die empfindliche Beschneidungsstelle kreist und ihn zum Stöhnen bringt. »Früher war ich vielleicht eifersüchtig, aber das hat sich gelegt. Es macht mich eher ein bisschen an. Ich weiß, dass du mich schon seit Jahren in deinen Sexvorstellungen mit einem anderen Mann siehst, warum darf ich mir dich nicht in meinen Fantasien mit einer anderen Frau vorstellen?«

»Einfach, weil ich dir sage, dass es nie stattfinden würde«, antwortet James und beobachtet dabei nervös, ob Linda herschaut. »Verstehst du nicht, wenn Linda und ich miteinander flirten, dann ist das nur aus Spaß. Es wird nichts weiter passieren zwischen uns beiden. Es geht mir bestens, so, wie es ist. Und wenn da auch nur der geringste Anlass wäre, zu glauben, dass etwas passieren könnte, dann würdest gerade du es längst nicht mehr so amüsant finden, wie du dir jetzt den Anschein gibst.«

»Du kannst sagen, was du willst, mein Lieber«, entgegnet Brenda, küsst seinen Nacken, streichelt seine Schenkel und seine angeschwollenen Hoden, »aber ich wette, du würdest sie für dein Leben gern mal ohne ihre Shorts sehen, oder stimmt das etwa nicht?«

Natürlich ist es genau das, was James für sein Leben gern sehen würde, aber selbst jetzt, in seinem angeschlagenen Zustand, weiß er genau, dass er alles andere tun sollte, als es zuzugeben. Er grinst nur. »Anderes ist mir wichtiger«, sagt er.

»Zunächst mal«, fährt Brenda unbeirrt fort, wie sie auch fortfährt, seine Eier zu kneten und ihn damit zum Stöhnen zu bringen, »falls Linda nicht auf ihre alten Tage viel konservativer geworden ist, trägt sie keinen Slip. Und außerdem würde ich annehmen, dass sie unter ihren Shorts genau die gleiche Bräune aufweist wie auch sonst überall. Sie hat weiße Streifen immer genauso gehasst, wie Unterwäsche zu tragen.«

Brenda beschäftigt sich jetzt mit dem anderen von James'

Testikeln; er grunzt und ist so erregt, dass er alle Vorsicht vergisst und seine Knie sinken lässt. Wieder schaut Linda zu ihnen herüber. Sie schiebt sich die Sonnenbrille auf die Stirn, und der Mund steht ihr offen. Mit gespieltem Entsetzen schlägt sie die Hände vors Gesicht und lacht lauthals.

Brendas Hand befasst sich wieder mit dem steif aufgerichteten Glied ihres immer verwirrter werdenden Mannes und massiert es mit festem Griff. »Himmel, jetzt hat sie dich, glaub ich, mit heruntergelassenen Hosen erwischt!«, sagt sie zu James. »Vielleicht ist das genau die Chance, um bei ihr zum Zug zu kommen. Du solltest keine Zeit verschwenden, verstehst du. Morgen sind wir schon nicht mehr hier. Soll ich sie nicht herrufen und fragen, ob sie mich ablösen will?«

»Das wag ja nicht!« James' Stimme ist zu einem heiseren Krächzen geworden. »Du hast mich schon genug bloßgestellt. Das Ganze kommt mir allmählich vor wie ein böser Traum aus meiner Jugendzeit…« Brenda hat den Griff um die Wurzel seines Schafts verstärkt, und ihm versagt die Stimme. Er ist ganz starr, weil er genau spürt, ein oder zwei weitere Bewegungen ihrer Hand werden unausweichlich seine Ejakulation mitten auf John Grishams neuestes Werk zur Folge haben.

Doch dazu kommt es nicht. Brenda zieht schlagartig ihre Hand zurück und steht auf. »Ich geh wohl besser runter zu ihr und tu was für meine Bräune«, sagt sie. »Viel Spaß beim Lesen! Und was immer du jetzt zu tun beabsichtigst, sieh zu, dass du auf deinem Ding da keinen Sonnenbrand bekommst!«

»Hör mal, du… du…« Mit hochrotem Kopf versucht James, alles wieder ordentlich zu verpacken.

Sie lächelt ihm zu. »Was wolltest du gerade noch bemerken, James?«

»Nichts, nichts«, erwidert er mit schiefem Grinsen und kämpft um seine Fassung. »Mir ist nur grade einer der zweisilbigen Ausdrücke eingefallen, die wir schon zu Schulzeiten für Mädchen benutzten, die sich verhalten haben wie du eben.«

Brenda muss lachen. »Herzchen, oder? Das sind doch zwei Silben.« Damit macht sie sich auf den Weg runter zum Steg, nicht ohne noch einige Male grinsend über die Schulter zu ihm zurückzublicken und sich dann neben ihrer Freundin auszustrecken. Sie wirkt lässig und selbstsicher in ihrem weißen Badeanzug, als sie sich zu Linda hinüberbeugt und ihr etwas zuflüstert.

James hört ihr mädchenhaftes Gekicher. Er fühlt sich wie einer, der einen Witz nicht versteht und deshalb draußen ist aus dem Spiel. Und das schon, seit sie angekommen sind und Brenda der Freundin – sehr zu deren Vergnügen – von ihrer Unterhaltung im Auto erzählt hat. Ihm brennt das Gesicht, und er gibt vor, in sein Buch vertieft zu sein. Erst nach einer Weile merkt er, dass er das Buch verkehrt herum hält.

»Kannst du mir den Reißverschluss zumachen, James?«

James sitzt auf dem Bett und bindet seine Schuhe zu, und als er aufblickt, sieht er Linda in einem kurzen weißen Kleid, das sie am Hals festhält, in der Tür stehen. Hinter sich aus dem Badezimmer hört er Geräusche, die anzeigen, dass Brenda gerade unter der Dusche steht. Sie wollen alle drei zusammen ausgehen. Linda hat ihnen von einem tollen Clublokal auf der anderen Seite des Sees erzählt, wo nur Rock 'n' Roll aus den Sechzigern gespielt wird.

»Aber ja«, sagt er und steht auf.

Linda dreht ihm den Rücken zu. Ihr Kleid ist hinten weit offen, und ihre braunen Schultern, der Rücken und auch noch ein Stück unterhalb ihrer Taille sind zu sehen. James räuspert sich und sucht nach dem Zipper vom Reißverschluss.

»Ich hoffe, du kannst in den Schuhen, die du grade angezogen hast, auch gut tanzen«, sagt Linda. »Da, wo wir hingehen, ist um Mitternacht immer ein Dirty-Dancing-Wettbewerb. Ich rechne schwer damit, dass du mein Partner bist.«

James hat schon wieder was im Hals. Er hat auch den Anfang des Reißverschlusses gefunden, aber seine Augen schauen wie gebannt auf die Stelle am unteren Ende, wo das Kleid nur locker auf ihrer Haut aufliegt. Was er da sieht, ist Fleisch pur – ein tief gebräuntes pfirsichförmiges Hinterteil. Kein Slip, wie Brenda vermutet hatte. Seine Finger zittern, und er spürt augenblicklich, wie es sich unter seinem Gürtel regt.

Linda lächelt. »Irgendwelche Schwierigkeiten, James?«

»Nein, überhaupt nicht.« Mist, sie hatte es doch geradezu darauf angelegt, dass er einen Blick riskieren würde. Aber welcher Mann würde das nicht tun! Nur widerwillig zog er ihren Reißverschluss zu.

Sie wendet ihm ihr Gesicht zu und drückt ihm einen diskreten Dankeskuss auf die Wange, wobei sie ihm allerdings die Arme um den Hals schlingt. »Du tanzt mit mir, ja?« Sie ist so nahe an ihm dran, dass er die Wärme ihres Atems spürt und den leichten Lilienduft ihres Parfüms wahrnimmt.

»Ich bin alles andere als ein guter Tänzer«, erwidert er und versucht, nicht auf die Stelle zu starren, wo sich ihre Brustwarzen auf der Vorderseite des Kleides deutlich unter dem Stoff abzeichnen. Er weiß auf einmal nicht, wohin mit seinen Händen, und muss sich sehr anstrengen, um sie nicht einfach über ihren Rücken und ihre Pobacken gleiten zu lassen. »Frag Brenda, die wird es dir bestätigen.«

»Du brauchst nichts weiter tun, als mir zu folgen«, sagt Linda und kommt noch etwas näher an ihn heran.

»Himmel, ich würde dir überallhin folgen«, sagt er mit einem Grinsen, und der Anblick ihres Hinterteils will ihm einfach nicht mehr aus dem Kopf gehen. »Okay, abgemacht!«

Linda lächelt. »Du kannst dir nicht vorstellen, wie sehr ich mir das schon immer gewünscht habe«, sagt sie und stellt sich auf die Zehenspitzen, um mit einem flüchtigen Hauch seine Lippen zu streifen. James erwidert den Kuss. In dem Augenblick, als er ihr den Arm um die Taille legt, fällt James auf, dass die Dusche nicht mehr läuft. Brenda ist gerade ins Zimmer gekommen. Er lässt Linda sofort los, aber er weiß, es ist zu spät.

»Na, lasst ihr zwei es euch gut gehen?« Brenda fummelt an ihrem Ohr, um einen Ohrring zu befestigen, und verdreht dabei den Kopf.

James bringt kein Wort heraus. Jetzt ist es also passiert!

Linda lässt sich nicht aus der Ruhe bringen. »Ich hab mich nur gerade bei James dafür bedankt, dass er mir den Reißverschluss zugemacht hat«, sagt sie beiläufig. »Und weil er versprochen hat, heute Nacht beim Tanzwettbewerb mein Partner zu sein.«

Als sie sich umdreht, kreuzen sich ihre und Brendas Blicke. Wenn James es nicht wirklich besser wüsste, würde er schwören, beide hätten sich sehr zusammennehmen müssen, um nicht in schallendes Gelächter auszubrechen.

»Hör mal, Brenda«, beginnt er stotternd, sowie Linda das Zimmer verlassen hat, »es war nicht so, wie du ...«

Brenda hält ihm den Finger an den Mund, um ihn zum Schweigen zu bringen. »Selbstverständlich war da nichts, mein Herz«, sagt sie und geht auf ihn zu, während sie den Bademantel abwirft und in ein geblümtes Sommerkleid schlüpft.

»Mehr sagst du nicht dazu?« James kann es nicht fassen. Ungläubig wiederholt er: »Ist das wirklich alles, was du dazu zu sagen hast?«

Sie schaut ihn lächelnd an, als sich ihrer beider Augen im Spiegel begegnen und sie Lippenstift auflegt. »Sicher sind es ihre Haare«, sagt sie, »ich werde mir meine auch so kurz schneiden, ja, das werd ich ...«

James weiß, er könnte froh sein, dass sie nicht verärgert ist, aber er ist frustriert. Was – zum Donnerwetter – läuft hier eigentlich?

Seit Jahren schon hatte sich James an keinem Ort mehr aufgehalten, der so laut war wie dieser und so schummerig beleuchtet. Und an keinem, der derart nach abgestandenem

Bier, Schweiß und Parfüm stank. Es ist schon zwanzig nach zwölf, und die Tanzfläche ist voller Leute, die eindeutig zu einer anderen Ära gehören. Kein Einziger von denen, die zu dieser nostalgischen Musik tanzen, ist alt genug, um sich an die Zeit erinnern zu können, als sie aufkam.

Linda hat ihre Schuhe ausgezogen und tanzt barfuß. Ihr kurzes Kleidchen schwingt um ihre sonnengebräunten Beine und lässt gefährlich viel von ihren Schenkeln sehen. Auf ihrem Gesicht mit dem abwesenden Blick zeigen sich ein paar feine Schweißperlen, während sie ihre Hüften ekstatisch im Rhythmus der frühen Sixties bewegt. Den Song aus den Golden Oldies sollte James eigentlich kennen, aber er weiß nicht genau: Ist es James Brown oder Little Richard? In der Epoche vor Fleetwood Mac und den Eagles hapert es mit seinem Musikwissen.

James muss sich alle Mühe geben, um mit Linda mitzuhalten und sich dabei nicht allzu dämlich anzustellen. Das halbe Dutzend Biere, das er intus hat, lässt ihn allmählich nicht mehr daran denken, was er für eine Figur abgibt, aber es hat nicht dazu beigetragen, dass er besser zurechtkommt. Außerdem kann er nicht anders, als immer wieder einen Blick in die schummrige Ecke hinter der Jukebox und dem Poolbillard zu werfen, wo Brenda sitzt, vor sich hin lächelt, ihn beobachtet und sich die Scharen der Möchtegern-Tänzer vom Leib hält.

James kann nicht ganz begreifen, weshalb ihr das hier alles so zu gefallen scheint und wieso sie ihn geradezu genötigt hat, mit Linda zusammen in den Wettbewerb einzusteigen. Aber eigentlich hat er inzwischen überhaupt aufgegeben zu verstehen, was heute los ist. Man soll sich manchmal einfach treiben lassen, heißt es ja immer.

Und jetzt mit Linda, da bleibt ihm sowieso nichts anderes übrig, als sich treiben zu lassen. Ihre Hände liegen auf seinen Schultern, und sie schmiegt sich immer enger an ihn, während ihr Körper sich zu den Schlägen des primitiven Beats dreht und windet. James hat ihre schlanke Taille umfasst, und instinktiv gleiten seine Hände über ihre

Hüften, aber dann nimmt er sich zusammen. Früher oder später wird Brenda bestimmt die Geduld verlieren.

Linda reagiert auf sein Zögern, und ohne einen Beat auszulassen, flüstert sie ihm zu: »Bitte steig jetzt nicht aus. Sie hat dich immerzu, aber ich hab dich nur heute Nacht.«

Ja, nur wer wagt, der gewinnt, mein Junge, meldet sich eine Stimme in James. Er kämpft das Bedürfnis nieder, sich noch ein letztes Mal nach Brenda umzusehen, lässt seine Hände ihre eigenen Wege gehen und stellt fest, dass sie über Lindas Hüften gleiten und wie selbstverständlich ihren Hintern tätscheln. Sie schnappt nach Luft, ihre Augen sprühen vor Erregung. Ihr Becken kreist, sie drängt sich dicht an ihn, ihre Finger schieben sich in seine hinteren Hosentaschen.

Sie zieht ihn an sich, ein Lächeln huscht über ihr Gesicht, als sie seine Erektion spürt. Er fühlt die Hitze ihrer Erregung durch ihr dünnes Kleid. Er erinnert sich, dass sie darunter ganz nackt ist, und das steigert seine Erregung.

Die Musik wird langsamer, und ihre Bewegungen verschmelzen miteinander, lassen sie eins werden. »Ich bin so heiß, ich zerfließe gleich.« Lindas Flüstern ist nahe an seinem Ohr, ihre Lippen berühren ihn. James ist sich ganz sicher, dass es nicht die Raumtemperatur ist, von der sie redet.

»Wollen wir den Leuten hier richtig was zum Tratschen geben?«, fragt sie flüsternd, und ihre Augen sprühen Funken.

Er muss noch einen Blick auf Brenda werfen, und da sie lächelnd dasitzt, dreht er sich wieder zu Linda um und grinst, während er ihre Pobacken knetet, ihren Rock zwischen seinen Händen zusammenfasst und ihn langsam immer weiter nach oben schiebt. »Was hast du vor?«, fragt er.

»Genau das«, erwidert sie, und ihre Finger verkrallen sich durch die Taschen hindurch in ihm. Sie stellt sich auf die Zehenspitzen, ihr Becken drängt sich ihm mit kreisenden Bewegungen entgegen, sie küsst ihn lange und hart und nass, ihre Zunge stößt mutwillig gegen seine Zähne.

James zögert, aber nur einen winzigen Moment, bevor er sie eng an sich zieht. Seine Fingerspitzen folgen den seidigen Kurven ihrer nackten Pobacken, während sie sich weiter küssen und ihre Zungen sich winden und umeinander züngeln. Jetzt schaut er nicht mehr in Brendas Richtung. Es weiß ganz sicher, dass er inzwischen zu weit gegangen ist und Brenda sicher nicht mehr lächelt, sondern ihn wütend anschaut. Sich die Augen aus dem Kopf zu kucken ist eine Sache, aber sich zu berühren und zu küssen ist etwas völlig anderes. Doch anstatt Schuldgefühle und Vorahnungen zu haben, scheint ihn die Angst vor dem zu erwartenden Donnerwetter nur noch mehr anzuheizen. Er wünscht sich nur, dieses Gefühl von Gefahr und Verrücktheit würde nie aufhören, ganz gleich, welche schrecklichen Konsequenzen daraus entstünden.

Als würde sich seine Erregung auf sie übertragen, reckt sich Linda noch höher, drückt sich noch fester an ihn, und ihre Beckenbewegungen zucken auf und ab, als wäre sie kurz vor dem Orgasmus. Als die Musik leiser wird, saugt sie begierig an seiner Zunge, hält sie mit den Lippen fest und kurvt mit ihrer Zunge von oben nach unten und rund um seine herum, als wäre sie sein feuchter rosa Schwanz.

Die Lichter werden wieder heller. James bemerkt erst jetzt, dass sie das einzige Paar auf der Tanzfläche sind. Um sie herum fangen die Zuschauer wild zu johlen an. Ein bärtiger Barkeeper kommt mit einem Hundertdollarschein auf sie zugeeilt.

Linda steckt ihn in ihren Ausschnitt.

Der Barkeeper macht eine laute unflätige Bemerkung darüber, dass man wohl einen Feuerwehrschlauch brauche, um die beiden abzukühlen, so heiß seien sie gelaufen. Alle lachen. James traut sich nicht zu schauen, ob Brenda auch noch zum Lachen zumute ist.

Als sie den Tanzboden verlassen, nimmt Linda James' Hand und sagt leise: »Wie ich Brenda kenne, wird sie Lust haben, nachdem du zu Bett gegangen bist, die ganze Nacht aufzubleiben und mit mir von alten Zeiten zu reden, wie immer, wenn wir uns treffen. Aber früher oder später wird sie – auch wie immer – auf dem Sofa einschlafen. Sei nicht überrascht, wenn du dann Besuch bekommst.« Ihr Blick schweift hinunter zu der Stelle zwischen seinen Schenkeln, und sie lächelt. »Es wäre ja wohl nicht fair, dass ich die ganze Arbeit mache, und sie bekommt dann den Lohn.«

Sie sind an ihrem Tisch angekommen, bevor James etwas erwidern kann. Brenda verdreht die Augen in gespielter Missbilligung und sagt: »Hört mal, wenn ihr vorhabt, zum Haus zurückzufahren und das zu Ende zu bringen, was ihr hier gerade angefangen habt, dann kümmert euch nicht um mich! Ich werde sicher jemand finden, der mich nach Hause mitnimmt.« In ihren Augen ist so etwas wie ein amüsiertes Zwinkern, und der Hauch eines Lächelns umspielt ihre Lippen.

James tut einen tiefen Atemzug und seufzt vor Erleichterung. Gott sei Dank! Es beruhigt ihn schon sehr, dass seine Frau keine Szene macht, dennoch klopft ihm das Herz im Hals. *Was – zum Teufel – ist los mit Brenda? Sie müsste doch zumindest irritiert sein! Und was soll Lindas Angebot bedeuten? Hat sie wirklich gemeint, was sie gesagt hat? Was soll er machen, wenn sie tatsächlich in seinem Schlafzimmer auftaucht! Wird er in der Lage sein, etwas mit ihr anzufangen? Will er es überhaupt? Seit Jahren schon träumt er von einer solchen Gelegenheit, und jetzt erschreckt es ihn zu Tode, dass da wirklich etwas zustande kommen könnte !*

Es dauert lange, bis James endlich einschlafen kann. Das friedliche Geplauder seiner Frau und ihrer besten Freundin, das von unten zu ihm heraufdringt, lullt ihn ganz allmählich ein. Sie haben alle etwas zu lachen gehabt, aber jetzt ist es vorbei mit dem frivolen Spiel. Dass Linda wirklich zu ihm ins Bett kommen könnte, erscheint ihm so unrealistisch wie ein Schneesturm im Sommer. Am nächsten Abend schon würden er und Brenda wieder zu Hause sein, und es würde wohl ein paar Tage dauern, bis er diese komischen Regungen aus früheren Zeiten verdaut und vergessen hätte, aber er hatte sich nichts vorzuwerfen. Niemand und nichts hatte Schaden gelitten, außer vielleicht seine Glaubwürdigkeit.

Zuerst ist es einfach nur ein angenehmer Traum: James spürt Lippen, die seine Schenkel hinaufgleiten, ein warmer Atemhauch streift seine Hoden. Aber dann wacht er auf – oder glaubt zumindest, wach zu sein –, und die Empfindungen sind immer noch da. Sogar noch sehr viel aufregender. Eine nasse Zunge zuckt über seine Eichel, leckt um den Beschneidungsrand, bringt ihn zum Japsen und sein Glied zum Wachsen. Warme Lippen stülpen sich darüber, und James spürt seine härter werdende Erektion.

»Brenda?«, flüstert er, noch ganz verschlafen.

Keine Antwort.

Er will das Licht anmachen, dann fällt ihm ein, dass er nicht zu Hause in seinem eigenen Bett ist. Er kann sich nicht erinnern, wo hier die Nachttischlampe ist. Er versucht, im Dunkeln etwas zu erspähen, doch da Brenda die schweren Vorhänge zugezogen hat, bevor sie runtergegangen ist, ist es im Zimmer stockfinster.

Aber es kann ja nur Brenda sein! Linda mag vielleicht große Töne spucken und ihm einen überraschenden Besuch versprechen, nur was hier jetzt abläuft, das würde sie nie tun.

Er wird immer erregter, denn seine Besucherin macht wunderbare Sachen mit ihm: Sie steigert das Auf und Ab zwischen seinen Beinen, ihr Saugen wird stärker, sein Schaft gleitet tiefer und tiefer hinein in ihren Mund. Er spürt ihren Kopf, will ihn streicheln – sein Atem stockt, fast bleibt ihm das Herz stehen. Er ist jetzt hellwach. Das Haar, das er streichelt, ist kurz. Sehr kurz. So kurz wie Lindas Haar! Oh, Himmel!

James zieht erschrocken seine Hand zurück. Er will etwas sagen, aber es fällt ihm nicht ein, was er sagen soll, ganz abgesehen davon, dass seine Lippen unfähig scheinen, überhaupt Worte zu formen. Er weiß, er müsste sie sofort rauswerfen, aber ein Teil von ihm widersetzt sich vehement. Ihr Mund hat seine gesamte Erektion aufgenommen, die Zunge bewirkt magische Sensationen an seinem erregten Glied, und alles fühlt sich unglaublich toll an.

Er lässt sich einfach treiben, sein Herz hämmert wie wild, seine Erregung wird immer intensiver spürbar. Er möchte sie küssen, sie berühren, streicheln, aber er traut sich nicht, es zu tun. Auf einmal hat ihn Scheu überkommen, und er weiß nicht, was er tun soll. *Wie hat man sich in solch einer Situation zu verhalten?*, fragt er sich und muss gleichzeitig schmunzeln. Er lässt es einfach geschehen, ganz entspannt und der Sache hingegeben.

Doch kurz vor dem Höhepunkt lässt ihn seine Besucherin aus dem Mund gleiten. Sie setzt sich mit gespreizten Beinen auf ihn. Er stöhnt auf, und sie legt ihm den Finger auf den Mund, um ihn zum Schweigen zu bringen.

Dann stützt sie sich auf die Knie, nimmt sein Glied in die Hand und führt die heftig pulsierende Spitze an ihre feuchte Spalte. Seine Hände legen sich um ihre Taille, als sie ihn ganz langsam in sich aufnimmt, sich über ihn drüberschiebt und erst aufhört, als seine Hoden ihren Damm berühren. Sie hebt sich genauso langsam wieder nach oben, stoppt mit der Aufwärtsbewegung erst ganz kurz, bevor er aus ihrer samtenen Muschi herauszugleiten droht, und beginnt wieder mit der Abwärtsbewegung. Runter. Rauf. Runter. In immer schnellerem Tempo, bis James sich schließlich aufbäumt und in sie hineinexplodiert, nach ihrem Hinterteil grabscht und sich eine halbe Ewigkeit lang daran festklammert, während er Ströme von Sperma in ihr tiefstes Inneres hineinschießt.

Irgendwann fällt James in die Kissen zurück und japst nach Luft. Doch noch immer gibt sie keine Ruhe, sie reitet sein schrumpfendes Glied so lange, bis auch sie dem Höhepunkt nahe ist. Sie lehnt sich zurück, ihr Handgelenk schnellt an ihren Mund, um die Schreie zu ersticken. Alle ihre inneren Muskeln krampfen sich um sein Glied, er sitzt fest wie in einer Falle, und sie lässt ihn nicht mehr los, bevor nicht die letzten heftigen Zuckungen ihres Orgasmus abgeklungen sind.

Sie leckt sich einen bedeutungsvollen Moment lang die Lippen und beugt sich zu ihm. Doch gleich darauf ist sie fort. James hört, wie sie mit nackten Füßen zur Tür geht und leise hinausgeschlüpft ist, bevor er auch nur einen flüchtigen Blick auf sie werfen kann. Was übrigbleibt, ist der schwache Hauch ihres Liliendufts.

Am Morgen bleibt James so lange wie möglich im Bett liegen. Die Hochstimmung der Nacht ist einem nagenden Schuldgefühl gewichen und einer wachsenden Beunruhigung. Er hört, dass sich Brenda und Linda in der Küche miteinander unterhalten. Er versteht nicht, was sie sagen, aber sie lachen immer wieder. Das scheint ihm immerhin ein gutes Zeichen zu sein. Linda hat Brenda offenbar nichts von ihrem nächtlichen Abenteuer erzählt. Für den Rest seines Lebens – das wird James schlagartig klar –, muss er jetzt Angst haben, dass die Ereignisse dieser Nacht zum Gesprächsthema werden, wann immer Linda und Brenda sich treffen. Der Gedanke lässt ihn schaudern.

Schließlich kann er es nicht mehr länger aufschieben und geht endlich runter. Linda lehnt an der Küchentheke und trinkt Kaffee. Sie lächelt James an, er errötet und vermeidet den Blick in ihre Augen.

»Hallo, Schatz«, kommt Brendas Stimme um die Ecke herum, »hast du gut geschlafen?«

»Wie ein Murmeltier.« Er kann auch Brenda nicht direkt ansehen. Ohne aufzuschauen, gießt er sich Kaffee ein. Erst als er sich von der Kaffeemaschine abwendet, begegnen sich ihre Blicke. Fast hätte er sein Tasse fallen gelassen.

»Na, wie findest du es?«, fragt Brenda mit unterdrücktem Lachen, funkelnden Augen und hoch erhobenem Kopf. Ihre schulterlangen Haare sind abgeschnitten, reduziert auf eine jungenhafte Kurzhaarfrisur von der gleichen Länge wie Lindas Haare. »Letzte Nacht, als du schon geschlafen hast, haben wir uns drangemacht. Du weißt ja, ich hab dich schon die ganze Zeit, seit wir hier sind, damit genervt, ob du glaubst, dass Lindas Frisur auch zu mir passen würde. Wir – das heißt eigentlich Linda – haben einfach die Schere rausgeholt, um es auszuprobieren – voilà. Gefall ich dir, Liebster?«

James grinst nur und nickt. Er ist sprachlos.

»He, was ist mit dir los, James?«, fragt Brenda und kichert vor sich hin. »Du siehst aus, als wärst du einem Gespenst begegnet.«

James fühlt sich erleichtert und zugleich auch enttäuscht. Also ist es doch Brenda gewesen. Er hätte es eigentlich wissen müssen. Er hat absehen können, was auf ihn zukommt, nachdem er mitbekommen hat, wie sie immerzu die Köpfe zusammensteckten und hinter seinem Rücken flüsterten und kicherten. Mit ziemlicher Sicherheit hatten sie die Sache von Anfang an gemeinsam ausgeheckt. Lasst uns den guten alten James mal so richtig an der Nase rumführen!

Aber auch so gesehen, muss es nicht unbedingt Brenda gewesen sein. Die Sache mit dem Haarschnitt ist vielleicht nur ein blöder Zufall. Hat Linda nicht schon vor Jahren angefangen, mit ihm zu flirten? Hat es nicht schon immer Hinweise von ihr gegeben, dass sie Interesse hatte an dem, was in der Nacht passiert ist? Und auch, wie sie sich beim Tanzen an ihn rangeschmissen hat und die Art, wie sie ihn geküsst hat, das war doch alles nicht ganz normal. Und außerdem war da noch der Duft. James möchte schwören, dass es Lindas und nicht Brendas Parfüm gewesen ist, das er letzte Nacht gerochen hat.

Er nimmt seinen Kaffee und zieht sich nach draußen zurück. Auch dort hört er das friedliche Lachen der Frauen.

Brenda wacht erst auf, als sie schon fast zu Hause angelangt sind. Sie hat sich in ihrem Sitz zusammengerollt und die ganze Zeit, seit sie bei Linda losgefahren sind, fest geschlafen. Und die ganze Zeit über hat James nicht herausfinden können, ob es tatsächlich ein Hauch jenes Liliendufts ist, der von seiner Frau ausgeht, oder ob er sich das nur einbildet.

Brenda gähnt und reckt sich, kuschelt sich an James an und streicht über seine Schenkel. »Hat es dir gefallen?«, fragt sie ihn.

»Ja, schon«, sagt James, »aber es ist gut, dass wir wieder auf dem Heimweg sind.«

»Linda war in Bestform, das kann man wohl sagen!«

James nickt. »Linda ist eben Linda.«

Brenda nimmt die Füße vom Sitz. »Bist du nicht ganz froh, dass ich keine Eifersuchtsanfälle gekriegt habe?«

James grinst nur.

»Na ja, ich weiß, es war alles nur Spaß, was ihr miteinander getrieben habt«, fährt Brenda fort, »aber falls ihr wirklich etwas miteinander hättet … Na, du weißt schon. Könnte das passieren?«

James schüttelt den Kopf. »Niemals. Du solltest inzwischen wirklich wissen, dass du mein Ein und Alles bist.«

Brenda küsst ihn auf die Wange. Sie lehnt sich in ihrem Sitz zurück. James beobachtet nach einer Weile, wie wieder dieses kleine Lächeln über ihr Gesicht huscht. Er hat das sichere Gefühl, dass er es nie ganz genau wissen wird. Sie hat ihren Spaß daran, ihn immer wieder damit in die Irre zu führen. Aber er wird einen Teufel tun und sie jemals danach fragen. Was, wenn sie es dann doch nicht gewesen ist! Der Gedanke daran lässt es ihm kalt über den Rücken laufen.

Aber was ist eigentlich dagegen einzuwenden, wenn ein Mann träumt, dass ihn die beste Freundin seiner Frau verführt? Im Grunde doch wohl nur, dass er bei einer Ehefrau wie Brenda seine Träume lieber für sich behalten sollte!

FEUERZEICHEN
Tee A. Corinne

Eines Abends nahm mich eine meiner Geliebten – wer es war, ist für diese Geschichte unerheblich – mit zu einer Sondervorführung von Gina Lomands Filmen. Sie waren alle etwa dreißig Minuten lang und voller Poesie. Ich saß im dunklen Zuschauerraum des kleinen veralteten Theaters und hatte das Gefühl, alle meine Träume wären dort auf der Leinwand lebendig geworden. Einer der Filme zeigte in Nahaufnahme das umwölkte Gesicht einer Frau, die einen Körper erforschte. In einem anderen Streifen waren wogende Brüste in wechselnden Farben und Schattierungen zu sehen, die manchmal mit dem Hintergrund verschmolzen, sich dann aber wieder deutlich im Vordergrund abzeichneten. Rubinrotes Fleisch, das smaragdfarben wurde, zu irisieren begann. Bilder, die Stimmungen zeigten, wie ich sie beim Liebesakt empfand. Meine eigenen schwellenden Brüste bewegten sich genauso unter dem seidenweichen Hemd; ich hatte Lust, sie zu berühren, um das Verlangen in meinen Schenkeln zu beruhigen und zu spüren, wie es sich zwischen meinen Beinen regte. Der süße Duft, der in der Luft lag, füllte meine Atemwege und bewog mich, tief einzuatmen und mich zu entspannen.

Obwohl die Vorführung öffentlich war, kann ich mich nicht erinnern, einen Mann unter den Zuschauern gesehen zu haben – nur reihenweise Frauen und wieder Frauen. Mir schien, alle atmeten unisono aus und ein und bebten wie ich – vielleicht aber auch nicht. Meine Begleiterin streichelte meinen Arm. Sie wollte mich damit zur Ruhe bringen, aber mein Blut wallte und toste.

Nach der Vorstellung setzte sich die Filmemacherin seitlich auf die Bühne, berichtete über ihre Arbeit und beantwortete die Fragen aus dem Publikum mit viel Charme und einem leicht südlich klingenden Akzent. Ihr Haar hatte einen elektrisierenden Rotton, der sicherlich keiner künstlichen Nachhilfe bedurfte und zu dem passte, was sie sagte. Ihre Hände unterstrichen mit sparsamen Bewegungen, was zwischen Worten und Bildern überbrückt werden musste.

Meine Begleiterin wollte gehen, lange bevor ich Lust hatte. Ich hätte sie allein losziehen lassen können, aber ich war hungrig – auf Essen, aber darüber hinaus auch auf anderes. Wir hatten vorgehabt, hinterher in ein neues japanisches Restaurant zu gehen. Ich schrieb auf eine meiner Visitenkarten »Ihre Arbeiten sind hinreißend!« und ging nach vorn, als die allgemeine Diskussion vorbei war.

Gina Lomand war von einem Ring von Frauen umgeben. Sie standen in zwei, drei Reihen um sie herum. Ich hielt die Visitenkarte hoch und nahm Blickkontakt mit ihr auf. Sie streckte den Arm aus, griff nach der Karte, schaute sie an und blickte dann wieder auf mich. Ihre Augen prägten sich mein Gesicht ein, es war fast eine physische Aneignung. Es schien, als wollte sie den Augenblick nutzen, sich mir darzubieten und mich gleichzeitig zu verschlingen. Sämtliche sexuell erregbaren Muskeln in meinem Beckenbereich krampften sich in einer derart intensiven Reaktion zusammen, dass ich Angst hatte, man könnte es mir ansehen. Sie lächelte mit Lippen, Zähnen, Augen, und wir waren in dieser einen heimlich gestohlenen, alles verändernden Sekunde ganz allein – weit weg von Zeit und Raum. Ich sah ihre Sommersprossen, ihr hellgrünes Sakko, den rostfarbenen Rollkragenpullover, die goldenen Ohrringe. Aber was mich fesselte, waren ihre Augen – strahlende, türkisblaue Augen.

Ich bog Daumen und Zeigefinger zu einem Kreis und rief ihr zu: »Wirklich exquisit!«, und sie nickte. Dann versuchte jemand anders ihre Aufmerksamkeit zu erregen. Sie warf noch mal einen Blick in meine Richtung und schien etwas sagen zu wollen. Eine Hand legte sich auf ihre Schulter, und sie wandte den Kopf ab. In meinem Innern prägte sich mir genau diese letzte Momentaufnahme ihres Gesichts mit den leicht geöffneten Lippen ein – das Abbild eines Renaissanceengels.

Beim Rückzug spürte ich, wie aufgewühlt ich war. Sämtliche Nerven waren erregt, wach, fordernd, lechzten nach Aufmerksamkeit. Das Essen kurz darauf war wie Balsam: roher Fisch, gesäuerter Reis, Musik, die beruhigend wie ein Wasserfall dahinplätscherte. Das brachte mich ein wenig runter von meinem Trip. Doch obwohl ich auch weiter an der Unterhaltung teilnahm, war mir die reale Welt fad geworden. Auf meiner inneren Leinwand spielten sich andere Szenen ab – Ginas Schönheit und ihre Kunst gerieten durcheinander.

Am nächsten Tag in meinem Studio ließ ich einen Block aus blassgelbem Alabaster einfach stehen und wandte mich einigen gelben und roten Autoteilen zu. Ich wollte schnell ans Werk gehen, solange die Erinnerung an den Abend zuvor noch lebendig war. Ich hatte meine schwere Lederschürze umgebunden, die Brille aufgesetzt, Handschuhe angezogen, mein Schweißgerät in Gang gesetzt und begann mit den ersten Schnitten. Die Formen ergaben sich fast von selbst. Die scharfe Flamme zerteilte die großen Metallstücke genau so, wie ich es wollte.

Zur Mittagszeit legte ich eine Pause ein. Ich merkte kaum, was ich aß, so versessen war ich darauf, wieder an meine Arbeit zu kommen, die zerschnittenen Teile aneinander zu fügen. Als ich wieder an der Werkbank stand, passte ich zwei Stücke aneinander, nahm einen anderen Kopf für das Schweißgerät und ließ den Sauerstoff einfließen. Das Aufröhren des Brenners dröhnte mir in den Ohren. Die Hitze wurde im Laufe des Nachmittags immer heftiger, alles passte und fügte sich ineinander, eine Art herzförmiger Skulptur mit Kurven und einladenden Höhlen war entstanden. *Feuerfotze* nannte ich sie im Stillen, aber ich wusste, bis zu meiner nächsten, schon festgelegten Ausstellung musste ich mir noch einen ordentlicheren Namen ausdenken. Mein Kunsthändler war ein solider und engagierter Mensch und würde meinen Titel sicher ablehnen.

Ich spürte bei der Arbeit, wie mein Körper noch summte von der Erinnerung an Gina und ihre Filme. Unter meinen Händen formten sich jene unwirklichen, fragmentarischen Ereignisse zu einem einzigen Ganzen.

Am späten Nachmittag saß ich vor meiner Skulptur und betrachtete sie, als das Telefon klingelte. »Abendessen?«, fragte sie, ohne »Hi« zu sagen oder ihren Namen zu nennen, aber ich wusste, dass sie es war, und sie wusste, dass ich es wusste. Sie sagte: »Ich muss mal Pause machen.«

Ich war hin und her gerissen zwischen der aufregenden, aber vergleichsweise sicheren Welt meiner Arbeit und der Verlockung, die von ihrer leicht schleppenden Sprechweise ausging, und der Aussicht auf intelligente Unterhaltung.

Sie registrierte mein Zögern, hatte aber keine Eile, das Schweigen zu überbrücken.

»Ich bin verschwitzt. Lass mir Zeit zum Duschen und Umziehen«, sagte ich und überschritt die unsichtbare Linie.

»Ein Bistro namens Sammy. Das ist, glaub ich, bei dir in der Nähe. Sollen wir uns da treffen?«

»In einer halben Stunde«, sagte ich.

»In fünfundvierzig Minuten«, erwiderte sie.

Sie wartete schon, als ich reinkam, hatte einen Drink vor sich und eine Reihe von losen Blättern mit Skizzen darauf auf dem Tisch verstreut. Sie legte sie zusammen und gab mir die Hand.

»Immer trag ich meine Arbeit mit mir herum. So bin ich eben«, sagte sie lächelnd. Ihre Hand lag sehr präsent und spürbar in meiner, und ich mochte sie nur widerwillig loslassen, aber sie hatte es nicht eilig, sie wegzuziehen. Doch unsere Hände drifteten schließlich von selbst auseinander. Meine Gedanken stockten einen Moment lang, dann wurden sie wieder klar. Auch ich hatte eine Mappe mitgebracht. »Mir geht's genauso. Ich habe das hier mitgenommen, falls du zu spät kommen würdest, aber auch mit dem Gedanken, es dir zu zeigen.«

»Also. Zeig es mir!«

»Es sind Fotos von meinen neueren Arbeiten. Übergangsstadien wie das, in dem ich mich gerade befinde.« Ich hätte nicht sagen können, weshalb ich das gesagt hatte, auch wenn es der Wahrheit entsprach. War ich etwa drauf und dran, dieser Frau, die ich kaum kannte, meine ganze Lebensgeschichte auszuposaunen?

Ihre Augen schienen das alles zu sehen, als sie jetzt langsam mein Gesicht erforschten. »Ich bin in deinen letzten beiden Ausstellungen gewesen«, sagte sie, ohne ihren Worten eine besondere Betonung zu geben. »Dir gelingt es, deine Figuren tanzen zu lassen.«

Ihr Kommentar schmeichelte mir sehr, dennoch meldete sich jene alte Vorsicht, die mir riet, mich zurückzuhalten. »Was glaubst du, was passiert, wenn zwei kreative Wesen sich zusammentun?«, fragte ich und versuchte, meine Stimme beiläufig klingen zu lassen.

Es sah aus, als würden ihre Augen aufleuchten, und ihre schönen Hände öffneten sich wie Blüten. »Vielleicht arbeiten sie gemeinsam.«

Die Kellnerin kam. Ich bestellte Cannelloni, bemerkte erst jetzt, dass im Hintergrund moderner Jazz zu hören war, und wusste nicht, ob die Musik schon von Anfang an da war.

Gina warf mir einen schnellen Blick zu. »Ich nehme auch die Cannelloni«, sagte sie zur Kellnerin und wandte sich dann wieder zu mir: »Und dazu vielleicht einen Rotwein, einfach den hauseigenen?« Ihre Augen waren auf diese bestimmte Weise auf mich gerichtet, mit der sie alles zu absorbieren schien, was sie ansah. Wird sie mich auch so nehmen, überlegte ich, so beiläufig wie die Cannelloni?

Der Augenblick ging vorüber. Die Kellnerin eilte davon. Ich gab Gina meine Mappe. Sie schaute sich die Fotos sehr gründlich an – eins nach dem anderen. Mich packte die Aufregung. Ich wartete mit wachsender Spannung, ob sie erkennen würde, was ich mit meinen Arbeiten sagen wollte. Meine Skulpturen waren klein, meist weniger als dreißig Zentimeter hoch, sehr sinnlich und geradezu eine Aufforderung, angefasst und berührt zu werden. Mit einer meiner Lieblingsfiguren befasste sie sich länger. Sie sah sich das Foto verkehrt herum an, von der Seite und dann wieder richtig herum.

Sie hob die Hand und machte eine Bewegung, als wollte sie die ganze Skulptur mit ihrer Hand umschließen. Ich empfand gleichzeitig einen Energiestrom, der durch meinen Körper schoss, und mein Gesicht schien genau das widerzuspiegeln und mich zu verraten. Ein kurzes freudiges Aufleuchten zeigte sich in ihren Augen, bevor sie sie niederschlug.

Die Musik wurde lauter, die Beleuchtung schummriger, das Essen wurde serviert. Sie gab mir mit einem Lächeln die Mappe zurück. Wir aßen. Es war wie eine Befriedigung, neben ihr zu sitzen, ihren Händen zuzuschauen, die wirren Haarlocken, die ihr ins Gesicht fielen. Immer noch blieb ich innerlich auf Distanz. Sie merkte, dass ich sie beobachtete, legte ihre Gabel weg, faltete die Hände und sah mich einfach ebenfalls an. Ich konnte mich ihrer Verwegenheit, der Bezauberung ihres Anstarrens nicht entziehen. Gleichzeitig brachen wir in Lachen aus, grundlos, über nichts Besonderes, es war die reine Nervosität.

Als Nachtisch aßen wir Flan; das spanische Dessert war weich und wirklich lecker, besonders die verführerische Süße des karamellisierten Zuckers obendrauf. Der Kaffee mit seinem Duft und Geschmack ließ in meinem Körper eine Saite anklingen: Vielleicht würde sich heute alles so ergeben, wie es richtig war.

Eine Frau kam auf uns zu, gut angezogen, umwerfend. »Gina«, rief sie schon von weitem mit freudig erregter Stimme, aber auch eindeutig forderndem Unterton.

»Maria Louisa!« Ginas Entzücken war unübersehbar. »Komm, setz dich. Das hier ist eine neue Freundin.«

»Ich bleib nur einen Moment«, sagte sie, zog sich einen Stuhl zurecht und nahm Platz. »Es gibt gute Neuigkeiten, was das Geld anbelangt. Meine Freundin, die die Festival-kontakte hat, meint, dass dein Film gefeatured würde, falls er… Oh, tut mir Leid, dass ich euer trautes Beisammen-sein mit beruflichen Angelegenheiten störe. Ich hab ein-fach kein Benehmen!« Sie sah mich mit scharfem prüfen-den Blick an und streckte mir die Hand entgegen: »Maria Louisa Piscadore. Ich bitte um Entschuldigung.«

Ich stellte mich vor und beschloss zu gehen. Wie immer sie zueinander standen, ich fühlte mich nicht dazugehörig, überflüssig. »Ich muss mich verabschieden«, sagte ich so lässig wie möglich, »die Arbeit ruft.« Ich legte Geld auf den Tisch – meinen Anteil an der Rechnung und ein großzügi-ges Trinkgeld.

Gina stand auf und nahm mich in den Arm. Sie war fast so groß wie ich und warm, wunderbar warm. Ich ging schnell weg.

Auf dem Nachhauseweg rekapitulierte ich unser Bei-sammensein und den verwirrenden Effekt, den ihre Nähe auf mich ausgeübt hatte. Ich war mir nicht sicher, ob ich diese wilde Leidenschaft wollte. Ich war mir nicht sicher, was ich überhaupt wollte.

In meinem Atelier schaute ich mir lange meine neue Skulptur an. Auf dem richtigen Sockel könnte sie wie schwerelos im Raum schweben.

Ich schlief erst spät und mühsam ein, immer wieder unterbrochen vom plötzlichen Auftauchen der Eindrücke des Abends – Ginas Gesicht und Hände, meine Skulptur, mein heftiges Herzklopfen.

Den ganzen nächsten Tag über kehrten meine Gedanken zurück zu jener abschließenden Umarmung, die nur ganz kurz gedauert, sich mir aber fest eingeprägt hatte. Ich mach-te mich daran, eine Halterung für meine Skulptur zu kon-struieren, die sie in der richtigen Höhe und Position abstüt-zen sollte, ohne jedoch zu sehr aufzufallen. Währenddessen elektrisierte mich immer wieder die Erinnerung an jene Umarmung und wie ihr Körper sich an meinem angefühlt hatte.

Am Abend, gerade als ich sie anrufen wollte, tauchte sie unerwartet in meinem Atelier auf.

»Ein kleiner Spaziergang gefällig?«, fragte sie mit zurückgelegtem Kopf und einem energischen, doch auch einladenden Lächeln auf den schönen Lippen.

»Dein Timing ist perfekt«, erwiderte ich, hocherfreut, sie zu sehen, aber auch verwirrt durch das Hochgefühl, das ihre Nähe in mir erzeugte. Wieder war ich gefesselt von der Farbe und der Tiefe ihrer Augen. Möglicherweise sagte sie etwas zu mir, aber ich hörte es nicht. Ich machte die Augen zu, um mich abzuwenden, hängte mir eine leichte Jacke über. Beim Rausgehen aus der Tür stießen wir heftig aneinander. Und zwar nicht aus Versehen.

Wir gingen eine baumbestandene Straße entlang. Das Blätterdach erzeugte wechselnde Muster von tanzenden Lichtern und Schatten auf dem Weg vor uns. Wir bewegten uns langsam und harmonisch bei unserem gemeinsamen Spaziergang im Lichterspiel der Blätter, und es war, als würden auch wir tanzen.

»Sprichst du immer fremde Frauen im Kino an?«, fragte sie plötzlich.

»Nein«, sagte ich, behielt aber für mich, dass ich kaum jemals einem Menschen gegenüber, den ich nicht kannte, diesen Mut aufgebracht hatte. Stattdessen erzählte ich ihr von dem einzigen Film, den ich je gemacht hatte. Es war die Abschlussarbeit in einem Kurs gewesen. Ich hatte die Pflanzen im Garten meiner Liebsten erforscht, und es war ein sehr zufriedenstellendes Experiment gewesen. Während ich redete, blickte sie mich unverwandt mit einem leichten Lächeln um den Mund an. Was mochte sie denken? Sie schien mir nah und fern zugleich.

Sie hakte mich unter, als wir weiterwanderten. Ich konnte ihre Brüste durch den Stoff hindurch spüren. Eine Weile gingen wir schweigend dahin. All meine Aufmerksamkeit war auf den Körperkontakt konzentriert, auf die leichte Anspannung unserer Bewegungen. Sie fragte mich nach meinen Liebesbeziehungen. Ihre Stimme klang ruhig und klar.

»Meine Letzte hat mich verlassen, weil sie wegen ihrer Arbeit an die Ostküste zurückmusste. Ein paar sind im Anlaufen, ich weiß noch nicht, was draus wird.«

»Du hättest doch auch an die Ostküste gehen können«, sagte sie.

»Nein«, antwortete ich und schüttelte dabei derart entschieden den Kopf, dass es mich selbst überraschte. »Nein, es war vorbei, glaube ich, war schon lange davor aus und zu Ende. Es war die Gewohnheit, vielleicht sogar Bequemlichkeit, die uns noch zusammengehalten hat. Sie war mit mir hierher gezogen, aber sie hatte sich nie wirklich zu Hause gefühlt.«

»Manche Orte haben es in sich«, erklärte sie und gestikulierte mit ihrer freien Hand. Es konnte am Licht liegen, aber mir kam es so vor, als wirke sie wie aus einem Film der dreißiger Jahre entsprungen – vielleicht eine der Figuren aus *Marokko*. »Ich war in New York an der Filmhochschule«, fuhr Gina fort. »New York hat mir gefallen. Aber hier kann ich besser Filme machen.«

Wir kamen in eine etwas belebtere Gegend, und sie ließ meinen Arm los, aber eher zögernd, fast widerwillig. Ich wusste, mir würde das Gefühl unserer beiden aneinander gelehnten Körper nicht mehr aus dem Sinn gehen.

Wir waren inzwischen am Flussufer angelangt, ruhten uns eine Weile auf der Promenade aus, schauten aufs Wasser, auf die Lichter und den Verkehr. »Mir gefällt es hier«, sagte sie, »ich möchte nie mehr weggehen.« Sie schmiegte sich an mich, aber nur ganz kurz. Ich spürte, wie mein Körper nach ihrem lechzte, nahm mich aber zusammen.

»Und du, hast du viele Geliebte?«, fragte ich.

»Früher, ja. Maria Louisa war eine davon. Sie hat mich wegen einer Sängerin verlassen, doch jetzt versucht sie, mich zurückzuerobern.«

»Wird sie es schaffen?«

»Ich weiß nicht.« Sie sah mich fest an. »Nein, ich glaube, nicht.«

Schweigend gingen wir zurück in Richtung meines Ateliers, machten aber einen weiten Bogen, bevor wir es erreichten. Was ich für den Moment wissen wollte, hatte ich erfahren.

Ich streckte ihr meine Hand entgegen, sie nahm sie und führte sie an ihre Lippen, genau so, wie ich es im Kino gesehen hatte. Das flackernde Licht veränderte den Ausdruck ihres Gesicht immer aufs Neue. Ihre Lippen schimmerten weich und süß. Es erforderte all meine Willenskraft, mich von ihr loszureißen.

»Ja«, sagte sie wie in Beantwortung einer nicht ausgesprochenen Frage, drehte sich um und ging davon. Ich hätte sie gern aufgehalten, zurückgerufen, aber ich beherrschte mich. Ich stellte fest, dass ich mich immer zurückhielt. Weshalb eigentlich? Was hatte ich zu verlieren? Ich ging in mein Atelier, legte mich auf die Couch. Meine Hinwendung zu ihr erfolgte aus meinem Körper heraus, alle Stellen, die sie berührt hatte, waren sensibilisiert. Ich ließ meine Finger in meinen Slip gleiten, spürte, dass ich ganz feucht war vor Verlangen, berührte mich so, wie ich sie gern berührt hätte, wie ich gewollt hätte, dass sie mich berührt.

Gibt es diese Möglichkeit, sich rein durch Lustgefühle mit jemandem verbunden zu fühlen? Ich spürte die Gefahr, die darin lag, mich in dieser höchst intimen Situation mit Vorstellungen von ihr zu animieren. Aber die Verbindung zu ihr, zu dem Bild von ihr, den Berührungen meines Körpers, war so dicht, so stark, dass ich mich einfach in das Experiment fallen ließ. Meine Hände tasteten in der Fantasie ihren Körper ab, während ich meinen berührte. Der Duft von Sex, der mich umgab, war wie die Erinnerung ihrer Lippen an meinen Fingern, wie sie sich über meine Handflächen hin zu den Innenseiten meiner Arme bewegten, zu den Brüsten wanderten, zu meinem Bauch, meiner Scham. Trotz meiner Erregung fiel mir die Erlösung schwer. Ich stellte mir ihre Finger tief in mir vor und explodierte.

Gleich nach diesem lustvollen Höhepunkt muss ich eingeschlafen sein. Früh am Morgen erwachte ich völlig ausgelaugt. Der Geruch von Liebe war geblieben. Und ich nahm ihre Anwesenheit mit in meine Wohnung hinüber, wo ich weiterschlafen wollte. In meinen Träumen saßen wir nackt und eng umschlungen beieinander, küssten und wiegten uns, die Beine umeinander gelegt. Auf diese schwebende Weise, die Träume manchmal haben, schienen auch unsere Körper dahinzufließen. Ohne jede Anstrengung wechselten wir die Positionen. Ich zog sie zu mir. Sie küsste mein Gesicht, streichelte meinen Nacken, meine Schultern, meine Brüste.

Ich erwachte bei hellem Tageslicht und spürte an meinem Körper noch überall den leichten Druck ihrer Arme und Beine, ihrer Brüste, ihres Oberkörpers, ihrer Finger, ihrer Hände.

Beim Frühstück blätterte ich in einer Kunstzeitschrift und stieß auf einen Artikel über Gina. Ihr Können wurde gelobt, Kritiken, die ihre Thematik ablehnten und von der Intensität und Leidenschaftlichkeit ihrer Filme verunsichert waren, wurden als falsch abgelehnt. Maria Louisa fand Erwähnung als die Produzentin, mit der Gina oft zusammenarbeitete.

Nach dem Frühstück besorgte ich erst den Haushalt, bevor ich mich wieder an meine Skulptur machte, deren Oberfläche im Licht wie geriffelt aussah.

Nachdem ich die CD mit den Strauß-Walzern in den Player geschoben hatte, machte ich mich daran, die *Feuerfotze* zu vollenden. Sie war so anders als meine früheren Skulpturen – so voller Begehren und Gier. Ich machte die Feinarbeit, glättete die Schweißnähte. Die Musik hatte mich eingesponnen, meine Bewegungen waren auf eine besondere Weise beschwingt und geschickt. Ich vergaß mein Mittagessen, arbeitete weiter, bis ich fertig war. Da schien schon die späte Nachmittagssonne in mein Atelier. Ich ließ mich auf meinem Lieblingssessel nieder und bewunderte die gelungene Skulptur, leicht vor mich hin dösend.

Sie rief an. »Ich möchte dich sehen.«

»Was, wo? Wie spät ist es?« Ich war noch immer im Halbschlaf. Sie musste ein Teil jenes außerordentlich angenehmen Traums sein, der mich gerade umfing. Noch völlig abwesend, rieb ich mir über die Brust, rubbelte mit den Händen mein Gesicht, strich mir mit den Fingern durchs Haar.

»Bei mir zu Hause. Es gibt eine Art Party mit einer Arbeitsgruppe, die mit mir über meinen letzten Film diskutieren will. Es würde mich sehr freuen, wenn du dabei wärst.«

»Ja«, sagte ich, nicht wissend, worauf ich mich da einlassen würde, aber einverstanden damit, sie auf ihrem eigenen Terrain zu treffen. »Ja, sag mir nur die Adresse. Soll ich was zu essen mitbringen?«

»Finger Food oder Wein.«

Ihre Wohnung war zu Fuß zu erreichen. Ich duschte lange und sorgfältig, genoss die Erwartung, aß noch etwas, bevor ich ging, um mich zu beruhigen, zog mir etwas Bequemes, Lockeres an.

Die Stadt, die ich inzwischen zu lieben gelernt hatte, glitzerte in allen Farben, nachdem kurz zuvor ein leichter Regen niedergegangen war. Alles roch frisch und sauber. Ich stellte mir vor, dass sie mich filmte, während ich zu ihr ging, versuchte, mich selber so zu sehen, wie sie mich mit der Kamera sehen würde. Wäre ich jetzt in einem ihrer Filme, müsste mein Körper transparent sein unter blinkenden Neonreklamen, Bögen und Buchstabenfragmenten.

Der Zugang zu Ginas Wohnung war ein langer offener Gang zwischen zwei Gebäuden, der an einem schweren hölzernen Tor endete. Hatte sie das Tor aus Treibholz und angeschwemmten Schiffsplanken selbst gebaut? Ich fragte sie, als sie auf mein Läuten hin herauskam. »Stimmt. Aber das ist schon lange her.« Sie lachte und zog mich durch einen kleinen verwilderten Garten voller blühender Blumen ins Haus. Ihr Haar schmiegte sich um ihr Gesicht, ihre Augen leuchteten. Kaum waren wir im Haus, nahm sie mich kurz in den Arm. Es war so schnell vorüber, dass ich nicht mal Zeit zum Reagieren hatte, aber es war dennoch ein in Wellen wiederkehrender Akt.

Ihr Wohnzimmer war in Braun, Cremefarben und Grau

gehalten, ganz anders, als ich es erwartet hätte. Es war noch niemand da. »Ich wollte, dass du früher kommst, damit du mein Nest sehen kannst, bevor es nachher voll wird.«

»Ich hätte mehr Farbe erwartet.« Ich nahm die Stoffbezüge, die Keramiken, die Körbe und die Wandteppiche in mich auf. Sie schloss die Augen, fuhr sich mit den Fingern durchs Haar und seufzte höchst dramatisch. »Zu Hause brauche ich Neutralität, eine Umgebung, die mich nicht beeinflusst, keine Ablenkung meiner Aufmerksamkeit wie sonst so oft und überall.«

Ich fragte mich, wie viel Zeit sie übrig hatte für ihre Geliebten, wie viel von sich selbst sie zu geben bereit sein mochte. Sie nahm meinen Arm, streichelte ihn beruhigend, als wüsste sie, was ich dachte. »Genug«, sagte sie.

Sie nahm die Weinflasche, die ich mitgebracht hatte, sagte, es sei einer, den sie besonders gern mochte, und führte mich in die Küche, wo sie die Flasche zwischen diversen Vorspeisen abstellte. Sie machte mir ein Zeichen, ich folgte ihr über einen schmalen Flur in ein Schlafzimmer, wo ich innerlich zusammenzuckte beim Anblick dunkler Kissen und einer zinnoberroten Liege. Ich folgte ihr schnell, als sie durch eine weitere Tür in das Zimmer dahinter verschwand.

»Das hier ist mein Atelier.« Sie drehte sich im Kreis, ihr Kleid schwang in schönem Bogen um ihren Körper herum. »Es war früher mal eine Doppelgarage.«

Die Wände waren schwarz gestrichen. Es gab ein deutlich abgegrenztes Zentrum im Raum mit Lampen drumherum. Alles war sehr ordentlich.

»Manche Leute glauben, ich wäre wie meine Filme. Aber sie sind nur möglich, wenn mein Leben gut durchstrukturiert ist und ich so meine Imaginationen freisetzen kann. Verstehst du das? Ich weiß, dass du es nachempfinden kannst.«

»Ja. Wenn ich eine Skulptur beginne, habe ich eine Vision, fast so etwas wie eine Halluzination, einen Traum, aber ich muss mein Werkzeug genau da liegen haben, wo ich es brauche. Es staubt nur sehr viel mehr, wenn ich arbeite«, sagte ich.

»Beim Filmemachen ist Staub der größte Feind.« Sie lachte. »Also muss ich einfach erfolgreich sein, damit ich mir jemand zum Saubermachen leisten kann.«

»Und, kannst du es dir leisten?«

»Ja, aber nur, weil ich auch noch unterrichte.«

Es läutete am Tor, doch sie fuhr sanft mit den Fingerspitzen über mein Gesicht, meine Lippen. »Du bist sehr schön. Nicht auf die gewöhnliche Weise, sondern ganz besonders. Einzigartig. Deine Züge haben sich mir eingeprägt. Ich möchte dich filmen.«

Ich legte meine Hand seitlich an ihr Gesicht. Wenn Zeit dazu gewesen wäre, hätte ich vielleicht mehr getan.

Sie rannte los, ich folgte ihr langsam, ließ in meinen Gedanken die Berührung, die Worte, die Energie, die mich für kurze Zeit umhüllt hatte und dann wieder verschwunden war, noch einmal an mir vorüberziehen. Ich dachte auch an ihre Filme und wie sehr sie mich beeindruckt hatten. Was würde sie von mir verlangen? Wie viel war ich bereit zu geben?

Frauen kamen in die Küche, sie bewegten sich sicher, als würden sie sich alle hier auskennen. Sie lächelten, stellten sich vor. Musikerinnen, Autorinnen, Schauspielerinnen. Einige Namen kannte ich. Ich spürte ihr Interesse an mir, auch wenn sie mich gar nicht anschauten. Jedes Mal, wenn ich mich umdrehte, sah ich Gina. Immer sah sie mich an, ganz direkt, und hielt meinem Blick stand, bevor jemand die Sicht verstellte. Was ging im Kopf dieser Frau vor? Was wollte sie von mir? Ihre Anziehungskraft war unheimlich stark. Merkte es keine der anderen?

Wieder läutete es. Noch mehr Frauen kamen herein. Attraktive Frauen mit ausdrucksvollen Gesichtern. Wir setzten uns ins Wohnzimmer – fünfzehn, achtzehn Frauen. Die schummrige Beleuchtung erlosch fast ganz, Dias wurden auf eine Leinwand projiziert: Landkarten von überall auf der Welt, Grün und Blau mit hellen roten Linien.

»Diese Feuerlinien findet man überall auf der Erde«, erklärte Gina, und ihre körperlose Stimme klang hypnotisch und warm. »Es sind Stellen, an denen die Erdkruste bricht, wo die Landmassen aneinander stoßen und die Vulkane ausbrechen.« Bilder von heftigen Eruptionen folgten, Feuerströme, die sich bewegten, Berge umspielten, ins Meer rannen. Luftbilder – vielleicht von Satelliten aus aufgenommen – mit sich überschneidenden Linien und Falten, gefährdeten Punkten, unsicheren Orten.

»Ich möchte einen Film machen, in dem der Körper einer Frau die Erde ist und in dem ihre Sexualität wie diese Feuerströme aus dem Innern hervorbricht. Ich weiß nicht, ob mir das gelingt, aber ich möchte, dass ihr mir helft.«

Die Intimität ihrer Stimme war überwältigend. Ich spürte, sie hatte mich ganz persönlich angesprochen.

Die Bilder auf der Leinwand waren jetzt anders, verschmolzen noch mehr. Weibliche Körper überlagerten die Landkarten und Landschaften. Die Erdteile sahen wie Torsi aus, scharlachrote Bögen stellten die unterirdischen Aktivitäten dar. Ich ließ mich hineinziehen, meinen Körper anturnen. Mein Körper. Ich wünschte, es wäre mein Körper, der aufbrach, Lavaströme wie in wunderbarer Befreiung aus sich herausschleuderte. Ich wünschte, ich könnte ihr meinen Körper für ihr Projekt darbieten, ihrer Kunst widmen, genau so, wie ich meine Gefühle für sie in greifbare Formen umgesetzt hatte. Es wäre ein Geschenk an sie, aber auch eine Expedition, eine Reise ins Unbekannte.

Plötzlich erstarrte ich. Ich konnte es nicht tun, sollte es nicht tun. Ich durfte nicht die Kontrolle verlieren, den inneren Felsblock der Selbstsicherheit.

Irgendjemand begann, die Trommel zu schlagen. Eine Flöte kam dazu. War es so vorbereitet worden? Wussten sie, was geplant war? Hatten alle ihre Filme so angefangen? Hier, in diesem Raum?

Sie zeigte immer noch Dias, alle in üppigen Farben, voll von Zauber.

»Ich möchte eine Frau, die sich ganz der Liebe hingibt.

Ganz allein mit sich«, sagte sie. »Ganz sie selbst. Ich brauche eine, die in voller Absicht zu einem Sexualwesen wird, sich in Slow Motion präsentiert, mir erlaubt, mich einzumischen, hinauszuzögern, die Intimität zu steigern.« Ihr Gesicht, das vom Licht des Projektors erhellt war, wirkte ätherisch, körperlos. Sie sah sich im Zimmer um. Schaute sie mich wirklich durchdringend an, oder bildete ich es mir nur ein?

Ich war mit mir selbst uneins. War ich die Sorte Frau, die mit der Konsequenz eines solchen Aktes leben konnte? Würde ich mich sicher fühlen, wenn ich mich derart verletzlich zeigte? War es ihr Charisma, das mich zu etwas anspornte, das ich bei niemand anderem tun würde? Die Bilder wechselten jetzt immer schneller, Karten, Details, die Kamera ließ Aktionen erstarren, die manchmal langsam waren, manchmal explosiv. Wie sehr würde ich mein Versagen bedauern, wenn ich jetzt nicht aktiv wurde?

»Gina«, rief ich, und schlagartig wurde es still im Raum. »Ich möchte es gern machen, wenn mein Körper akzeptabel ist.«

»Aber ja«, sagte Gina, und allgemeine Zustimmung war zu hören.

Die Lichter gingen an, jemand nahm meine Hand. »Komm, ich helfe dir beim Umziehen. Im Schlafzimmerschrank sind warme Kimonos.« Ich wurde ins Schlafzimmer begleitet, die Kleider wurden mir ausgezogen, mein Körper in weiche Tücher gehüllt. »Es dauert nicht lange, dann sind die Spuren deiner Kleidung von deinem Körper verschwunden. Willst du etwas essen?«

»Gibt es Saft?«

»Natürlich. Komm mit in die Küche.«

Um mich herum hatten die Leute alle etwas zu tun. Sie waren ständig in Bewegung, nicht eilig, aber offensichtlich zielgerichtet. Vor Aufregung zitternd, trank ich eine Mischung aus Preißelbeer- und Apfelsaft aus einem langstieligen Glas, dessen kristalliner Schimmer bestens mit dem süßlich milden Aroma des Getränks harmonierte.

Meine Begleiterin nahm mir das leere Glas aus der Hand und dirigierte mich sanft in den hinteren Teil des Hauses. Falls ich noch beabsichtigte, das Ganze abzusagen, dann war jetzt der richtige Moment gekommen. Was hatte ich mir da bloß eingebrockt! Würde ich es durchstehen? Wollte ich es denn? Ginas Arbeitszimmer war zu einem Miniatur-Filmset umgewandelt worden. Scheinwerfer waren aufgebaut, die Kamera war auf ein ganz in Blautöne gehaltenes Zentrum ausgerichtet. Dazu kam der transparente Glanz herunterhängender Drapierungen, die wirkten, als wären die Stoffe mit Gold unterlegt.

»Gibt es irgendetwas, was ich für dich tun kann?«, flüsterte Gina mir zu.

Wollte ich mich wirklich zurückziehen? Nein. Ich küsste sie auf den Mund, und sie sagte: »Später, ja. Sehr viel später.« Ihr Geschmack blieb mir auf der Zunge. Genau wie in meinem Traum berührte sie jetzt mein Gesicht, meine Schultern, meine Brüste – ganz leicht nur, mit schnellen, flüchtigen Händen. Dann bewegte sie sich fort von mir. Was blieb, war ein würziger Duft von Zimt und Nelken.

Wieder begann die Flöte zu spielen, eine sehr sehnsüchtige Melodie. Ich trat ein in eine Welt aus blauen Schleiern und gleißendem Licht, als würde ich in einen anderen Bewusstseinszustand überwechseln. Eine Trommel hatte den Rhythmus meines Herzschlags gefunden und beibehalten, und die Gitarre mischte sich ein, zwölf Saiten in angenehmen Schwingungen.

Mein Körper schmerzte vor Verlangen. Ich schloss die Augen. In meiner Vorstellung sah ich Gina, die einen uralten Tanz zu tanzen begann. Ihre Bewegungen forderten mich auf, zu ihr zu kommen, ermutigten mich, ich selber zu sein, mich ihr anzuschließen in einem außergewöhnlichen Schöpfungsakt. Hingegeben an diese Fantasievorstellung, tanzte ich mit ihr.

Das Gewand rutschte mir von der Schulter, glitt im Fallen an meinem Körper hinunter. Die Musik kulminierte zu einem Crescendo, untermalte das Fallen des Gewandes.

Meine Lenden brannten, ich spürte, wie ich heiß wurde, fühlte die Hitzewallungen, als ich langsam – eine nach der anderen – meine empfindlichen Stellen berührte und dabei die Zonen meines Körpers umrandete, an denen die Erde bebte.

Das Trommeln veränderte sich, wenn ich mich veränderte, wurde massiver, vielschichtiger und komplexer. Ich spürte es auf meiner Zunge, in meinen Fingerspitzen, im Gesäß und tief in meinem Innern wie ein vibrierendes Echo. Ich ging in die Knie, wiegte mich, schwang hin und her, schmiegte mich in die Musik hinein, war lebendig und voll von intensiven Empfindungen. Ich war mir der Frauen rundherum bewusst, stellte mir vor, dass sie sich an meinem Körper und meinen Bewegungen erregten. Ihre Aufmerksamkeit war um mich herum fast atmosphärisch greifbar.

Lustgefühle und Verlangen überwältigten mich. Nie zuvor hatte ich so etwas empfunden. Wer war ich? Was würde aus mir hervorbrechen? Ich ließ mich auf ein Polster fallen, spreizte die Schenkel und bot mich ihr an.

Hatte sie die Kamera im Griff? Sie konnte die eine und die andere Hand völlig losgelöst voneinander Dinge tun lassen. Wie lange ging das schon so? Wie lange würde es noch weitergehen? Ich hatte das Gefühl, dass ich gleich explodieren müsste. Ich griff in meine Vulva. Drückte fest zu. Fühlte. Bäumte mich auf, völlig angespannt, alle Energie in mich hineinnehmend. Intensive Gefühle trugen mich davon, aber ich konnte mich dennoch wie aus einiger Entfernung beobachten, als betrachtete ich mich durch eine Kamera, dann, als sähe ich einen fertigen, auf eine Leinwand projizierten Film. Meine Fantasie trug mich davon, meine überreizten Sinne spielten verrückt. Ich wollte mehr, aber mehr wovon? Es kam mir vor, als würden meine kreativen und sexuellen Energien ineinander übergehen und mich davonschweben lassen, davontragen aus allem Vertrauten und als würde ich ein völlig anderer Mensch.

Meine Schamlippen waren geschwollen, klebrig und

feucht. Quoll die Erde auf diese Weise auf, ergoss sie sich? Die Zeit schien stehen zu bleiben, sich zu dehnen, anzuhalten. Ich schauderte vor einem möglichen Abgrund.

In einem Wachtraum stellte ich mir Gina vor, wie sie nackt mit offenen Händen vor mir auf Knien lag. »Lass dich gehen, komm, komm für mich«, sagte sie, aber nur in meiner Vorstellung.

Ihretwegen, dachte ich, aber auch um meinetwillen, für die, die ich werden kann, wenn ich mich erschaffe, neu erschaffe.

Dann – wie in der Zeitlupe – wurde ich wirklich zum Berg, der aufbricht, zum flüssigen Felsgestein, das herausgeschleudert wurde. Es war meine eigene Stimme, die ich bei jeder der unzähligen explosionsartigen Ausbrüche laut schreien hörte.

Noch ein Nachbeben, dann Stille. Meine Oberfläche schien sich wieder abzukühlen, zu glätten und fest zu werden.

Viel Zeit schien vergangen zu sein. Die Scheinwerfer waren aus, aber es brannten Kerzen. Ich war ganz allein mit Gina, die zwischen meinen Beinen kniete, mich berührte, liebkoste und Tränen in den Augen hatte. Das war kein Traum, nein, sie war so real, dass ich die Umrisse ihres Körpers nachformen konnte.

»Du warst so schön«, sagte sie und streichelte, glättete und erregte meinen Körper aufs Neue.

»Ich will dich«, sagte ich.

»Hier hast du mich«, antwortete sie und legte sich neben mich.

WIE IM KINO
Doraine Poretz

Ich stand in der Cafeteria der Uni, hatte gerade meinem siebzigjährigen, aus Polen stammenden jüdischen Vater mitgeteilt, dass ich wohlbehalten in der heidnischen Wildnis von Atlanta, Georgia, angekommen war, und war dabei, den Telefonhörer einzuhängen, als ich mich Hals über Kopf in Beauregard Thomas Darcy III. verknallte.

Im Nachhinein glaube ich, es war seine Art zu gehen: Es sah aus, als würden seine Füße den Boden kaum berühren; er wiegte sich beim Gehen leicht in den Hüften, was die Geradheit seines Rückens und die Breite der Schultern nur noch unterstrich. Vielleicht war es auch sein Lächeln oder vielmehr das auffallende Weiß seiner makellosen Zähne. Wie auch immer – ich schlug die Augen nieder, und im gleichen Augenblick fiel mir mein geöffnetes Portemonnaie aus der Hand, und all mein Kleingeld rollte über den Linoleumboden davon.

Er hob ein paar Münzen für mich auf und blieb hinter mir, als ich Richtung Kasse ging, um mein Thunfischsandwich und die Cola zu bezahlen. Völlig kopflos versuchte ich, einen freien Tisch zu entdecken, und war heilfroh, als ich auf dem Weg dorthin nicht stolperte.

Das geschah im Jahr 1965. Ich war achtzehn Jahre alt und hatte bis zu jenem folgenschweren Morgen und meinem Abflug vom Flughafen La Guardia Manhattan noch nie verlassen, war nie zuvor in ein Flugzeug gestiegen und hatte mich noch niemals verliebt. Jetzt passierte mir das alles auf einmal an einem einzigen überwältigenden Vormittag. Und noch dazu auf leeren Magen.

In der Cafeteria ging es laut und hektisch zu; ich konzentrierte mich auf mein Essen und spürte die ganze Zeit über, dass er mich ansah. Dann nahm ich so ganz nebenbei meine Brille ab und rieb mir die Nasenwurzel. (Alle sagen, meine Augen wären das Schönste an mir.) Als ich aufschaute, entdeckte ich ihn sofort: Er saß mir schräg gegenüber und nippte an einen frisch gepressten Orangensaft. Er sah so ungeheuer klasse aus, dass ich fast nicht länger zu ihm hinschauen konnte. Es war nicht auszuhalten, wie schön er war – wie ein Hollywoodstar oder ein West-Point-Kadett. Selbst ein Grübchen in seinem Kinn fehlte nicht. Und, wie gesagt, dazu auch noch diese unglaublich perfekten Zähne!

Ich dachte gerade an die Zahnspange, die ich getragen hatte, bis ich sechzehn war, und bezweifelte sehr, dass er jemals etwas Derartiges nötig gehabt hätte. Da hörte ich seine Stimme – ein leicht schleppender Singsang, weich wie Sahne: »Darf ich mich vielleicht zu Ihnen an den Tisch setzen?« Und ich erwiderte so zuvorkommend wie möglich: »Meinen Sie mich? Aber ja doch. Danke.«

Es folgten lange Nächte am Telefon. In meinem Flanellpyjama lag ich lang ausgestreckt auf dem Boden im Flur des Studentenwohnheims; in einem der Zimmer klapperte eine Schreibmaschine, und von irgendwoher, weit in der Ferne, war immer das typische mädchenhafte Geflüster und Gekicher zu hören. Er erzählte mir, er sei auf einer Farm aufgewachsen und mit dem Pferd in die Schule geritten. Er konnte Autos reparieren und Häuser bauen. Kein Einziger der jungen Männer, die ich kannte, hatte jemals so etwas zu Stande gebracht. Und was gefiel ihm an mir? Ich sei eine Dichterin, behauptete er. »Ich bin keine Dichterin, ich liebe die Literatur, vor allem die Poesie, und ganz besonders Dylan Thomas«, konnte ich immer wieder sagen, aber er blieb dabei. »Nein, nein, du bist eine Dichterin, das merke ich schon an der Art, wie du redest. So verinnerlicht. Und dann dein Geist, wie du denkst, wie deine Gedanken umherschweifen. Erzähl mir mehr von diesem Thomas. Das war doch der, der immer so viel getrunken hat und immer Weibergeschichten hatte, oder?« Lachend hielt ich dann die Muschel noch dichter an den Mund, und wir redeten und redeten, während ich auf dem Rücken lag und meine Blicke den Rissen an der Decke folgten, bis zu den Stellen, wo sie sich überkreuzten und immer neue Sternkonstellationen bildeten.

Unsere Freitagabende verbrachten wir meistens mit Pizzaessen und Colatrinken; manchmal saßen wir auch in Jerrys Pizzagarten und tranken Bier. Beau schleckte mir Mozzarella von den Lippen und küsste mich mitten auf dem Gehweg. Es dauerte eine ganze Weile, bis ich mich daran gewöhnte und nicht mehr so verlegen war. Er war viel eher ein Poet als ich, fand ich, so spontan und leidenschaftlich, wie er war. Und die Art und Weise, in der er mich immer ansah …

Ich konnte beim besten Willen nicht sagen, was dieser Ausdruck zu bedeuten hatte, der so häufig in Beaus Augen lag. Aber hin und wieder spürte ich, dass es einfach Freude war. Noch nie zuvor hatte mir gegenüber jemand dieses Vergnügen, dieses Wohlgefallen gezeigt, und deswegen fiel es mir wohl so schwer, es zu akzeptieren. Ich konnte es nur aus der Distanz ertragen und mich entweder darüber wundern oder beunruhigen, weil ich mir ganz sicher war, er würde über kurz oder lang wieder zur Vernunft kommen und dann merken, dass ich nichts von dem hatte, was er mir andichtete.

Wenn ich ab und an mal völlig durcheinander geriet und sagte, dass das alles total unmöglich sei und dass mein Vater uns niemals erlauben würde zu heiraten, legte er tapfere Entschlossenheit an den Tag und versuchte, mich davon zu überzeugen, dass ich mich täuschte: »Jetzt hör mir mal zu, ja. Natürlich wird dein Vater zulassen, dass ich dich heirate. Warum soll ich nicht genauso gut für seine Clare sorgen wie irgendeiner dieser ollen jüdischen Ehemänner! Du wirst es mit mir sogar viel besser haben, weil ich mir richtig Mühe geben muss, verstehst du?« Und er lachte und gab mir Dutzende von Küssen. Ich lachte ebenfalls, gab ihm die Küsse zurück und erlag seinem Charme. Aber trotz solcher momentanen Freudenausbrüche sagte irgendetwas tief in mir, dass ich auf all das eigentlich gar kein Anrecht hätte. Mir fiel ein, dass meine Mutter mir mal gestanden hatte, ihre erste große Liebe sei ein junger Skandinavier gewesen, der sie hin und wieder zum Schlittschuhlaufen abgeholt hätte. Als ihr Vater das mitbekam, verbot er ihr, den jungen Mann zu treffen, weil er kein Jude war, sondern ein Goi, ein Ungläubiger. Es wäre unmöglich gewesen, hatte meine Mutter gesagt, absolut unmöglich. Und sie hatte geseufzt: »Im wirklichen Leben gibt es solche Art Liebe einfach nicht. Nur im Kino. Vielleicht. Aber nicht im wirklichen Leben.«

Er rief irgendwann in diesem Sommer auf dem Weg von Pennsylvania nach New York von einem öffentlichen Telefon aus an. Er hatte beschlossen, sich meinen Eltern vorzustellen und ihnen seine Absichten kundzutun. Ich bat ihn inständig, es nicht zu machen, weil es nur ganz, ganz furchtbar ausgehen konnte, aber er blieb dabei. Er sagte, er habe mit seiner Großmutter gesprochen, die eine weise Frau sei. Sie hätte uns viele gemeinsame Jahre vorausgesagt, und mal abgesehen davon, hätte ich einen eisernen Willen. Ich müsste mir keine Sorgen machen. Er würde das mit meinen Eltern schon hinkriegen.

Ich schaute aus dem Fenster meines im zweiten Stock gelegenen Schlafzimmers und sah, wie sein 58er Chevy vorfuhr. Noch bevor ich mich vom Fenster abgewandt hatte, wo ich vor Angst wie festgefroren stehen geblieben war, hörte ich sein Läuten, und meine Mutter rief nach mir. Während ich die Treppen herunterkam und die beiden dort unten stehen sah – meine Mutter fuhr sich unbewusst mit den Händen durch die Haare –, spürte ich, dass meine Angst ein bisschen nachließ. Auch sie war von Beau gleich auf den ersten Blick total hingerissen.

Jetzt kam mein Vater vom Garten her ins Haus. Er faltete seine Zeitung zusammen, schüttelte Beau die Hand und forderte ihn auf, zu einem Drink mit ins Wohnzimmer zu kommen. Ich schlenderte hinterher, setzte mich neben Beau und fasste zu meiner eigenen Überraschung nach seiner Hand. Wir alle unterhielten uns sehr angenehm über Studien- und Zukunftspläne. Meine Mutter brachte ein Tablett mit belegten Brötchen herein, und Beau erzählte meinem Vater, er beabsichtige, Jura zu studieren und ein erfolgreicher Anwalt zu werden. Außerdem machte er ohne Umschweife klar, dass er sich stark zu mir hingezogen fühle.

Später sah ich so etwas wie Panik in Beaus Augen. Er zog mich an sich und fragte mich, ob ich mit ihm einen Spaziergang um den Block machen oder ihn zumindest zum Wagen begleiten würde. Ich konnte keins von beidem tun, denn als ich die abgetretene Fußmatte aus Kindertagen unter meinen Schuhen spürte, wusste ich, wenn ich jetzt aus dem Haus ginge, würde ich nie mehr zurückkehren. Wir umarmten uns, und ich versprach, ihn am Abend anzurufen. Dann schaute ich ihm durch die Windfangtür nach und sah, wie er von dannen ging.

Als ich wieder ins Wohnzimmer zurückkam, hatte sich mein Vater in den grünen Clubsessel gesetzt, der neben dem Klavier stand. Er blickte mich mit einer Mischung aus Besorgnis und Enttäuschung an und schüttelte den Kopf. Er hatte noch nie etwas von mir verlangt, nicht wahr? Er war doch immer verständnisvoll, fürsorglich und zärtlich gewesen, oder? Ich war seine kleine Süße, sein Liebstes. Ich hatte nie irgendetwas getan, wofür er sich hätte schämen müssen. Ich war klug, hübsch und hatte ihn respektiert. Ja, so war es. Wie kam es dann, dass ich diesen jungen Mann, diesen reizenden jungen Mann, dazu ermutigt hatte zu glauben, er könne mich heiraten? Ich wusste doch, dass er kein Jude war. Oder vielleicht nicht? Ich konnte geradezu mit ansehen, wie mein Vater, ein kleiner schmaler Mann, vor lauter Rechtschaffenheit und Entrüstung immer größer und größer wurde.

Er sprang aus dem Sessel, griff nach meinem Arm, und mir wurde bewusst, dass er mich nie zuvor derart leidenschaftlich angefasst hatte. All seine patriarchalische Übermacht von Strenge und Beharrlichkeit explodierte mit einem Mal. Er schüttelte mich, selbst erschüttert, und wiederholte wieder und wieder: »Ich werde dich nie mehr auf dieses Institut zurückkehren lassen, hörst du? Ich werde dich nie, nie mehr dort hingehen lassen, wenn du nicht schwörst, ihn niemals wieder zu sehen. Ich erlaube es dir einfach nicht mehr!« Ich zitterte, konnte mich aber unter Aufbietung aller Kräfte von ihm losreißen und nach oben ins Badezimmer rennen, wo mir schlecht wurde und ich mich übergeben musste.

Minutenlang stand ich über die Kloschüssel gebeugt, weinte, erbrach mich zugleich, tat eine Weile abwechselnd entweder das eine oder das andere, bis ich erschöpft auf den kalten Fliesenboden sank. Ich hielt mir den Bauch, wiegte mich hin und her wie ein autistisches Kind und stellte mit Entsetzen fest, dass ich unlöslich mit jenem Mann – meinem Vater – verbunden war, dessen Lebensvorstellungen mir völlig sinnlos vorkamen. Und doch gehorchte ich ihm, weil ich wusste, dass ich ihn liebte. (War es tatsächlich Liebe, oder war es die Angst, eine schreckliche Sünde zu begehen, wenn ich meinen Willen durchsetzen würde?) Ich stand wie unter dem Zwang eines uralten Stammesgesetzes, das vorschrieb, die heilige Allianz von Vater und Tochter aufrechtzuerhalten.

Ich hörte die Stimme meiner Mutter: »Es war unmöglich, absolut unmöglich.« Auch ich hatte keine andere Wahl. Und weil ich glaubte, keine andere Wahl zu haben, empfand ich nicht einmal die Schmach meiner Lage, sondern nur Bestürzung darüber, dass ich meine leidenschaftliche Liebe diesem Gesetz opfern musste. Und dieser Glaube – nicht das Recht zu haben, meinen Willen durchzusetzen – sollte in meinem Unterbewusstsein jahrelang weiterwirken, während ich aus den Armen meines Vaters weitergereicht wurde in die Arme meines Ehemannes, dann später weiterwanderte aus den Armen meines Mannes in die Arme verschiedener Liebhaber. Bis ich schließlich aufwachen und zu der Frau werden sollte, die ich immer betrogen hatte, und sie um Vergebung bitten würde. Aber ganz abgesehen von der Beeinflussung durch meinen Vater, konnte meine Vernarrtheit in diesen Fremden, diesen Mann aus dem Süden mit dem völlig absurden Namen Beauregard Darcy III., ein junger Mann, der sich weigerte, mit mir zu schlafen, bevor wir verheiratet waren, ja nur eine Illusion sein. Beaus Liebe zu mir ergab keinen Sinn. Womit hatte ich sie verdient? Wie kam es, dass er nichts weiter von mir verlangte, als einfach da zu sein? Dieser junge Mann mit all seiner Reinheit und Zärtlichkeit war mir ein Mysterium.

Im September kehrte ich an die Universität zurück und versuchte, Beau während der ersten vierzehn Tage aus dem Weg zu gehen. Stattdessen schrieb ich ihm einen langen Brief.

Eines Abends kam er ins Wohnheim und weigerte sich, es wieder zu verlassen, bevor ich nicht in die Halle käme. Es regnete, und er lehnte in einem weichen Lambswool-Pullover mit V-Ausschnitt an einer gelblichen Wand und rauchte. Er sagte, der Brief würde ihm nicht genügen. Er zog an seiner Zigarette, warf sie auf den Boden, trat mit dem Schuh auf der Kippe herum und bestand darauf, draußen mit mir zu reden. Ich konnte mich nicht von der Stelle bewegen. Er zischte mich an, wenn ich nicht sofort mit ihm hinausginge, würde er mir eine Szene machen, die sich gewaschen hätte. Also ging ich mit ihm zum Wagen, und kaum waren wir dort angelangt, griff er nach meinem Arm und zerrte mich ins Innere. Seine Hände waren überall, an meinen Brüsten, an den Haaren, während er gleichzeitig Gesicht und Hals mit Küssen übersäte. Ich war erschrocken und erregt zugleich. Er hatte mich noch nie zuvor so behandelt. Hure nannte er mich und Verführerin. Er sagte, er würde mich heiraten und für mich sorgen und mich umbringen, falls ich beabsichtigte, ihn zu verlassen.

Ich fing an zu weinen, und er merkte erst jetzt, dass ich sehr verängstigt war. Das brachte ihn zur Besinnung, und jetzt zeigte er wirklich, wie sehr er litt. Er zog mich an sich, stieß einen leisen, unsäglich traurigen Laut aus, bat mich, stark zu sein und zu verstehen, dass nichts, was es wirklich wert wäre, leicht zu haben sei. Und überhaupt: Was sollte das alles? Wir lebten doch nicht im Mittelalter, oder?

Wir saßen sehr lange in seinem Auto, küssten uns leidenschaftlich, streichelten und berührten uns. Er hatte wohl den Eindruck, mich zurückgewonnen zu haben, und glaubte, es würde noch alles gut werden. Aber ich wusste, dass mein Herz schon lange vorher zerbrochen war, lange bevor ich Beau getroffen hatte. Ich sagte ihm, dass es für uns keine Hoffnung gebe. Ich konnte ihn nicht mehr wieder sehen. Ich konnte es meinem Vater einfach nicht antun. Er sah mich an und wusste, dass ich es ernst meinte. »Steig aus«, sagte er. Und dann schrie er mir ins Gesicht: »Los, mach, dass du rauskommst!«

Ich stieß die schwere Autotür auf. Seine Stimme war rau, als er mir hinterherrief: »Du bist ein bemitleidenswerter, dummer Angsthase. Und es wird dir noch Leid tun.«

Es war einer jener unerträglichen Hitzetage in Baton Rouge. Der Ventilator wirbelte die Hausaufgaben, die ich zu korrigieren versuchte, auf den Boden. Richard, mein Mann, hielt sich im Schlafzimmer auf, wo es eine Klimaanlage gab, und paukte für sein medizinisches Staatsexamen. Wenn er erst sein Examen hinter sich gebracht hatte, würde ich mich nicht mehr mit irgendwelchen Diktaten der sechsten Klasse rumschlagen müssen, überlegte ich. Und deshalb lohnte es sich, ihm die Air-Condition zu überlassen.

Es war nicht so, dass es mir keinen Spaß gemacht hätte, Lehrerin zu werden. Im Gegenteil. Und im Allgemeinen kam ich mit den Kindern auch ganz gut zurecht. Aber da, wo es wichtig gewesen wäre, war ich – zumindest in den Augen meiner Vorgesetzten Rose Garland – eine echte Versagerin. Ich schaffte mein Unterrichtspensum nie, und ihrer

Ansicht nach gestattete ich den Kindern zu viele Fragen »außerhalb des Stoffes«. Offenbar brachte meine »Yankee-Großzügigkeit« Mrs. Garland immer wieder zur Verzweiflung. Die Schulbänke hatten nicht im Kreis, sondern in Reih und Glied zu stehen. Kinder mussten Ordnung beigebracht bekommen – und zwar vor allem anderen!

Eines Nachmittags hatte mir Mrs. Garland, die in der letzten Reihe saß und meinem Unterricht beiwohnte, vor vierundzwanzig erschreckten Gesichtern, die zu mir hochschauten, einen Rohrstock gegeben und mich aufgefordert, einen hübschen blauäugigen Jungen namens Douglas damit zu züchtigen, weil er nach der zweiten Ermahnung immer noch geredet hatte. Ich war entsetzt. Der Magen zog sich mir zusammen, meine Hände waren schweißnass. Ich sah keine Möglichkeit, wie ich diese doppelte Demütigung abwenden konnte. Es gelang mir, dem Kind einen leichten Schlag auf sein Hinterteil zu verabreichen. Alle anderen lachten.

Mrs. Garland hatte mich nach dem Unterricht zu sich bestellt. Mir war sehr danach zumute gewesen, ihr gegenüber tätlich zu werden, weil sie uns beiden – dem Kind und mir – Gewalt angetan hatte. Aber ich hatte nichts dergleichen getan, sondern nur gespürt, wie sich mein Nacken während ihrer ruhig vorgebrachten Vorhaltungen immer mehr verspannte.

Ich war mit meinen Gedanken bei Rose Garland, spürte die Hitze und meine mangelnde Courage, als das Telefon klingelte. Ich nahm den Hörer ab, und mir wurde vor Schreck ganz kalt. Es war Beau. Ich hatte ihn mehr als drei Jahre nicht mehr gesehen. Ich nahm das Telefon und zog mich in eine Ecke des Wohnzimmers zurück.

Er rief aus einer Bar an, nachdem er lange mit sich gekämpft hatte, ob er es tun sollte. Ja, er hatte geheiratet und lebte mit seiner Frau in Chicago, wo er Jura studierte. Nein, er hatte nicht aufgehört, an mich zu denken, selbst nachdem es sich herausgestellt hatte, dass auch ich verheiratet war. Nach allem, was zwischen uns geschehen war, konnte ich doch wohl nicht ganz glücklich sein mit meinem Ehemann, oder vielleicht doch? Dann erzählte er mir noch, seine Großmutter sei gestorben, aber er könnte immer noch nicht vergessen, dass sie ihm prophezeit hätte, wir würden irgendwann zusammenkommen. Wenn ich nichts mehr von ihm wissen wollte, dann würde er versuchen, nicht mehr anzurufen, aber er könnte es nicht versprechen. Ich fragte ihn, wie er an meine Nummer gekommen wäre. Er sagte, meine Mutter hätte sie ihm gegeben.

In den folgenden Jahren rief er immer mal wieder an, meist mitten in der Nacht. Ich erzählte Richard ab und zu von dem einen oder anderen der Anrufe. Es schien ihn nicht besonders aufzuregen. Vielleicht wurde ich durch Beaus Interesse an mir auch für Richard begehrenswerter, aber das konnte ich nicht wirklich rauskriegen, denn mein Mann war keiner, der gern über seine Empfindungen redete.

Nach jedem dieser Telefongespräche mit Beau fühlte ich mich schmerzlich durcheinander gebracht und fragte Richard immer wieder, ob er mich wirklich lieb hätte, ob er mich schön fände. Richard gab mir nie eine direkte Antwort, sondern stellte die Gegenfrage: »Hätte ich dich geheiratet, mein Herz, wenn ich dich nicht liebte?« Oder: »Wieso hätte ich dich denn heiraten sollen, wenn ich dich nicht schön fände?«

Ein paar Jahre später waren wir aus dem Süden nach New York übergesiedelt und lebten mit unserer zweijährigen Tochter Karin in einer geräumigen Stadtwohnung. Eines Nachts wachte ich auf und glaubte zuerst, mein Kind würde weinen, aber dann stellte ich fest, dass das Telefon läutete. Richard, der einen ziemlich festen Schlaf hatte, rührte sich nicht. Ich nahm den Hörer ab und wusste sofort, dass es nur Beau sein konnte. Es war drei Uhr morgens, und ich war erschöpft, weil meine Tochter schon seit einer Woche krank war.

»Beau, was ist denn los?«

»Ich brauche dich.«

»Hör mal Beau, jetzt reicht es aber. Ich habe ein Kind, und es ist spätnachts, und ...«

»Sie stirbt, Clare.«

»Was? Wer stirbt?«

»Meine Frau. Sie ist im Krankenhaus.«

»Um Gottes willen, Beau, das tut mir Leid, ich …«

»Du bist die Einzige, mit der ich darüber reden kann. Du musst sofort herkommen. Bitte!«

»Wo bist du denn? Was redest du denn da?«

»Wir wohnen am Riverside, nicht weit von dir.«

»Du bist hier in New York?«

»Die Familie meiner Frau lebt hier, und wir … Hör mal, kommst du jetzt her, oder was?«

»Beau, ich … Wie soll ich das denn machen? Versteh doch, mein Mann … Ich bin nicht mal in der Lage, den Wagen zu fahren, er hat keine Automatik. Meiner ist …«

»Nimm ein Taxi, ich bezahle es. Clare, bitte, tu mir den Gefallen!«

Ich zögerte, sagte ihm, er sollte warten. Dann weckte ich Richard auf und erzählte ihm, was los war. Er knurrte nur: »Meinetwegen.« Wenn ich es richtig fände, dann sollte ich ruhig fahren. Ich ließ mir Beaus Adresse geben und rief das Taxi.

Während ich darauf wartete, erschien mir die Sache völlig absurd. Konnte es sein, dass Beau das alles nur erfunden hatte? Vielleicht wollte er mich auf diese Weise zu sich locken und mir irgendwie heimzahlen, dass ich ihn abgewiesen hatte. Er konnte immer noch wütend sein auf mich. Immerhin hatte ich ihn aufgegeben, uns aufgegeben. Ich bekam es mit der Angst zu tun und war drauf und dran, das Taxi wieder wegzuschicken.

Der Taxifahrer setzte mich vor einem niedrigen langgestreckten Gebäude ab, das hinter Sträuchern und Buschwerk halb verborgen war. Ich stolperte eine der Steintreppen hoch, die zum Hauseingang führten. Beau wartete draußen auf mich; er lehnte an der Windfangtür und hatte ein Glas Whiskey in der Hand. Es war Sommer, die Morgenluft war frisch, aber nicht sehr kalt. Vor dem von der aufgehenden Sonne rosa und türkis schimmernden Himmel zeichneten sich die Silhouetten der Berge ab. Alles wirkte jungfräulich unschuldig und friedlich. Als ich nahe genug war, um Beau wirklich erkennen zu können, bemerkte ich, dass er entsetzlich müde und erschöpft war. Trotzdem schien er sich in all den Jahren überhaupt nicht verändert zu haben.

Er zog mich an sich, bedankte sich, dass ich gekommen war. Dann nahm er meine Hand, geleitete mich ins Wohnzimmer und fragte, ob ich etwas essen oder trinken wollte. Ich schüttelte den Kopf.

»Ich glaube, ich brauche noch einen.« Er ging zur Bar, zeigte dabei auf ein Foto in einem silbernen Rahmen. »Das ist Nick. Er wird im Oktober vier.«

Ich blickte auf das lachende Kind neben Beau, der eine Hasenmaske trug, die er sich auf den Kopf geschoben hatte.

Hier lebte er also. Der Wohnraum war in Grün- und Pfirsichtönen gehalten. Sehr wahrscheinlich, dass seine Frau ihn gestaltet hatte. Ich stellte sie mir blond, hübsch und typisch amerikanisch vor und versuchte, irgendwo ein Foto von ihr zu entdecken, sah aber keins. Ich fühlte mich als Eindringling. Schon mein Blick auf die Einrichtungsgegenstände und der Umstand, dass ich auf dem Sofa neben Beau Platz genommen hatte, erweckten in mir das Gefühl, seine Frau zu hintergehen.

Während Beau seinen Whiskey trank, versuchte er mir zu erklären, wie sehr er sich bemüht hatte, seine Versessenheit auf mich zu unterdrücken. Er sagte, er hätte schon lange gewusst, dass ich nicht weit von ihm entfernt wohnte, hatte sich aber fest vorgenommen, mich niemals anzurufen.

»Aber heute, heute Abend, da – und das kannst du mir glauben –, da wusste ich, du bist die Einzige, die mir helfen kann. Vielleicht wollte ich einfach jemanden hier haben, den ich schon lange kenne. Kannst du das nicht verstehen?« Er lehnte seinen Kopf an die Rückenlehne des Sofas, verlor die Fassung. »Sie liegt im Sterben, Clare …« Mein erster Impuls war, ihn in den Arm zu nehmen, aber ich hielt mich zurück, weil ich einfach nicht wusste, ob ich das Recht dazu hatte.

»Was fehlt ihr denn?«, fragte ich. »Sag doch, was sie hat!«

»Leukämie. Ganz plötzlich. Ohne Vorwarnung. Herrje«, sagte er dann, »ich bin zu jung für so was.«

Ich konnte sehen, wie ihm die Tränen in die Augen stiegen und musste ihm einfach übers Gesicht streichen. Ich konnte in diesem Augenblick gar nicht anders, als ihn an mich zu ziehen. Ich legte meine Arme um ihn und hielt ihn ganz fest, war dankbar dafür, ihm so nahe zu sein, ihn ein bisschen trösten zu können. Ich nahm den Duft seines Haares und seiner Haut wahr. Es kam mir alles so vertraut vor.

Wir saßen eine Weile ganz still, dann rückten wir voneinander ab und begannen zu reden. Wir sprachen über die Krankheit seiner Frau, über unsere Kinder, über meine Anstrengungen, einen Roman zu Ende zu schreiben, den ich vor Jahren angefangen hatte. Als er mich nach meiner Ehe fragte, wusste ich nicht, was ich sagen sollte.

Die Distanz zwischen mir und Richard vergrößerte sich. Ich lebte damit, indem ich mir klarzumachen versuchte, dass ein Mangel an Intimität fast in allen Ehen vorkam, dass es Lust und Leidenschaft nur »im Kino« gab. Die Angst vor einem endgültigen Bruch lähmte mich.

»Richard ist ein guter Mann. Ich bin froh, ihn zu haben.«

Beau sah mich prüfend an. »Du liebst ihn nicht.«

Ich widersprach. »Das habe ich nicht gesagt.« Ich legte meine Hand an seine Wange und lächelte. »Du benutzt immer noch dasselbe Rasierwasser wie auf dem College.«

Ich lehnte mich an die Sofakissen und schloss die Augen. Wenn er damals nur mit mir geschlafen hätte! Es hätte vielleicht alles verändert. Vielleicht hätte ich dann geglaubt, genauso zu ihm zu gehören wie zu meinem Vater. Wäre ich doch nur aufgerüttelt worden!

In diesem Augenblick kamen mir die Tränen. Ich weinte, weil wir uns beide so gequält hatten. Ich weinte um mich und um Beau und seine Frau. Und ich weinte auch, weil das Morgenlicht das Zimmer mit einem derart einmaligen rosa- und bernsteinfarbenen Licht übergoss und weil wir das Glück hatten, dies gemeinsam erleben zu dürfen. Ich schaute zu Beau hinüber: Er war eingeschlafen, und sein schönes Gesicht sah endlich wieder entspannt aus.

Ich hatte gerade eine Kiste mit Büchern in einer Ecke des Wohnzimmers abgestellt, da läutete es an der Wohnungstür. Ich nahm an, es wäre einer der Männer von der Umzugsfirma, aber stattdessen stand Beau im Hausflur. Ich hatte ihn seit jener Nacht vor etwa sechs Monaten nicht mehr gesehen. Er hatte nur einmal angerufen, um mir mitzuteilen, dass seine Frau gestorben sei.

»Beau, um Gottes willen, wie geht es dir?«

Er lächelte, nahm mich in den Arm und schaute sich im Zimmer um. »Es geht so. Jaja, es geht ganz gut. He, was ist denn hier los?«

Es war mir unangenehm, ihm die Wahrheit zu sagen. »Also, es ist so«, sagte ich zögernd, »Richard und ich sind ...«

»Du ziehst aus?«

»Ich ziehe aus.«

Wieder lächelte er. »Das ist ja nicht zu glauben! Was ist passiert?«

Ich zuckte mit den Schultern und schob eine der Umzugskisten näher zur Tür.

»Wir haben beschlossen, uns für eine Weile zu trennen.« Ich deutete auf eine Flasche Mineralwasser. »Magst du was trinken?« Er schüttelte den Kopf.

»Ihr geht auseinander. Ich kann es nicht glauben!« Er lachte. »Ist es ganz plötzlich so gekommen?«

»Nein, es ist schon eine Weile geplant.«

»Eine längere Weile?«

»Ich möchte lieber nicht darüber reden, verstehst du?«

»Gibt es jemand anderen?«

»Nein.«

»Und bei ihm?«

»Nein. Jetzt hör mal. Ich hab gerade gesagt, ich möchte nicht darüber reden. Also, hör bitte auf mit der Fragerei.«

Er sah mich lange kopfschüttelnd an. Dann ging er in dem großen, leeren Zimmer auf und ab. Die Decke war hoch und gewölbt. An der gegenüberliegenden Seite gab es ein getöntes Glasfenster.

»Es sieht hier aus wie in einer Kirche, findest du nicht? Was hattet ihr zwei denn in dieser Kirche verloren?« Er hielt einen Moment inne. »Himmel noch mal«, sagte er dann, »ich kann es einfach nicht glauben. Ich meine, wieso das alles, wenn du ihn die ganze Zeit nicht geliebt hast?«

»Ich habe ihn geliebt«, beharrte ich. »Natürlich habe ich ihn …«

»Nein, nein. Ich meine die wirkliche, die tiefe, verrückt machende Liebe, die mehr ist, als einen guten Fang machen oder so …«

»Beau, hör auf damit!«

»Nein«, fuhr er fort, »ich mag nicht aufhören. Verstehst du nicht: Ich sitze hier und schaue dich an, und du siehst nicht anders aus als vor acht Jahren, als du neben mir auf dem Beifahrersitz dieses alten Schrottautos gesessen und mir erzählt hast, dass irgendein Mann in einem europäisch geschnittenen Anzug beschlossen hätte, wir sollten leben wie im sechzehnten Jahrhundert. Und jetzt willst du mir erzählen, der Typ, den du dir ausgesucht hast, der, den du schließlich genommen hast, war jemand, nach dem du alles andere als verrückt gewesen bist! Jemand, der dich niemals und in keinster Weise um den Verstand gebracht hat! Mensch, Mädchen, was bist du für eine Pfeife!«

»Danke«, sagte ich nur, »vielen herzlichen Dank!«

Er kam zu mir, setzte sich neben mich auf den Boden und schob mir das Haar aus der Stirn. »Ernsthaft«, sagte er, »was ist los mit dir?«

Ich sagte ihm, ich hätte Angst. Und ich fühlte mich plötzlich schuldig. Ich war es, die eine tadellos funktionierende

Ehe aufgab. Meine Familie hatte mir vorgehalten, schon wegen meiner Tochter dürfe ich es nicht tun. Ich könne doch nicht so egoistisch sein. Aber, sagte ich zu Beau, in meinen schwachen Stunden hätte ich immer gespürt, alles sei Lüge, und ich wäre schizoid. Ein Teil von mir war bei Richard, der andere Teil lebte ein imaginäres leidenschaftliches Leben. Ich gestand Beau, dass ich Richard verließ, weil mein Selbsterhaltungstrieb wach geworden war, weil ich zum ersten Mal in meinem Leben meinen eigenen Willen spürte. Irgendeine Macht wühlte mich von den Wurzeln her auf, verlangte von mir, etwas anderes zu tun, diese andere Frau zu werden und vielleicht diesem höheren Wesen zu begegnen, das ich sein könnte. Es war, als hätte sich irgendein Fremder (ein Engel vielleicht?) bei mir eingenistet, um mich bei der Hand zu nehmen. Ich hätte nicht mehr gewusst, wer ich denn überhaupt wäre.

Ich sah Beau an und sagte: »Und ich weiß es immer noch nicht.«

»Aber ich weiß es.« Er starrte mich unverwandt an. »Ich weiß absolut genau, wer du bist.« Ich zitterte, und er nahm mich in die Arme. Lange saßen wir in völliger Stille.

»Und du, wie fühlst du dich?«, fragte ich schließlich.

»Es ist schwer. Ich kann wirklich nicht sagen, dass es nicht schwer wäre.« Er sah auf. »Das ist eine schöne Wohnung. Du wirst es sicher bedauern, hier wegzugehen. Was hast du vor?«

»Ich ziehe mit Karin in ein kleineres Apartment, nicht weit von hier. Ich hoffe, dass ich einen Job finde. Etwas, das mich nicht zu sehr einbindet, damit ich noch Zeit habe zum Schreiben.«

»Siehst du«, sagte er lachend, »du bist doch eine Dichterin. Ich hab's ja schon immer gewusst.«

»Nein«, sagte ich, »ich bin erst ganz am Anfang. Und Dichterin, das ist sowieso etwas ganz, ganz anderes …«

In diesem Augenblick fing er an, mich zu küssen, und schnitt mir damit das Wort ab. Er küsste mich immer länger und drängender, jeder Kuss wurde inniger. Ich erinnere mich daran, dass ich dachte, es könnte eine Art Kunst des Küssens geben, die ich mit Beau Darcy einstudieren und mit der ich Karriere machen könnte. Ich könnte das Schreiben aufgeben, denn es gab Tausende, die sich in der Kunst des Schreibens übten, aber die Kunst des Küssens mit Beauregard Darcy III. – das war etwas ganz Neues. Das war eine Kunst, die Jahre brauchen würde, bis man sie beherrschte, und zu der nur ganz wenige eine besondere Begabung hatten – und ich glaubte sie in diesem Augenblick zu besitzen.

Zuerst an seinen Lippen leckend, sie leicht mit der Zungenspitze berührend und dann immer tiefer eindringend in seinen Mund, glitt meine Zunge über die Makellosigkeit seiner weißen Zähne. Inzwischen drang auch seine Zunge immer weiter in meinem Mund vor. Wir erforschten die Dunkelheit unserer Münder; jeder saugte des anderen Aroma in sich ein und verspürte die Süßigkeit des Verlangens.

Bald ergossen sich seine Küsse auch über meinen Hals, hinterließen kleine, anmutige Male, folgten einer Spur hinab von den Ohren über den Nacken zu den Schultern und wieder zurück und zur anderen Seite. Und jedes Mal, wenn er mich küsste, leckte er den Kuss wieder ab. Dann blieb sein Mund an meinem Ohr hängen, er knabberte und saugte, bis er mit seiner Zunge schließlich direkt in mein Ohr eindrang. Die Schauder, die mich ergriffen, waren so intensiv, so außer aller Kontrollierbarkeit, dass ich seinen Kopf wegschieben musste. Als er sah, wie erregt und aufgelöst ich war, lächelte er und zog mich hoch.

»Ich hätte gern ein richtiges Bett«, sagte er.

Ich nickte, und er folgte mir die Treppe hoch. Seine Hände glitten über mein Gesäß, als ich vor ihm die Stufen hinaufging. Ich träume, dachte ich. Es kann nicht wirklich sein. Aber während ich das dachte, war mir bewusst, dass alles völlig real war, einfach weil es sich anfühlte, als wäre es ganz selbstverständlich, ja unvermeidlich. Jetzt war es so weit. Jetzt würden wir miteinander ins Bett gehen. So, wie wir es schon längst hätten tun sollen.

Das Bett war noch ungemacht, zerwühlte Laken zeugten von einer unruhigen Nacht. Sanft schob er mich aufs Bett und legte sich auf mich. Der Duft seines Rasierwassers – prickelnd und erinnerungsschwer zugleich – hüllte mich ein.

Einen nach dem anderen öffnete er die kleinen Perlknöpfe meiner Bluse. Er tat es sehr sorgfältig und ohne jede Eile, und ich stellte mir vor, dass er damit ganz bewusst die normale Zeit außer Kraft zu setzen versuchte. Meine Brüste unter dem seidigen Stoff machte er zu seinem Eigentum, mit dem er tun konnte, was er wollte und solange er Lust dazu hatte.

Nachdem er mir den BH aufgemacht hatte, so dass ich ihn abstreifen konnte, umschloss er erst die eine und dann die andere Brust mit seinen Händen, schaute sie an und murmelte, sie seien so schön und so verletzlich. Dann machte er sich mit dem Mund daran, und ich beugte mich ihm entgegen, bog den Rücken durch, als seine Lippen und seine Zunge darüberglitten, die Nippel berührten und abwechselnd reizten, und ich verging fast unter seinen Berührungen. Seine Lippen saugten, seine Zähne knabberten, er sog und biss immer weiter, und ich erschauerte vor Schmerz und Lust.

Seine Zunge wanderte über meinen Körper bis hinab zum Bauchnabel. Seine Hände öffneten meine Jeans, schoben sie zusammen mit dem Slip nach unten; er spreizte meine Schenkel und zog meinen Körper so weit an den Rand des Bettes, dass meine Beine über die Kante hingen und meine Füße den Boden berührten.

Als er zu mir aufschaute, konnte ich sehen, dass ein fast ohnmächtiges Verlangen seine Miene überschattete. Dann verschwand sein Gesicht, und ich spürte, wie die elektrischen Wellen von seinem Mund auf meine Vulva übertragen wurden, während er mich küsste, sog und leckte. Meine Hände lagen auf seinem Kopf, waren vergraben in seinem dichten Haar, während ich mich aufbäumte vor der Intensität des Vergnügens, das er mir bereitete. Ich spürte, dass ich jeden

Moment explodieren könnte, aber ich wollte es nicht. Noch nicht. Zuerst wollte ich ihm all seine Lust verschaffen.

Als er den Kopf hob, beugte ich mich hinab, um seinen feuchten Mund zu küsssen. Dann stand ich vom Bett auf und zog ihn empor, so dass er direkt vor mir war. Bauch an Bauch mit ihm presste ich meine Lippen an seinen Hals, küsste ihn und öffnete gleichzeitig seinen Gürtel, dann die Knöpfe am Hosenbund und schließlich den Reißverschluss. Ich berührte sein Glied, wollte die Härte unter dem leichten Stoff seiner Unterhose spüren. Langsam schob ich die Finger hinein und spürte, wie sein Schwanz immer steifer wurde. Es gefiel mir sehr, dass er sich so seidig anfühlte. Ich rieb und streichelte ihn und ließ meine Fingerspitzen über die Eichel gleiten.

Blitzschnell waren wir nackt ausgezogen, und ich lag auf ihm. Jetzt endlich sah ich seinen Schwanz, sah, wie rosig er glänzte und schimmerte. Ich war hingerissen. Ich fand ihn einfach wunderschön. Und ich nahm ihn in den Mund.

»Fester«, stöhnte er, »saug fester!«

Ich tat's. Ich machte weiter, auch als mein Mund schon schmerzte. Ich saugte und leckte, meine Hand hielt seine Hoden, ich liebkoste sie, und es erregte mich, dass ich ihm so viel Vergnügen bereiten konnte. Er bat mich aufzuhören, sagte, er wünsche sich, endlich in mir zu sein.

Ich legte mich auf ihn, rieb meine Brüste an seiner Brust und bedeckte sein Gesicht von oben bis unten mit Küssen. Seine Hände waren auf meinem Hinterteil, streichelten und kneteten die Pobacken, die Finger folgten der Spalte – in diesem Augenblick drang er in mich ein, und ich ritt ihn, während ich auf sein wundervolles Gesicht hinabschaute und mein langes Haar ihm über Kinn und Schultern wogte. Ich bewegte mich weiter auf und ab, doch da drehte er mich auf die Seite, und plötzlich lag ich unter ihm und spürte seine heftigen Stöße, die mich immer wieder bis in die Seele erzittern ließen. Er hatte die Augen geschlossen und war völlig in sich selbst verloren. Er vögelte mich immer weiter, schien kurz vor dem Höhepunkt zu sein, aber er ließ es nicht so weit kommen. Er hörte mit dem Stoßen auf. Stattdessen begann er, sein Becken kreisen zu lassen, ganz sanft und locker und immer weiter, als würde sein Glied seine neue Heimstatt erforschen. Ich genoss es, ihn dabei zu beobachten; das Entzücken auf seinem geröteten Gesicht schien sich ins Unendliche zu steigern. Wenig später wurde er sich meiner wieder bewusst, er schaute mich lächelnd an und murmelte: »Ganz frei und leicht, ja. Das magst du doch, oder? Liebevoll und ... zart ...« Plötzlich stieß er wieder heftiger, zog aber nach ein paar Stößen seinen Schwanz heraus, drehte mich um und drang von hinten in mich ein.

Richard hatte mich nie mit einer solchen Hingabe gevögelt. Ich fand mich am Gestade eines neuen, unbekannten Kontinents wieder, und dass er mich von hinten nahm, war noch viel aufregender als alles zuvor. Ich hatte das Gefühl, nicht nur sein Glied, sondern sein ganzer Körper wären in mir drin. Immer noch stieß er heftig, doch jetzt fing er noch dazu an, mit der Hand meine feuchte Möse zu reiben, mit den Fingern die Schamlippen zu spreizen und das Innere zu erforschen. Und die ganze Zeit über redete er mit mir mit einer Stimme, die rau war vor Begehren: »Wir werden es zusammen hinkriegen, Baby. Bist du fertig zum Abheben? Willst du fliegen, Mädchen, willst du?« Er vögelte mich und befingerte mich, rieb meine Klitoris, stoppte für einen Moment, rieb dann weiter, und mit einem Mal merkte ich, wie in meinem Innern ein Lustschrei aufstieg, der durch meine Brust und meinen Hals nach draußen zu dringen versuchte. Und dann brach der Himmel über uns beiden zusammen und öffnete sich und noch mal und noch mal!

Hinterher lagen wir nebeneinander auf den kühlenden Laken, die Köpfe ans Kissen gelehnt, die Körper aneinander geschmiegt; seine Finger streichelten mein Schamhaar.

»Also«, sagte er, »jetzt ist es endlich geschehen. Genau, wie meine Großmutter es vorausgesagt hat.«

»Stimmt, wir sind verheiratet. Aber leider nicht miteinander.« Ich lachte.

»Das können wir doch leicht ändern.«

Mir lief es kalt den Rücken herunter. Beau lächelte; er glaubte, es sei ein Anzeichen von Freude. Aber ich wusste, es hatte etwas ganz anderes zu bedeuten.

»Es war doch schön, oder etwa nicht?«, fragte Beau.

»Schön? Schön nennst du das?« Ich begann ihn zu kitzeln. »Es war eindeutig alles andere als schön.« Ich fuhr fort, ihn zu kitzeln, und er lachte und versuchte, meine Finger wegzuziehen. »Wie wär's mit wundervoll. Oder vielleicht sogar fantastisch? Oder vielleicht einfach das tollste Ding seit … seit …«

Inzwischen kitzelte er mich, und wir alberten herum und lachten und kabbelten uns, bis wir schließlich ganz außer Atem einen Waffenstillstand vereinbarten und erschöpft in die Kissen sanken.

»Nach all dieser Zeit … nach all den Fantasien und Wunschvorstellungen …«, seufzte er und schob seine Hand unter mein Hinterteil. »Gott, was hast du für einen schönen Arsch! Weißt du das überhaupt?«

»Stimmt nicht. Er ist viel zu wabbelig!«

»Was sagst du da, Mädchen? Er ist perfekt. Dreh dich mal um!«

»Nein!«

»Ach, komm! Ich möchte ihn küssen.«

»Nein«, beharrrte ich, »das macht mich verlegen.«

»Stimmt das? Aber hör mal, das ist doch albern. Es gibt nichts, wofür du dich schämen müsstest.«

Er rollte mich herum, begann, meine Pobacken zu küssen, und es kitzelte so, dass ich laut lachen musste. Doch er hörte nicht auf mit Küssen. Ich spürte, wie seine Zunge in meiner Pospalte hin und herfuhr, und plötzlich geriet ich ganz außer mir: Ich schob ihm mein Hinterteil entgegen, drückte es ihm ins Gesicht, rutschte auf die Knie und spürte, wie seine Finger meine Pobacken kneteten und ein Finger den After umkreiste.

Selbst in dieser lustvollen Erregung hörte ich das Motorengeräusch des Sportwagens in der Einfahrt. Zweifellos war es Richards Wagen.

»Beau, hör auf! Wir müssen aufhören. Richard kommt.«

»Was ist?«

»Richard ist nach Hause gekommen. In einer Minute wird er hier auftauchen. Er hat einen Schlüssel.«

Beau hörte nicht auf, mich zu liebkosen. Während sich die letzten Wogen der Lust glätteten, läutete es an der Haustür.

Beau war völlig verrückt geworden. Er fand, es sei endlich an der Zeit, dass er Richard kennen lernte. Er zog mich aufs Bett, amüsierte sich köstlich über meine missliche Lage. Ich zog schnell einen Morgenmantel an und rannte die Treppe hinunter. Über die Schulter warf ich ihm einen warnenden Blick zu: Er sollte ja hier oben bleiben und sich still verhalten. Er schaute mich mutwillig grinsend an, als wäre er etwas begriffsstutzig.

Richard und ich wechselten unten ein paar Worte. Er war wegen eines bestimmten Hochzeitsgeschenks vorbeigekommen, das er gern haben wollte. Ich fand es und gab es ihm. Wir gingen an die Tür, denn ich fühlte mich unwohl zwischen den gepackten Kisten mitten in unserem halb leeren Haus. Richard ergriff meine Hände, bevor er sich abwandte und zu seinem Wagen ging.

Ich ging wieder ins Wohnzimmer zurück, dann rannte ich die Treppe hoch. Beau war gerade dabei, unter die Dusche zu gehen. Er musste seinen Sohn von der Schule abholen. Er wollte mich später wieder treffen. Ich sagte ihm, ich sei mir nicht sicher, ob ich es auch wollte. Es passiert jetzt alles viel zu schnell. Ich brauchte Zeit. Er fand es sehr seltsam, dass ich gerade so etwas sagen musste.

Eine Woche später bekam ich einen Brief von Beau, in dem er mich bat, ihn zu heiraten. Er hatte vor, wieder in den Süden zu gehen. Man hatte ihn gefragt, ob er dort in eine Anwaltskanzlei eintreten wolle. Es schien der richtige Augenblick zu sein, genau der Moment, auf den wir gewartet hatten, nicht wahr? Seine Großmutter hätte nach alledem ja wohl doch noch Recht behalten.

Wie unglaublich seltsam lief das nur im Leben! Jetzt, in dem Augenblick, als ich endlich frei war und mit Beau hätte leben können, war es mir unmöglich, es zu tun. Dieser andere, dieser Engel in mir, hielt mich davon ab. Ebenso wenig wie es mir möglich gewesen war, noch länger an einer leidenschaftslosen Ehe festzuhalten, war ich jetzt gewillt, als Ehefrau eines anderen Mannes all die üblichen Verpflichtungen zu übernehmen, die ein solches Bündnis erforderte, und neben meinem eigenen noch ein weiteres Kind großzuziehen. Das hatte nichts mit Beau zu tun. Es hatte zu tun mit dieser Fremden in mir, die mich anfeuerte und mir Mut machte, nach meiner verlorenen Identität zu suchen. Wenn ich gewusst hätte, wie schwierig diese Reise werden würde, hätte ich vielleicht gezögert, Beau zu antworten, dass ich ihn nicht heiraten und nicht mit ihm leben könnte, auch wenn ich ihn liebte.

Hin und wieder, meist an diesen regnerischen Tagen mit Südwetterlage, wie ich sie nenne, überrollt mich die Woge. Dann überkommt mich das Gefühl, dass ich mit ihm reden möchte, nur mit ihm. Und ich höre seine weiche Sahnestimme, dieses einzigartige Organ. Ich wünschte, ich könnte ihm sagen, dass es gut war, dass wir nicht geheiratet hatten, dass es gut war, nicht die Zeiten erleben zu müssen, in denen wir angefangen hätten, einander zu hassen oder nichts mehr füreinander zu empfinden. Stattdessen gab es sie immer noch, die Zeit, da jeder im Kopf des anderen herumgespukt hatte, die Zeit, als wir uns von der geheimnisvollen Anziehungskraft unserer Beziehung hatten verführen lassen.

Ich muss jetzt lächeln über die Nachdrücklichkeit meines alten Vaters, mit der er in seinen letzten Lebensmonaten immer wieder einmal gefragt hat, ob ich denn noch jemals an den jungen Mann gedacht hätte, den ich damals beim Studium kennen gelernt hätte. Und als ich geantwortet habe, ja, wir hätten Kontakt miteinander, da hat er mich mit seinen sanften grauen Augen angesehen und ruhig gesagt: »Na ja, vielleicht wäre es ja wirklich nicht so schlimm gewesen, wenn ….« Das Schuldeingeständnis, das ich aus diesen Worten heraushörte, rührte mich, und ich versicherte ihm, es sei alles in Ordnung, so, wie es sich ergeben hatte, und dass ich wirklich damit zufrieden sei, allein zu leben. Er seufzte und war nicht in der Lage, meinen Trost zu akzeptieren.

Und ich? Ja, ich erwarte, dass meine Tochter demnächst mal wieder auftaucht, die inzwischen einige Jahre älter ist, als ich es zu dem Zeitpunkt war, als ich Beau kennen lernte (aber viel klüger). Sie hat Semesterferien und wird vorbeikommen und mir sicher ganz aufgeregt erzählen, dass sie in der Mensa der Uni einen jungen Mann aus Georgia kennen gelernt hat, einen Jurastudenten. Sein Name könnte Nick sein, Nick Darcy. Und wenn der erste Schock vorüber sein wird, dann werde ich ganz beiläufig zu ihr sagen, dass das Leben viel interessanter sei, als es im Kino gezeigt würde, viel geheimnisvoller und viel weniger vorhersehbar. Und sie wird mich anschauen, großäugig und klug für ihr Alter, und erwidern: »Selbstverständlich ist es das, Mama. Wie kommst du denn darauf, dass es anders sein könnte?«

DOPPELKLICK
Hannah Katz

Obwohl die Nachtluft lau war, fröstelte es Salana.

»Ist ja gut«, sagte Wolff und legte den Arm um sie. »Ist doch alles in Ordnung.«

Salana entspannte sich in seinen starken Armen. Der stete Rhythmus seines Herzschlags verwandelte die unheimlichen Geräusche der afrikanischen Nacht in eine Symphonie geheimnisvoller Geschichten. Sie rückte ein wenig von ihm ab, fühlte sich zwar nicht mehr ängstlich, aber befangen und unbeholfen. Seine Nähe, die ihr vor wenigen Augenblicken noch angenehm gewesen war, beschwor jetzt Gedanken herauf, die ebenso wenig genaue Gestalt annahmen wie die Zebras, die im Schatten der Bäume leise auftauchten und dann wieder verschwanden. »Es tut mir wirklich Leid, dass ich Sie geweckt habe und Sie zu mir reinkommen mussten. Ich habe im Schlaf die Flusspferde gehört und gedacht... Oh, was ist das jetzt wieder für ein Geräusch gewesen?«

»Wahrscheinlich ein einsamer Pavian!«

Salana wandte sich ab, sie schämte sich vor diesem Mann, den sie kaum kannte, wegen ihrer Anfälle von Ängstlichkeit. »Sie glauben wohl, der Verleger muss verrückt sein, Ihnen jemand so Unerfahrenen wie mich auf den Hals zu hetzen.«

Er schob ihr eine Haarsträhne aus dem Gesicht, und diese Geste ließ sie rot werden vor Verlegenheit. Sie hatten sich im Laufe des Tages schon hin und wieder berührt, aber in dieser beiläufigen Art, wie es bei Kollegen üblich ist, wenn sie in einem engen Jeep zusammengepfercht sind, der

noch dazu voll geladen ist mit diversen Teilen einer Foto-
ausrüstung. Doch bei jedem zufälligen Armstoß gegen ihre
Schulter, und wenn seine Hand einmal unbeabsichtigt
ihren Busen streifte oder ihre Knie aus Versehen aneinander stießen, konnte Salana nicht leugnen, dass sie sich zu
diesem attraktiven Fremden hingezogen fühlte.

»Sie werden sich hier schon eingewöhnen«, versicherte
er ihr. »Die Tiere werden Ihnen nichts tun, solange Sie
nachts in Ihrem Zelt bleiben.«

»Haben sie das ehrlich versprochen?« Wenn sie eine
komische Bemerkung machen konnte, fühlte sie sich in
Situationen, in denen sie irgendetwas irritierte, gleich ein
bisschen weniger verunsichert.

Wolff zog ihren Kopf zu sich hin. »Ich verspreche es
Ihnen«, sagte er und musste sich Mühe geben, seine Leidenschaft zu zügeln. Den ganzen Tag über hatte er sich
danach gesehnt, sie im Arm zu halten und ihre sonnenge-
bräunte Haut zu streicheln. Aber sein Jagdinstinkt hatte
ihm gesagt, dass er vorsichtig sein musste. Obwohl er seine Gewehre gegen Kameras eingetauscht hatte und Filme
statt Munition benutzte, war der Jagdinstinkt geblieben.
Auch jetzt blieb der erfahrene Jäger in Wartestellung,
bremste sich und beließ es bei einem zärtlichen Anlehnen
seines Kinns an ihre Schläfe und dem lautlosen Einatmen
des Dufts, den ihr Haar ausströmte.

Mit einem kleinen Laut machte Salana sich frei, aber
jetzt traute sie sich, ihm voll ins Gesicht zu sehen. Wie sehr
er diesem Land ähnelte: Sein Haar glich dem sonnenge-
bleichten Gras, seine Augen dem wolkenlosen September-
himmel, seine Bewegungen erschienen ihr anmutig wie die
eines Geparden.

»Sie sind ein bisschen kratzig«, sagte sie neckend und
strich mit ihrer Handfläche zart über seine Wange.

Vorsichtig fuhr Wolff mit den Fingerspitzen die Innenseite ihres Arms entlang und umschloss dann ihre Hand
mit der seinen. Fasziniert ließ es Salana geschehen, dass er
ihre Hand an seinen Mund führte, einen Kuss ins Hand-

innere drückte und dann seine Zungenspitze in ihrer Handfläche kreisen ließ.

»Sie schmecken gut«, murmelte er.

Salana schauderte.

»Immer noch kalt?«

»Ja«, log sie. Sein warmer Körper strömte eine Hitze aus, die sie einerseits ruhig werden ließ, aber doch auch beunruhigte.

»Komm.« Er bog ihren Körper sanft zur Seite, und sie ließ sich auf das Feldbett sinken. »Mal sehen, ob ich dich wärmen kann.« Er lächelte sie an mit diesem grinsenden Ausdruck, der – wie er selbst – voller Widersprüche zu sein schien: Leidenschaft auf Distanz, Sicherheit mit Gefahr verbunden, Intensität und Übermut. Er legte sich neben sie, sein rechtes Bein schob er über sie.

Seine Nähe war neu und elektrisierend. Es schien ihr eine Ewigkeit, die sie abwartend zu ihm hinübersah, bis er ihren Blick erwiderte. Obwohl sie ihr Nachthemd anhatte, kam sie sich nackt vor unter seinen Augen. Und dann, als würde eine Macht außerhalb ihrer selbst sie dazu veranlassen, legte sie ihm den Arm um den Hals, zog ihn zu sich, und seine Lippen berührten die ihren.

»Mama!!!«

Ihre Lippen öffneten sich.

»Mama, wo bist du?«

Unwillig über die Störung drehte sich Sally um.

»O Gott«, stöhnte Megan, als sie das Schlaf- und Arbeitszimmer ihrer Mutter betreten und einen verachtungsvollen Blick auf den hellblauen Computerschirm geworfen hatte. »Nicht schon wieder! Was ist los mit dir?«

»Ach du, Megan«, sagte Sally und schloss schnell die Datei auf dem Computer. Nie sicherte sie diese Salana-Wolff-Storys. »Mach doch keinen Wind, Liebes. Ich hab viel Zeit …«

»Eben nicht, Mama!« Das junge Mädchen wartete, ob es eine Rüge wegen ihres ungefragten Eindringens geben würde. »Du weißt doch, deine Agentin hat den Abgabeter-

min schon einmal verschieben müssen. Wenn du nicht endlich fertig wirst mit dem Buch ...«

»Ich werde schon fertig damit. Ich hab nur grad ein paar
Probleme ...«, Sally stockte und sah ihre Tochter besorgt
an – »na ja, ich kann mich nicht so gut konzentrieren. Das
ist alles.«

»Mama, jetzt bleib mal realistisch. Du hast den Auftrag
für ein Schulbuch über die Tiere in Botswana, und zwar für
die sechste und siebente Klasse. Und du schreibst andau-
ernd diesen, diese ... ach, ich weiß gar nicht, wie ich das
nennen soll.« Sie ließ sich auf das Bett gegenüber dem
Schreibtisch fallen.

»Meg ...«

»Mama, ich liebe dich. Du bist immer für mich da gewesen. Und wenn du mal etwas anderes schreiben willst als
immer diese Lehrbücher, dann ist mir das egal.« Megan war
kurz davor, in Tränen auszubrechen. »Aber wenn du jetzt
nicht fertig wirst mit dem Buch, dann haben wir wieder
nicht das Geld, um nach Mexiko zu fahren. Und das hast
du mir fest versprochen, weil wir noch nie, nie richtig
Urlaub gemacht haben!«

In letzter Zeit hatte sich Sally selbst schon Sorgen
gemacht über ihre Schreibtätigkeit. Mit ihrer selbst
gewählten Verpflichtung, sich zu disziplinieren, um den
Lebensunterhalt für sich und ihre Tochter zu verdienen,
hatte sie sich jeden Gedanken an Männer, Liebe, Sex –
besonders an Sex – aus dem Kopf geschlagen. Dass das jetzt
alles durch die Schreiberei an diesen Erotik-Schnulzen über
den Haufen geworfen wurde, wunderte sie selbst und
machte ihr Sorgen.

»Mama, jetzt red doch mit mir!«

»Entschuldige, Liebling, ich hab grade was überlegt.« Sally wandte sich wieder ihrer Tochter zu. »Ich weiß, du
machst dir Gedanken, Liebes, aber es ist alles okay. Ich hab
keineswegs eine Schreibhemmung, es ist einfach so, dass
sich in letzter Zeit alles, was ich schreibe, immer – na ja –
immer verbindet mit ...«

»Mit Sex?«

»Ja, es hat mit Sex zu tun.« Sally hatte die Direktheit ihrer Tochter immer bewundert, die diesbezüglich in scharfem Gegensatz stand zu ihren eigenen Hemmungen.

Megan spielte mit ihrem Ohrläppchen. In den vielen Jahren ihres Daseins als allein erziehende Mutter hatte Sally gelernt, das als ein Anzeichen dafür zu erkennen, dass Megan noch etwas auf dem Herzen hatte.

»Gibt's noch was, was du mir sagen möchtest?«

»Neiein.« Megan beschäftigte sich ausweichend mit Fred und Ginger, den Kätzchen, die es sich auf den Kissen bequem gemacht hatten und sich bei Megans Berührung sofort auf den Rücken rollten und die Pfötchen in die Luft streckten. »Na ja, vielleicht ist da doch noch was.«

»Sag's schon!«

»Also, ich möchte ja nicht meckern oder so. Aber ich finde schon seit einer Weile, dass du irgendwie anders bist.« Megan nahm Ginger und setzte sie sich auf den Schoß. Fred, der sich ausgeschlossen fühlte, drehte sich auf die Füße, streckte sich und sprang mit einem Satz auf den Schreibtisch. Er rieb sein schnurrbärtiges Köpfchen am Computermonitor.

Sally hob ihn vom Tisch und setzte ihn auf ihren Schoß. »Inwiefern?«

»Also«, Megan zögerte, setzte Ginger wieder aufs Bett und schüttelte die Katzenhaare von ihren Shorts. »Also seit ungefähr zwei Monaten spielst du immer diese abartige Musik und benutzt Make-up, selbst wenn du nicht aus dem Hause gehst. Du hast zehn Pfund abgenommen, und auch wenn dagegen nichts einzuwenden ist, ist das alles zusammen mit dem Zeugs, das du schreibst, anstatt zu schreiben, was du schreiben sollst – na ja, irgendwie ist das schon abartig.«

»Machst du dir Sorgen um mich?«

Megan holte sich Fred vom Schoß ihrer Mutter. »Hm. Also, du bist jetzt mal grade achtunddreißig. Ich fände es klasse, wenn du endlich mal jemand kennen lernen würdest. Papa ist schon zum zweiten Mal verheiratet.«

Die Erwähnung ihres Ex-Ehemanns schlug Sally auf den Magen. Jeder Gedanke daran, dass ihr College-Schwarm sich als notorischer Schürzenjäger entpuppt hatte, gab ihr einen schmerzhaften Stich. Diese Verletztheit – das behauptete Teala, ihre neue Freundin – würde anzeigen, dass Sally nach wie vor in total konventionellen Bahnen dachte.

»War das alles?«

»Ja, doch«, Megan streichelte Fred ziemlich heftig und fuhr fort, »aber dann hast du noch diesen abartigen Computer von dieser abartigen Frau gekauft, die diesen abartigen Head-Shop eröffnet hat und so was wie deine Freundin geworden ist.«

»Sonst noch was?«

»Nein. Du hast mich gefragt, und ich hab geantwortet.«

Sally nickte abwesend. »Dann will ich dir mal was sagen. Ich weiß nicht genau, weswegen ich mich in den letzten Monaten mehr als früher um mein Aussehen kümmere, aber es ist eben so. Jeder Mensch macht in seinem Leben verschiedene Phasen durch, selbst Mütter.«

Megan verdrehte die Augen.

»Und was diese abartige Frau anbelangt, die hat mir sehr geholfen. Sie heißt übrigens Teala.«

»Falls das ihr richtiger Name ist.«

»Und sie hat keinen Head-Shop, sondern einen New-Age-Laden aufgemacht, und der heißt ›Inspiration‹. Und ich habe einen neuen Computer gebraucht.«

»Mr. London, mein Informatiklehrer, sagt, er hat noch nie von einer Computerfirma gehört, die Maschinen und Wunder heißt.«

»Maschine & Magie«, korrigierte Sally. »Und sie heißen so, weil sie sehr spezielle, individuell ausgerüstete Geräte herstellen. Teala sagt, diese Computer sind so ergonomisch und einzigartig angepasst an die spezifischen Bedürfnisse jedes Käufers, dass die Firma besonderen Wert darauf legt, wem sie die Geräte verkauft. Deshalb machen sie weder Werbung noch Anzeigen noch sonst was, um ihre Computer öffentlich anzubieten.«

»Das sind doch Vollidioten!«

»Megan, pass auf, was du sagst!« Sally hatte selbst ursprünglich diese Einschätzung vertreten. Aber Teala war auf eine eindringliche Weise Vertrauen erweckend und klug mit ihr umgegangen und hatte all ihre Zweifel zerstreut.

»Tut mir Leid, Mama, aber du kannst doch niemandem begreiflich machen, dass es Gründe dafür gibt, weshalb du nicht dort anrufen kannst, warum sie keine Hotline haben und wieso sie nicht mal eine Adresse angeben, damit man schriftlich mit ihnen Kontakt aufnehmen kann.«

Genau das hatte Sally auch stutzig gemacht. Aber selbst diese Bedenken hatte Teala mit klugen Argumenten ausgeräumt. »Teala sagt, die Computer sind so besonders, dass sie einfach nicht bekannt geben wollen, wer das Patent dafür hat, und damit offen legen müssten, wie sie gemacht werden. Sie müssen das alles ganz, ganz geheim halten.«

»Au, lass das, Fred!«, schrie Megan. Fred hatte die Manie entwickelt, einem plötzlich in den Finger zu beißen – speziell dann, wenn man so in eine Unterhaltung vertieft war, dass man vergaß, ihn zu streicheln.

Sally holte Fred wieder zu sich auf den Schoß. »Also, Teala hat mir bestätigt, dass keiner ihrer Kunden je Reklamationen gehabt hätte, sondern alle sehr zufrieden wären. Ich hab wirklich Glück gehabt, dass Teala mit dieser Firma so eng zusammenarbeitet und ich gleich einen bekommen habe, weil ein Kunde vom Kauf zurückgetreten ist. Und noch dazu sehr preiswert.«

»Für mich ist das alles ziemlich abartig. Du hast noch nicht mal ein Modem!« Megan schüttelte missbilligend den Kopf.

»Von mir aus kannst du den Kopf schütteln, solange du Lust hast, mein Fräulein. Aber in den letzten acht Monaten, seit mir Teala den Computer beschafft hat, habe ich immerhin zwei Projekte durchgezogen und dann noch diesen Schnellschuss. Ich hab noch nie zuvor so konzentriert und inspiriert gearbeitet.«

Megan zog ein Blatt Papier hervor, das unter Gingers

wolligem orangenen Fell auf dem Kopfkissen lag, und fing an zu lesen.

»Wolffs Lippen glitten zart über ...«

Sally nahm ihrer Tochter das Papier aus der Hand.

»Nennst du so was ›inspiriert‹, Mama?«

Lautes Autohupen vor der Tür ersparte Sally die Antwort. Fred, der Wachkater, sprang auf und ging los, um zu sehen, was das Hupen zu bedeuten hatte.

»Das wird dein Vater sein. Hast du deine Sachen alle beisammen?« Sally stand auf und wischte sich die Hände, um sie von Katzenhaaren zu befreien, an den Jeans ab.

Megan machte die gleichen Bewegungen wie ihre Mutter und nickte.

»Ich hab dich sehr lieb, Meggy«, sagte Sally und nahm die Tochter liebevoll in den Arm. »Mach dir keine Gedanken. Wenn du nach dem Wochenende zurückkommst, hab ich *Die wilden Tiere von Botswana* alle eingefangen, und dann machen wir uns auf den Weg nach Mexiko.«

Megan lachte fröhlich und gab ihrer Mutter ein Küsschen auf die Wange. »Ich liebe dich auch, Mama. Wirklich und wahrhaftig.«

»Schon gut. Und jetzt geh. Du weißt, dein Vater wartet nicht gern. Und vergiss nicht, deine Tennisschuhe wieder mit nach Hause zu bringen.«

Sally saß in ihrem Wohnzimmer und horchte auf die Stille. Obwohl Megan schon seit sieben Jahren alle zwei Monate ein Wochenende bei ihrem Vater verbrachte, empfand Sally jedes Mal eine Art Verlustgefühl.

Sie ging zur Eingangstür und lugte über die alte wackelige Balustrade auf die ebenso alte vordere Terrasse. Megan hat ja Recht, dachte sie. Außer diesen Besuchen bei ihrem Vater oder Ferienaufenthalten bei Sallys Mutter war das inzwischen fast erwachsene Mädchen bisher nie von zu Hause weg gewesen. Und Sally schrieb über all diese exotischen Gegenden, war aber in den letzten Jahren nicht ein einziges Mal auf Reisen gegangen. Alles Geld, das sie zusätzlich verdiente, war immer für irgendetwas dringend Notwendiges draufgegangen – für ein neues Dach beispielsweise oder einen Kühlschrank. Doch obwohl dieses alte Bauernhaus sie finanziell über die Maßen belastete, war es doch Sallys einziges Heiligtum. Nur drei Stunden von der Stadt entfernt hatte sie hier einen Zufluchtsort gefunden, an dem sie sich nach dem Trugbild ihrer Ehe, dem Verrat von Freunden und Männern, immer wohl fühlte. Und außerdem hatte sie hier mit dem Schreiben begonnen.

Ihre Karriere als Autorin. Auch da hatte Megan den wunden Punkt getroffen. Alles war bei den letzten Aufträgen wirklich bestens gelaufen. Es schien, als hätten Sallys Finger und die neue Tastatur die gleiche Wellenlänge. Sowie sie mit den Recherchen fertig gewesen war, flogen ihr die Sätze einfach so zu. Als wäre Magie im Spiel, waren Bücher daraus geworden, und damit kam Geld ins Haus.

So war es ihr zumindest mit *Die großen Tiere auf den Galápagos-Inseln* und *Wunderbare Wale* gegangen. Aber in letzter Zeit wurde alles, was sie zu schreiben anfing, irgendwie von erotischen Einschüben vermasselt. Und obwohl sie selber merkte, dass sie Gefahr lief, ihren Abgabetermin nicht einzuhalten, hatten sie diese Geschichten immer mehr fasziniert. Sie fühlte sich derart dazugehörig, als wäre sie es selber, die geküsst und liebkost wurde. Am heutigen Vormittag, als sie sich hinsetzte und die Story über die Flusspferde anfing, stellte sie mit Schrecken fest, dass sie nur darauf wartete, Salana und Wolff zu begegnen.

»Salana und Wolff, haha!«, machte sie sich über sich selbst lustig. »Gibt es überhaupt Namen, die besser in eine romantische Liebesgeschichte passen könnten?« Vor ihrer Scheidung hatte Sally keinerlei Vorstellungen von romantischer Liebe entwickelt und auch keine erotischen Bücher gelesen. Nach der Scheidung fand sie das Genre frivol und langweilig, und es bereitete ihr Unbehagen, so etwas zu lesen. Und doch, aus ihr selbst unverständlichen Gründen schrieb sie jetzt – und genoss dieses Schreiben – genau die

Art von Geschichten, denen sie in ihrer Vergangheit so erfolgreich aus dem Weg gegangen war.

»Was ist bloß los mit mir?«, fragte sie sich. »Hab ich etwa wirklich plötzlich Interesse daran, jemanden kennen zu lernen?«

»Nein«, sagte sie sich schnell, »unmöglich! Ich bin absolut zufrieden mit meinem Leben.«

Was immer auch los war – Sally war entschlossen, damit fertig zu werden, und auch ihr jetziges Buch würde termingerecht erscheinen. Voll guter Vorsätze goss sie sich eine Tasse Tee ein, ging in ihr Schlaf- und Arbeitszimmer und saß ein weiteres Mal vor ihrem Computer mit dem Namen Maschine & Magie, um der Welt etwas über die Lebensweise des afrikanischen Löwen beizubringen.

Bis in die entfernteste Ecke des Flussdeltas ist die stolze Stimme des großen afrikanischen Löwen zu hören. Für die Löwin und ihre Jungen bedeutet das tiefe Gebrüll, dass sie dran sind mit Fressen. Er hat sich genommen, was er von seiner Beute brauchen konnte, jetzt ist er bereit, Wache zu halten und seiner Familie gnädig die Reste zu überlassen.

Salana stand vor ihrem Zelt, hörte das unheimliche Gebrüll und hätte gern gewusst, ob es von jener majestätischen Raubkatze herrührte, die sie früher am Tag einmal kurz zu Gesicht bekommen hatte. Sie war fasziniert gewesen von der Würde des Tiers, von seiner unangefochtenen Vormachtstellung. Er trug seine goldene Mähne wie eine Krone, und alle um ihn herum – Tiere wie Menschen – gehorchten seinen Befehlen.

Im Laufe des Tages hatte Wolff Salana immer wieder beobachtet und bemerkt, welche Anziehungskraft dieses außergewöhnliche Tier auf sie ausübte. Er sah in Salana keineswegs die neugierige, passive Touristin, vielmehr stellte er eine innere Verbindung zwischen ihr und dem König der Tiere fest. Und jetzt, als sie so dastand, dem Ruf aus der Ferne lauschend, während sich ihre Silhouette deutlich gegen das helle afrikanische Mondlicht abzeichnete, begriff auch er, dass er diesem Ruf gehorchen musste.

Salana spürte, wie Wolffs Hände sie umfassten, noch bevor sie hörte, dass er ihren Namen flüsterte. Sie spürte, wie er ihr einen Kuss auf den Nacken drückte und sie dann auch seitlich am Hals mit den Lippen berührte. Sie hörte das Knistern ihrer frischen Baumwollbluse, als seine Hände jeweils eine ihrer Brüste umschlossen, während die Daumen langsam über die Brustwarzen streiften.

Er blieb noch immer hinter ihr stehen, drückte sie fester an sich und knöpfte dabei langsam ihre Khakishorts auf. Sie hörte seinen Atem, gleichmäßig und stark. Seine Zähne und die Zunge begannen zart mit ihren Ohrläppchen zu spielen. Aber es blieb nicht dabei: Zuerst glitten seine Hände zwischen ihre Khakis und den Slip, dann berührten sie ihren nackten Bauch. Er hauchte ihren Namen, massierte zunächst ihre Schenkel, dann strich er an den Innenseiten hoch, und seine Daumen kraulten schließlich ihr krauses Schamhaar. Als er sie noch stärker an sich zog, spürte sie deutlich, wie erregt auch er war. Sie hätte sich gern umgedreht, um ihm gegenüberzustehen, aber sie scheute sich, die höchst angenehmen Aktivitäten, die seine Finger entwickelten, zu unterbrechen. Seine linke Hand griff wieder nach ihrer Brust, während die Finger seiner Rechten sich immer weiter zwischen ihren Beinen voranwagten.

Salana drehte sich ein wenig, stellte sich instinktiv etwas breitbeiniger hin, um ihm einen besseren Zugang zu ermöglichen. Sie hatte sich normalerweise gern unter Kontrolle, aber ihre Erregung steigerte sich und setzte die üblichen Mechanismen außer Kraft. Wolffs Atmen wurde heftig, überlagerte die Geräusche der Nacht. Seine Finger waren inzwischen voll damit beschäftigt, ihr Geschlecht zu erkunden. Unter seinen Händen bewegte sich ihr Körper zuerst noch zögernd, dann allmählich in rhythmischem Vor und Zurück, und schließlich völlig darauf fixiert, sich seinem Körper zu nähern und seinen Bewegungen anzupassen. Tief in ihr drinnen erwachte gewaltig und lustvoll das Verlangen nach ihm, ihre Lippen wölbten sich ihm entgegen in Erwartung seiner Berührungen.

Plötzlich …

Rinnnng, Riiiinnng!

Plötzlich zog Wolff …

Sally sah auf das störende Telefon, dann wieder auf den Bildschirm, während ihre Finger bewegungslos auf den Tasten lagen.

Es läutete weiter.

»Lass es klingeln!«, befahl ihr eine innere Stimme.

Das Klingeln wiederholte sich.

»Lass es klingeln!«, wiederholte auch die innere Stimme. »Du musst das zu Ende bringen …«

Klingeln.

»… weitermachen!«

Sally konzentrierte sich wieder auf den Computer, und das Telefon hörte auf zu klingeln.

Plötzlich zog Wolff seine Finger zurück, und einen Moment lang geriet Salana in Panik. Aber er drehte sie zu sich her, um sie zu küssen. Mit einer geschmeidigen Bewegung seiner Arme umschlang er sie, hob sie hoch und trug sie in ihr Zelt. Er legte sie neben dem schmalen Feldbett auf den Boden, knöpfte, ohne etwas zu sagen, ihre Bluse auf und zog ihr die Shorts und den Slip aus. Sie fühlte, wie er seine Finger in sie hineinpresste, sie raus- und reinschob und gekonnt von einem der versteckten Lustbereiche zum nächsten wanderte, während seine Lippen an ihren Brustwarzen zupften und zogen.

Die Geräusche der afrikanischen Nacht existierten nicht länger. Salana wusste nicht mehr, wo sie war – sie war eins geworden mit der Hitze, den Berührungen und der Lust. Vage merkte sie, dass Wolffs Zunge nicht mehr mit ihren Brüsten spielte. Er hatte sich auf dem mit Planen ausgelegten Fußboden neben sie gekniet und ihr die Beine auseinander geschoben. Salana war sich bewusst, dass er ihr Geschlechtsteil ansah, zuschaute, wie seine Hände ihre Schenkel streichelten und die Finger in sie hineinglitten, tief in sie hinein. Und wie er sie dann wieder rauszog und die glitzernde warme Feuchtigkeit auf ihrem Venushügel verteilte. Die Kreisbewegungen, die seine Finger in ihrem Innern vollführten, wurden immer größer, während sein Daumen sanft jene Stelle rieb, an der sich ihre Leidenschaft voll entzündete. Mit jeder Bewegung seines Daumens, jedem Kreisen seiner Finger wurde Salanas Herzschlag schneller, und ihr Atem ging heftiger. Obwohl er ihre intimsten Bereiche nicht aus den Augen ließ und sie völlig offen dalag, hob und senkte sich Salanas Becken auf und ab, und all ihre Hemmungen waren wie im Rausch verschwunden.

»Wie schön du bist!«, flüsterte er.

Es war wie ein erotischer Schock, der Salanas gesamten Körper elektrisierte, als jetzt seine Zunge jenen höchst empfindsamen Punkt umspielte und sich seine Finger weiterhin in ihr nasses, schmerzendes Inneres bohrten und dabei reflexartige Zuckungen hervorriefen, als er tief in ihr empfindsame Muskeln und lustvoll anschwellendes Gewebe berührte.

Wolff hatte ihre Bewegungen, ihr Feuchtwerden genau beobachtet und wusste, dass es jetzt so weit war. Er zog seine Finger langsam aus ihr heraus, aber nicht, um aufzuhören, sondern um seiner Zunge den Weg zwischen ihre Schamlippen zu bahnen, so dass er sie in sie hineinschlüpfen lassen und sie liebkosen und schmecken konnte. Auch damit hörte er wieder auf und ließ einen Moment von ihr ab. Salana war ihrer eigenen Begierde und der Ausstrahlung seiner Hitze voll verfallen. Sie wollte noch intensiver den Druck seiner Zunge spüren und war erleichtert, als seine Finger erneut in sie eindrangen, sie öffneten und seine Zunge sie lecken, benetzen und erforschen konnte. Nur um Luft zu schöpfen, unterbrach er sich. Salanas Körper reagierte mit allen Nerven auf seine Lust, sie streckte sich mit angespannten Schenkeln seinem Kopf entgegen. Aber Wolff behielt die Kontrolle, wusste, was er wollte, genoss ihre Erregung. Er hörte auf, ließ einen kleinen Zwischenraum zwischen ihr und seinem Lust bringenden Mund entstehen, und nur sein heißer Atem streifte sie. Bei jeder dieser kurzen Unterbrechungen verspürte Salana eine nie gekannte Gier, und nichts existierte mehr außer dem Wunsch nach Wolffs Fingern, seinem Mund, seiner Zunge. Ihr Verlangen nach ihm war überwältigend, aber Wolff hatte jetzt das Kommando übernommen und schien die Absicht zu haben, Salana noch weiter in dieser Schwebe kurz vor dem Abgrund zappeln zu lassen.

Hitzewellen überfluteten sie, vergeblich krampften sich ihre Muskeln auf der Suche nach Reaktionen an den Stellen zusammen – wo sie die Leere schmerzhaft empfand. Er wandte sich ab.

»Nein!«, schrie ihr Körper. Oder war sie es selbst gewesen? Er küsste ihren Hals, ihre Ohren, ihren Mund. In seinen Küssen konnte sie ihren eigenen Duft schmecken, ihre Erregung. Seine Küsse wurden feuriger, dann war er über ihr und umschlang sie. Schließlich drang er in sie ein, fest und groß und dick, durchbrach ihre Enge und füllte sie mit seiner köstlichen Wärme.

»Salana«, stöhnte er, als er begann, sein Becken kreisen zu lassen und sich immer fester auf sie zu pressen.

Er war so tief in sie eingedrungen, dass er ihr tiefstes Inneres berührte, jeden Nerv stimulierte. Kein anderer Gedanke war in ihrem Kopf, nur der, ihn voll und ganz in sich aufzunehmen. Ihre Beine wanden sich um seine Schenkel. Ihre Hände griffen nach seinem Gesäß, zogen ihn an sich, um ihn ganz in Besitz zu nehmen, als sie gemeinsam im wilden Rhythmus der Stöße erbebten. Sie war überall und nirgends. Ihr Rücken bog sich durch, ein nicht auszuhaltender Drang, etwas zu finden, zu halten, zu verletzen, zu lindern, überkam sie. Es brach aus ihr heraus wie ein Sturzbach, gemeinsam mit Wolffs ...

Knall, bumm, schepper ...

Sallys Kopf fuhr herum, um zu sehen, woher dieser Krach kam. Fred saß in einer Ecke, leckte seine Pfote und tat so, als wäre Sally gar nicht da. Den Tee, den er umgeschüttet hatte und der einen sich ausbreitenden Fleck auf dem pastellfarbenen indischen Teppich hinterließ, ignorierte er ebenfalls.

»Fred!«, brüllte Sally, und ein orangenes Etwas huschte eilig davon.

Sallys Herz klopfte wie wild, aber nicht wegen Freds kleinen Missgeschicks. Mit einer Serviette, die sie vom Nachttisch nahm, hatte sie es schnell beseitigt. Auch ihre feuchte Stirn wischte sie sich damit trocken.

Aber es war nicht nur ihre Stirn, die feucht geworden war. Das ist doch absurd, dachte sie. Sie hatte nicht nur den ganzen Nachmittag vergeudet, sondern fühlte sich außerdem noch … Sie schaute auf den schwach leuchtenden Computerbildschirm. Hatte er nicht anstatt des früheren Blaus jetzt einen rosigen Schimmer angenommen? Vielleicht sollte ich erst mal diese Geschichte zu Ende bringen, überlegte sie, damit ich dann in Ruhe zu dem komme, was ich wirklich tun muss. Sie starrte auf den Bildschirm. Der Cursor zeigte nicht mehr sein übliches leichtes Blinken, er schien zu pulsieren, als würde er vor Hitze pochen.

»Nein!«, schrie sie und schaltete schnell den Computer aus. Sie saß auf dem Bett, genau auf demselben Fleck, auf dem vorher ihre Tochter gesessen hatte. Und zum ersten Mal nach langen Jahren dachte sie über ihr Leben nach, über die Einsamkeit, die Demütigungen der Ehe und über ihren Körper, den seit Jahren kein Mann berührt hatte. Sie brach in Tränen aus.

Etwas später kuschelte sich Ginger neben sie, und das laute Schnurren des Tieres riss Sally aus ihren traurigen Gedanken. Sie sah auf die Uhr. Schon halb sechs. Das bedeutete noch ein bis zwei Stunden Tageslicht. Wäre ganz gut, wenn sie sich eine Weile mit dem kleinen Garten hinter dem Haus beschäftigte, dann ging es ihr vielleicht hinterher wieder ein bisschen besser!

Nur wenige Dinge sind stärker als die Fantasien, die sich der Erinnerung einmal eingeprägt haben. Obwohl bei der Gartenarbeit die Zeit immer besonders schnell verging, war Sally an diesem Tag, als die Dämmerung heraufzog, noch immer die Sehnsucht bewusst, die sie zuvor am Computer so verstört hatte. Sie roch Wolffs Duft im Geruch der Blumen, die sie schnitt, und als sie das Unkraut aus den Rabatten zupfte, sehnte sich ihr Körper schmerzlich nach einer Umarmung. Ihre Rosen erschienen ihr wie Gemälde von Georgia O'Keefe. Die Wurzeln des Unkrauts glichen in ihrer Form erdigen männlichen Gliedmaßen. Sally hatte sich verführen lassen, bei sich selbst das Schatzkästchen der Pandora aufzumachen, jetzt konnte sie dem, was sie darin gefunden hatte, nicht mehr entrinnen. Mit einem tiefen Seufzer sammelte sie die Gartengeräte zusammen, um ins Haus zurückzugehen. Er grüßte sie, noch bevor sie seiner ansichtig geworden war.

»Hallo«, sagte er freundlich. Er stand auf der vorderen Terrasse. Ginger strich um sein Hosenbein. »Sie sind doch sicher Sally.«

Sie betrachtete den Eindringling von oben bis unten. Einsfünfundachtzig groß, etwa siebzig Kilogramm, so um die vierzig, eventuell jünger.

»Ich komme von M & M.« Er zeigte auf den kobaltblauen BMW, auf dessen Tür stand »Maschine & Magie«.

Ein BMW?

»Ja, ja«, er lächelte, als könnte er Gedanken lesen, »wir sind eben eine ganz einzigartige Firma!«

Sally nickte nur und blieb bewusst auf Distanz zu diesem attraktiven Fremden. Weißes Baumwollhemd, Khakihosen.

Er sah sie fragend an. »Hat Ihnen Teala etwa nicht Bescheid gegeben?«

Das Telefon hatte geläutet, erinnerte sich Sally jetzt, während Wolff und Salana …

Er sah sie auf eine Weise an, die ihr ausgesprochen bekannt vorkam. »Hat Teala Ihnen nicht gesagt, dass ich vorbeikommen würde?«

Sally schüttelte den Kopf.

Er schien sich zu wundern. »Sie hat mir den Weg genau beschrieben, sonst würde ich Sie nie gefunden haben.«

Jetzt wusste sie, was er an sich hatte. Etwas von einem Schwimmer oder von einem Basketballspieler.

Er schüttelte den Kopf, und sein Gesicht zeigte ein komisches, mutwilliges Grinsen.

Ich habe ihn schon mal irgendwo gesehen, dachte Sally und sagte laut: »Entschuldigen Sie, aber was führt Sie zu mir?«

»Sie wissen doch, dass Sie einen ganz speziellen Computer erworben haben, bei einer ganz speziellen Firma. Und da unsere Kunden nicht zu uns kommen können, kommen wir zu ihnen.«

Sein Haar hatte die Farbe von dunklem Stroh, ein bisschen gelockt und widerspenstig umrahmte es sein sonnengebräuntes Gesicht. Er lächelte freundlich, als amüsierte es ihn, dass sie ihn ganz genau beobachtete.

Sally nickte und wandte den Blick ab, da sie gemerkt hatte, wie er gewahr geworden war, dass sie in seine kristallklaren blauen Augen starrte.

Er schaute auf seinen Notizblock, bevor er fortfuhr: »Es ist einfach so, dass wir unsere Geräte gut genug kennen, um zu wissen, wenn bei ihnen, das heißt bei den Geräten, die regelmäßig notwendigen Wartungen fällig sind. Deswegen also«, er sah sie bedeutsam an, »deswegen bin ich hier.«

Sally schluckte. Er verunsicherte sie, aber sie hatte trotzdem keineswegs die Absicht, ihn gleich wieder wegzuschicken. »Ja, aber ... Ich habe keine Probleme mit meinem Computer, darum ...«

»Ach wirklich?«, unterbrach er sie. »Ich hätte drauf gewettet, dass Sie mich jetzt brauchen ...«

»Haben Sie irgendwelche Unterlagen?« So war es schon besser, man musste bei der Sache bleiben.

Er gab ihr sein Clipboard mit allen Originalunterlagen und dem Kaufvertrag. Ginger, die immer noch um seine Beine strich, miaute leise und schmiegte sich bei ihm an.

Sally gab ihm das Clipboard zurück und starrte ihn an, als er es unter den Arm klemmte, Ginger hochnahm und sie zu streicheln begann. Wo hatte Sally diesen Mann bloß schon einmal gesehen?

»Wenn es Ihnen gerade nicht passen sollte«, bot er freundlich an, »würde ich mich glücklich schätzen, ein andermal wiederkommen zu dürfen.«

»O nein«, sagte sie schnell und spürte, dass sie aus irgendeinem Grund überhaupt nicht wollte, dass er fortging, »wenn Sie jetzt schon mal den ganzen weiten Weg hier rausgekommen sind, dann können Sie ruhig einen Blick drauf werfen. Mein Arbeitszimmer ist auf der Rückseite des Hauses.«

»In Ordnung.« Er setzte Ginger wieder auf den Boden, stieg die wackeligen Verandastufen hoch, hielt die Eingangstür auf und wartete.

Nie zuvor hatte Sally einem fremden Mann erlaubt, ihr Haus zu betreten, aber irgendwie erschien ihr die Situation jetzt angemessen. »Ich würde gern«, sagte sie, leicht verunsichert vor ihm hergehend und über die Schulter zu ihm zurückblickend, »Ihren Namen wissen.«

»Wolf«, sagte er mit einem kleinen Zwinkern, »aber mit nur einem F.«

DIE LETZTE VERFÜHRUNG
Phoenix McFarland

Emma lag bewegungslos im Bett. Die verhassten Schläuche in ihrem Körper bildeten ein Wirrwarr von Linien – wie Straßen auf einer Landkarte. Aber nicht das beschäftigte sie in diesem Augenblick, vielmehr hatte sie seit weiß Gott wie langer Zeit zum ersten Mal wieder etwas gespürt. Sie hatte nie mehr irgendwelche Empfindungen gehabt. Nicht, wenn die Schwestern sie umdrehten oder die Nadeln der Spritzen in sie reingestochen wurden, nicht einmal, wenn der Therapeut sich sehr bemühte, ihre Arme und Beine zu bewegen, um die Muskeln zu trainieren. Ja, sie hatte gewusst, was sie taten und weshalb es geschah. Aber sie konnte es einfach nicht spüren.

Zuerst war es nur eine Wahrnehmung. Ein Gefühl, als wäre jemand ins Zimmer gekommen. Die Menschen waren für sie zu Schatten geworden. Schatten in ihrem Zimmer, die raus- und reinschwebten wie ein angenehmer oder lästiger Luftzug. Sie bemerkte sie, aber sie entschwanden sogleich aus ihrem Bewusstsein. Aber jetzt war etwas anders geworden. Jemandes Aura schien im Raum zu sein, ihn zu füllen. Sie spürte einen Hauch von Zuwendung, also musste es wohl einer der Ärzte sein. Vielleicht irgendein besonderer Mediziner, der sie untersuchen sollte.

Er blieb außerhalb ihres Gesichtsfelds. Dennoch musste er dicht neben ihr sein. Sie hatte keine Ahnung, weshalb sie so sicher wusste, dass es ein Mann war. Aber genau wie andere Frauen auch konnte sie an bestimmten körperlichen Reaktionen feststellen, wenn ein attraktiver Mann im Zimmer war. Sie versuchte, etwas herauszuhören aus seinem

Atemrhythmus – ein Hüsteln vielleicht –, oder ob ihr die Art, wie er sich bewegte, vielleicht bekannt vorkam. Es war ganz still im Zimmer. Außer ihrem angestrengten Atmen und dem ständigen Summen der Maschinen, die ihre Körperfunktionen aufrechterhielten, war kein Geräusch festzustellen.

Sie wartete mit wachsender Ungeduld, dass die Person, die für ihre seltsamen Gefühlsregungen verantwortlich war, endlich am Fußende ihres Bettes sichtbar würde. Es war Jahre her, seit sie diese Art von Energien in ihrem Körper gespürt hatte, aber vergessen hatte sie diese Empfindungen nie. Jetzt schien es, als fluteten Wellen von Emotionen über ihren bewegungslosen Leib und brächten neuen Antrieb in ihr gefühlloses Nervenzentrum. Als Reaktion auf seine Anwesenheit erwachte in ihrem Innern ein kribbelndes Verlangen, ein dringender Wunsch nach etwas Ungewissem.

Emma lag reglos mit geschlossenen Augen auf dem Bett und genoss dieses Wunder. Sie hatte so wenig Ablenkung, dass sie einfach ihren Nutzen daraus ziehen wollte. Es kam sie nie jemand besuchen. Alle, die vielleicht zu ihr gekommen wären, waren tot. Sie hatte sie alle überlebt. Jetzt war sie schon fast zwanzig Jahre hier, lag unbeweglich auf diesem Bett. Ihr Mann war fünfundzwanzig Jahre tot. Seitdem hatte sie kein Mann mehr berührt, was sie allerdings nicht wirklich vermisste. Was sie mit Harry verbunden hatte, war das Flüstern dabei, das Kratzen seiner Bartstoppeln, sein zufriedenes Lächeln, wenn sie es miteinander geschafft hatten. Emma war immer liebevoll mit ihm umgegangen. Es war von Anfang an nie – und später sowieso nicht – der Sex gewesen. Es ging nicht ums Miteinander-Schlafen. Was zählte, waren der Schutz, den sich Emma und Harry in den Stürmen des Lebens gegenseitig geben konnten, der Trost der gemeinsamen Erinnerungen. Harrys Mittelmäßigkeit hatte nach all den gemeinsamen Jahren einen bestimmten Stellenwert bekommen, hatte sie vereinnahmt, bedeutete Verlässlichkeit. Aber Freude hatte das Leben nicht wirklich gemacht. Dann starb Harry, und kurz darauf hatte sie den Schlaganfall. Von da an hatte tiefe Stille nachtgleich ihre Jahre im Zwielicht begleitet. Bis heute.

Sie bemühte sich, wenigstens einen kurzen Blick auf den Mann in ihrem Zimmer zu erhaschen, aber die Anstrengung war so groß, dass sie einschlief, ohne es zu merken. Beim Erwachen wusste sie sofort, dass er gegangen war. Es war still auf der Station. Das Zimmer lag im Dunkel, nur die kleinen Lichter an ihren Geräten leuchteten. Sie hielt die Erinnerung an den Mann vorsichtig in ihrem Gedächtnis fest. Sorgsam wie einen Traum, der zu entschwinden droht, wenn man ihn sich nicht sofort vergegenwärtigt. Wieder und wieder spürte sie ihren ungewohnten Empfindungen nach. Sie fürchtete, sie könnten zu Staub zerfallen, war begierig darauf, etwas Neues zu haben, was ihre Gedanken beschäftigte.

Sehr selten nur änderte sich etwas in der begrenzten Welt von Emmas Wahrnehmungen. Es war Jahre her, dass irgendetwas Neues in ihr Blickfeld gekommen war. Es lag sicher fast vierzig Jahre zurück, dass sie das letzte Mal von einem Mann derart erregt worden war. »Verrückt, solch eine Regung bei einer Frau in meinem Alter!«, dachte sie. Sie empfand den gleichen Stolz auf ihre körperliche Reaktion gegenüber einem völlig Fremden, wie Harry ihn immer bei seinen mittelmäßigen Erektionen gezeigt hatte.

Wieder war ein ereignisloser Vormittag vergangen. Nur Emmas Lieblingskrankenschwester hatte das Zimmer betreten, um nachzusehen, ob alles in Ordnung war. Emma fand es nicht der Mühe wert, die Augen aufzumachen, aber innerlich war sie mit ihren Gedanken bei der jungen Frau, die sich um sie kümmerte. Sie erledigte ihre Aufgaben wie immer zügig, streckte schon die Hand aus, um Emma über den weißhaarigen Kopf zu streichen, ließ es dann aber. Emma spürte ihr sanftes, trauriges Lächeln.

Wieder allein. Der Nachmittag dehnte sich monoton in die Länge. Und plötzlich war er wieder da. Sie hatte ihn nicht kommen hören. Die Flure auf der Station waren ruhig. Die Tür war nicht geöffnet worden, denn das hätte die Lichtverhältnisse verändert, die sie durch die geschlossenen Augenlider wahrnehmen konnte. Dennoch war er da. Ganz nahe bei ihr. Sie hielt den Atem an, um ihn hören zu können. Plötzlich spürte sie warme, weiche Lippen seitlich an ihrem Hals, die weiterwanderten und ihr warmen, feuchten Atem ins Ohr bliesen. Er hatte sie geküsst, als wäre er ihr Liebhaber. »Wer sollte denn eine alte Frau so küssen?«, fragte sie sich verwundert. Dann dachte sie sofort: »Und wenn schon, was kümmert's mich!« Sie hatte es gespürt. Und sie spürte schon wieder einen Kuss. Noch mehr Küsse! Süße, seidige, langsame Küsse, sexy und feucht. Küsse, die einen verrückt machen konnten. Ihr Kopf schwirrte von den Emotionen, die ihren Körper durchliefen.

Immer noch konnte sie sich nicht vorstellen, wer er war. Aber darüber machte sie sich keine Gedanken mehr. Ihre Haut kribbelte, es war die Berührung, die das Kribbeln hervorrief. Sie wartete, bis ihr Herz wieder ruhiger schlug, wartete auf die nächste Empfindung, aber sie kam nicht. Sie horchte auf Anzeichen, wer der Mann sein könnte. Sie konnte ihn immer noch nicht sehen, wusste aber jetzt ganz sicher, dass es ein Mann war, denn sie hatte das raue Kratzen seines Kinns an ihrer Haut gespürt. Sie ahnte einfach nicht, wer er sein konnte. Selbst aus ihrem eingeschränkten Blickfeld heraus konnte sie fast immer erkennen, wer vom Personal im Zimmer war. Jeder Arzt, jede Krankenschwester und auch die anderen Patienten, die an ihrer Tür vorbeikamen, konnte sie an bestimmten Geräuschen und Gerüchen unterscheiden. Er blieb außer Sicht, hatte eine absolut undefinierbare Ausstrahlung, und sie konnte keinerlei Gerüche an ihm wahrnehmen. Emma sehnte sich nach seiner Berührung, aber er hatte sich wie ein Gespenst in Luft aufgelöst. Ihr Dasein war wieder zum quälend langsamen Einerlei der vergangenen zwanzig Jahre zurückgekehrt.

Es verging ein weiterer Tag, bevor er wieder auftauchte. Emma hatte vor sich hin gedöst. Eine Berührung an ihrem Busen weckte sie. Eine große maskuline Hand umfasste ihre Brust, knetete und tätschelte sie, nahm ihre Brustwarze zwischen zwei Finger, rieb und drückte den sich aufrichtenden Nippel. Es war ein wundervolles Gefühl, wirklich einmalig! Emma spürte, wie ein Mund ihre Brustspitze umschloss, wie er saugte, biss und kaute, bis jene Woge von fließendem Feuer über sie rollte, die sie vor Jahren so gut gekannt hatte. Die Lippen wanderten hinüber zur anderen Brust, saugten sich dort träge fest. Sie gab jeden Widerstand auf, ließ sich einfach von ihren Emotionen davontragen. Alle Hemmungen waren aus ihrem Kopf entschwunden, und sie fühlte sich unglaublich sinnlich. Ihr fortgeschrittenes Alter war jetzt unerheblich, ihr welker Körper kümmerte sie nicht. Sie spürte reine Freude, fühlte sich, als wäre sie wieder sechzehn. Sie konnte aber auch achtundzwanzig sein, zweiundvierzig oder sechzig. Sie war alle Alter in einem, alterslos und zeitlos. Mit aller Kraft versuchte sie, die Augen aufzumachen. Es war die einzige Bewegung, die sie überhaupt noch ausführen konnte in ihrer unbeweglichen und schweigenden Existenz. Sie öffnete die Augen, aber es gab nichts und niemanden zu sehen. Sie starrte vor sich auf die Schläuche und das weiche weiße Laken, unter dem sie ihre angezogenen Beine erahnen konnte. »Sie träumen, meine Liebe!«, schalt sie sich selbst mit einem Seufzer. Doch jene suchende Zunge widersprach und fuhr fort, ihren Körper zu erforschen. Zwei Hände bogen ihre Schenkel auseinander, obwohl ihre Beine, die sie unter dem Laken wahrnehmen konnte, sich nicht bewegten. Emma starrte sie mit wachsender Erregung an und wurde immer verwirrter. Ein Finger war an ihrer Klitoris, liebkoste sie, und dann war die Zunge an ihren Schamlippen spürbar und schlängelte sich dazwischen. Sie ließ ihre Augen wieder zufallen, wollte nicht länger wissen, weshalb sie ihn nicht sehen konnte. Auch wenn ihr Körper völlig unbeweglich war, in ihrer Vorstellung explodierte er vor

Lust. Die Empfindungen wurden immer stärker. »Ja«, dachte sie, »dort ist es richtig!« Die Zunge eroberte ihre Klitoris. »Himmel!« Jeder Stoß der Zunge war wie ein Pfeil, der in sie drang.

Nie in ihrem abenteuerlich langen Leben hatte ihr ein Mann mit solcher Geschicklichkeit Lust bereitet wie dieser hier. Es schien, als wüsste er ganz genau, wonach es sie verlangte. Er wusste es sogar besser als sie selbst. Sie fühlte sich von seiner Liebe und seinem Verlangen, ihr Vergnügen zu bereiten, wie hinweggetragen. Er schien sie zu lieben, grade so, wie sie war. Sie wurde wieder schön. Er ergötzte sich an ihr. Sie hatte sich nie so begehrt gefühlt. Was immer sie sich vorstellte, erfüllte er ihr. Als ihr Körper danach verlangte, ihn in sich zu spüren, sich nach jenem Ausgefülltsein sehnte, das nur ein Mann geben konnte, da war er sofort über ihr. Er knetete und streichelte ihre Schamlippen, molk wohltuende Säfte aus ihrem ausgetrockneten Körper – geduldig, zärtlich, jung. Sie merkte, dass er einerseits ganz jung war, aber dabei erfahren und weise wie das Alter. Eigentlich alterslos. Er benetzte und salbte sein Glied mit ihren Säften, als wäre er ein Priester, der sich mit Weihwasser besprengte, um einen heiligen Ritus zu vollziehen.

Als sich ihr aus ihrem tiefen Schweigen ein Stöhnen entrang, drang er in sie ein. Er war nicht riesig, aber gut gebaut, schien der Vorgabe ihres zarten Körperbaus absolut perfekt angepasst. Er füllte sie mehr aus als jener fast zwei Meter große Pianospieler, mit dem sie es getrieben hatte, als sie noch eine junge Frau gewesen war, zu Zeiten des Jazz, und als sie in den Blues-Bars gesungen hatte. Lieber Gott, das war alles so lange vergessen. Die Zusammentreffen in dunklen Ecken hinter Samtvorhängen im Paradise Ballroom – ständig in der Gefahr, dass der Vorhang jeden Moment aufgehen konnte und sie und ihr riesenhafter Lover erwischt wurden. Aber das hatte die Erregung nur gesteigert.

Plötzlich überfielen sie die Erinnerungen. Wie sich ihr Körper damals angefühlt hatte, wie sie aussah, wenn sie abends leicht bekleidet ihren Leib über und über mit Glitzer besprüht hatte. Und wie sie damit im Mondschein ihre Partner verblüffte. Es war Krieg – leidenschaftliche tränenreiche Nächte mit Soldaten, die nach einem Zipfel Leben schnappten, bevor sie vom Grauen des Krieges verschlungen wurden.

Alle ihre Liebhaber fielen ihr ein, nachdem er in sie eingedrungen war, ihre Gerüche, ihr Geschmack, ihr Lächeln und wie es gewesen war – mit jedem Einzelnen. Alle wurden eins mit ihm. Es war, als würden sie alle auf einmal in ihr sein und mit ihr schlafen. Sein Schwanz schien keine Müdigkeit zu kennen. Er machte immer weiter, füllte sie aus, aber es tat nicht weh, trotz all der Jahre der Enthaltsamkeit. Es war ein hinreißender Schwanz. Sehr dick und hart, wie aus Holz geschnitzt. Er schob ihn langsam hinein, sehr genussvoll, genau wie sie es gern hatte. Ganz genauso, wie sie es am liebsten hatte.

Dann zog er sich plötzlich zurück, während sie es kurz vor dem Höhepunkt vor Erwartung kaum aushalten konnte. Wieder spürte sie seine Berührung an den Schamlippen. Er umkreiste sie immer wieder, netzte seine Spitze mit ihrem Saft, malte Bilder damit, erregte sie mit seinem Rein und Raus. Er ließ sein Glied nur ein kleines Stück in sie hineingleiten, dann rieb er es an ihrer wild zuckenden Klitoris und wiederholte diesen Wechsel, bis sie davongetragen wurde von den Wogen der Lust. Eisige Hitze fuhr ihr in die Glieder. Als sie jetzt dem Orgasmus ganz nahe war, drang er wieder tief in sie ein, die heftigen Stöße seines Penis versetzten sie in nie gekanntes Entzücken.

Unsichtbare Finger kreisten auf ihren Pobacken, badeten in ihrer Nässe, glitten in ihren Anus hinein. Ohne dass jemand es hörte, stieß Emma Schreie der Lust aus. Die Stille schien sie aufzusaugen. Der hämmernde Schwanz ließ sie höher und höher fliegen, die fordernden Finger brachten sie an die Grenzen der Lust. Die Stille in ihren Ohren wurde zu einer Kakaphonie der Ekstase. Ein Mund senkte sich auf ihre Klitoris, spielte mit dem harten kleinen Knopf.

»All das auf einmal, das ist unmöglich!« Sie war voller Verzückung. Es war alles möglich. Erinnerungen an junge Frauen tauchten auf, an sanfte Hände, Frauenhände, die sie streichelten. Ihre Arme und Beine, ihre Haare. Weiche runde Münder mit knallrotem Lippenstift saugten an ihren Zehen. Küsse. Wunderbar weiche Küsse. Sanfte Frauenküsse. Harte, kitzelnde Schnurrbartküsse, Männerküsse. Mehrere Münder, die sie gleichzeitig küssten. Drei Zungen, die sich trafen und nicht mehr zu unterscheiden waren.

Emma hatte früher kein zurückgezogenes Leben geführt. Sie hatte so manchen attraktiven Mann geliebt und es auch das eine oder andere Mal mit schönen, geheimnisvollen Frauen getrieben. Sie war bei allen zum Höhepunkt gelangt und befriedigt worden. Aber nie war es so gewesen wie jetzt. Nichts hatte sie darauf vorbereitet, dass sie so etwas je erleben würde.

Sie dachte an die Frauen, die sie geliebt hatte. Im selben Moment spürte sie den Geschmack einer feuchten Vagina auf ihrer tanzenden Zunge. Beim Saugen der Klitoris hörte sie das Aufstöhnen der Frau und spürte, wie sie sich krümmte. Immer schon hatte die Geilheit anderer Frauen ihre eigene Erregung noch erhöht. So, wie sie eine Frau mit der Zunge bearbeitete und reizte, so spürte sie es auch an sich selbst. Sie saugte und biss und brachte die unsichtbare andere dazu, vor Wonne zu schreien. Emma schnappte nach Luft, als der Schwanz aus ihr herausschlüpfte und wieder zu ihrer angeschwollenen Klitoris glitt, die er rhythmisch berührte. Hitze wallte über sie hinweg wie der Feueratem der Lava, die den Berg hinunterfloss. Sie hörte das Blut in ihren Adern dröhnen und das wilde Pochen ihres Herzens.

Ein herrlicher Schwanz – »der göttliche Phallus!«, dachte Emma, vor Lust bebend und schwerelos dahintreibend, als sie seine dunklen Lippen im Mondschein schimmernd vor sich sah. Die Lippen saugten sich an ihrer Klitoris fest, die Zunge bereitete ihr unvorstellbare Sensationen, jenseits von Lust, jenseits allem menschlich Erlebbaren. Sein Schwanz glitschte zwischen ihre Schenkel, verharrte dort.

Sie hob sich ihm entgegen, bat ihn zu sich. Er zog sich zurück, wenn sie sich näherte. Sie wollte nur noch den Schwanz. Lippen saugten an ihren Brustwarzen, die steif und hart waren wie Kandiszucker. Die Finger drangen in ihren Anus, aber sie wollte den Schwanz spüren. Sie bettelte. Aber er hielt sich fern, badete in ihren honigsüßen Düften. Schließlich begann sie zu schreien, nach ihm zu verlangen, zu heulen wie ein Tier. Jetzt endlich tauchte er in sie ein, riss sie in Stücke, als wäre er ein wildes Tier.

Was Emma jetzt erlebte, war völlig anders als alle Erfahrungen, die sie bisher gemacht hatte. Die Lust war so viel intensiver, das Verlangen so viel größer. Er stieß in sie hinein, so tief wie noch nie einer, so überwältigend in seinem harten Rhythmus. Er nahm sie. Er fickte tiefer in sie hinein als je ein Mann zuvor. Sie wollte sich ganz öffnen, wollte fühlen, wie er in ihren Uterus eindrang und sie füllte mit seinem Samen. Ihr Genuss war unglaublich, überwältigend, unsagbar … »Mein Gott«, hauchte sie.

Sie öffnete erst die Augen, als der Kampf friedvoll dem Ende zuging, und sah, dass sich ihre Lieblingsschwester über sie beugte.

Was Emma empfand, war eine große Befreiung, die ihre gesamte menschliche Existenz transzendierte und sie all ihre menschlichen Erfahrungen und die früherer Leben bis zurück in die Ära der tierischen Vorfahren durchkosten ließ. Von den Bäumen ins Wasser und dann hinaus ins Weltall auf der Suche nach dem Sternenstaub wurde Emma in ihrer unendlichen Lust und Freude immer höher und höher hinaufgetragen, ganz weit außerhalb ihres Körpers und weit, weit hinaus ins Universum. Endlich kam sie zum Höhepunkt. Das wilde Echo ihrer Lust entrang sich ihr in einem Schrei, der hinaushallte in die Dunkelheit bis zu den entferntesten Sternen in einem Wohlklang der reinsten Freude, die in ihren Ohren den Klang von einer Million der wundervollsten Gesänge annahm. Es war der Gesang der Sterne. Die Musik des Lebens. Der Sound ihrer eigenen Empfängnis.

»Schwester Miller?«

Die Frau sah zur Tür. »Ich bin bei Miss Emma. Sie hat uns verlassen, die Arme!«

»Wirklich? Miss Emma!«, rief die Oberschwester, die ans Bett getreten war und versuchte, den Puls der alten Frau zu fühlen.

»O mein Gott. Die arme alte Seele!« sagte sie, schaltete die Geräte ab, und tiefe Stille erfüllte das Zimmer. »Sie ist jetzt in einer besseren Welt.«

»Sieht so aus. Wissen Sie, ich habe sie ja schon seit Jahren betreut und nie etwas anderes als die absolute Leere in ihren Augen entdecken können. Aber gerade eben hat sie sie noch einmal geöffnet und mich völlig klar angesehen, ganz kurz bevor sie starb. Und ihre Augen strahlten vor purem Glück.«

»Ja, das habe ich schon viele Male erlebt. Alle haben diesen Blick. Wie eine große ...«

»Verzückung.«

»Ja. Es muss so etwas geben wie die große Vereinigung mit Gott. Und dieses Eingehen in die Ewigkeit lässt sie alle so friedlich sein, wenn sie sterben.«

»So heißt es jedenfalls.«

Während sie Emma das glatte weiße Laken über den Kopf zog, beugte sich die Oberschwester über sie und sagte leise: »Geh mit Gott.«

ZWEITER TEIL
DAS UNBEKANNTE

Der Akt der Verführung erhält seine Spannung durch das Geheimnisvolle, das Unbekannte, das Ungewohnte, das Unvorhergesehene. Jede unerwartete Wendung der Ereignisse steigert die Leidenschaft. Das Unbekannte gehört unweigerlich zum Reiz jeder neuen Beziehung. Bei der ersten Verführung ist einfach alles fremd – die sexuellen Vorlieben und Abneigungen des potenziellen Partners, sein oder ihr Verhalten im Bett, seine oder ihre ganz persönliche sexuelle Reaktion. Das Staunen, die Überraschung, die jede neue Entdeckung begleiten, verstärken den erotischen Impuls und steigern damit die Sexualität.

In Dave Clarkes »Nichts anzuziehen« verbinden sich das Unbekannte, das Faszinierende und das Geheimnisvolle in einer Geschichte, in der ein arabischer Prinz mit Privatflugzeug, Palast und unermesslichem Reichtum eine Frau in ein außergewöhnliches und extravagantes Verführungsszenario entführt. »Die Geschichte handelt von einer Reise ins Unbekannte«, sagt Clarke. »Dieser geheimnisvolle, unwiderstehliche Mann begegnet in einem Warenhaus einer Frau und findet sie derart begehrenswert, dass er ihr alles zu geben bereit ist. Die Gala, zu der er sie einlädt, wird für die Frau zu einem absolut einmaligen, unvergesslichen Erlebnis.«

Das sexuelle Erleben wird auch gesteigert, wenn das Geheimnisvolle mit etwas Tabuisiertem verbunden ist – etwa wenn der potenzielle Partner aus einer anderen Kultur, einer anderen ethnischen oder sozioökonomischen Gruppe stammt oder eine andere sexuelle Neigung hat.

Unsere Kultur hat den gesamten Bereich der Sexualität mit einem Tabu belegt, deshalb entsteht immer dort, wo Sex mit etwas Verbotenem gepaart ist, eine erotische Spannung, die aus der Verbotsübertretung erwächst.

In »Erkenntnisse« schildert Kate Fox die erste sexuelle Erfahrung ihrer Protagonistin mit einer Frau. »Schock ist ein wesentlicher Teil der Verführung«, erklärt die Autorin. »Das Erlebnis birgt die unterschiedlichsten Überraschungen für die junge Frau: Zunächst ist sie überrascht, dass sie diese Gefühle überhaupt hat, dann, dass sie diesen Gefühlen wirklich nachgibt und ihnen entsprechend handelt, und schließlich ist sie überrascht über den Sex, der sich daraus ergibt. Der Aspekt des Verbotenen spielt in der lesbischen Liebe tatsächlich eine wichtige Rolle, obwohl meiner Ansicht nach praktisch alles Erotische ein gewisses Element des Verbotenen in sich trägt.«

Aber man braucht nicht am Anfang einer neuen oder tabuisierten Beziehung zu stehen, um Überraschungen oder etwas Neues zu erleben. Mit etwas Fantasie, Inszenierungs- und Abenteuerlust kann man auch in einer langjährigen Beziehung das aufregende Gefühl des Neuen schaffen. Genau das gelingt Saskia Walker in ihrer frappierenden Geschichte »Willkommen zu Hause!«. So sagt sie: »Der Akt der Verführung ist etwas Wunderbares, und er braucht nicht zu enden, sobald eine Beziehung dauerhaft geworden ist. Sex kann auch weiterhin mit Aufregung, Spaß und Geheimnis verbunden sein, wenn man sich und das gemeinsame Leben immer wieder aufs Neue auslotet. Man hört ja nicht auf, sich zu entwickeln oder sich zu verändern, nur weil man in einer festen Beziehung lebt. Man kann auch weiterhin flirten, Spiele spielen und die Erfahrung mit dem anderen einsetzen, um die Sexualität zu steigern.« Ihre Hauptfiguren – ein seit fünf Jahren verheiratetes Ehepaar – erhalten sich ihre leidenschaftliche sexuelle Beziehung, indem sie bestimmte Fantasien ausleben und in verschiedenste Rollen und Identitäten schlüpfen.

Ganz anders entwickelt Renate Stendhal die Elemente

des Geheimnisvollen und Überraschenden in ihrer Sittenkomödie »Ehrengast«, die im Frankreich des 19. Jahrhunderts spielt. Auf humorvolle Weise verbindet sie die Gefahr des Entdecktwerdens mit dem Verbotenen. »Die wesentlichen Elemente der Verführung in meiner Geschichte sind Überraschung, List, Spiel, das Unerwartete«, sagt Stendhal. »Letztlich dreht sich die Geschichte um das Übertreten von Tabus. Verführung ist eine Herausforderung, etwas sehr Ernstes, doch gleichzeitig kann es auch äußerst komisch sein. Ich wollte all diese Elemente verbinden und damit Abwehr und Spannung aufbauen, aber auch Hingabe.«

Natürlich ist es auch immer mit einem Risiko verbunden, wenn man sich auf eine neue oder einmalige sexuelle Begegnung einlässt. Beide Akteure laufen Gefahr, zurückgewiesen, bloßgestellt oder auf andere Art emotional verletzt zu werden. Die Spannung wächst, wenn Versagensängste und möglicher Erfolg miteinander konkurrieren. Da es ein riskantes Spiel ist, jemanden zu verführen, muss die Person, die erfolgreich sein will, selbstbewusst genug sein, um diese Ängste zu überwinden. Und dieses Selbstbewusstsein wiederum wird zum integralen Bestandteil der Verführung.

In »Einkaufsbummel am Vormittag« beschreibt Joseph S. Teller eine Frau, die erhebliche Risiken auf sich nimmt, um ein Einkaufserlebnis ganz besonderer Art zu planen – eines mit einem erotischen Dreh. So sagt Teller: »Die Frau in meiner Geschichte ist ungemein selbstbewusst; sie weiß, dass sie schön und sexy ist, aber auch erregt und geistig angeturnt. Sie ist kreativ genug, um sich die Szene vorzustellen, aber sie hat auch den Mut, ihre Fantasie auszuleben. Und trotz ihres Selbstbewusstseins und ihrer Entschlossenheit haftet ihrem Unternehmen etwas Gefährliches an. Die sexuelle Spannung baut sich auf, während sie die Verführung zunächst plant und dann ausführt.«

In Ethan Monks Geschichte »Begegnung im Frühzug« findet die männliche – schwule – Hauptfigur einen völlig anderen Ansatz als Tellers Protagonistin, was die mit einer

Verführung verbundenen Risiken betrifft. Während er im Zug auf dem Heimweg von der Arbeit Kim beobachtet, einen sino-amerikanischen Mann, steigen erotische Fantasien in ihm auf. »Verführung ist im Großen und Ganzen etwas, das im Kopf stattfindet, in der Fantasie, aber eine gelungene Verführung verlangt Tatkraft, Selbstvertrauen, Mut – und vielleicht auch ein Quäntchen Glück«, erklärt Monk. »Mein Protagonist ist in seinen Gedanken mutiger als in seinen Taten. Er weiß, dass er es unweigerlich bedauern wird, wenn er Zurückhaltung übt und nicht seiner Intuition folgt. Aber er bekämpft diese Muster, seine in der Vergangenheit erlittenen Verletzungen, auf seine ganz eigene Art.« Die Frage, ob es ihm gelingen wird, die nötigen Risiken auf sich zu nehmen, um diese Muster und Verletzungen zu überwinden, steigern die erotische Spannung, die uns in Monks psychologischem Drama fesselt.

Gleichgültig, ob es um eine ganz neue Beziehung geht, um eine langjährige oder etwas dazwischen: Wenn der Akt der Verführung mit einem Element des Risikos, der Neuheit, der Überraschung oder gar des Verbotenen verbunden ist, dann können wir uns auf einen berauschenden sexuellen Cocktail gefasst machen.

NICHTS ANZUZIEHEN
Dave Clarke

Trotz des begehbaren Kleiderschranks, der aus allen Nähten platzte, trotz der sechs riesengroßen Kommodenschubladen, zum Bersten gefüllt mit ordentlich gefalteten Oberteilen und Accessoires jeder nur denkbaren Machart und Farbe, trotz der drei deckenhohen Schränke voll Schuhe und weiß Gott wie vielen weiteren Paaren unter dem Bett schlenderte Rebecca wieder einmal durch die Designerboutiquen von Bloomington, von Calvin zu Ralph, von Karl zu Jill.

Sie wanderte zwischen den chinesischen Seidenkleidern und ägyptischen Baumwollgewändern umher, nahm ein Stück in die Hand und musterte es kritisch mit einem Auge, während sie mit dem anderen die Kleiderstangen absuchte nach dem Einen, das in ihrer Kollektion noch fehlte.

»Nichts anzuziehen?« Eine tiefe Stimme mit mediterran anmutendem Tonfall ließ sie zusammenfahren.

Rebecca drehte sich um und stand dem bestaussehenden, vollkommensten Mann gegenüber, der ihr je begegnet war. Groß, aber nicht zu groß, schwarze, ins Bläuliche spielende Haare, die Haut in der Farbe von Kakaobutter wie schimmernder Satin. Der Anzug umfing seine schlanke Statur, scheinbar ohne sie zu berühren. Seine Augen, zwei glänzende, panterschwarze Marmorkugeln, drangen schon beim ersten Blick tief in ihr Innerstes.

»Ich habe etwas anzuziehen für Sie. Und ... einen Ort, an dem Sie es anziehen können«, sagte er, und sein durchdringender Blick durchbohrte sie, sodass Rebecca das Gefühl bekam, er streichele ihre Seele. »Heute Abend begeht mein Volk sein alljährliches Fest.«

»Ach?« Sie ließ sich auf sein Spiel ein. »Und was feiert es?«

»Mich«, erklärte er in aller Bescheidenheit. »Wir veranstalten unseren alljährlichen Prinzenball, und ich muss gestehen, ich habe keine Begleiterin.«

»Ein Prinz?«, fragte sie und trat näher, nur um erneut überrascht zu werden, denn Leibwächter, die sie zuvor nicht bemerkt hatte, stellten sich kreisförmig um ihn.

»Zu Ihren Diensten«, sagte er, nahm ihre Hand und führte sie an seine vollen, dunklen Lippen.

»Dieses Fest – findet es nicht in Ihrem Land statt?«

»Aber natürlich«, antwortete er lächelnd. Seine samtene Stimme brachte ihr Herz zum Schmelzen.

»Ich habe nichts …«

»Anzuziehen. Ich weiß. Machen Sie sich keine Sorgen, wir haben alles, was Sie brauchen oder sich wünschen könnten. Dafür garantiere ich persönlich.«

»Aber ich brauche zumindest meinen Pass und …«

»Bitte«, unterbrach er sie beinahe gekränkt. »Sie sind in meiner Begleitung. Mehr Informationen wird niemand von Ihnen verlangen.«

Er bot ihr seinen Arm, und Rebecca nahm ihn. Ohne einen Moment zu überlegen, ohne seinen Namen zu kennen, selbst ohne zu wissen, wo sein Land lag, ergriff sie seinen Arm, und es schien ihr, als hätte sie gerade erst wieder die Augen geöffnet, da war ihr Champagnerglas bereits halb leer und das königliche Flugzeug setzte zum Landeanflug auf das schmale, schwarze Band des Rollfelds an, das plötzlich am leuchtend weißen Wüstenhorizont aufgetaucht war.

Ein glänzend schwarzer, lang gestreckter Mercedes wartete am Ende der Gangway, die ans Flugzeug geschoben wurde. Wenige Sekunden später saßen sie hinter den kühlen, getönten Scheiben, und Sanddünen flogen an ihnen vorüber wie Vögel über einen Teich. Nach einer Weile öffnete der Prinz Rebeccas Fenster, und warme Wüstenluft strömte herein und spielte in ihren Haaren.

»Da ist es«, sagte er, als am Horizont der Palast erschien. Inmitten eines Meeres von Sand nahm vor Rebeccas Augen ein Gebäude Gestalt an. Sein Dach glitzerte golden, seine weißen Mauern blendeten die Augen. Wie auf ein himmlisches Zeichen hin öffnete sich das schmiedeeiserne Tor. Vor dem gewaltigen, mit roten Kacheln verkleideten Eingang blieb der Wagen stehen, und eine Schar von Bediensteten eilte herbei, um die Auffahrt und die majestätische, mit Säulen bestandene Halle zu säumen, bis hin zu dem spitz zulaufenden maurischen Bronzeportal, das sich an der höchsten Stelle über fünfzehn Meter emporschwang.

Die von einer hohen Kuppel überragte Eingangshalle war prächtiger als alles, was Europa zu bieten hatte. Die überlebensgroße Statue eines Sultans mit gezücktem Säbel auf einem sich aufbäumenden Hengst füllte die Rotunde. Und als würde die Größe des Standbildes allein nicht genügen, lenkte auch das Plätschern mehrerer Fontänen alle Aufmerksamkeit darauf. »Mein Vater«, erklärte der Prinz.

Ein in fließende weiße Gewänder gekleideter Diener näherte sich und verneigte sich tief vor dem Prinzen. »Eure Hoheit.«

»Raja.«

Der Diener richtete sich auf. »Ich freue mich sehr, Euch wieder zu sehen, Eure Hoheit. Alles ist Euren Anordnungen gemäß vorbereitet.«

»Auf Raja kann ich mich immer verlassen«, sagte der Prinz mit einem breiten Lächeln zu Rebecca. Dann fiel ihm etwas ein. »Oh«, sagte er, doch bevor er weitersprechen konnte, hatte der Diener bereits ein Kästchen hervorgeholt und es dem Prinzen gereicht.

Dieser gab es an Rebecca weiter. Die kleine Kiste war aus Olivenholz gearbeitet, auf dem die hereinströmenden Sonnenstrahlen tanzten. »Etwas anzuziehen.«

Rebecca nahm das Behältnis entgegen und öffnete den Deckel. Dann entfernte sie die Stofflagen im Inneren, bis sie zu dem Gegenstand vordrang, der zwischen den vielen

Schichten verborgen lag – ein scharlachrotes Stück Seide in der Form eines Herzens, nicht größer als ihre Handfläche, von dem feine Seidenfäden hingen, insgesamt nicht mehr, als einen Fingerhut füllen würden. Sie hielt das Herz hoch und sah, wie das Lächeln des Prinzen immer breiter wurde. »Es ist wunderschön«, stammelte sie.

»Ich hoffe nur, dass es dir gerecht wird.« Er sah sie an und bemerkte, wie ängstlich ihre Blicke durch den Saal huschten. »Ist etwas nicht in Ordnung?«

»Was soll ich dazu tragen?«

»Dazu?«, fragte er.

»Beim Ball. Es gefällt mir sehr gut, es ist wunderschön, aber was trage ich noch dazu? Welche Kleider?«

Der Prinz wirkte überrascht und – wenn es möglich war, dass seine Vollkommenheit von irgendetwas beleidigt wurde – sogar ein wenig verletzt. »Das ist alles. Mehr gibt es nicht. So ist es hier immer schon gewesen. So wird es immer sein.«

»Aber ich werde … praktisch … nackt sein«, widersprach sie.

Jetzt sah der Prinz sie tief berührt an. »Wie kannst du das sagen, mein Engel? Du wirst maniküurt sein und pediküurt. Jede deiner Poren wird von Kopf bis Fuß gereinigt, geölt und gepudert sein und schimmern wie Satin. Du wirst frisiert sein und geschminkt von den besten Leuten ihres Fachs, die man für Geld bekommen kann. Deine Augen werden funkeln wie Sterne, deine Wangen werden glühen wie die Sonne am abendlichen Sommerhimmel. Von deinen Ohren werden Diamanten hängen so groß wie die üppigsten Trauben am Weinstock. Du wirst duften nach den berauschendsten Essenzen, die meine Gärten bereithalten. O nein, meine Geliebte. Du wirst vollständig bekleidet sein, all deine Vorzüge werden perfekt zur Schau gestellt werden. Und jede Frau, jeder Mann im Saal werden dich beneiden. Sosehr sie sich auch bemühen, sie werden die Blicke nicht von dem prächtigen Geschöpf losreißen können, das vor ihnen steht. Noch ihren Kindern und Kindeskindern werden sie von deiner außergewöhnlichen Schönheit berichten«, beschwichtigte er sie und schloss sie in die Arme. »Du wirst sehen, zu kapitulieren ist gut – und auch süß. Es ist die Schlichtheit in Perfektion.«

Rebecca blickte ihm in die Augen und wusste, dass sie verloren war, dass sie kapitulieren musste. Das sah er mit einem Blick, so deutlich, als hätte sie es mit eigener Hand auf Pergament geschrieben.

Der Prinz lächelte zufrieden. »Das ist Haseem. Sie wird dich schmücken.«

Eine Frau war anmutig an Rebeccas Seite getreten, groß und schlank, ihre Haut die Farbe von Honig. Am leeren Blick ihrer Augen merkte Rebecca sofort, dass sie blind war. Und doch nahm die Dienerin, die kaum mehr als achtzehn oder zwanzig Jahre zählte, ihre Hand, ohne zu zögern, und entführte Rebecca mit kleinen Schritten, die weitaus sicherer waren als Rebeccas.

Haseem geleitete sie über üppige Teppiche durch lange Gewölbe in die Tiefen des Palasts, vorbei an Gemälden und überdimensionalen Porträts der königlichen Familie. Sie passierten farbenfrohe Gobelins und Bronzebüsten, gingen an polierten Marmortischen vorbei, auf denen hohe, hand-bemalte Vasen voll frisch gepflückter Blumen jeder Art standen. Als Rebecca glaubte, sie seien schon beinahe eine halbe Meile durch einen Irrgarten von Fluren und Türen gegangen, blieb Haseem schließlich vor einer großen Flü-geltür stehen. Zwei Pfaue, deren breit gefächertes Rad mit schweren Ölfarben gemalt und mit feinsten Pinselstrichen vergoldet war, zeichneten dieses Portal vor allen anderen im Palast aus. »Die Gemächer der schönen Mädchen«, flüs-terte Haseem, als sie die Tür öffnete.

»Der Harem?«, fragte Rebecca.

»In diesem Palast hat der Prinz keinen Harem«, erklär-te das Mädchen und führte sie hinein.

Der Raum war gigantisch – ebenso lang, so breit und so hoch wie ein großzügiges Hotelfoyer, nur noch üppiger in all seinen exquisit gearbeiteten Details. Als das Dutzend

Mädchen – Mägde wurden sie genannt, wie Rebecca bald herausfand – bemerkte, dass die Türen sich geöffnet hatten, hielten sie in ihrer Tätigkeit inne und versanken in einen Knicks, bis Haseem ihnen mit einem leisen Klatschen der Hände bedeutete, sich wieder an die Arbeit zu machen. Das taten sie auch, aber erst, nachdem sie die Besucherin mit einem warmen Lächeln bedacht hatten.

Rebecca spürte eine sanfte Berührung am Fuß, und als sie nach unten sah, kniete Haseem neben ihr, um ihr die Straßenschuhe durch ein Paar bestickter roséfarbener Seidenpantoletten zu ersetzen. Sie ließ die junge Frau gewähren, und ihre Füße glitten in die Pantoffeln, als seien sie eigens für sie angefertigt worden. Haseem erhob sich. »Wir beginnen in den Bädern«, sagte sie und führte Rebecca auf die Dampfwolken zu, die in einer Ecke des Raums aufstiegen.

Die Bäder, eine in kräftigen Farben gehaltene Marmorsuite, lagen in einer von den Teichen aufsteigenden Dunstwolke. Der zarte Jasminduft, der in der Luft hing, verlieh den Räumen eine beinahe irreal wirkende Atmosphäre. Zwei Mägde entkleideten Rebecca und führten sie zu einem mit klarem, funkelndem Wasser gefüllten Becken. Dort gossen sie goldene Krüge voll dieses Wassers über sie und wuschen ihre Haut mit behutsamen Bewegungen der Luffaschwämme. Kaum waren sie fertig, erschien Haseem mit einem Gewand so flauschig und weich wie ein Schaffell. Die junge Frau ergriff Rebeccas Hand und geleitete sie zu einem großen marmornen Tisch, der auf der Terrasse stand. »Bitte«, sagte sie und bedeutete ihr, sich hinzulegen.

Von ihrem Ruheplatz aus konnte Rebecca die ganze Palastanlage sehen sowie auch die terrakottafarben schimmernden Berge in der Ferne. Direkt hinter dem Palast zogen sich die Gärten hin – mehrere tausend Quadratmeter perfekt gemähter Rasen, durchsetzt mit Alabasterstatuen, rauschenden Brunnen und wie skulpturiert wirkenden Dattelpalmen, deren Blätter in der Brise raschelten. Jenseits der Gärten begann das Reitgelände. Als Rebecca sich der Fürsorge der Mädge überließ, sah sie den Prinzen auf einer glänzenden schwarzen Stute reiten. Unter seiner geschmeidigen, kraftvollen Führung wurden Reiter und Pferd eins. Seine Hand war bestimmt und doch liebevoll, und die Stute schien beseelt vom Wunsch, seinen Anweisungen Folge zu leisten.

Mittlerweile kümmerten sich vier Frauen um Rebecca. Sie entfernten das Gewand und bedeckten Rumpf, Arme und Beine mit großen, dunkelgrünen Blättern, die sie aus zwei dampfenden Tonkrügen rechts und links des Tisches holten. Jedes Mal, wenn sie eines der feuchten Blätter herausnahmen, stieg ein durchdringender, reinigender Geruch auf, den die Brise mit sich forttrug. Nur Rebeccas Geschlecht blieb unbedeckt.

Als ihr ganzer Körper eingehüllt war, nahm jede der Frauen eine Hand oder einen Fuß und beschnitt zuerst die Nägel, dann weichte sie sie mit einer cremigen Masse ein. Während die vier Mägde arbeiteten, legte Haseem ein heißes Tuch auf Rebeccas Gesicht. Vom leichten Minzeduft wurde ihr beim Einatmen etwas schwindelig. »Wir entfernen Makel, wo immer sie auftreten und was immer sie sein mögen«, flüsterte Haseem und begann, das weiche Haar zwischen Rebeccas Beinen zu kürzen, bis lediglich ein diskret verhüllender Schleier um den rosafarbenen Hügel zurückblieb.

Es erschien Rebecca wie eine Ewigkeit, doch bald schälten die Mägde die Blätter fort, und als Rebecca über die Gärten hinweg nach dem Prinzen Ausschau hielt, war er fort. Die Brise, die über die Terrasse wehte, ließ sie leicht erschauern.

Fast unmerklich streifte Haseem mit den Fingern über ihre aufgerichteten Brustwarzen. »Der Wind verschließt die Poren und macht die Haut fest und glatt.« Sie ergriff Rebeccas Hand, führte sie zu einem bequemen Sessel und half ihr, sich hinzusetzen. Als Rebecca den weichen burgunderfarbenen Samt unter ihrer Haut spürte, glaubte sie, in einem Bett aus Rosenblüten zu sitzen.

Jetzt näherten sich vier andere Frauen. Jede nahm eine Hand oder einen Fuß und machte sich daran, Nagellack aufzutragen; so blass war das Rosé, dass es nahezu transparent wirkte. Dann erschien eine fünfte Frau und begann, Rebeccas Haar mit einer Bürste zu kämmen; die Borsten waren so weich, dass sie kaum spürbar waren. Die Frau arbeitete mit geschmeidigen, raschen Zügen, bis die Haare wie Seide glänzten; dann nahm sie das Haar mit einer einzigen Bewegung hoch und steckte es mit einer diamantbesetzten Nadel fest, sodass die Locken Rebecca duftig um die Schultern fielen.

In der trockenen Wüstenluft war der Lack auf ihren Nägeln bereits getrocknet. Die Frauen verneigten sich und zogen sich lautlos in den Palast zurück. Kaum waren sie gegangen, erschien eine winzige Frau, deren Füße kaum größer waren als die eines Kindes. Sie bewegte sich mit kleinen, zögerlichen Schritten auf hohen Plateauschuhen, in denen sie Rebecca gerade bis zur Brust reichte. In ihren zierlichen Händen trug sie ein Köfferchen mit ledernem Griff, das sie auf einem Gestell neben Rebeccas Sessel absetzte.

Die Frau hatte langes, dichtes schwarzes Haar, das ihr bis über die Knie hinabhing, und unverkennbar maghrebinische Gesichtszüge, zu denen die porzellanene Blässe ihrer Haut einen auffälligen Kontrast bildete. Sie öffnete das Köfferchen und breitete seinen Inhalt auf dem Gestell aus. Nachdem sie Rebecca eine Weile eingehend betrachtet hatte, zeichnete sie mit ihren schlanken Fingern Rebeccas Gesichtskonturen nach, als wäre sie ein kleines Kind, das zum ersten Mal seine Mutter ertastet.

Dann begann sie, Rebecca mit feinen Pinseln zu schminken. Sie arbeitete rasch und geschickt, verrieb die Farbpuder mit zarten Bewegungen, bis die Schattierungen unmerklich ineinander übergingen, tuschte die Wimpern mit einer cremigen Mascara. Als die winzige Frau ihr Werk vollendet hatte, packte sie schweigend ihr Köfferchen und verschwand mit denselben zögerlichen Schritten, mit denen sie gekommen war.

Nun erschien Haseem wieder. Sie nahm Rebeccas Hand. »Bald wird die Sonne untergehen«, sagte sie und führte sie ins Innere des Palasts zurück. Jetzt kamen die Mägde aus den Bädern wieder und stellten Rebecca auf einen Sockel, der fast in der Mitte des Raums stand. Sie massierten sie mit einer süß duftenden Creme, die auf ihrer Haut schmolz wie Butter auf einem warmen Brötchen. Als sie damit fertig waren, holten sie Kristallflakons aus ihren Taschen hervor und betupften Rebecca mit den Stöpseln, um an all den gewissen Stellen ihrer glatten Haut einen zarten, fruchtigen Parfümduft zu hinterlassen.

Als sie auch damit fertig waren, trug Haseem das Kästchen aus Olivenholz herbei und nahm das kleine Herz heraus. Sie hielt das zarte Gewebe auseinander, damit Rebecca hineinschlüpfen konnte, dann zog sie es ihr über die beschnittenen Schamhaare hinauf und ließ die Fäden zwischen ihre Backen gleiten.

Schließlich holte Haseem aus einem in der Nähe stehenden Wagen die Accessoires. Zuerst legte sie ihr ein Paar Ohrringe an mit Diamanten so groß, dass Rebecca bei ihrem Anblick der Atem stockte. Dann nahm die junge Frau eine Kette hervor, mit Edelsteinen besetzte Goldschnüre, die Rebeccas Brust in einem V bis zum Brustbein bedeckten und die bloßen Brüste noch hervorhoben. Um die Taille legte Haseem ihr eine dünne Goldkette, eine zweite, noch zartere schloss sich um ihren Knöchel. Auf eine Geste hin hob Rebecca einen Fuß, und ein weiterer, in Platin gefasster Diamant wurde ihr an den zweiten Zeh gesteckt. Als letztes nahm Haseem aus dem Wagen zwei goldene Glöckchen, nicht größer als Erbsen, und befestigte sie mit einem Clip an Rebeccas Brustwarzen. Nun ertönte bei jedem ihrer Atemzüge ein leises Klingeln durch den riesigen Raum.

Ein Paar Sandalen, wenig mehr als einige Goldfäden zwischen den Zehen, befestigt an einer aus Leder gearbeiteten hohen Sohle, wurde ihr über die Füße gestreift, und die Riemen wurden kreuzförmig über den Waden gebunden. Schließlich stand Haseem auf und stellte sich ganz dicht an

Rebecca. »Darf ich?«, fragte sie und streckte die Hände zu ihrem Gesicht aus.

»Ja«, flüsterte sie.

Die Frau begann ganz oben, ertastete die Haare und die Nadel, die die Frisur zusammenhielt. Mit Fingern so leicht wie ein Hauch aus der Wüste fuhr sie sacht die schlanke, bebende Gestalt Rebeccas nach. Ihre Fingerspitzen liebkosten ihr Gesicht, erspürten alle Konturen von den Wangenknochen bis zu den tief weinrot geschminkten Lippen. Sie wanderte weiter zu den Ohren, über den Hals hinab zu der schweren, edelsteinbesetzten Kette, streifte die üppigen Brüste. Sie strich über den glatten, flachen Bauch und berührte wie mit Schmetterlingsflügeln die feuchten Lippen, die darunter verborgen lagen. Dann bewegten sich ihre Finger nach hinten, über das runde, muskulöse Gesäß zur Innenseite der Schenkel und die Waden hinab, bis sie schließlich die schimmernden Zehen erreichte. Sie richtete sich auf. »Eine prachtvollere Frau hatten wir nie«, sagte sie. »Kommt, es ist Zeit, Euch zu präsentieren.«

Der große Ballsaal des Palasts war ein nach oben offener Raum, dessen Wände unmerklich in den klaren, dunklen Nachthimmel übergingen. Säulen vom Umfang alter Eichen ragten zu den Sternen empor. Am anderen Ende des Saales schwang sich eine breite, majestätische Treppe nach oben, die zu einem rein weißen Vorhang hinaufführte. Auf diesem Absatz wartete Rebecca eine kurze Weile mit Haseem. Dann erschien der Prinz.

Die fließenden weißen Gewänder verliehen seiner schlanken Gestalt eine leuchtende Kontur. Sanft berührte er die blinde Frau am Arm, und sie kehrte in das Gewölbe zurück; dann wandte er sich an die Frau, die vor ihm stand.

»Makellos. Ein Geschenk der Götter«, sagte er und nahm ihre Hand, um sie auf den Balkon oberhalb des Ballsaals zu führen.

Die Menge verstummte, als Trompetenfanfaren Seine Königliche Hoheit ankündigten und das Paar den Raum betrat. Rebecca spürte, wie sich die Augen von Hunderten förmlich gekleideter Paare auf sie richteten, und sie errötete am ganzen Körper. Jeder Quadratzentimeter ihrer bloßen Haut strahlte glühende Hitze ab. Die Menge reagierte mit gedämpften Begeisterungsrufen und Jubel.

»Deine Bescheidenheit gefällt ihnen«, flüsterte der Prinz und drückte ihre Hand.

Als Rebecca auszuschreiten begann, fühlte sie eine klebrige Feuchtigkeit zwischen ihren Beinen.

»Und deine Erregung gefällt mir«, fügte er hinzu, als er mit einem kleinen Beben der Nasenflügel den von ihr aufsteigenden Duft wahrnahm.

Sie schritten zur Menge hinab, die zuerst ein Spalier für sie bildete und sie dann völlig umschloss. In den folgenden Stunden unterhielt der Prinz seine Gäste mit Rebecca an seiner Seite. Bei Kaviar, Champagner und Delikatessen aller erdenklichen Art behielt er sie stets in seiner Nähe. Er sprach über internationale Politik und Sport ebenso wie über Mode und Kunst, erkundigte sich nach ihrer Meinung zu jedem dieser Themen und gab ihr das Gefühl, Wichtiges zu sagen, als wären ihre Gedanken und Ansichten nicht minder bedeutsam als die eines Ministers, eines Kabinettbeamten oder eines Wirtschaftstycoons.

Als der Abend sich dem Ende näherte, führte er sie zu der geschwungenen Treppe und ging mit ihr nach oben. Als sie den Balkon vor dem weißen Vorhang erreichten, mehr als dreißig Meter über der Menge, wandte er sich zu den Menschen unter ihnen. »Ich danke euch, meine Freunde. Ihr seid wahrlich die Größe unserer Nation.« Nach einem letzten Gruß teilte er den Vorhang, damit Rebecca hindurchschreiten konnte. Sie fand sich vor dem größten Himmelbett wieder, das sie je gesehen hatte. Es stand in der Mitte des Raums, mit weichen Decken und silbern glänzender Seidenwäsche bereitet; am hinteren Ende öffnete sich ein deckenhohes Fenster in die dunkle, kühle Luft.

Der Prinz lächelte sie gewinnend an. »Siehst du? Siehst du, welchen Eindruck du auf sie gemacht hast? Sie werden bis in alle Ewigkeit von deiner Schönheit sprechen.«

Er schlüpfte aus seinen Gewändern. Beim Anblick seines schlanken Körpers, an dem jeder Muskel perfekt geformt war, seiner golden gebräunten Haut gaben die Beine unter ihr nach. Eine bloße Berührung ihrer Schulter, und sie sank zu Boden auf die seidigen Kissen.

Sein Penis, steif und groß wie der eines Hengstes, tanzte glänzend vor Rebeccas Augen, als er sacht ihren Kopf zur Spitze des Schafts führte. Geschickt teilten seine Finger ihre bebenden Lippen, und er ließ sich von ihr umschließen. Sie nahm ihn in sich auf und küsste, leckte und liebkoste sein Organ. Er stand hoch aufragend über ihr und streichelte ihr das Haar, während sie ihn in sich vor und zurück bewegte. Sein starker Moschusduft raubte ihr die Sinne, sie spürte die schiere Kraft, die sie zwischen den Lippen hielt.

Als er leicht zu zucken begann, zog er sich rasch aus ihrem heißen Mund zurück, trug sie mit einer geschmeidigen Bewegung zum Bett und legte sie der Länge nach auf die Kissen. Dort liebkoste er ihren Nacken mit dem Mund, biss zart in die Haut hinter ihren Ohren, fuhr zu ihren Schultern hinab. Seine Lippen wanderten zwischen ihre Brüste und weiter über ihren festen Bauch nach unten. Als er das rote Herz erreichte, hob er ihre Hüften an und zog den winzigen Slip hinunter; dann teilte er ihre Scham und schob seine feurige Zunge mit streichelndem Druck in sie und sog ihre süße Feuchtigkeit auf. Drei Mal brachte er sie zum Höhepunkt mit seinen starken Händen, seiner kraftvollen Zunge, die ihre pulsierende Klitoris umspielte und sie neuen Höhen der Wonne entgegenführte, bis er sie schließlich auf den Bauch drehte und sie in die richtige Position brachte.

Er drehte ihren Kopf zur Schwärze des geöffneten Fensters, dann trieb er von hinten seinen kräftigen Penis in sie. Die goldenen Glöckchen, die sacht an ihren steifen, geschwollenen Brustwarzen zogen, klingelten leise in der Nachtluft. Der Umfang seines Schwanzes füllte sie vollständig aus, dehnte sie und drang in jeden Winkel ihrer Scham vor, sodass alles in ihr bereits pochte, obwohl er nur still in ihr lag. Als er sich schließlich zu bewegen begann, steigerte sich ihre Lust noch, bis sie aufschrie und die Bettpfosten umklammerte, um die heftigen Stöße abzufangen.

Er presste sich an sie, drang tief in ihre Wollust vor, und sie begann zu ahnen, was die Stute am Nachmittag empfunden hatte. Als er ihre schmalen Hüften mit festem Griff an sich zog, wurden die Stöße noch heftiger; er massierte die Muskeln ihres Gesäßes, umfing ihre Taille, und ihre Lust wuchs ins Unerträgliche. Sie erwiderte seine Stöße mit derselben Dringlichkeit, mit der er sich in sie trieb, und als schließlich die Lust so groß wurde, dass sie zu explodieren glaubte, gab sie ihr nach und setzte mit einem letzten ekstatischen Aufschrei jede Faser ihrer Seele frei, während sein heißer Samen sich in sie ergoss, herausrann und über ihre noch zitternden Schenkel tropfte.

Als sie unter ihm zusammenbrach, blieb er in ihr, bis sie wieder zu Sinnen kam. Sie öffnete die Augen und blickte zum Fenster hinaus. Doch anstatt wie erwartet die Sterne zu sehen, die sie zu diesem wunderbaren Ort geführt hatten, sah sie in dieselben Gesichter, die ihr den Abend über jedes Wort von den Lippen abgelesen hatten. Wieder errötete sie am ganzen Körper, und da begannen die Gesichter zu lächeln, die Menschen applaudierten und bewarfen sie schließlich mit Rosen, bis der Balkon ein einziges Blütenmeer war.

»Ein Traum«, sagte der Prinz stolz. Ein Traum von zeitloser Schönheit.

ERKENNTNISSE
Kate Fox

Unter dem Vorwand, ich müsse noch ein paar Dinge erledigen, die ich nicht fürs Wochenende lassen wollte, sagte ich meinem Mitbewohner am Freitagabend, er solle ohne mich nach Hause fahren. In Wirklichkeit wollte ich ihm aus dem Weg gehen. Das war ihm bestimmt klar. Ich konnte noch nie gut lügen.

Wir teilten uns die Wohnung erst seit ein paar Monaten. Zuerst hatte er sich als unproblematischer Mitbewohner erwiesen, als rundum angenehmer Zeitgenosse, doch in letzter Zeit waren mir einige subtile Veränderungen an ihm aufgefallen. So wandte er nicht mehr den Blick ab, wenn ich nur in ein Handtuch gehüllt aus der Dusche kam, und er wahrte nicht mehr höflich Abstand, wenn wir in der überfüllten U-Bahn von den anderen Passagieren gegeneinander gedrängt wurden.

Vor einer Woche waren wir nach der Arbeit mit ein paar Freunden einen trinken gegangen und am Ende des Abends beide vollkommen blau. Auf dem Heimweg im Taxi lachten wir gerade über etwas, als der Fahrer scharf abbog und mein Kopf im Schoß meines Mitbewohners landete. Unser Gelächter verebbte sofort, der Grund für unsere Erheiterung war vergessen. Als er mir mit den Fingerspitzen von der Stirn über Nase und Lippen hinabfuhr bis zur Rundung des Kinns, schloss ich die Augen. Beim dritten oder vierten Mal öffnete ich beinahe automatisch den Mund und ließ ihn die Finger hineinstecken.

Allmählich wurde mir schwindelig. In dem Moment schob er mir unerwartet eine Hand zwischen die Beine. Ich stieß ihn weg und setzte mich auf. Zu Hause sprachen wir ausführlich über den Vorfall, der uns ziemlich ernüchtert hatte, und ich redete lang und breit darüber, wie kompliziert eine sexuelle Beziehung unter den gegebenen Umständen wäre. Immer wieder erklärte ich, ich wolle mich nicht mit jemandem einlassen, mit dem ich zusammenwohnte oder -arbeitete, von beidem ganz zu schweigen.

Theoretisch klang das alles sehr gut, und an dem Abend schienen meine Ausführungen ihn zur Vernunft gebracht zu haben. In meiner Beschränktheit hoffte ich sogar, das Ganze würde sich von selbst geben. Aber das Gegenteil war der Fall, und die Situation zwischen uns wurde immer unerträglicher. Zumindest von meiner Warte aus. Offenbar glaubte er, ich hätte seine Annäherungsversuche in Wirklichkeit nur aus Anstand zurückgewiesen, oder schlimmer noch, ich würde mich kokett zieren.

Die beiläufigen Blicke, die er mir früher zugeworfen hatte, wenn ich nur mit Handtuch oder Nachthemd bekleidet war, wurden zu eingehenden Betrachtungen. Er trieb sich häufiger in meinem Zimmer herum, setzte sich auf mein Bett, und es wurde immer schwieriger, ihn auf freundliche Art und Weise loszuwerden. Doch an diesem Morgen, in der U-Bahn auf dem Weg zur Arbeit, hatte er das Fass zum Überlaufen gebracht. Eine Menge Leute drängten sich hinter mich ins Abteil, sodass ich schließlich eng an ihn gepresst dastand.

»Tag auch«, grinste er. »So ein Zufall, dich hier zu sehen.«

»Sehr komisch«, murmelte ich und versuchte, ein paar Zentimeter Abstand zwischen uns zu bringen.

»Was machen wir heute Abend?«, fragte er beiläufig. »Gehen wir wieder einen trinken?«

»Eher nicht«, antwortete ich. »Ich muss nach der Arbeit noch ein paar Sachen erledigen.«

»Was denn?«, wollte er wissen.

»Ein paar Sachen eben«, sagte ich abwehrend. »Erledigungen.«

»Warum kommst du nicht mit? Nur ein paar Drinks. Ich

verspreche dir auch, sanft zu sein«, sagte er, hob die Augenbrauen und grinste auf eine Art, die er vermutlich für verführerisch hielt, die auf mich aber eher lüstern wirkte. Es sah abstoßend aus.

»Nein, danke«, lehnte ich ab und wich seinem Blick resolut aus. Ehrlich gesagt, bekam ich allmählich Magendrücken.

»Was führst du dich denn so auf?«, fragte er mich leise. Er versuchte, seine Verletztheit hinter Geringschätzung zu verbergen, aber es gelang ihm nicht.

Vor Überraschung riss ich die Augen auf. »Ich soll es sein, die sich aufführt?«, fragte ich ungläubig. »Das tust schon du.«

»Jetzt hab dich nicht so«, sagte er herablassend. In seiner Stimme lag etwas Quengelndes. »Du weißt genauso gut wie ich, dass du mich willst.« Er unterbrach sich kurz und warf sich, so gut es in dem beengten Raum ging, in die Brust. »Du bist bloß zu gehemmt, um etwas zu machen.«

Völlig erbost weigerte ich mich den Rest der Fahrt, ihn anzuschauen, obwohl ich ständig seinen selbstzufriedenen Blick auf mir spürte. Im Büro ging ich ihm aus dem Weg und verschwand nach der Arbeit, ohne ein Wort zu jemandem zu sagen. Als ich durch die Stadt ging, kochte ich vor Wut; seine selbstgefällige, wissende Stimme hallte mir in den Ohren.

Wie war es bloß so schnell so weit gekommen? Mir war unwohl gewesen bei der Vorstellung, mit einem Typen zusammenzuziehen, aber er war ein netter Kerl und ein guter Mitbewohner. Bis ... bis Sex ins Spiel gekommen war. Das war's. Sobald Sex eine Rolle spielt, wird alles anders. Das wusste ich, und es war dumm von mir gewesen, es im Taxi so weit kommen zu lassen. Jetzt war er der Ansicht, es gebe eine unausgesprochene Wahrheit, die ich verdrängen wollte. Vielleicht hatte er ja Recht. Vielleicht war das der Grund, weshalb ich mich an diesem Freitagabend in der Stadt herumtrieb. Weil ich nach der Wahrheit suchte – an dem einzigen Ort, an dem ich sie finden konnte: in mir selbst.

Schließlich kam ich ins Village und schlenderte stundenlang durch die Straßen; immer wieder musste ich Leuten ausweichen, Paaren oder Grüppchen von Freunden, die auf dem Bürgersteig fröhlich plaudernd an mir vorbeigingen.

Als ich im schwarz ausgekleideten Glasfenster eines Clubs mein Spiegelbild sah, blieb ich stehen. Wie immer wanderten meine Blicke und meine Hände zuerst zu meinen Haaren. In der Woche zuvor hatte ich mir eine Dauerwelle machen lassen, die aber viel wilder und krauser als beabsichtigt ausgefallen war, und da meine Haare sowieso nur kinnlang gewesen waren, standen mir die blonden Löckchen jetzt in allen Richtungen vom Kopf ab. Ich gab es auf, die Krause bändigen zu wollen, und starrte einfach nur mit hängenden Schultern und schweren Lidern mein Spiegelbild an.

Auf einmal schwang die Tür des Clubs auf, nur wenige Meter neben mir, und inmitten einer Rauchwolke und von ein paar Musikfetzen traten lachend zwei Frauen heraus. Als die Tür hinter ihnen zufiel, verklang die Musik wieder. Ohne sich um mich zu kümmern, legte eine der beiden Frauen ihre Hand auf den Nacken der anderen, kleineren Frau, zog sie an sich, senkte den Kopf und schloss deren erwartungsvoll geöffnete Lippen mit ihrem Mund.

Ich blieb lautlos stehen, weder fähig noch bereit, meinen Blick von ihnen zu wenden. Vor meinen Augen legte die Größere ihre Hand ungeniert auf die vorgewölbte Brust der anderen, die während des Kusses erregt stöhnte und daraufhin gegen die Wand gedrängt wurde, keinen Meter von mir entfernt. Zungen umkreisten einander, Finger kneteten Brüste, zwei Unterleiber pressten sich gegeneinander, und ich schaute gebannt zu.

Nach einigen außerordentlich langen Sekunden öffnete eine der beiden die Augen und nahm mich wahr. Ohne den Kuss zu unterbrechen, erwiderte sie ruhig meinen Blick und ließ ihn dann hinter schweren Lidern ein wenig nach unten wandern, sodass ich ihm folgen musste. Zwischen den Fingern ihrer Geliebten sah ich durch ihr dünnes T-Shirt hindurch die Konturen ihrer kleinen, steifen Brustwarzen.

Unversehens ging die Tür des Clubs wieder auf, und ich wandte rasch den Blick ab. Eine ältere Frau trat auf die Straße. Sie hielt mir die Tür auf, offenbar im Glauben, dass ich gerade eintreten wollte, und verwirrt, wie ich war, konnte ich keinen Ton herausbringen. Also ging ich hinein.

Der Club hatte zwei Ebenen und war viel heller als die meisten anderen Clubs, die ich kannte. Direkt hinter der Tür saß eine kräftige, maskuline Frau in schwarzem T-Shirt und schwarzer Jeans. »Fünf Dollar«, sagte sie und musterte mich kurz, während ich in meinem Portemonnaie nach dem Geld kramte. Als ich ihr die Münzen reichte, fragte ich mich im hintersten Winkel meines Kopfes benommen, was ich denn eigentlich hier suchte. Die Frau drückte mir einen Stempel auf die Hand, ein dunkelrosa Dreieck, und ich ging weiter.

Ich sah mich um und tat, als würde ich mich nach einer Freundin umschauen. Als ich in einer Ecke einen winzigen freien Tisch entdeckte, steuerte ich darauf zu und setzte mich. Hier in der Nische war es dunkler und leiser; dafür war ich sehr dankbar. Um nicht untätig herumzusitzen, begann ich, in meiner Tasche nach irgendetwas zu wühlen. Es war eine zeitaufwendige Suche, die mindestens fünf Minuten in Anspruch nahm. Schließlich schreckte eine Stimme mich auf.

»Möchtest du was trinken?«

Ich sah auf, einen Arm fast schultertief in der Tasche vergraben. Über mir ragte eine hochgewachsene, athletisch wirkende junge Frau auf, die sich nachlässig mit einem feuchten Lappen auf den Oberarm schlug. Sie hatte dünne, glatte braune Haare, die ihr auf die Schultern fielen, und war ungeschminkt. Sie lächelte nicht, doch ihr Blick war freundlich.

»Äh, ja, natürlich«, murmelte ich und sah mich hektisch um. Auf den Tischen standen vorwiegend Bierflaschen. »Ein Bier.«

»Was für eins?«, fragte sie.

»Ich lass mich überraschen«, sagte ich, ohne nachzudenken, und war entsetzt, als ich die Worte ausgesprochen hörte.

Ein fast unmerkliches Lächeln umspielte ihre Lippen, und sie verschwand. Ich lehnte mich zurück. Der Club war zwar nicht gedrängt voll, aber doch gut besucht. Überall standen und saßen Frauen, die miteinander redeten, lachten, sich umarmten und – sich küssten. So geht es also in einer Lesbenkneipe zu, dachte ich mir.

Sie kam mit einem Corona und einem Glas mit einer Limonenscheibe zurück. »Drei fünfzig«, sagte sie und stellte alles auf den Tisch. Ich wühlte nach dem Geld und fand eine Fünf-Dollar-Münze. »Der Rest ist für dich«, sagte ich.

Ein Ausdruck leichter Verwunderung erschien auf ihrem Gesicht, und sie sah mir zu, wie ich das Bier direkt aus der Flasche fast zur Hälfte austrank. »Hat sie dich versetzt?«, fragte sie mitfühlend.

»Was?« Ich sah zu ihr. »Ach, äh …«

Sie zuckte mit den Achseln. »Tut mir Leid. Aber das sieht man sofort. Ich meine, ich sehe das sofort«, verbesserte sie sich augenblicklich. »Weil ich hier arbeite. Sonst merkt das bestimmt niemand.«

Ich starrte sie an. »Na, schönen Abend noch«, sagte sie und legte mir eine Hand auf die Schulter, bevor sie davonging.

Ich hielt den Kopf gesenkt und spielte mit der Flasche, ohne daraus zu trinken. Ich sah mich genauer um. In der Ecke bei der Jukebox standen zwei Frauen; die Hand der einen lag lässig auf dem Hintern der anderen. Am Tresen saß eine Frau auf einem Barhocker, während eine andere mit dem Gesicht zu ihr zwischen ihren Knien stand; sie hatten die Arme umeinander gelegt. Und da waren zwei Frauen, die tanzten, lachten, sich gegenseitig die Haare streichelten. Während ich ihnen zusah, gaben sie sich ein paar leichte, zärtliche Küsse.

»Sind die beiden nicht toll?«, fragte eine Stimme hinter meiner Schulter. Ich blickte auf und sah meine Kellnerin.

»Es sind Stammgäste«, erzählte sie mir. Ein oder zwei Minuten sahen wir ihnen schweigend beim Tanzen zu. Ich war mir der Präsenz der hochgewachsenen Frau neben mir sehr bewusst, deren Hüfte beinahe meinen Arm berührte.

»Mir gefällt die Dunkelhaarige«, sagte sie. Das war die fülligere der beiden Frauen, deren kastanienrote Locken ihr fast bis zur Hüfte hinabhingen.

»Sie ist wirklich sehr schön«, stimmte ich zu und sah zu der Kellnerin hoch, die meinen Blick erwiderte; und mit einem Schlag wurde mir bewusst, dass auch sie sehr schön war. Ihre ovalen Augen waren hellbraun, ihre Nase lang und schmal, und ihre kleinen Lippen umrahmten weiße Zähne, die rührend schief standen.

Sie muss die Veränderung in meinem Gesichtsausdruck bemerkt haben, denn sie lächelte. »Na, jetzt geht's dir schon besser. Oder vielleicht tut das Bier seine Wirkung.«

Ich lächelte ein bisschen. »Nein, es geht mir wirklich etwas besser. Danke.«

»Nichts zu danken.« Ihr Lächeln war warm.

»Wir lange arbeitest du schon hier?«, fragte ich sie.

»Seit ein paar Monaten, aber unregelmäßig. Nur zweimal die Woche. Und meist nicht am Wochenende. Meine Freundin arbeitet schon sehr lange hier, aber heute Abend hat sie frei.«

»Ach.« Ich nickte und schaute zu Boden. Ich schämte mich, dass ich plötzlich Enttäuschung empfand, und nahm einen langen Zug aus der Bierflasche. Aus dem Augenwinkel sah ich, dass sie einen Blick zur Theke warf und dann nickte.

»Ich muss wieder an die Arbeit«, meinte sie.

»Ja, ich muss auch los«, sagte ich, stand auf und griff meine Tasche.

»Es war nett, mit dir zu reden«, fügte sie hinzu und legte mir lässig eine Hand auf den Arm.

»Ja«, sagte ich und gestattete mir einen kurzen Blick in ihre warmen Augen. Es war so ungerecht. »Das fand ich auch.«

Als ich auf die Straße trat, war das Liebespaar verschwunden. Ohne mich noch einmal umzuschauen – ich wollte den Namen des Clubs gar nicht wissen –, trat ich an den Straßenrand und winkte einem Taxi.

»Nach Queens«, sagte ich dem Fahrer und nannte ihm die Adresse. Er fuhr in Richtung der 59th Street Bridge davon.

Gegen halb zwölf setzte er mich vor der Haustür ab. Ich schaute zum zweiten Stock hoch, aber im Wohnzimmerfenster brannte kein Licht. Offenbar war mein Mitbewohner ausgegangen. Ich war froh darüber. In meinem gegenwärtigen Zustand hatte ich keine Lust, ihm zu begegnen.

Ich sperrte die Wohnungstür auf, ging sofort in mein Zimmer und schloss die Tür, ohne das Licht anzumachen. Dann ließ ich meine Taschen fallen, zog mich aus und blieb einen Moment neben dem Bett stehen. Mir war heiß, und ich war außer Atem. Ich stieg ins Bett und schob bis auf das dünne Laken alle Decken beiseite.

Hellwach, wie ich war, wälzte ich mich hin und her. Der Abend hatte mich völlig durcheinander gebracht. Außerdem ging mir das Gesicht der Kellnerin nicht aus dem Kopf, ebenso wenig wie ihre singende Stimme. Ich begann, mich an der Schulter zu kratzen. Das Kratzen wurde bald zu einer Liebkosung, ich streichelte mir Nacken und Schultern. Dann wanderten meine Hände zu meinen Brüsten, malten federleichte Kreise um sie. Ich kniff die Augen zusammen und stellte mir die beiden Frauen auf der Straße vor, wie die Hand der einen auf dem Busen der anderen lag, und spielte dabei mit meinen Brustwarzen.

Sofort schossen mir von meinen Brüsten Wellen der Lust zwischen die Beine. Seufzend begann ich, mich zu reiben. Ich machte mir nicht die Mühe, wie sonst langsam anzufangen und dann allmählich heftiger zu werden; dafür war ich zu angespannt. Wie besessen rieb ich an meiner Klitoris und sah dabei ständig die warmen Augen der Kellnerin vor mir.

Ich kam abrupt und mit solcher Macht, dass mein Oberkörper sich aufbäumte. Kaum verebbte der erste Orgasmus, merkte ich überrascht, dass ich einem zweiten entgegentrieb. Innerhalb einer Minute kam ich wieder. Einen Augenblick glaubte ich, es sei der Finger einer anderen Frau, der mich rieb.

Verausgabt, aber unbefriedigt, lag ich lange Zeit wach. Gegen halb eins hörte ich den Schlüssel in der Wohnungstür. Durch den Spalt unter meiner Zimmertür drang kurz ein Lichtschein, verschwand aber gleich wieder. Dann hörte ich schwere Schritte von der Tür zu seinem Zimmer gehen. Das wunderte mich. Normalerweise ging er eher leise und gab sich große Mühe, keinen Krach zu machen.

Ungefähr zehn Minuten später hörte ich ein Geräusch. Als ich angestrengt lauschte, kam es wieder. War das ... ein Stöhnen? Das war unmöglich. Aber es war eindeutig.

»Das ...«, flüsterte ich und brach ab; ich hatte keine Ahnung, was ich eigentlich sagen wollte. So leise wie möglich schlüpfte ich aus dem Bett, holte aus einer Schublade ein kurzes Nachthemd und streifte es über. Dann öffnete ich lautlos die Tür, beugte mich vor und verrenkte mir fast den Hals, um in sein Zimmer zu sehen.

Die Tür stand einen Spalt breit offen. Über das Ende des Betts baumelten vier ineinander verschränkte Füße. Fast sofort spürte ich wieder eine heiße Woge in mir aufsteigen. Vorsichtig reckte ich mich so weit vor, dass ich die Geräusche von nebenan besser hören konnte, das Reiben von Körpern auf dem Laken, lautes Atmen und Stöhnen, das nicht von meinem Mitbewohner stammte.

Sie war groß. Das fiel mir als Erstes auf, als ich den Kopf noch ein Stück vorstreckte, um einen besseren Überblick zu bekommen. Ihre Füße ragten weiter als seine über die Bettkante. Und die Haut ihrer Beine war glatt, im Gegensatz zu der meines Mitbewohners, auf dessen Waden im Mondlicht borstige Härchen schimmerten.

Die beiden waren fast nackt. Er trug nur noch Boxershorts, sie Höschen und BH in einer Pastellfarbe, die ich im dämmrigen Licht nicht identifizieren konnte; vielleicht flieder- oder pfirsichfarben. Sie lagen auf der Seite, die Gesichter einander zugewandt, die Frau mit dem Rücken zu mir. Er hatte seinen Arm um ihre Taille geschlungen, aber während ich ihnen zusah, steckte er die Hand hinten in ihr Höschen und knetete ihren Hintern.

Da stöhnte sie wieder auf und presste ihre Hüften gegen seine, so dass sich ihre Schenkelmuskeln anspannten. Automatisch tat ich dasselbe und stellte mir dabei vor, was sie spürte. Seine Hand glitt aus ihrem Slip heraus und strich über die geschwungene Linie ihres Rückens nach oben zu ihrem BH. Er brauchte vielleicht fünfzehn Sekunden, um ihn zu öffnen – zugegebenermaßen nicht schlecht mit nur einer Hand.

Er verlagerte das Gewicht, damit er ihr den BH abstreifen konnte, schleuderte ihn nachlässig auf den Boden und legte sich auf sie. Beinahe grob küsste und saugte er an ihrem Hals, dann wanderte sein Mund zu ihren vollen Brüsten. Er nahm eine Brustwarze zwischen die Lippen und umspielte sie mit der Zunge. Ihr Kopf fiel ruckartig vor und zurück. Mir klopfte das Herz bis zum Hals vor Angst, sie könnte mich sehen.

Er glitt vom Bett, sodass er auf dem Boden kniete und sich mit dem Bauch am Fußende abstützte. Dann steckte er die Daumen in ihr Höschen und zog es ihr über die Oberschenkel hinab. Sie hob die Füße, damit er es ihr ganz ausziehen konnte, öffnete die Beine und spreizte die Knie weit auseinander.

In dem kurzen Moment, ehe er sich vorbeugte, sah ich ihre Möse, der glänzende Spalt von dichtem, dunklem Schamhaar umgeben. Bei dem Anblick durchfuhr mich ein wohliger Schauder. Sein Kopf tauchte nach unten und verdeckte mir die Sicht; jetzt sah ich nur noch, wie er sich auf und ab bewegte. Ihr Atem ging keuchend, und ihre Hüften kreisten im Rhythmus seiner Kopfbewegungen.

Wenig später wich er ein Stück zurück, stieg aber nicht zu ihr ins Bett zurück, sondern stand auf und schlüpfte aus seiner Boxershorts. Die Umrisse seines Körpers hoben sich vor dem Fenster deutlich ab; sein Penis stand im rechten Winkel von seinem Körper ab, darüber wölbte sich sein dicker Bauch. Ich nutzte die Gelegenheit, sie noch einmal zu betrachten. Meine Augen weideten sich an dem rosa Fleisch zwischen ihren glatten Schenkeln. Überrascht wurde mir bewusst, dass ich mir vorstellte, wie sie wohl schmecken würde.

Er machte ein paar Schritte zur Seite, öffnete eine Schublade, dann hörte ich etwas knistern. Aus den Augenwinkeln nahm ich wahr, wie seine Hände sich bewegten und er nach unten schaute. Dann trat er wieder ans Bett und kniete zwischen ihren Beinen nieder, wobei er die Ellbogen rechts und links von ihrem Oberkörper aufstützte. Er legte sich auf sie und schob drängend die Hüften vor, erst einmal, dann ein zweites Mal, bis etwas in ihr nachgab und er ganz in sie hineinglitt.

Ihr entfuhr ein Ächzen, dann atmete sie stöhnend weiter, während er rhythmisch in sie stieß. Endlich gab ich meinem eigenen Verlangen nach, eine Hand wanderte zwischen meine Beine, und ich rieb mich im Takt seiner Bewegungen. Doch ich beobachtete nicht sein Gesäß oder ihre Schenkel, sondern ihr Gesicht mit den geschlossenen Augen und dem geöffneten Mund, durch den sie scharf, fast keuchend ein- und ausatmete.

Und dann war es vorüber. Mit zwei, drei heftigen Stößen grunzte er auf, dann fiel er über ihr zusammen. Bald ging ihr Atem wieder normal, aber ihre Augen blieben geschlossen; sie wirkte erstaunlich ruhig. Ich hätte nicht sagen können, was sie dachte oder fühlte.

Plötzlich wurde ich mir der kompromittierenden Situation bewusst, in der ich mich befand. Vorsichtig zog ich den Kopf von der Wand zurück, damit ich wieder aufrecht stehen konnte, um dann so leise wie möglich in mein Zimmer zurückzukehren. In dem Augenblick hörte ich sein Bett quietschen, und er stand auf, um ins Bad zu gehen.

Ich riss den Kopf zurück, rannte ungeschickt, fast stolpernd in mein Zimmer und schloss schnell die Tür, nur wenige Sekunden, bevor er in den Flur trat. Atemlos stand ich hinter der Tür und hörte seine schlurfenden Schritte auf dem Teppich, dann das Schließen der Badezimmertür. Ich lehnte den Kopf gegen die Wand und schloss die Augen. So blieb ich lange Zeit stehen.

Das Schwein. Er hatte die Tür zu seinem Zimmer absichtlich offen gelassen. Er hatte gewusst, dass ich zu Hause war. Er hatte gewusst, dass ich sie zumindest hören würde. Und er hatte gewusst, dass mich das nicht kalt lassen würde. Bei dem Gedanken öffnete ich die Augen und erlaubte mir ein leises, wenn auch ironisches Lächeln. Bei einem Aspekt seines Szenarios hatte er sich getäuscht – ganz offensichtlich hatte er sich vorgestellt, dass er das Objekt meiner Begierde sein würde.

Schließlich ging ich ins Bett. Wie von selbst öffneten sich meine Beine, meine Hand wanderte automatisch zu der Körperstelle, um die sich an diesem Abend alles zu drehen schien. Meine Finger teilten die Lippen, um direkter zugreifen zu können. Doch nach über zehn Minuten hatte ich mir noch immer keinen Orgasmus verschafft und gab frustriert auf.

In den letzten Minuten hatte ich kein Geräusch mehr gehört. Ich vermutete, dass die Frau über Nacht bei ihm bleiben würde und dass einer von ihnen, wenn nicht beide, mittlerweile eingeschlafen waren. Langsam stand ich auf und schlich zur Tür, öffnete sie einen Spalt breit und lauschte. Als ich nichts hörte, ging ich auf Zehenspitzen in den Flur und dann weiter in die Küche, um einen Schluck Wasser zu trinken.

Ich holte die Flasche aus dem Kühlschrank und schloss die Tür wieder. Als ich mich umdrehte, sah ich keine zwei Meter von mir entfernt im Dunkeln eine Gestalt stehen. Vor Schreck hätte ich fast geschrien.

»Entschuldigung«, flüsterte sie. Sie trug ein überdimensionales T-Shirt, vielleicht eines von ihm. Ich konnte nicht sehen, ob sie darunter noch etwas anderes anhatte. »Eigentlich wollte ich mir gerade genau dasselbe holen.

Kann ich auch einen Schluck haben?« Sie deutete auf die Flasche.

Ich schaute auf das Wasser, als hätte ich es nie zuvor gesehen. »Ach«, stammelte ich. »Natürlich.« Ich holte zwei Gläser aus dem Schrank, schenkte beide voll und reichte ihr eins.

»Danke«, sagte sie etwas lauter. Ich warf einen besorgten Blick zu seiner Zimmertür.

»Keine Angst«, beruhigte sie mich. »Er schläft.«

Ich betete, dass sie mir nicht erzählen würde, wie sie ihn kennen gelernt hatte, woher sie ihn kannte oder ob sie schon einmal eine Nacht miteinander verbracht hatten, und glücklicherweise sagte sie nichts dergleichen. Sie sah mir einfach nur zu, wie ich das Wasser trank.

Ich leerte das Glas und ging zur Spüle, um es wegzuräumen. Völlig überraschend spürte ich, wie sie sich lautlos hinter mich stellte und mir sanft eine Hand auf die Hüfte legte.

»Ich hab dich gesehen«, flüsterte sie. Ihr Atem kitzelte mich am Hals. »Ich hab gesehen, wie du zugeschaut hast.«

Ihr Körper war sehr warm an meinem Rücken. Langsam drehte ich mich um, aber sie wich nicht zurück. Unsere Gesichter waren nur wenige Zentimeter voneinander entfernt.

»Wer bist du?«, fragte sie mich leise. Ich wusste, dass sie etwas Bedeutsameres hören wollte als meinen Namen.

»Das weiß ich nicht«, antwortete ich.

Sie strich mir eine Strähne aus der Stirn. »Wie schade«, murmelte sie.

Kurz schloss ich die Augen. Ich wusste, was immer ich sagte oder nicht sagte, würde den Verlauf der restlichen Nacht bestimmen. Ich streckte die Hand nach ihr aus und streichelte ihr kurzes, feines Haar. »Du bist wunderschön«, flüsterte ich.

Zur Antwort drückte sie ihre Lippen auf meinen Hals. Ihre Hand streichelte meine Hüfte. »Mmmm, du bist warm«, wisperte sie mir ins Ohr. »Hast du je mit einer Frau gevögelt?«

»Nein«, antwortete ich nach kurzem Zögern. »Und du?«

»Hmmm…«, machte sie und fuhr mit der Fingerspitze über mein Ohr den Hals hinab. »Du magst Frauen, stimmt's?« Das war mehr eine Feststellung als eine Frage.

»Ja«, gab ich zu. Meine Stimme war kaum hörbar.

Einen langen, qualvollen Augenblick sagte sie nichts. Ich spürte, wie sie mich in der Dunkelheit betrachtete. Schließlich murmelte sie: »Was willst du?«

Instinktiv wollte ich antworten: »Das weiß ich nicht«, aber das stimmte nicht. Ich wusste genau, was ich wollte. Ich hatte nur panische Angst davor, es zu sagen.

»Komm schon«, flüsterte sie und beugte sich vor, um mit der Zunge eine lange, feuchte Linie über meinen Hals zu ziehen, bevor sie einen Schritt zurücktrat und mich bei der Hand nahm.

Ängstlich warf ich einen Blick zum Zimmer meines Mitbewohners, aber offenbar schlief er tief und fest. Sie führte mich in mein Zimmer, ohne die Tür richtig zu schließen. Neben dem Bett blieb sie stehen, ließ meine Hand los und drehte sich zu mir. Dann ergriff sie langsam den Saum ihres T-Shirts und zog es sich mit einer einzigen Bewegung über den Kopf. Darunter hatte sie tatsächlich nichts an. Ihre Haut schimmerte im Mondlicht.

Zitternd stand ich da, die Finger unsicher am Saum meines Nachthemds. Es entging ihr nicht. Sie sah mir in die Augen. Ihr Blick war entschuldigend, aber fest. »Das musst du schon selbst tun«, sagte er mir.

Ich holte tief Luft; das Herz klopfte mir zum Zerspringen. Dann zog ich das Nachthemd aus und ließ es auf den Boden fallen. Sie trat einen halben Schritt auf mich zu. Mit einem Finger jeder Hand zog sie Linien über meinen Körper, meine Arme, meinen Hals und mein Gesicht, über meinen Bauch und die Schultern, zwischen und um meinen Busen, meine Schenkel. Schließlich nahm ich ihre Hände und zog sie aufs Bett. Sie drehte sich auf die Seite, mit dem

Gesicht zu mir, und legte mir eine Hand auf die Taille, um mich mit sanftem Druck an sich zu ziehen.

Stöhnend rollte ich zu ihr, presste ihre üppigen Brüste gegen meinen kleinen Busen, züngelte über ihren Hals bis zu der Biegung, wo er ins Kinn übergeht. Ich schlang ihr einen Arm um die Taille, sodass meine Finger auf ihrer zarten Haut zu vibrieren begannen, zog sie an mich und senkte den Kopf, um sie auf die Lippen zu küssen.

Ihr Mund war weich und süß, ein überraschender und angenehmer Gegensatz zu den Lippen von Männern, und ohne Stoppeln, die meine Wangen zerkratzten. Ich kostete ihren Geschmack aus, drückte ihre Lippen auf meine und leckte sie zwischendurch immer wieder. Sie öffnete den Mund und überließ mir ihre weiche, feuchte Zunge. Ich nahm sie in den Mund und saugte sanft daran, fast als wäre sie der Penis eines Mannes. Da stöhnte sie leise, so, wie ich sie vorhin hatte stöhnen hören, und auf einmal schoss das ganze Blut in eine einzige, pochende Stelle meines Körpers.

»O mein Gott«, flüsterte ich in ihren Mund.

»Mmmh«, murmelte sie und verschloss mir die Lippen gierig mit ihren, sodass mir Schwindel erregende Wogen der Lust über das Rückgrat jagten. Ich drückte einen Arm fester um ihren Hals und ließ die andere Hand über ihre Taille nach unten wandern, um die weiche Haut oberhalb ihres Gesäßes zu erforschen. In Erinnerung dessen, was mein Mitbewohner vorher mit ihr getan hatte, legte ich schließlich die Hand auf ihren Hintern – wie glatt und kühl er war, ganz anders als bei einem Mann – und versuchte, ihre Hüften an mich zu drücken.

Sie hinderte mich daran, indem sie die Muskeln anspannte und gleichzeitig ein Stück von mir zurückwich. »Was willst du?« Ihre Stimme war heiser. »Sag's mir.«

Mir war schwindelig vor Verlangen. Ich musste mich zweimal räuspern, bevor ich ein Wort hervorbringen konnte. »Du bist nicht gekommen. Vorhin. Stimmt's?«

Ich glaubte, sie lächeln zu spüren. »Ja.«

»Das will ich«, flüsterte ich.

»Was?«, neckte sie mich.

Sie war nicht bereit, mir die Antwort zu ersparen. Die Dringlichkeit, mit der ich nach ihr verlangte, jagte Hitzeschauer über meinen Körper. Meine abgrundtiefe Begierde machte mir panische Angst, doch das verblasste im Vergleich zu meinem Entsetzen bei der Vorstellung, sie könnte ebenso unvermittelt aus meinem Bett verschwinden, wie sie gekommen war. »Ich …«

Mit zarten Fingerspitzen streichelte sie mir über die Wange. »Mach's dir nicht so schwer«, murmelte sie. »Schließ einfach die Augen und sag's.«

Ich kniff die Augen so fest zusammen, dass ich Sterne sah. »Ich möchte, dass es dir kommt«, stieß ich mühsam hervor.

»O ja«, hauchte sie und schlang einen Schenkel über meinen, legte ein Knie um mein Bein und zog damit den unteren Teil meines Körpers auf sich. Ich rutschte ein Stück zurück, damit sie mehr in der Mitte des Bettes zu liegen kam, und steckte ihr erleichtert wieder die Zunge in den Mund. Dann legte ich mich auf sie. Stöhnend vor Lust strich sie mir mit den Händen über den Rücken, umfasste meinen Hintern und massierte ihn. Ich stützte mich auf die Ellbogen, umschloss ihren Kopf mit den Händen und strich ihr das Haar aus dem Gesicht.

Während ich an ihren Lippen saugte, spreizte ich die Beine, sodass eines zwischen ihren lag, das andere an ihrer Seite. Ich spürte ihre feuchte Wärme an meinem Schenkel und rieb mich an ihrem. Ihre Finger umklammerten mein Gesäß, und sie atmete heftig in meinen Mund. Ich sog ihren Atem ein und erforschte mit der Zunge jeden Winkel ihres Mundes.

Sie murmelte unverständliche Worte um meine Zunge. Mit den Händen an ihrem Nacken hob ich ihren Kopf zu mir, bedeckte ihr Kinn mit Küssen und wanderte von dort langsam nach unten, küsste ihren Hals, biss zart in die Biegung des Halses, wo er in die Schultern übergeht. Sie atmete scharf ein, und ihre Hüften unter mir wölbten sich mir entgegen. Auf dieses Zeichen hin biss ich etwas fester zu, nicht so fest, dass sie blutete, aber doch fest genug, dass sie aus den tiefsten Tiefen aufstöhnte, was mir Schauer über den Rücken jagte.

Immer weiter vergrub ich saugend meine Zähne in ihrer weichen Haut, während sie ihren Unterleib kreisend unter mir bewegte. Mit jeder ihrer Bewegungen versuchte ich, meine Position etwas zu verändern, sodass unsere Mösen aufeinander zu liegen kamen. Ich wünschte mir nichts sehnlicher, als mich gegen ihre Hitze zu pressen, ihre Lippen an meinen zu spüren, die Knie so weit gespreizt, dass unsere kleinen Knöpfe sich aneinander rieben. Aber ich wusste nicht, ob das physisch überhaupt möglich war, und es wollte mir nicht gelingen, den richtigen Winkel zu finden. Also gab ich auf, legte mein zweites Bein zwischen sie und schob ihre Schenkel weit auseinander.

Ich wanderte über ihren Körper hinab, hinterließ eine Spur von Küssen von der Schulter zur Brust, bis ich die weiche Fülle ihres Busens erreichte. Das Blut pochte mir in den Schläfen, als ich meine Hände von ihrem Hals zur Brust gleiten ließ. Mit einem Finger malte ich Kreise um ihren Busen, wie ich es vorhin bei mir selbst gemacht hatte; das kam mir jetzt vor, als liege es eine Ewigkeit zurück, in einer anderen Zeit, einer anderen Welt. Sie bebte, und im Dämmerlicht sah ich, wie ihre Brustwarzen steif wurden, der Hof die feste kleine Erhebung mit winzigen Fältchen umschloss.

Sanft umzüngelte ich ihre Brustwarze. Sie drückte den Rücken durch und umklammerte meine Oberarme. Da leckte ich die Brustwarze wieder, diesmal fester und mit der flachen Zunge, und sie schob keuchend ihren Unterleib gegen meinen Bauch. Ihre feuchten Locken kitzelten mich an der Haut über den Rippen. Begierig, zart begann ich, an ihrer Brustwarze zu saugen, und ein Gefühl der Erleichterung überflutete mich, so groß, dass ich befürchtete, Tränen würden mir über die Wangen und auf ihre warme Haut rinnen.

Als sie aufstöhnte, saugte ich noch fester und massierte den harten Nippel mit der Zunge. Dann legte ich eine Hand flach auf ihre andere Brust und schloss zwei Finger wie zu einer Schere um die Brustwarze. Sie atmete laut und schnell durch die Nase, zwischen ihren zusammengepressten Lippen stieß sie ein gedämpftes Stöhnen hervor. O Gott, ich kam mir vor wie im siebten Himmel. Immer wieder wanderte ich zwischen den beiden Brüsten hin und her, umkreiste dazwischen ihren ganzen Busen mit der Zunge, mit den Fingern, um mir keinen Millimeter ihrer Haut entgehen zu lassen, entzückt über die prickelnde Gänsehaut, die sie überall bekam.

Irgendwo im Hinterkopf fragte ich mich, ob ich würde tun können, was unweigerlich als Nächstes kommen musste, aber sie nahm mir die Entscheidung ab. Ohne jede Scham nahm sie ihre Hände von meinen Oberarmen, legte sie mir auf die Schultern und drückte mich nach unten.

Ich hinterließ eine Spur von Küssen auf ihrem Brustkorb und Bauch, wanderte ein Stück zur Seite und leckte die warme, feuchte Haut auf ihrer Hüfte. Als ich meine Wange auf ihren Schenkel legte, stieg mir ihr moschusartiger Geruch in die Nase; ihre lockigen Haare kitzelten mich im Gesicht. Streichelnd bewegte sich meine Hand nach unten zu ihrem Fuß und dann auf der Außenseite des anderen Beins hinauf, dann wiederholte ich die Liebkosung auf der Innenseite. Sie zitterte, als meine Finger immer langsamer wurden, als meine Nägel über die letzte feste Kurve ihres Schenkels glitten und dann innehielten.

Die Augen schließend, tastete ich mit der Hand nach innen, bis meine Finger ihre feuchten Haare berührten. Sanft zog ich daran, wickelte sie mir um die Finger, bevor ich sie wieder losließ. Ich kuppte die Hand ein wenig und legte sie auf sie, sodass ihre Haare meine Handfläche und die Innenseite der Finger streiften. Dann fuhr ich mit der Hand nach oben und berührte ihre Haut unter dem Bauch, dort, wo die Haare begannen. Ohne die Finger anzuheben, glitt ich mit der Hand nach unten, über die Haare hinweg.

Ich hielt die Augen geschlossen, denn ich kannte sie; sie war ich. Noch bevor ich den weichen Hügel erreichte, der das Schambein bedeckt, wusste ich, wo er begann, weil ich meinen Körper kannte. Die Hand noch immer gekuppt, bewegte ich sie weiter nach unten zu der Stelle, wo die Haut sich teilte. Mit sanftem Druck fuhren meine Finger, die beiden Hälften trennend, hinab. Schließlich ließ ich die Finger in die Spalte gleiten und fuhr neckend wieder nach oben.

Dort fand ich sie, ihren Mittelpunkt, feucht und geschwollen, und streifte ihn leicht mit den Fingerkuppen. Da stöhnte sie laut. Beinahe hätte ich innegehalten, aber dann gab ich mir einen Ruck und machte weiter. Ich wollte, dass sie richtig laut war, dass sie geräuschvoll, schamlos stöhnte. Ich drückte fest gegen ihre Klitoris; ich wusste genau, was ich tun musste, und spürte, wie ihr Körper sich aufbäumte. Mit zwei Fingern beschrieb ich langsame Kreise, wie ich es bei mir selbst am liebsten mochte. Als Reaktion wiegte sie sich sacht in den Hüften.

Mein Körper stand in Flammen. Das Blut pulsierte in meiner Klitoris, ich empfand wunderbar frustriertes Verlangen. Ich schob den Kopf ein Stück nach vorne, gerade genug, dass meine Lippen ihre Schamlippen streiften. Eine ihrer Hände fuhr zu meinem Kopf und packte mein Haar direkt an den Wurzeln. Schwindelig vor Lust leckte ich die Beuge zwischen Schenkel und Schamlippen, und sie ächzte. Ich glitt mit der Hand hinab und fand ihre feuchte Mitte. Mit drei Fingern teilte ich ihre Lippen und rieb auf und ab, sodass meine Finger rundum nass wurden, dann ließ ich sie wieder nach oben gleiten, um sie überall feucht zu machen.

Ich hob den Kopf, nur ein paar Zentimeter, und schob mich vom Bett. Meine Knie landeten am Boden, meine Schenkel waren fest gegen die Seite des Betts gepresst. So konnte ich mich gegen die Matratze drücken, was meine Begierde ein wenig stillte und gleichzeitig steigerte. Mit den drei Fingern spreizte ich wieder ihre Schamlippen und bewegte den mittleren tastend umher. Ich hatte weniger das Gefühl, dass ich meinen Finger in sie hineinschob, als vielmehr, dass er hineingesogen wurde. Sie war glatt und eng. Ich machte mit dem Finger weite Kreise, um sie überall zu erforschen.

Ihr Griff an meinem Haar wurde fast schmerzhaft, als sie versuchte, meinen Kopf nach unten zu drücken. Ich ließ mich in ihre Mitte schieben, meine Lippen fanden sie, und ich bedeckte sie mit leichten Küssen. Dann schloss ich den Mund um ihre Klitoris und leckte sie langsam. Meine Zunge beschrieb nasse Kreise, mal fest, dann wieder zart. Dabei ließ ich den Finger in ihr, ohne ihn zu bewegen, drückte ihn nur beständig nach oben.

Sie begann wieder zu keuchen und stöhnte mit jedem lauten, hastigen Atemzug. Ich leckte sie mit regelmäßigen, kreisenden Bewegungen und rieb mich im selben Rhythmus an der Matratze. Ihre Hüften drängten sich gegen mein Gesicht, und ich drückte mit der Hand fest gegen sie, um sie still zu halten. Aus dem Lecken an ihrer Klitoris wurde ein Saugen, und jetzt stöhnte sie zwischen geöffneten Lippen, noch lauter, noch heftiger.

Ohne Vorwarnung zerrte sie mich am Haar, um meinen Kopf nach oben zu ziehen, und gleichzeitig setzte sie sich auf, sodass mein Finger aus ihr glitt. Ich starrte sie an; mein Gesicht war tropfnass. Mir hämmerte das Herz wie wild in der Brust. Die Haare standen ihr in allen Richtungen vom Kopf ab, ihre Brust hob und senkte sich stoßweise. Schließlich ließ sie meine Haare los, packte mich an den Händen und zog mich hinauf. Halb stieg, halb glitt ich aufs Bett. Bevor ich wusste, was sie von mir wollte, ob ich mich aufsetzen oder hinlegen sollte, gab sie mir einen gierigen Kuss, leckte mir ihre eigene Feuchtigkeit von Mund und Kinn. Dann steckte sie mir ihre Zunge zwischen die Lippen, und ich saugte daran.

Kurz waren wir ein Knäuel von Armen, Beinen und Lippen, dann lag ich auf dem Rücken, und sie war auf mir, die Knie abgewinkelt, eins meiner Beine zwischen ihren, das andere um ihre Hüfte geschlungen. Sie schob sich auf mir nach oben. Als ihre Möse meine bedeckte, atmete ich keuchend in ihren Mund. Sie wiegte sich rhythmisch hin und her und presste dabei ihren Venushügel gegen meinen. Ich spürte, wie ihre Klitoris sich an meiner rieb, und wir stöhnten im Takt, drängten uns immer heftiger aneinander.

Das Bett bewegte sich in unserem Rhythmus. Halb nahm ich wahr, dass das Kopfende gegen die Wand knallte. Ich nahm ihre Brüste in meine Hände und drückte ihre Brustwarzen, während sie meinen Mund mit ihrer Zunge füllte. Ihre Bewegungen waren ziellos, haltlos, und ich stemmte die Hüften noch weiter vom Bett ab, um ihr in ihrem Rhythmus entgegenzukommen. Ihre Hitze war beinahe unerträglich. Auf einmal begann sie am ganzen Körper zu zittern, ihr Stöhnen wurde zu einem Schreien. Sie stieß ihren Unterleib gegen meinen und kam heftig auf mir. Fast im selben Augenblick kam ich ebenfalls, in einer gewaltigen Explosion, die länger und stärker war als alles, was ich je erlebt hatte.

Als unsere Bewegungen nachließen, fiel sie der Länge nach auf mich, atmete keuchend in meinen Mund und streckte langsam die Beine aus. Mein Knie glitt von ihrer Hüfte, und wir lagen nebeneinander, erschöpft, benommen.

Sie rollte von mir herunter und lag neben mir, einen Arm zärtlich über meine Taille gelegt. Ich sah sie an, ihren geöffneten Mund, die sich hebende und senkende Brust, die glänzende Haut. Ihre Augen hinter den schweren Lidern begegneten meinem Blick, und ich küsste sie auf die verschwitzte Stirn. Erst da merkte ich, wie sehr ich mich verausgabt hatte, und sie sah aus, als könnte sie vom Fleck weg einschlafen. Mit einer letzten Kraftanstrengung setzte ich mich auf, um den Zipfel des Lakens zu packen, der noch auf dem Fußende des Bettes lag, legte mich hin und zog es über uns. Sofort schmiegte sie sich an mich, den Kopf an meiner Schulter.

Ich lag auf dem Rücken, ein Arm unter ihrem Hals, den

anderen über den Kopf gelegt. Ein leises Geräusch ließ mich zur Tür schauen.

Im fahlen Schein des Lichts aus seinem Zimmer stand mein Mitbewohner, noch immer nackt, der Penis steif, mit einer Hand an den Rahmen gestützt, die andere an der Tür, um sie einen Spalt breit offen zu halten. Einen Moment begegneten sich unsere Blicke. In seinen Augen lag ein Ausdruck von Verblüffung gemischt mit Erregung. Vielleicht hatte er noch eine letzte, egoistische Hoffnung, wir würden ihn auffordern, zu uns ins Bett zu kommen.

Besitzergreifend drehte ich mich zu ihr, so dass ich ihm den Rücken zukehrte, und schlang den Arm um sie. Ihre Augen waren schon geschlossen, sie kuschelte sich an mich und schob ein Knie zwischen meine Beine. Nach einer langen, angespannten Sekunde hörte ich, wie er in sein Zimmer ging und die Tür hinter sich schloss. Endlich. Jetzt wusste er Bescheid.

WILLKOMMEN ZU HAUSE!
Saskia Walker

Als das Telefon klingelte, ging sie langsam, mit bedächtigen Schritten zum Apparat und legte die Hand auf den Hörer. Die Schwingungen pulsierten ihren Arm hinauf, ließen jeden Nerv vibrieren, zogen sie mit allen Fasern dem Anruf entgegen. Bevor sie abhob, stellte sie sich vor, wie er in der Telefonzelle stand und wartete, dass sie antwortete. Er würde nicht auflegen; er wusste, dass sie da war, dass sie auf seinen Anruf wartete.

Das machten sie immer so, wenn er auf Geschäftsreise gewesen war. In seinem Job musste er mindestens einmal im Monat verreisen, und jedes Mal freuten sie sich auf das Wiedersehen – es waren bewusst geplante, leidenschaftliche Begegnungen. Einfach nur schnell und begierig zu vögeln, wie Geliebte es tun, die sich einige Zeit nicht gesehen haben – das war nichts für sie. Sie inszenierten ihr Wiedersehen, ließen sich auf die neuen Entdeckungen ein, die eine Trennung ermöglicht, zelebrierten mit Bedacht jede Phase dieses ganz besonderen Treffens. Langsam offenbarten sie einander ihre Leidenschaft, schürten das Feuer bis zur Weißglut, um schließlich ihre Leben in dieser Hitze wieder verschmelzen zu lassen.

Er rief sie vom Flughafen aus an. Freundlich, charmant bat er sie um ein Rendezvous. Sie willigte ein. Er schlug vor, sie sollten sich in einer bestimmten kleinen Bar treffen und anschließend in ein kleines kantonesisches Restaurant essen gehen. Er sprach mit ihr, als bäte er sie zum allerersten Mal um ein Rendezvous.

Seine Pläne machte er immer schon, während er unterwegs war. Sobald er am Flughafen ankam, schickte er sein Gepäck ins Büro, um den materiellen Beweis seiner Abwesenheit aus dem gemeinsamen Leben loszuwerden. Das erste Mal, als er dieses Spiel trieb, hatte sie sich eigentlich auf ein langes, ruhiges Wochenende mit ihm zu Hause eingestellt. Stattdessen hatte er sie angerufen und ihr gesagt, sie solle ein paar Sachen zusammenpacken. Dann hatte er sie abgeholt und war mit ihr aufs Land gefahren, wo er ein abgelegenes Cottage gemietet hatte – nur übers Wochenende, aber in diesen zwei Tagen hatten sie sich in jedem einzelnen Zimmer geliebt. Ein anderes Mal hatten sie sich einfach vor einem Kino getroffen. Schon nach der Hälfte des Films hatte sie keine Ahnung mehr, wovon er handelte; seine Hände auf ihrem Oberschenkel streichelten ihren ganzen Körper zu einem fiebernden Verlangen.

Die Ideen für ihr Wiedersehen gingen ihnen nie aus. Beim Mal zuvor hatte sie vor seiner Rückkehr in seinem Büro angerufen, um sich nach der Ankunftszeit seines Flugzeugs zu erkundigen. Dann hatte sie die nicht vorhandenen Spielregeln durchbrochen und ihn am Flughafen abgeholt. Als er durch die Absperrung kam, hatte sie mit Zufriedenheit festgestellt, wie zielstrebig er ausschritt. Es drängte ihn, so schnell wie möglich zu ihr zu kommen. Ihr Körper bebte vor Verlangen und Vorfreude. Als er auf sie zukam, drehte sie sich um und ging vor ihm her zum Ausgang. Sobald sie seinen heißen Blick auf sich spürte, verlangsamte sie den Schritt und ließ ihre Tasche zu Boden fallen. Sie bückte sich, um den Parfümflakon aufzuheben, der über die Erde rollte, und er ging neben ihr in die Hocke und bot ihr seine Hilfe an. Sie blickte in seine blaugrauen Augen, die sie unter den geraden Brauen anblitzten, und erwiderte sein wissendes Lächeln.

Gemeinsam gingen sie weiter, sprachen über das Wetter; die Luft zwischen ihnen knisterte vor Spannung. Er betrachtete ihren weiten Baumwollrock, der beim Gehen um ihre Schenkel schwang. Sie bot ihm an, ihn in die Stadt mitzunehmen. Als er einwilligte, ging sie ihm voraus zu ihrem Wagen, den sie in einer dunklen, einsamen Ecke des Parkhauses abgestellt hatte. Kaum saß er auf dem Beifahrersitz, beugte er sich über sie, schob ihren Rock hoch, senkte den Kopf zwischen ihre Beine und saugte an ihrer warmen, entblößten Möse. Überrascht durch seine plötzliche Forschheit überließ sie sich ihm ganz. Ihre Schenkel öffneten sich wie von selbst, das Blut pulsierte in ihrer Möse. Ihre Begierde nach ihm schmeckte heiß und süß auf seiner Zunge. So schnell war sie noch nie gekommen.

Nach seinem jetzigen Anruf nahm sie ein Bad und kleidete sich mit großer Sorgfalt an. Dann bestellte sie ein Taxi. Es war zwar nicht weit zu der Bar, aber es würde bald regnen. Wie immer verlieh sie ihrem Äußeren eine neue Dimension, stellte einen Aspekt ihrer Persönlichkeit zur Schau, den sie ihm selbst nach den vielen gemeinsamen Jahren noch nie gezeigt hatte. An diesem Abend trug sie ein neues Kropfband aus schwarzem Wildleder, von dem eine kleine Silberkette herabhing. Das Silber schwang gegen ihren Hals, als sie die Bar betrat, und er beobachtete, wie es ihre Haut berührte.

Er stand auf, nahm seinen Trenchcoat vom Hocker neben sich und bat sie mit einer Geste, Platz zu nehmen. Sie umarmten sich nicht; ihre Begrüßung war nicht mehr als ein hingehauchter Kuss auf die Wange, wie Bekannte ihn sich geben, die vielleicht Geliebte werden könnten. Einen kurzen Moment ließ sie ihn ihren Duft einatmen, dann setzte sie sich auf den Hocker, den er für sie reserviert hatte, schlug die Beine übereinander und strich sich ihr schwarzes Satinkleid glatt. Er verfolgte ihre Bewegungen. Er wusste, dass sie unter dem Kleid nackt war. Bei solchen Begegnungen trug sie nie Unterwäsche. Nur einmal hatte sie das getan, aber das war Teil der Überraschung gewesen. Als er auf ihre Brüste schaute, sah er die Umrisse ihrer Brustwarzen, die sich in allen Details durch den weichen Stoff abzeichneten. Sonst trug sie nichts als das Kropfband um den Hals und die schwarzen Wildledersandaletten, aus denen ihre lackierten Zehennägel ihn anblitzten.

Sie unterhielten sich, als würden sie sich noch kaum kennen, und sprachen dabei vor allem über die Zeit ihrer Trennung; das Verlangen, das diese Zeit in ihnen geweckt hatte, schwang in jedem Wort, in jedem Satz mit. Ihr Gespräch war bedeutungsschwer, voll versteckter Bedürfnisse, und allmählich floss der Schmerz des Getrenntseins in die Freude auf die bevorstehende Gemeinsamkeit ein. Auf dem Weg zu dem in der Nähe gelegenen Restaurant behielten sie diese freundschaftliche Distanz bei, und erst als sie die Straße überquerten, nahm er sie am Arm – es war die erste körperliche Berührung. Durch den Kontakt wuchs die Spannung noch mehr. Beide kannten die Lust der Vorfreude und genossen jede Sekunde.

Sie bat ihn, für sie zu bestellen. An Essen konnte sie in diesem Moment nicht denken, ihr Hunger galt vor allem ihm. Sie beobachtete ihn, als er mit der Kellnerin sprach; das junge Mädchen lachte über seinen Kommentar zu den Essstäbchen. Er war unglaublich attraktiv und charmant, und sie war so sehr in ihn verliebt, dass sie manchmal das Gefühl absoluter Hilflosigkeit hatte. Er strich sich die dunkelblonden Haare mit beiden Händen aus dem Gesicht. Sie waren nicht lang, lagen aber am Kragen auf und sollten eigentlich geschnitten werden. Aber ihm gefiel es so und ihr auch. Als er sich wieder ihr zuwandte, fielen ihm die Haare wieder in die Stirn. Für beide war es schwer, nicht ins vertraute Verhalten abzugleiten, aber es war eine Herausforderung, dieser Versuchung zu widerstehen. Dadurch entstand eine gewisse Befangenheit zwischen ihnen, wie bei einem ersten Rendezvous.

Während er ihr von den Städten erzählte, die er auf seiner Reise besucht hatte, beobachtete sie, wie er auf dem Tisch mit einem Löffel spielte. Er sprach von den einsamen Straßen und sah ihr tief in die Augen.

Sie bereiteten die kleinen Pfannkuchen mit Pekingente füreinander zu. Ihm entging nicht, wie gut sie aussah, aber er erwähnte es nicht. Während seiner Abwesenheit hatte sie wohl ihre Kakteen in dem kleinen Garten gepflegt, denn ihre Haut hatte einen leichten Bronzeton. Sie erzählte ihm von den Aufnahmesessions, an denen sie gerade arbeitete, und er musterte ihre elegante Frisur. Sie hatte die Haare locker hochgesteckt, und das erinnerte ihn daran, wie er sie einmal angerufen und ihr nur die Zimmernummer und den Namen eines Motels am Stadtrand genannt hatte. Als sie dort eintraf, trug sie ein Kleid in der Art von Grace Kelly und eine Sonnenbrille im Stil der fünfziger Jahre, dazu einen fuchsienfarbenen Schal um Kopf und Hals geschlungen. Sie wirkte so elegant, dass er nicht gewagt hatte, sie zu berühren. Er hatte nur auf dem Bett gelegen, die Arme hinter dem Kopf verschränkt, und zugesehen, wie sie sich den leuchtend pinkfarbenen Chiffon von den rotbraunen Locken nahm.

Im Licht der roten Laternen des Restaurants schimmerten ihre seidigen Haare bei jeder Kopfbewegung. Mit gestikulierenden Händen beschrieb sie die Muster und Formen der Bilder, die sich in ihrem Kopf entwickelt hatten, und ließ ihn an ihren Ideen teilhaben. Er nahm sie in sich auf – ihre Gedanken, ihre physische Gegenwart. Wie sehr hatte es ihn auf seiner Reise danach verlangt, diese Hände auf seinem Körper zu spüren.

Seit dem Morgen hatte er sich offensichtlich nicht mehr rasiert, denn auf seinem Kinn bemerkte sie einen dunklen Schatten von Bartstoppeln. Sie griff nach ihrem Glas, um nicht dem Drang nachzugeben, die rauhen Wangen zu streicheln. Sie drehte das Glas am Stiel und umfuhr mit einem Finger den Rand; er sah ihr zu, und ihre Worte verebbten in der unausgesprochenen Begierde, die zwischen ihnen wuchs. Alles in ihr verlangte danach, ihn in sich zu spüren. Er nahm ein Stück Entenfleisch, das noch auf dem Teller lag, und riß mit den Zähnen daran. Unter dem Tisch schlug sie die Beine hoch am Schenkelansatz übereinander.

Das Hauptgericht wurde serviert. Er hatte Grüne Jade und Rote Koralle bestellt, denn er wusste, dass die Kombination von Brokkoli und Krebsfleisch ihr künstlerisches Auge und ihre Geschmacksnerven ansprechen würde. Als er sie fragte, was sie zum Nachtisch wolle, wandte sie sich selbst an die Kellnerin und bestellte Litschis in Sirup – sie wusste, wie gern er Süßes mochte. Mit blitzenden Augen warf er ihr einen vorwurfsvollen Blick zu, und sie verbarg ihre Reaktion hinter der Serviette, die sie an die Lippen führte. Es gelang ihnen kaum noch, die selbst auferlegte Distanz zu wahren; sie reizten sich mit dem Wissen, das sie voneinander hatten, und taten dabei völlig unschuldig. Beim Kaffee fragte er sie, ob er sie nach Hause begleiten dürfe. Mit gesenktem Blick und einem leisen Lächeln nahm sie sein liebenswürdiges Angebot an.

Auf dem Rücksitz des Taxis ließ sie ihren Blick auf ihm ruhen. Er sah auf die Straßen hinaus; durch den Regen war die Aussicht auf die Stadt verschwommen. Er trug ein weißes Leinenhemd, das in der Dunkelheit unter dem Anthrazit seines langen Trenchcoats blitzte. Sie liebte das Chamäleonhafte an ihm. An diesem Abend war er wie ein Puma in den Kleidern eines Mannes. Seine animalische Sexualität verbarg sich hinter vornehmem Auftreten und charmanten Worten, aber sie konnte es trotzdem wahrnehmen. Gerade als ihr dieser Gedanke kam, fuhren sie am Zoo vorbei, und sie lächelte in die Nacht.

Einmal hatte er sie im Taxi von zu Hause abgeholt und war mit ihr in den Zoo gegangen. Es war Frühling gewesen, und alle Tiere balzten. Als sie schließlich zu Hause waren, liebten sie sich die ganze Nacht. Beim Vorbeifahren am Eingang zum Zoo lächelte auch er und erinnerte sich an ihre Wildheit. Das Animalische lauerte in ihnen beiden direkt unter der gepflegten Oberfläche.

Sie stiegen aus dem Taxi, und er breitete seinen Mantel über ihre Köpfe, um sie vor dem Regen zu schützen. Bis sie die Haustür erreicht hatten, war der Mantel völlig durchnässt. Sie lachte atemlos, doch er wurde allmählich ruhiger, sein Verlangen kochte verhalten.

Die Tür fiel hinter ihnen ins Schloss, sein Mantel landete am Boden. Sie standen im düsteren Gang; beide atmeten stoßweise, aber nicht synchron. Erst allmählich fanden sie zu gleichmäßigen, übereinstimmenden Atemzügen. Die Woge des Verlangens, die zwischen ihnen aufwallte, ließ sich nicht mehr lange eindämmen. Einträchtig schweigend gingen sie ins Schlafzimmer. Eine weitere Tür fiel hinter ihnen ins Schloss, sie lehnten sich mit dem Rücken daran, drangen in den Raum des anderen ein. Mit einem raschen Blick stellte er fest, dass sie eine neue Decke über das Bett gebreitet hatte, aus dunkelrotem Samt mit einem erhabenen Rosenmuster, ihrem Lieblingsmotiv. Es tat ihm gut, wieder zu Hause zu sein, aber er versuchte, sich nicht durch die beruhigende Vertrautheit ablenken zu lassen.

Sie stand nah bei ihm, atmete den scharfen Geruch seines Körpers ein. Er lächelte sie mit dem vertrauten Schwung seiner Lippen an. Auch sie lächelte, senkte aber den Blick vom Vertrauten zu dem unbekannten weißen Leinen, das seine Brust verbarg. Seine Finger umschlossen die Kette, die von dem Wildlederband an ihrem Hals hing, zogen sanft daran und liebkosten es. Sie fuhr mit der Hand über das Leinen, spürte die bekannten Umrisse seiner Brust unter dem festen Material. Noch immer lächelnd, machten sich ihre Finger an den neuen, festsitzenden Knöpfen zu schaffen. Sie nahmen das Neue, das sie aneinander entdeckten, mit einem Blick wahr.

Seine Lippen streiften die ihren, ein zaghafter Kuss, der ihr Stromstöße über die Haut jagte. Als er die Spannung spürte, wich er ein Stück zurück. Ihr Gesicht sagte ihm deutlich, wie begierig sie auf mehr war. Nach einem Moment holte er eine CD aus seiner Jackentasche. Ohne ihn aus den Augen zu lassen, ohne Überraschung zu zeigen, nahm sie ihm die CD aus der Hand. Dann drehte sie sich um und ging zu der Nische in der Wand neben dem Bett, wo die Stereoanlage stand. Während die CD-Lade mit der neuen Scheibe in den Apparat glitt, atmete sie bewusst ein und aus, hielt an sich, wartete auf die Musik.

Als die ersten Noten aus den Boxen strömten, löste sie ihre Frisur und ließ die Haare auf die Schultern fallen. Die

Musik war sanft wie eine Liebkosung; ein Remix eines bekannten Songs, verführerisch, intim. Sie nahm den Rhythmus in sich auf, tauchte in ihn ein. Er blieb an der Tür stehen und beobachtete sie. Sie ging zur Nachttischlampe, hielt die Hand unter die filigranen Perlenschnüre, die vom Schirm herabhingen. Ein warmes, orangefarbenes Glühen breitete sich durch die Schnüre aus, die ihre Hand berührten, und dieses Streifen ihrer Haut schien sich auch auf seine Haut zu übertragen. Seine Hüften spannten sich an. Seine Hand wanderte zum Schalter und knipste die Deckenlampe aus, sodass sie nur noch im sanften Licht der Tischlampe gebadet waren.

Während sie zu ihm zurückkehrte, öffnete sie den Reißverschluss ihres Kleides. Sie sah, wie er im Schatten an der Tür stand, und blieb in der Mitte des Raums stehen. Sein Blick lag schwer auf ihr; das Feuer, das sie in ihm entfachte, glühte in seinen Augen. Das Blaugraue der Iris spiegelte eine Mischung aus gebändigtem körperlichen Verlangen und entfesselter Fantasie. Er schaute auf das Rot ihrer lackierten Zehennägel, als sie die Füße von den wildledernen Schuhen befreite. Sie stieß die Sandaletten mit einer Bewegung ihrer bloßen Füße beiseite, dann glitt der schwarze Satin wie ein glänzender Schild über ihre Haut hinab. Sie bewegte sich sinnlich, ihr Entkleiden folgte dem Rhythmus der Musik mit wiegenden Hüften und schlängelndem Rückgrat. Als das schwarze Kleid glänzend hingegossen am Boden lag, flossen ihre Hände über ihren Körper, und sie wand sich unter ihnen; ihre Augen waren halb geschlossen, die Lippen teilten sich, ihr Atem ging hörbar.

In der Dunkelheit glühte ihr Körper schimmernd, von einem Lichtkreis hinter ihr erstrahlt, der ihre üppigen Rundungen liebkoste. Sie folgte dem Takt des Songs, bewegte sich hin und her in kleinen Spiralen. Sie ließ sich die Sinne von den Klängen verführen, entfaltete sich in der Musik, die er bei sich getragen und ihr dargeboten hatte. Mit dem Rücken an die Tür gelehnt, beobachtete er sie immer noch, während ein unverkennbares Lächeln seine Mundwinkel umspielte. Er hatte gewusst, dass die suggestive Intimität der Musik, ihre Sinnlichkeit, sie so ansprechen würde.

Er suchte ihren Blick und nickte zustimmend. Da kam sie näher, die Augen dunkel umrandet vor Erregung. Ihr Mund öffnete sich, und ihr Atem ging im Takt der Musik. Ihre Mimik forderte ihn auf, ihr zu folgen. Ihre nackte Haut streifte sein Jackett, und die Feuchtigkeit des Stoffs legte sich auf ihre Haut, so dass sie matt glänzte. Sie bewegte sich an ihm, ein zartes Berühren durch das Jackett hindurch, bis er die Hand hob, um sie zu berühren. Da trat sie zurück. Seine Finger griffen in die Luft, als sie durch die Klänge zurückwich, auf das Bett zu.

Sie setzte sich, die weiche Decke gab unter ihrem Gewicht nach, und sie spürte den Widerstand der darunter verborgenen Oberfläche. Das erinnerte sie an die Festigkeit seines Körpers unter der Hülle seiner Kleider. Unfähig, dem Drang nach ihm zu widerstehen, stand sie wieder auf und näherte sich ihm erneut. Sie rieb den Rücken an seinem Körper auf und ab, sodass ihre Haare sein Gesicht berührten und einige Strähnen sich in seinen Stoppeln verfingen.

Als sie die kaum beherrschte Spannung seines Körpers auf ihrer Haut spürte, entwich ihr ein leises Stöhnen. Dieses Mal versuchte er nicht, sie zu berühren, sondern schloss nur die Augen und spürte ihre Bewegungen, ihren wiegenden Körper gegen seinen, und der verheißungsvolle Rhythmus ließ Energien in ihm anschwellen.

Sie schmiegte sich in die Kurve seines Körpers, schob sich in ihn, den Kopf an seiner Schulter, dann trat sie einen Schritt vor, nur wenige trennende Zentimeter, die sie schmerzlich fühlten. Die Haarsträhnen, die an seinem Kinn klebten, schienen die Elektrizität zwischen ihnen zu übertragen. Automatisch beugte er sich vor, um mit seinem Mund die Kluft zwischen ihnen zu überbrücken, ihre Schulter mit den Lippen zu streifen. Sein warmer Atem blies auf ihre Haut, sie schrie auf, vom Instinkt übermannt, und ihr Körper wölbte sich fordernd seinem entgegen. Er legte den Mund auf ihren warmen Nacken; der starke

Geruch ihrer Begierde überlagerte die exotischen Düfte, die ihre Haut verströmten. Er hob den Kopf und lehnte ihn gegen die harte Fläche der Tür, die Augen geschlossen, die Lippen energisch zusammengepresst. Doch seine Hände umfassten ihre Hüftknochen und zogen sie an sich.

Zuerst stieß sie ein leises, unterdrücktes Geräusch aus, dann bewegte sie sich weiter unter seinem Griff. Und er folgte ihren Bewegungen, seine Hüften drängten nach vorne, und ihre Körper gehorchten dem Rhythmus, der aus der Anlage zu ihnen herüberwogte. Sie presste sich an ihn, ihr Kopf fiel nach vorne, die Haare fielen ihr über die Schulter. Vereint stießen ihre Körper gegen die Tür. Er betrachtete ihren Nacken, als die Grube ihres Geschlechts sich auf seine Kleider zubewegte, auf seine Härte. Mit einer Hand fuhr er die Mulden ihrer Wirbelsäule nach, wiegte sich mit ihr, als sie sich unter seinen Händen aufbäumte. Seine Berührung war zu viel. Plötzlich wich sie zurück und kroch aufs Bett.

Sie drehte sich auf der nachgiebigen Decke auf den Rücken, ihr Körper, elegant und geschmeidig wie der einer Katze, räkelte sich auf der samtenen Decke. Der Stoff bauschte sich um sie auf, wie Knoten der Lust, die ihre Bewegung einzufangen trachteten. Er wollte dasselbe tun und war doch an die Tür geschmiedet. Er wusste, wenn er sich auch nur eine Bewegung gestattete, dann war er entfesselt, dann musste er sie nehmen, ganz und gar. Noch einen Augenblick versuchte er sich zurückzuhalten, während sie ihm ihr Verlangen offenbarte.

Mit angezogenen Knien, die Füße auf dem Bett, zeigte sie ihm die zarte Haut an den Innenseiten der Schenkel, ihr Geschlecht. Ihre Hände wanderten über ihre Hüftknochen und bewegten sich streichelnd über ihre Brüste. Sie zeigte ihm das Verlangen, das sie in seiner Abwesenheit empfunden hatte, entließ es aus ihrem Körper, bot es ihm dar, damit er es für sich empfand. Ihr begieriges Stöhnen wurde fordernder, sein Anblick verschwamm vor ihren Augen, als die Lust ihr die Sicht nahm. Das Verlangen war heftig, es wog schwer, ein beharrliches Bedürfnis. Bald, es musste bald sein. Und doch wartete er noch. Sie quälten einander, um sich gegenseitig jede Sekunde der Spannung zu entlocken.

Ihre Finger stahlen sich in ihren geöffneten Mund, umkreisten ihre volle Unterlippe, dann zog sie eine feuchte Spur über ihren Hals, weiter über ihre Brüste bis nach unten, zu den dunklen, krausen Haaren. Ihre Hand wölbte sich über der weichen Fülle, und sie verbarg das Gesicht im Kissen, die Augen geschlossen, Lippen geöffnet. Die Gefühle, die ihre eigenen Hände hervorriefen, waren köstlich und rannen wie flüssiges Feuer durch ihren Unterleib, dann sanken sie langsam tief in ihren Körper ein. Sie wollte, dass er dasselbe tat.

Die Spannung, die von seinem Standort an der Tür ausging, war ebenso groß, doch konträr zu der, die ihr Körper auf dem Bett ausstrahlte. Ihre Schenkel öffneten sich noch weiter, und er sah, wie ihre Finger sich in den Falten ihres Geschlechts verloren, in der Feuchtigkeit in ihr aufgingen. Als ihre Finger tiefer eindrangen und ihr Rücken sich wölbte, damit sie die feuchte Wärme besser erforschen konnten, wallte Hitze in ihm auf. Er wollte in ihrer Nässe versinken, er wollte, dass die Wogen ihres Körpers über ihm zusammenschlugen.

Er trat aus dem Schatten hervor, bewegte sich durch die sinnlichen Klänge der Musik auf sie zu. Als sein Mantel ihre Beine streifte, folgte sie den Wogen ihrer Begierde mit regelmäßigen Bewegungen. Er beugte sich über sie, stützte die Hände rechts und links von ihren Hüften auf das Bett. Ihre Augen begegneten sich, die Musik sprach eine innere Kraft in ihnen an, ihre Blicke verrieten ihre Dringlichkeit und Leidenschaft. Er hielt sie am Kropfband fest, als er ihr einen Kuss auf die Lippen gab. Sofort verkrallten sich ihre Hände in seinen Schultern, ihre Zähne zogen sanft an seinen Lippen, die sie küssten.

Er flüsterte leise, beruhigende Worte an ihren Hals, bevor er sich aufrichtete, um das Jackett abzulegen. Mit einem Ruck setzte sie sich auf, ein wilder Blick in den Augen, packte das Revers des Jacketts und zog ihn zu sich herab. Lächelnd erzählte er ihr von seiner Lust, und sein Körper sank auf ihren; die Härte seines Gürtels und dessen, was darunter verborgen war, drückte auf sie. Sie schrie auf, als sie den Druck seiner Erektion durch seine Hose spürte, und ihre Hüften wölbten sich vor und reckten sich ihm fordernd entgegen.

Während er den Gürtel öffnete und den Schlüssel bloßlegte, der sie von ihrer Gier befreien würde, wand sie sich unter ihm. Ihr Atem flog in kurzen Stößen über ihre geöffneten Lippen, als sie ihn in die Hand nahm und streichelte. Seine verheißungsvolle Lebendigkeit war seidig, heiß, starr, und sie liebkoste ihn mit hingerissenen Bewegungen, bevor sie ihn zu der Hitze führte, die ihn in ihr erwartete. Die feste, nasse Wärme ihres Geschlechts nahm ihn in sich auf, er überließ sich ihrer Führung und versank in ihr.

Sein Körper rieb sich an ihrem und brachte ihn zu ihrem Mittelpunkt. Die Kleider, die er auf dem Weg zu ihr getragen hatte, drückten sich in ihre Haut ein, und der starre Schaft seines nackten Fleisches bog sich in ihr. Ihre Schamhaare, der dunkle Schatten ihres animalischen Ursprungs, lagen ineinander. Ihre Beine umschlangen ihn, schoben das Jackett von seinen Hüften und pressten ihn tiefer in sie.

Als sein Penis die Stelle berührte, wo sie nach dem Druck seines Körpers verlangte, schlossen sich ihre Augenlider, und aus ihrem Mund drang ein Geräusch gesteigerter Lust. Die Muskeln ihres Geschlechts umschlossen ihn in einer heftigen Umarmung, ihr Körper bewegte sich drängend unter ihm. Sein Atem stockte, als sein Wunsch, in ihr zu entfliehen und sie zu nehmen, sich entfesselte, und keuchend rang er nach Luft. Mit den Händen hielt er ihren sich windenden Körper auf dem Bett fest, um ihre Tiefen zu erforschen, wild, entfesselt; im Takt mit seinen Stößen streifte sein regenschweres Jackett ihre Haut. Sie kämpfte, um ihm zu entkommen, bäumte sich gegen ihn auf, und die Hände, die sie hielten, steigerten nur ihre Wildheit.

Das Tier in ihm wollte entkommen; gefangen in dem Raum, den er zu überwinden suchte, gierig nach Freiheit, trieb er in dem eingeschlossenen Raum hin und her. Ihre Hüften reckten sich ihm entgegen, seinen Stößen entgegen, ihre Hände entrissen sich seinem Griff, um seinen Körper zu umfangen. Die Freisetzung aufgestauter Leidenschaft jagte Schauder um Schauder durch sie hindurch, wie Flammen über eine ausgedorrte Steppe. Beide wollten sie das Feuer überholen, doch es folgte ihnen, holte sie mit jeder Bewegung ein. Es erreichte seinen Rücken, als sie seinen Körper umklammerte, den Mantel zwischen geballten Fäusten von ihm riss. Er brüllte, als die Flammen aufloderten, seinen Körper durchzüngelten und auf sie übergriffen, sodass seine Kraft und sein Widerstand gebrochen waren. Er überließ sich der Erleichterung. Sein Mund lag auf ihrem, atmete stoßweise, als sie sich ihrem Orgasmus hingab.

Ihr Körper bäumte sich unter ihm auf, ihre Gliedmaßen verkrampften sich. Ihre Hüften verstärkten ihren Druck, schoben ihren Unterleib gegen ihn, als das Feuer Wogen geschmolzener Glut durch ihr Fleisch jagten. Sie war in der Hitze gefangen, ihr Körper nahm sich, was er für die Erfüllung brauchte. Als das Gefühl von Schwere aus ihr wich, die letzten Hitzewellen sie durchzuckten und sie aus ihrem Bann entließen, zog sie ihn enger an sich und hielt ihn zärtlich im Arm.

Er schmiegte sich an sie, ihre Beine liebevoll umschlungen. Nach einer Weile rückte sie von ihm ab und zog ihn langsam aus, um alle Spuren ihrer Trennung zu entfernen. Wie jedes halb domestizierte Tier wollte er, sobald er freigesetzt war, zu seinem Zufluchtsort zurückkehren, und wartend sah sie ihr zu, bis er sich wieder an sie schmiegen konnte. Nackt, die Körper nahtlos aneinander, die Haut zu einer Haut verschmolzen.

»Willkommen zu Hause, Liebster«, flüsterte sie.

EHRENGAST
Renate Stendhal

Ich warf das Seil über den steinernen Eckpfosten, wie ich es immer tat, und kletterte auf den Balkon. Die Tür stand halb offen, sodass ich, ohne sie zu berühren, in den Raum schlüpfen konnte. Ich verbarg mich hinter den Vorhängen.

Sie stand vor dem Spiegel. Ihr Rücken und ihre Taille wirkten fast zerbrechlich im Kontrast zu ihrer gepuderten Lockenperücke und der ausladenden Krinoline. Sie summte leise vor sich hin und wiegte sich in den Schultern hin und her, sodass sich das Brokatmieder mitbewegte. Ich wusste, dass sie ihr Stück einstudierte. Das geräuschvolle Schwingen ihres Rocks akzentuierte jede ihrer Bewegungen. Wusste sie, dass sie nicht allein im Zimmer war? Sie verschränkte die Hände hinter dem Rücken. Ein zufriedener Zug umspielte ihre Mundwinkel, als sie den Rücken durchdrückte und ihre gepuderten Brüste sich gegen das Mieder pressten.

Mit einem lautlosen Satz stand ich hinter ihr und hielt ihr die Hände auf dem Rücken fest. Ihre hübschen Lippen öffneten sich und entließen ein Geräusch, das jeder andere als Schreck missdeutet haben würde. Aber ich kannte meine Angèle. Mit einem komplizenhaften Lächeln ließ ich den Blick von ihren Augen zu ihrem Dekolleté wandern. Sie lehnte sich an mich, als wollte sie mir bestätigen, dass ich sie in flagranti ertappt hatte, dass sie mir auf Gnade und Barmherzigkeit ausgeliefert war. Aber ich würde doch Gnade walten lassen, versuchten ihre grauen Augen mir zu befehlen.

»Mein treuloser Engel«, flüsterte ich ihr drohend ins Ohr und zwang sie, meinem Blick im Spiegel standzuhalten. Sie musste zusehen, wie meine Hände unter ihre Brüste fuhren und das Mieder mit Gewalt hinabschoben. Die hellbraune Erhebung ihrer Brustwarzen erschien über dem Horizont des Brokats. Ihre Augen verdunkelten sich.

»Für wen ist das bestimmt, mein Engel? Ich will, dass du es mir sagst.«

Noch bevor meine Fingerspitzen leicht wie eine Puderquaste den Horizont streiften, hatte sie die Augen geschlossen. Ich hielt inne. Ich musste ihre Augen sehen, um zu wissen, ob sie mich belog. Durch die Wimpern hindurch sah sie mich an. Ein Stirnrunzeln gab mir zu verstehen, dass ihr die Geduld ausging. Völlig unvermittelt überlistete sie mich. Mit aufgerissenen Augen entwand sie sich mir und ließ mich allein mit meinem Spiegelbild zurück.

»Wieso bist du so elegant gekleidet? Du bist NICHT eingeladen!« Wütend funkelte sie mich an, und gleichzeitig versuchte sie, mich so gut wie möglich von oben bis unten zu betrachten.

»Ich werde trotzdem dabei sein. Und in einer Aufmachung, die nicht unbemerkt bleiben wird, denkst du nicht, *chérie*?« Ich drehte und wendete mich vor dem Spiegel, wie sie es eben getan hatte. Ein gepuderter Dandy, von Kopf bis Fuß in Weiß gekleidet. Ich strich eine Locke meiner Perücke zurecht, ordnete die Spitzenrüschen meiner Ärmel, bevor ich die Hände in die Hüften stemmte, die Beine in der Kniehose perfekt verschränkt. »Ist dein heißblütiger Liebling nicht beeindruckend genug, um als Ehrengast an deinen *fiançailles*[1] teilzunehmen?«

Auf ihrem Gesicht spiegelten sich Verlangen und Feindseligkeit zugleich. »Wenn du einen Skandal heraufbeschwörst, ist alles vorbei.« Sie reckte das Kinn vor. »Ich habe dich gewarnt. Wenn du das kaputtmachst, siehst du mich nie wieder.«

»Kaputtmachen? Ist es nicht schon kaputtgemacht worden? Durch Monsieur le Comte – oder ist es Monsieur

[1] *Verlobung*

le *Conteur*[2]? Monsieur, der nur einen dicken Geldbeutel hat, während sein anderer, unter uns gesagt, eher zu vernachlässigen ist …« Abschätzig ließ ich die Hüften kreisen. Sie starrte mich nur weiter von Kopf bis Fuß an, als sei sie sich nicht sicher, ob ein Traum oder ein Teufel vor ihr stand.

»Du bist verrückt!« Bevor ich sie zurückhalten konnte, stürmte sie aus dem Zimmer. Ich griff nach ihrer Maske, die auf der Kommode lag, und lief ihr die Treppe hinab nach. Die Diener würden mich nicht erkennen. Ein Dandy, der einer Dame nachjagte, in der Hand seine Trophäe – ihre Maske aus Perlen und Federn –, würde nur als frivoles Spiel betrachtet werden.

Sie warf die Tür ins Schloss und drehte den Schlüssel, doch ich überraschte sie, von der entgegengesetzten Richtung, durch die Bibliothek kommend. Sie stand gegen die Tür gelehnt da, keuchend, die Arme ausgebreitet, als wolle sie ihr Fest beschützen. Wir blickten uns über die Tafel hinweg an, über das erlesene Porzellan, das Silber und Kristall, die Blumengestecke. Gedeckt für über dreißig Gäste, schätzte ich. Für jeden außer ihrer verbotenen Leidenschaft, ihrer unzulässigen Liebe, den Paria. Für mich.

»Geh«, befahl sie. »Oder ich rufe nach George.«

»Ja, lass uns nach George rufen.« Ich trat näher. »Ich nehme meine Perücke ab und stelle mich formvollendet vor. Als diejenige Person, die deinen feurigen Leib mit Fug und Recht für sich beanspruchen darf.«

»Bitte.« Plötzlich warf sie sich mir an den Hals. Ich erwartete Tränen. »*Mon amour*. Ich liebe dich. Bitte reiß dich zusammen. Zwischen uns wird sich nichts verändern, das verspreche ich dir. Du kannst mich nicht heiraten. Selbst wenn du es wolltest. Möchtest du wirklich dein Leben wegen eines Festmahls zerstören?«

Ich überlegte. »Ich möchte nur dabei sein. Du wirst mir doch sicherlich zustimmen, dass ich alles mit eigenen Augen mitansehen muss. Wie sonst soll ich es glauben?«

[2] *Schwätzer*

»Man wird dich hinauswerfen, glaub mir. Es wäre eine Schande für deinen …«

»… Ruf? Mein Engel, du machst dir zu viele Sorgen um mich. Müssen wir im Falle eines Skandals nicht eher für deinen Ruf fürchten?«

Mit einem abschätzigen Lachen ließ sie mich los. Vom Korridor waren Schritte zu hören, Rufe, Händeklatschen.

»George ruft die Diener zusammen. Du hast noch eine Minute Zeit.« Sie deutete mit dem Kinn auf den Ausgang, zur Bibliothek. Ich rührte mich nicht von der Stelle. «*Tant pis alors.*[3] Wenn du unbedingt bleiben willst – George wird schon mit dir fertig werden.«

Sie schlenderte den Tisch entlang, ließ die Hand über die Stuhllehnen gleiten. »Niemand wird dir glauben«, höhnte sie. »Das weißt du. Weil du einfach unglaublich bist.«

Ihre *maîtrise*[4] war beeindruckend. Wenn sie die Kühle spielte, wenn ihre Augen zornsprühend blitzten, war sie begehrenswerter denn je.

»Du siehst doch, dass an deinem Tisch Platz ist für ein zusätzliches Gedeck. Für einen Überraschungsgast, etwa einen alten Bekannten. Sag, was du willst. Hast du vielleicht vergessen, dass ich immer genau das bin, was du willst, und wie sehr dir das gefällt?«

Ich merkte, dass meine Worte ihre Wirkung auf sie nicht verfehlten, aber sie drückte den Rücken nur noch entschlossener durch.

»Im Augenblick will ich nur, dass du Luft bist.«

Vom Korridor her war zu hören, wie George die letzten Anweisungen gab. Im Hof fuhr die erste Kutsche vor. Während ich ihre Maske auf dem Stöckchen herumzwirbelte, tat ich, als würde ich durch die Bibliothek verschwinden wollen. Als ich an ihr vorbeikam, fiel ich auf die Knie, nahm ihre Hand, küsste die Innenfläche und vergrub die Zähne in den Ballen.

---

[3] *Dann hast du eben Pech gehabt.*
[4] *Beherrschung*

»Dann bin ich Luft. Ich werde mich nicht blicken lassen, das verspreche ich dir. Aber lass mich dabei sein, irgendwo. Versteck mich.«

In dem Moment, in dem die Tür aufflog, entriss sie mir die Hand. Ich duckte mich in den Schutz des Tisches. Dann hörte ich, wie die Diener sich an der Tür aufstellten, um ihre Anweisungen entgegenzunehmen. Einer glücklichen Eingebung folgend, hob ich ihre Röcke und schlüpfte behände wie eine Katze darunter.

»*Très bien.*[5] Wir müssen … nachsehen, dass alles seine Ordnung hat«, befahl sie.

»*Oui, Madame.*«

Ich umklammerte ihre Beine. Solange ich dort blieb, wo ich mich gerade befand, hatte in der Tat alles seine Ordnung.

»Als Erstes sorgt dafür, dass alle Türen und Fenster zum Garten geöffnet und eingehakt sind. Kein Klappern, *s'il vous plaît.*«

Ich hörte raschelnde Schritte. Würde sie mich in den Garten spazieren führen und ihren Rock ausschütteln? Aber ich würde mich nicht ausschütteln lassen. Ich war fest entschlossen, jede mir mögliche Kontrolle über ihre Beine auszuüben.

Gerade als ich mich über die Möglichkeiten meiner Lage zu freuen begann, hob sich ihr Rock. Entsetzt spürte ich einen Luftzug, Entdeckung drohte, aber im nächsten Augenblick hob sie die Tischdecke und wies mir damit einen diskreten Übergang von einem Versteck zum anderen. Auf Knien erfüllte ich ihren Wunsch, warf ihr eine Kusshand zu für den Kompromiss, mit dem sie sich gerettet hatte. Durch zusammengebissene Zähne überließ sie mich meinem Schicksal: »*Faites vos jeux.*«[6]

Ich bedauerte, mein erstes Versteck und seine relative Sicherheit verloren zu haben. Sie würde aus dem Raum gehen, mich mit den Dienern allein zurücklassen. Ich hör-

[5] *Sehr gut.*
[6] *»Setzen Sie«; Aufforderung am Roulette-Tisch, den Einsatz zu setzen.*

te, wie sie einen von ihnen, Jean, zu sich rief und ihm auftrug, er solle an der Tafel ihr persönlicher Diener sein. Sie richtete den Stuhl am Kopfende des Tisches, als wollte sie mir deutlich machen, an welchem Platz sie sitzen würde. Befürchtete sie, ich könnte den falschen Rock wählen, wenn ich überstürzt Zuflucht suchen musste?

So bequem wie möglich richtete ich es mir in meinem quadratischen Holzzelt ein. Ich legte mich längs auf den massiven mittleren Balken, der dem Tisch der Länge nach Halt verlieh. Er verlief recht hoch über dem Boden, so dass niemand mich zufällig würde sehen können. Ich sah die tänzelnden und schlurfenden Bewegungen, die die Lackschuhe der Diener vollführten. Die Vorstellung, dass Angèle sich Gedanken über meinen Aufenthaltsort machte, beflügelte mich. Sollte ich durch ein Unglück von den Bediensteten entdeckt werden, so plante ich, mich als Geschenk auszugeben, als Überraschung, das *Monsieur le fiancé* seiner Geliebten bereiten wollte. Doch was, wenn die Entdeckung während des Mahls selbst stattfand? Wenn zum Beispiel jemand eine abtrünnige Kartoffel retten wollte? Dann wäre wohl niemand überraschter als Monsieur selbst. Vermutlich eignete sich Angèles berüchtigte Großtante Maude besser als Ausrede. Großtante Maude hatte sich im skandalösen Alter von einundfünfzig Jahren mit einem Schauspieler nach Großbritannien abgesetzt. Es sähe ihr sehr ähnlich, als Verlobungsgeschenk für ihre Großnichte eine Pantomime zu organisieren, eine scherzhafte Hommage an das eheliche Glück.

Einer der Dienstboten stand am Fenster Posten und gab bekannt, wer in welcher Begleitung eintraf, in welcher Art Kutsche, in welcher Kleidung. Es wurde gestaunt und gemurrt, gehöhnt und gekichert. Die Kommentare lieferten mir ein anschauliches Bild dessen, was sich draußen abspielte.

Im Nebenraum begann das Kammerorchester zu spielen, und dann betrat die Gesellschaft den Saal. Endlich nahmen die Lackschuhe paarweise Aufstellung hinter den Stühlen.

Der Lärm, das Geschiebe der Stuhlbeine, die Anzahl der Knie und Füße, die mich umdrängten, beeindruckten mich, um es gelinde auszudrücken. Zum Glück war der Tisch sehr breit; den kürzeren Füßen würde ich kaum als Zielscheibe dienen können. Wenn ich besseren Schutz brauchte, konnte ich mich zwischen die beiden senkrechten Querstreben kauern, die vom zentralen Stützbalken nach oben führten. Eine dieser relativ geschützten Nischen befand sich zu Füßen meines Rivalen, des Verlobten, die andere ganz in der Nähe meiner letzten Rettung, dem Rock von Angèle.

Während Wein und Wasser eingeschenkt wurden, vertrieb ich mir die Zeit mit der Vorstellung, dass ich nicht wüsste, wo sie saß oder was sie trug, und ich müsste die unteren Gliedmaßen aller anwesenden Damen begutachten, um sie auszumachen … Ich bemerkte die vielen Satinpantoletten, die, kaum war die Suppe aufgetragen, ausgezogen wurden. Offenbar brachte das Essen den Wunsch nach Behaglichkeit, ja nach Zügellosigkeit mit sich. Ich beobachtete, wie eines dieser befreiten Füßchen sich einem eleganten Brokatschuh näherte, der zum benachbarten Stuhl gehörte. Der kleine Fuß erforschte den Schuh mitsamt seinem Insassen, bis er eine Lücke zwischen dem Brokat und dem hohen Spann ertastete, um die Zehen dort hineingleiten zu lassen. Ein sanftes Gerangel entstand, das meine Aufmerksamkeit fesselte: Ich fragte mich, ob das abenteuerliche Füßchen wohl versuchte, das Objekt seiner Begierde zu entkleiden, oder ob es beschlossen hatte, im selben Schuh Platz zu finden. Liebend gern hätte ich aus meinem Versteck hochgeblickt, um herauszufinden, wer die beiden Tollkühnen waren, die so günstig am Tisch positioniert saßen. Wäre, unter anderen Umständen, mein Verdacht auf Angèle gefallen?

Die Füße der Gastgeberin waren noch züchtig beschuht. Sie bewegten sich suchend über den Boden und kreisten dann langsam in der Luft. Nachdem sie mir Unterschlupf gewährt hatte, konnte sie nicht wissen, wo genau ich mich befand. Ich ließ ihr Zeit, über diese Frage zu rätseln. Der zweite Gang wurde serviert, *Feuilleté à la Reine*[7], wie mir der verhasste Geruch verriet. Katzengleich kroch ich auf dem Mittelbalken entlang, um meinen Rivalen näher in Augenschein zu nehmen. Unterwegs kam ich an zwei weit gespreizten, massigen Beinen vorbei, die in einer sehr engen Hose steckten, so dass die haarige Hand des Besitzers das juckende Gemächt dazwischen immer wieder kratzen musste. Ich wusste, das war Onkel Edouard, der alte Jäger vielerlei Wildes. Im Gegensatz dazu wirkten die Klunker des zukünftigen Gemahls in ihrem Käfig recht verloren, ein Vogel ohne Federn, von Flügeln ganz zu schweigen. Mitgefühl gepaart mit Verachtung erfüllte mich, als ich mich auf den Rückweg machte.

Als ich mich wieder an Onkel Edouard vorbeischlängelte, gab ich Acht, seinen Tritten auszuweichen, die mich unweigerlich in einen ihm gegenübersitzenden Schoß katapultiert hätten. Die zwei kecken Füße trieben noch immer ihr Spiel. Das Füßchen hatte den Brokatschuh erobert und dessen Besitzer in die Rolle des Angreifers verwiesen, der den Schuh wiederzugewinnen trachtete. Die Heftigkeit, mit der dieser Zweikampf ausgetragen wurde, erweckte in mir den Wunsch, ich könnte die Mienen der Wettstreitenden sehen.

Mittlerweile waren diverse Schuhe von Füßen abgestreift worden, die es sich auf unterschiedliche Arten bequem zu machen versuchten. Diejenigen, die keinen Partner gefunden hatten, umspielten einander oder bearbeiteten das Holz des Tisches, streichelten Schnallen und Knöpfe der Schuhe, denen sie entflohen waren, oder ruhten unschuldig verschränkt auf dem Boden, Zeh an Zeh, wie im Gebet verharrend. Es war an der Zeit, Angèles Füße zu befreien.

Ich verschanzte mich hinter den vertikalen Pfosten in der Nähe der Gastgeberin und holte ihre Maske aus meiner Tasche. Dann streichelte ich mit der langen Feder den Rand ihrer Pantolette entlang. Sie streifte ihre Fußbekleidung so

7 *Königin-Pastete*

rasch ab, dass man ihre Hast beinahe hätte unanständig nennen können. Angèle trug ihre feinsten Seidenstrümpfe. Ich fuhr ihr mit der Feder zart über Sohlen und Zehen. An ihrem Ende des Tisches entstand ein kurzes Schweigen, dann hörte ich die Stimme ihres Vaters:

»Macht der Wein dich müde, Schatz?«

Ich grinste. Der Schatz hatte sich wohl für einen Moment vergessen und die Augen geschlossen.

»Ach, ich dachte gerade zurück ... es war ein wunderschöner Tag im Bois de Boulogne ... da sah ich zum ersten Mal ...« Sie sprach den Namen nicht aus. Es war nicht notwendig. Alle hoben ihr Glas:

»Auf Hugo!«

Ich allein wusste, dass sie auf unsere erste Begegnung anspielte. Ich brachte mich weiter bei ihr in Erinnerung, indem ich ihre Röcke anhob und aufreizend langsam die Seidenbänder aufknotete, die ihre weite, bauschige Hose über den Knöcheln zusammenhielten.

»Was war dann, Angèle? Erzählen Sie doch!«

Das war die Stimme ihrer neugierigen dreizehnjährigen Cousine Lucille.

»Ich fuhr zum Pferderennen. Der elegante Reiter näherte sich von hinten, ritt kurz neben meiner Kutsche her und warf unvermittelt eine Rose in meinen Schoß.«

Ich wünschte mir, ich könnte in diesem Moment mein Debüt wiederholen und hinter ihr mit einer Rose zwischen den Zähnen erscheinen. Stattdessen begnügte ich mich mit einigen nostalgischen Bissen in ihre Sohle.

»Wie charmant ...«

»Was für eine entzückende Art, sich kennen zu lernen ...«

»Direkt in Ihren Schoß?«, wollte Lucille wissen.

»Gut gezielt!« Angèle lachte ihr kehliges Lachen. »Eine schneeweiße Rose. Aber nur beim ersten Mal. Es gab ein zweites Mal. Das war am folgenden Sonntag, und es war eine rosafarbene Rose. Und beim dritten Mal ...«

»Haha! Jetzt kennen wir dein Geheimnis, Hugo, alter Knabe!« Onkel Edouard brach in ein dröhnendes Gelächter aus, als würde er sein Gewehr in ein Prachtexemplar von Eber entladen. »Ich habe mich immer gefragt ... ha!«

Von allen Gästen war ich der Einzige, der das Vergnügen hatte, den resoluten Griff seiner behaarten Hand unter dem Bauch zu beobachten, mit dem er den wahren Keiler umfasste.

Der Verlobte räusperte sich. »*Chérie*, ich erinnere mich, wie man uns beim Rennen einander vorstellte ...«

Alle brachen in Bewunderung aus über ein Paar, das auf derart romantische Weise zueinander gefunden hatte. Ich erinnerte mich, wie Angèle jede Rose bis zum letzten Blütenblatt entblätterte, während ich an ihrer Seite ritt, und wie sie die Blütenblätter mir zur Kutsche hinaus zuwarf. Erzählte sie ihren Gästen unsere Geschichte, um mich zu martern oder zu berücken?

Aus der gehobenen Stimmung an der Tafel wurde schiere Bewunderung für die Artischocken und die dazu gereichte exquisite Vinaigrette. Ich beschloss, mir meinen Anteil an der Festlichkeit zu gönnen, indem ich die Gastgeberin entblätterte.

Mit dem Stöckchen ihrer Maske erforschte ich, ob der Moment günstig sei. Mein Stochern unter ihren Röcken, zart genug, um ihre Schenkel zu liebkosen, wurde wohlwollend aufgenommen, vor allem, als ich ein wenig vom Pfad abwich und das Stöckchen in die Schlucht wandern ließ, die sich wie von selbst weitete, als wollte sie mir mein Vorhaben erleichtern. Ich hatte keine Eile. Um ungehindert fortfahren zu können, wagte ich mich aus meinem geschützten Unterschlupf hervor, hob ihre Röcke über mich und rutschte auf Knien ganz nah an sie heran. Rasch schloss sie die Schenkel, und ich genoss den leichten Duft von Limonen und Zimt, den ihr Körper durch die Schichten von Baumwolle, Seide und Spitze verströmte. Nach einer Weile machte ich mich daran, ihre gerüschte Hose Stück um Stück aufzurollen, wobei ich eine Spur heißer Küsse von den Knöcheln bis zu den Knien hinterließ. Unter meiner zärtlichen Offensive gaben ihre Knie nach und gewährten mir gerade genug Platz, um ihre Hose weiter aufzurollen. Ich tastete mich bis zur Seide ihrer Haut oberhalb der Strümpfe vor. Hingebungsvoll kostete ich sie mit Lippen und Zunge, von der Kühle der Außenseite zur betörenden Wärme der inneren Schenkel.

»Ah! Das ist so *gut*…«, seufzte sie. »Nicht wahr?«

Rund um die Tafel erhob sich zustimmendes Gemurmel, und neue Flaschen wurden entkorkt, während *Mademoiselle la fiancée* mir ihre Beine öffnete.

Jetzt schlug die Stunde meines künstlerischen Könnens: Mit dem Stöckchen zeichnete ich die genauen Konturen ihres gepolsterten Hügels nach, fügte zur Verzierung schwungvolle Schnörkel hinzu und endete mit einem vertikalen Ausrufezeichen. Dann drückte ich den Mund auf den zarten weißen Stoff, der den Hügel bedeckte, so dass ihre Haut zu glühen begann. Sie presste sich gegen mich. Ungeduldig befahl sie Jean, die Blätter der Artischocke zu entfernen. Ich erfüllte ihren Wunsch, indem ich vorsichtig den Stoff beiseite schob, um die Öffnung ihrer Hose zu vergrößern. Und dort ragte, umrahmt von Baumwolle, rosa und pochend *mein* Artischockenherz hervor.

Das Biest, dachte ich. Gepudert! Als hätte sie genau Bescheid gewusst und sich eigens für mich hergerichtet. Hatte sie alles so inszeniert, das Stück vor dem Spiegel für mich aufgeführt und ihre Flucht zur Tafel hinab vorgetäuscht – um so zu tun, als würde sie mich zur Hölle schicken, als Vorgeschmack auf die Erlösung? Ich umkreiste sie wie eine Katze die heiße Milch. Wer spielte hier unter wessen Federführung?

Der nächste Gang ließ auf sich warten. Ihr Vater hielt eine kurze Rede auf den festlichen Anlass. Der künftige Ehemann erhob sich, um auf diesen Tag anzustoßen, auf das große Privileg, sich an diesem Ort zu befinden … Sich an welchem Ort zu befinden? Ich zeigte Angèle, wo für sie die Musik spielte, nahm sie unvermittelt in den Mund und biss zart hinein. Zum Dank ertönte ein Aufschrei. Ein Glas fiel um. Ich sah die Weinspritzer am Boden. Ich verbarg mich halb unter ihrem Stuhl, um mich vor dem Diener zu verstecken, der herbeieilte, um das Malheur zu beheben, und vielleicht auch unter dem Tisch aufwischen wollte.

»*Pardonnez-moi*[8], *cher Hugo*«, kicherte sie. »Wissen Sie, dies alles erregt mich sehr. Bitte, fahren Sie fort.« Die letzten Worte wurden mit einem Nachdruck geäußert, der mir keinerlei Zweifel darüber ließ, an wen sie gerichtet waren. *Cher Hugo* schwadronierte weiter, während sie immer heftiger kicherte. Ich merkte, dass ihre Reaktion ihn verwirrte. Er verhielt sich völlig anders als sonst, erzählte kleine Geschichten und versuchte, geistreich zu sein. Hätte er gewusst, dass meine kleine Feder diese Erheiterung hervorrief, die Feder, die ihren Schmollmund mit streichelnden Bewegungen reizte – seine Geschichte hätte vielleicht eine etwas andere Wendung genommen.

Angèle musste Ähnliches gedacht haben, denn plötzlich befahl sie gereizt: »Genug der Späße! Kommen Sie zur Sache!«

Der Verlobte stotterte sich zum Ende seiner kleinen Ansprache vor und ließ sich erleichtert auf seinen Stuhl sinken. Die Gesellschaft applaudierte, die Meeresfrüchte wurden aufgetragen.

Vor meinen Augen entstanden Bilder von gepudertem Hummer auf einer Platte. Der Appetit, das musste ich zugeben, kann zuweilen entwaffnend eindeutig sein. Ich tröstete mich, indem ich zart ihre Lippen teilte und entzückt zusah, wie sie sich, befreit von der Beengung durch die Hose, wieder schlossen. Sie glichen immer mehr einem Schmollmund, und dazwischen blinzelte mir ihre glitzernde Perle verlockend entgegen. Ich musste mir alle Mühe geben, in meinem Hunger nicht den Kopf – und das Spiel – zu verlieren. Drängend, fast panisch presste sie ihre Schenkel gegen meine Schultern, aber ich weigerte mich, ihr allzu schnell ihren Wunsch zu erfüllen. Immer wieder teilte ich sie und blies gleichzeitig kühlende Luft auf sie in Erwartung des Hauptganges, der bald kommen würde.

[8] *Entschuldigen Sie*

»*Mon Dieu*[9], es ist heiß«, stieß sie hervor. »Wo ist mein Fächer? Jean, mein Fächer! Ist es nicht erstaunlich, erst Juni und schon so heiß?«

Diese Bemerkung führte zu einer lebhaften Debatte über das Wetter im Juni. Das Hauptgericht – dem Geruch nach zu urteilen Wild – wurde serviert.

»Mehr! Ich will mehr«, forderte meine gierige Schöne wie ein verwöhntes Kind.

Der zukünftige Gatte fühlte sich bemüßigt, ihr über den Tisch hinweg Trost zu spenden. »Aber Sie haben doch alles, was Sie brauchen, *ma chérie* …«

»Da bin ich mir nicht so sicher.« Schmollend stieß sie mir die Fersen in die Lende. Mehrere Diener eilten herbei, um ihren Teller zu füllen.

Unsere Unterhaltung gefiel mir. Ich hatte immer mehr das Gefühl, mit an der Tafel zu sitzen. Um sie das merken zu lassen, nahm ich sie in den Mund und fuhr mit der Zunge langsam den ganzen Spalt hinab.

»Das ist zu viel«, stöhnte sie heißhungrig. Ich hörte, wie sie ein Glas Wein in raschen Zügen leerte. Alle lachten höflich und spekulierten darüber, inwieweit ein derart herzhafter Appetit der Gründung einer Familie förderlich wäre. Mir gefielen diese Überlegungen nicht im Mindesten. Sie gehört mir, grollte ich, nichts und niemand wird ihr Erfüllung bringen. Damit stieß ich meine Finger in sie, als wollte ich allen Anwesenden eine Warnung zukommen lassen. Sie musste sich abrupt zurückgelehnt haben, denn sie stemmte sich mir mit einer Kraft entgegen, als würden alle Dämme brechen.

»Ach, *la vie est belle*[10]«, rief sie. »Lasst uns ein Lied anstimmen. Singen wir Hugos Lieblingslied!« Und sie begann: »*Boire un petit coup c'est agréable* …«[11]

[9] *Mein Gott*
[10] *Das Leben ist schön*
[11] *Wie schön ist es, ein Gläschen zu trinken; beliebtes französisches Trinklied*

Die Gesellschaft ließ sich von ihr mitreißen und begann zu schunkeln, während sie sich gegen meine Hand bäumte. Ich folgte ihrem Rhythmus mit wohlplatzierten Küssen. Die Umklammerung ihrer Schenkel wurde kraftvoller. Als ich fühlte, wie sie sich sinnlich um meine Finger weitete, verdoppelte ich die Instrumente mit meinem Zungenschlag.

»Boire un petit coup c'est doux ...«[12]

Keine Sekunde später lief ihr Glas über und verschüttete seine schamlose Süße für mich.

Ich belohnte sie mit einem Dessert aus sahnigen Spiralen, dargeboten auf meinen Fingerspitzen und garniert mit winzigen Bissen. Sie dankte es mir mit wiederholtem Schaudern. Als ich hörte, wie sie beim Kaffee ihren Gästen seufzend anvertraute: »Rien ne va plus[13]«, da wusste ich, dass ich sie gerettet hatte. Sie hatte ihre Ehe verspielt. Ich hatte das Spiel gewonnen – ich, die Gefährtin, die sie nicht heiraten konnte.

[12] Wie süß ist es, ein Gläschen zu trinken
[13] »Nichts geht mehr«; das Setzen am Roulette-Tisch ist beendet

Einkaufsbummel am Vormittag
Joseph S. Teller

Gedankenversunken sah Diana Carrington über Nob Hill hinab zum hellbraunen Prescott Building. Walter war noch zu Hause, deswegen zwang sie sich, ihr Lächeln zu unterdrücken, und versuchte vergeblich, die Wärme, die von ihrer Magengrube aufstieg, zu ignorieren.

Aus dem Schlafzimmer drangen Geräusche – Walter packte für eine Geschäftsreise. Er machte dabei sehr viel Lärm, und Diana wusste, sobald er das Haus verlassen hatte, würde sie Ordnung machen müssen. Das war die Rolle, die ihr zukam. Meine Pflicht, dachte sie seufzend. Zumindest bis morgen, wenn Maria kommen würde.

»Hast du das Taxi schon bestellt, Diana?«, rief Walter.

Sie warf einen Blick auf die Uhr. Es war bereits neun. »Ja. Es wird in einer Viertelstunde hier sein«, antwortete sie über die Schulter hinweg. Er reagierte mit einem Brummen, und dann hörte sie ihn fluchen, als er gegen ein Möbelstück rannte.

Diana trommelte mit ihren lackierten Fingernägeln auf die Rauchglasplatte des Küchentischs. Sie bemerkte, dass ihr Morgenmantel aufgesprungen war – bis weit über die Knie. Ihre langen Beine waren ihr ganzer Stolz, obwohl sie sie meist nur unter ästhetischen oder vielmehr klinischen Gesichtspunkten betrachtete; nur ausnahmsweise gestattete sie sich, sie als etwas Verführerisches zu sehen. Heute war eine dieser seltenen Gelegenheiten. Sie ließ den Morgenmantel ganz aufspringen und betrachtete ihre Beine durch das dunkle Glas.

Eine Minute später schloss sie den Mantel und starrte

wieder auf das Prescott Building. Es war nur dreigeschossig, doch seine hellgraue, durch schwarze Streifen akzentuierte Fassade hob es von den anderen, schlichteren Gebäuden der Nachbarschaft ab. Diana warf wieder einen Blick auf die Uhr. Um diese Zeit war es noch nicht offen; das würde noch eine Stunde dauern.

Sie führte die kunstvoll handbemalte chinesische Porzellantasse an die Lippen und trank einen kleinen Schluck von der exquisiten Sumatra-Kaffeemischung. Dabei musste sie wieder daran denken, was sie am Abend zuvor bei den Hartmans gehört hatte. Es war ihr unglaublich erschienen; zu gefährlich, um wahr zu sein. Und doch war sie sich eigentlich sicher, dass es kein Scherz auf ihre Kosten sein sollte. Das war unmöglich. Es hatte ja niemand bemerkt, dass sie das Gespräch überhaupt mitbekam.

Lane Chatham und Suzanne Hartman hatten sich darüber unterhalten und sie damit unfreiwillig in ein Geheimnis eingeweiht. Mit Suzanne verband sie zwar eine einigermaßen herzliche Bekanntschaft, doch ihre Beziehung zu Lane war mehr als unterkühlt. Lane hätte ihr dieses pikante Detail nie im Leben erzählt, und Suzanne war viel zu vornehm, um es weiterzutragen.

Das ist das Problem, wenn man die Ehefrau eines gesellschaftlich einflussreichen Mannes ist, dachte Diana. Das wirklich Interessante blieb den Männern vorbehalten, während von den Frauen erwartet wurde, dass sie sich für den Garten, für Dinnerpartys und die Oper begeisterten.

Walter rief aus dem Flur: »Bis Mittwoch bin ich in New York, dann bis Freitag in Chicago. Holst du mich um fünf am Flughafen ab? Wir fahren dann gleich nach Napa weiter. Buch ein Hotel fürs Wochenende, wir müssen ein paar Leute einladen …«

»Blablabla«, murmelte Diana. Sie hörte nicht weiter zu. Sie wusste, was sie zu tun hatte; schließlich hatte sie es schon Hunderte von Malen getan.

»Also, ich geh jetzt«, sagte er vom Gang aus.

Diana stand auf und ging durch den gefliesten Flur zur

Haustür. »Gute Reise, mein Schatz«, sagte sie und hielt ihm eine Wange hin.

»Danke. Bis dann.« Flüchtig drückte er ihr einen Kuss auf die Wange, griff nach seinem Koffer und war fort.

Diana kehrte in die Küche zurück und wanderte mit der Kaffeetasse in der Hand weiter ins Esszimmer. Hier, vor den deckenhohen Fenstern, lag ihr ganz San Francisco zu Füßen, und mittendrin stand das Prescott Building. Während Diana es betrachtete, dachte sie wieder darüber nach, was Lane erzählt hatte.

Das Haus der Hartmans war ein regelrechtes Labyrinth von Zimmerfluchten und Gängen. Diana war gerade von der Toilette zurückgekommen – von denen es insgesamt vier gab –, als sie von einem geschützten Bereich der Terrasse her Frauenstimmen hörte. Das erschien ihr so ungewöhnlich, dass sie hinter einem riesigen Farn stehenblieb und ungeniert zuhörte.

»Ich schwöre dir, es ist die Wahrheit!«, sagte Lane in ihrer schrillen Kleinmädchenstimme, die Diana jedes Mal auf die Palme brachte. »Belinda muss es schließlich wissen. Sie hat es von ihrer persönlichen Einkaufsberaterin erzählt bekommen, einem Mädchen namens Renée, allerdings unter dem Siegel der Verschwiegenheit. Wenn das herauskäme, würde sie ihren Job verlieren, und Mark könnte verklagt werden, vom Skandal ganz zu schweigen.«

»Vielleicht wäre das sogar wünschenswert«, erwiderte Suzanne. »Im Grunde genommen ist es wirklich skandalös.«

Trotz der kompromittierenden Situation, in der Diana sich befand, hatte sie kurz durch die Farnwedel gespäht und gesehen, wie Lane die Augen verdrehte.

»Also wirklich, Suzanne«, sagte sie. »Es wäre in der Tat skandalös, wenn er nicht so unglaublich sexy wäre. Für ihn würde ich jederzeit die Beine breit machen, genau wie jede andere Frau in San Francisco.«

»Sei nicht so vulgär, Lane.«

Aber Lane Chatham lachte nur. »Ich wette, du gehörst

auch zu den Frauen, Suzanne«, sagte sie und fügte nach einer Anstandssekunde hinzu: »Wenn du es nicht schon getan hast.«

»Ganz bestimmt nicht.«

Diana duckte sich wieder hinter den Farn und hörte weiter zu.

»Na ja, schon möglich, aber du musst doch zugeben, er hat die Qualitäten eines Filmstars.«

»Stimmt. Er ist fast so toll wie Cary Grant oder, sagen wir mal, wie Hugh Grant. Aber das ist ja gerade das Merkwürdige, Lane, findest du nicht? Wenn er für Frauen so anziehend ist, wenn er so viele in seinen Bann schlagen kann, warum muss er ihnen dann durch Einwegspiegel in Umkleidekabinen zusehen?«

Als Diana das hörte, wäre sie beinahe in den Farn gefallen. Mark Prescott? *Der* Mark Prescott? Der sollte ein Voyeur sein und Frauen beim Anprobieren von Kleidern beobachten? Das war verrückt. Das war wahnsinnig. Unglaublich. Diana trat ein paar Schritte zurück und holte tief Luft. Sie hatte selbst einmal überlegt, Mark Prescott zu verführen. Vielleicht auch ein paarmal. Aber natürlich hatte sie es nie getan. In ihrem ganzen Leben hatte Diana so etwas noch nicht getan. Daran gedacht, sicher, aber nicht getan.

Als sie in den Kreis der Gäste zurückkehrte, bemerkte jemand, sie sähe etwas erhitzt aus, und sie hatte erklärt, sie fühle sich nicht wohl. Walter war früh mit ihr nach Hause gegangen, hatte aber auf dem ganzen Heimweg gemurrt.

Jetzt leerte Diana ihre Kaffeetasse und ging wieder in die Küche. Eine halbe Stunde war vergangen. Bald würde Prescott's öffnen. Durch das Küchenfenster sah Diana wieder zu dem Kaufhaus. Sie empfand ein wunderbares, aufregendes Schuldgefühl, allein schon wegen ihrer Gedanken.

Ihre erste sexuelle Erfahrung hatte ihr so viel Schuldgefühl verursacht, dass sie sie kaum genießen konnte, aber später hatte sie festgestellt, dass sie nur zum Höhepunkt kommen konnte, wenn sie ein richtig gutes Schuldgefühl hatte. Das mochte seltsam sein, aber zumindest hatte sie tolle Orgasmen.

Wenn sie überhaupt welche hatte.

Um einen Orgasmus zu haben, musste man vögeln. Und obwohl sie Walter ihren jungen, schönen Körper zur Verfügung stellte, wann immer ihn danach verlangte, wollte er ihn nur selten. Eigentlich wollte er sie nur als Manschettenknopf – als Schmuckstück an seinem Arm. Dieses Arrangement gefiel Diana nicht besonders, auch wenn sie sich mit vollem Bewusstsein darauf eingelassen hatte, die junge Ehefrau eines älteren, vermögenden Mannes zu sein.

Aber in letzter Zeit war ihr aufgefallen, dass Sex für sie vorwiegend aus sexuellen Fantasien bestand.

Eine Reihe von Bildern zog ihr durch den Kopf, die sich allesamt auf Mark Prescott bezogen und allesamt sehr erotisch waren. Ihr Lieblingsszenario war ein Traum, den sie in der Nacht nach dem Besuch bei der potenziellen Sponsorin gehabt hatte, als sie ihn durch das Fenster gesehen hatte.

In dem Traum leuchtete alles in kräftigen Farben. Der Himmel war elektrisierend blau, das Meer tief türkisgrün, der Sand blendend weiß. Sie ritt auf einem Pferd die Wellen entlang.

Ein warmer Wind wehte, und die zarte Brise auf ihrer Haut machte ihr bewusst, dass sie nackt war. Ihre Haare flogen nach hinten, und sie merkte, dass sie ritt. Das Pferd unter ihr war sehr groß und kraftvoll, und sie musste die Beine weit spreizen, um seinen muskulösen Körper zu umspannen. Dann warf sie einen Blick nach unten und stellte fest, dass es gar kein Pferd war, sondern Mark Prescott, der seine Hände auf ihre Brüste gelegt hatte.

In dem Moment war sie keuchend und mit klopfendem Herzen aufgewacht. Zum Glück schnarchte Walter neben ihr weiter, ohne etwas von ihrer Erregung zu merken. Doch die Bilder verfolgten sie immer noch wie ein Zauber.

»Ich mach's«, sagte sie laut und spürte, wie ihr Herzschlag sofort heftiger wurde.

Um halb elf ging Diana vor dem großen, prachtvollen Eingang zu J. B. Prescott's vorbei. Das tat sie jetzt schon zum dritten Mal. Sie zögerte – wie bereits die beiden Male zuvor.

Ich muss den Mut finden, sagte sie sich. *Nein, etwas anderes als Mut.*

Sie dachte an Lanes Worte: »Hinten in der Wäscheabteilung. Dort sitzt er und schaut durch den Einwegspiegel.«

Auf dem gedrängt vollen Bürgersteig stieß eine Frau mit Diana zusammen. »Verzeihen Sie«, sagte sie eisig, ging an Diana vorbei und betrat das Kaufhaus.

Das ist lächerlich. Ich muss etwas unternehmen.

Eigentlich sollte sie natürlich nach Hause gehen. Ihr war sehr wohl klar, dass es das Vernünftigste wäre. Doch die prickelnde Aufregung ganz unten in ihrer Magengrube sagte ihr, dass sie nicht nach Hause gehen würde.

Was tue ich hier bloß?

Nervös schaute Diana ins Menschengewühl. Wenn sie noch länger stehen blieb, würden die Passanten auf sie aufmerksam werden. Sie holte tief Luft, richtete den Blick starr geradeaus und schritt durch die weit geöffneten Türen.

Sie kam sich vor wie ein Bankräuber. Sobald sie das Kaufhaus betrat, wurde sie von Panik überwältigt und wäre beinahe wieder nach draußen geflohen. Nur mit äußerster Selbstbeherrschung gelang es ihr, zu einem Schaukasten zu gehen und so zu tun, als würde sie den Schmuck betrachten. Mehrere Sekunden stand sie reglos vor einer Reihe von Diamantringen, ohne sie wahrzunehmen.

»Kann ich Ihnen behilflich sein?«

Erschrocken schaute Diana auf. »Oh, ach, nein, danke. Ich schaue mich nur um«, brachte sie hervor.

Das ist verrückt. Der reine Wahnsinn! Jeder sieht mir doch an der Nasenspitze an, was ich vorhabe!

Sie ging zu einer Auslage mit Wintermänteln, die gerade erst hereingekommen waren, und tat, als würde sie sie begutachten. In Wirklichkeit dachte sie an die Ankleidekabinen oben im zweiten Stock, wo Mark Prescott hinter dem Spiegel saß und alles beobachtete.

Die Wärme in ihrem Unterleib wurde intensiver.

Wieder sah sie sich um; sie war davon überzeugt, dass alle genau wussten, was sie vorhatte. Aber dann merkte sie, dass gar niemand sie beachtete.

Diana atmete tief durch, schluckte und ging zur Rolltreppe. Vor ihrem inneren Auge sah sie sich als die Ruhe selbst, aber dann stolperte sie über die erste Stufe und wäre beinahe auf die vor ihr stehende Frau gefallen. Eine Entschuldigung murmelnd, trat sie rasch zurück.

Und trotzdem, während der Fahrt nach oben vergaß sie ihre Anspannung und überließ sich ganz der Aufregung, die sie immer heftiger übermannte. Sie wünschte sich nichts sehnlicher, als berührt, gehalten, gestreichelt zu werden. Durch die Strümpfe, die sie unter ihrem Rock trug, war sie sich der zarten Haut auf der Innenseite ihrer Schenkel sehr bewusst.

Die Rolltreppe endete im ersten Stock, und sie ging automatisch zur nächsten Treppe weiter. Zarte, verführerische Düfte, die von der Parfümtheke aufstiegen, umwogten sie, als sie die Abteilung durchquerte, und hingen noch in der Luft, als sie in die nächste Etage fuhr.

Ins zweite Geschoss.

In die Wäscheabteilung.

Wo Frauen schöne, seidige, verführerische Dessous kauften. Der erotische Aspekt dieser Abteilung war ihr noch nie bewusst geworden. Das Sinnliche der Negligés und der Wäsche, die sie dort kaufte, um sie zu tragen, wenn sie einen Mann erregen wollte, ja, das hatte sie gekannt – aber nicht die Sinnlichkeit der Abteilung selbst.

Jetzt betrachtete sie sie mit neuen Augen, und zum ersten Mal ging ihr auf, dass man die gesamte Abteilung als Hommage an die weibliche Sexualität sehen konnte. Etwas Erotisches für Männer, aber auch für Frauen. Vor allem, wenn sich dort ein großer, attraktiver Mann verbarg, der nicht wusste, dass die Frau von seiner Anwesenheit wusste. Beinahe hätte Diana gelacht.

Sie ging zu einem Ständer mit BHs und sah sie durch.

Während sie die lange Stange absuchte, dachte sie daran, wie sie ihn einmal vom Fenster seiner Nachbarin aus gesehen hatte. Mark hatte nackt in der Sonne gelegen. Er hatte nicht gewusst, dass sie ihn sehen konnte, und genauso wenig würde er heute wissen, dass sie wusste, dass er sie beobachtete.

Damals hatte Diana seine Nachbarin besucht, um von ihr eine Spende für das Modern Art Museum zu erbitten, zu dessen Förderverein sie gehörte. Nachdem die wohlhabende alte Dame ihr eine gewisse Summe zugesichert hatte, war Diana nach oben in eine Toilette gegangen. Beim Händewaschen hatte sie zufällig aus dem kleinen Fenster über dem Waschbecken geschaut und Mark auf seinem Balkon gesehen, wo er ein Sonnenbad nahm. Nur einen Augenblick lang, aber lang genug, um seinen gebräunten, durchtrainierten Körper wahrzunehmen. Der Blick hatte ihr einen Schauder der Erregung über den Rücken gejagt.

Diana ging weiter, vorbei an Reihen mit Seidenhöschen, die an Plastikbügeln hingen. Der Mund wurde ihr trocken, als sie merkte, dass sie in die Nähe der Umkleideräume kam. Und schlimmer noch, die Abteilung war fast leer. Jeden Moment würde eine Verkäuferin auftauchen und ihr ihre Hilfe anbieten. Diana klopfte das Herz wie wild gegen die Rippen, so laut wie das Scheppern einer Blechdose, die von einer Straßenkatze durch die Gosse gerollt wird.

Mit einem Seitenblick stellte sie fest, dass sie sich nicht getäuscht hatte. Eine Frau mittleren Alters trat von der Kasse auf sie zu.

»Kann ich Ihnen helfen?«, fragte sie mit einem Lächeln.

Diana sah sie schuldbewusst an. »Äh, ich wollte … also, ich suche ein neues Negligé.«

Die Frau schaute sie einen Moment fragend an. Ein Gedanke raste Diana durch den Kopf: *Weiß sie Bescheid?*

»Selbstverständlich. Kommen Sie bitte mit«, sagte die Frau und deutete auf die rückwärtige Wand.

Diana folgte ihr. Mehrere Minuten lang zeigte die Verkäuferin ihr einige Artikel, die gerade neu eingetroffen waren, aber Diana betrachtete alle, ohne besonderes Interesse zu zeigen. Wie sie gehofft hatte, ließ das Interesse der Verkäuferin allmählich nach. Schließlich kam eine andere potenzielle Kundin in die Abteilung, und die Verkäuferin ließ Diana allein zurück. »Bitte, probieren Sie an, was Ihnen gefällt«, sagte sie im Weggehen.

Diana wählte einen schwarzen Spitzenbody und einen weißen Seidenunterrock. Sie schluckte schwer.

Jetzt schlägt die Stunde der Wahrheit!

Sie hatte den überwältigenden Wunsch, das Kaufhaus fluchtartig zu verlassen. Doch ihre Glieder waren wie erstarrt. Eine endlose Minute lang konnte sie weder zum Ausgang gehen noch sich den Umkleideräumen nähern. Plötzlich sah sie eine Bekannte von der Rolltreppe treten und auf die Wäscheabteilung zusteuern.

Es war Catherine Summersby, eine gemeinsame Bekannte von ihr und Lane Chatham. Vermutlich hatte Catherine keine Ahnung, was Diana hier tat, aber sollte sie jemals Lane gegenüber erwähnen, dass sie Diana zufällig bei Prescott's in der Wäscheabteilung getroffen hatte, würde Lane sich sofort einen Reim darauf machen.

Das zumindest befürchtete Diana.

Bei dem Gedanken drehte sie sich um, ging geradewegs zu den Ankleideräumen und schloss sich in eine Kabine ein. Zuerst wagte sie nicht einmal, die verspiegelten Wände anzusehen. Erst nachdem sie zweimal tief durchgeatmet hatte, fand sie ihre Fassung ein wenig wieder.

Sie hob den Kopf und betrachtete den kleinen Raum. Von der Decke fiel ein weiches Licht herab, an der Tür waren Kleiderhaken, es gab einen kleinen Stuhl und drei Spiegel.

Drei Spiegel!

Sie schaute in denjenigen direkt vor ihr und bemerkte, dass sie errötete. Vielleicht sah er sie in genau diesem Moment an!

Ihre Lippen kräuselten sich zu einem leicht amüsierten Lächeln, obwohl sie sich alle Mühe gab, sich nicht anmerken zu lassen, dass sie wusste, dass er hinter dem Spiegel saß. Sie biss sich auf die Lippe und schaute zu Boden. Dann fuhr sie sich mit der Zunge über die Lippen und hängte ihren Mantel auf.

Deswegen bin ich doch hier.

Mit zitternden Fingern öffnete sie den obersten Knopf ihrer Bluse. Dann sah sie wieder in den Spiegel und beobachtete, wie ihre Finger einen Knopf nach dem anderen lösten. Sie konnte es nicht recht glauben, dass er tatsächlich hinter dem Spiegel sitzen und ihr beim Ausziehen zusehen sollte. Sie stellte ihn sich vor, wie er auf einem Stuhl saß und sie mit seinen unglaublich schönen dunkelblauen Augen betrachtete. Ein Schauder überlief sie.

Hinter welchem Spiegel bist du denn?

Als der dritte Knopf aufging, dann der vierte und ihr weißer Spitzen-BH sichtbar wurde, spürte Diana, wie sie der unglaublichen Hitze erlag, die in ihr aufstieg. Plötzlich wurde ihr bewusst: Das machte richtig Spaß! Das Gesicht im Spiegel lächelte sie mit wachsendem Selbstvertrauen an, das Lächeln wurde kokett und sinnlich. Sie entkleidete sich für einen Mann, den sie ungemein verführerisch fand, und er wusste nicht, dass sie wusste, dass er da war.

Das ist die beste Art der Verführung überhaupt! Ich bin absolut schuldig und gleichzeitig absolut unschuldig.

Fast hätte sie laut aufgelacht.

Als der letzte Knopf offen war, glitt ihr die Bluse von den Schultern, und sie hängte sie auf. Dann gestattete sie sich einen kurzen, kritischen Blick in den Spiegel. Sie kam zu dem Schluss, dass ihr Anblick ihm gefallen würde, und dieser Gedanke verstärkte noch das Erotische des Augenblicks.

Während sie den Reißverschluss ihres langen Rocks öffnete, drehte sie sich im Kreis und bemühte sich dabei, unbeteiligt zu wirken, als würde sie nur ihren eigenen Körper mustern. Als aber das Bündchen um ihre Taille sich löste und sie den Rock über die Hüften hinabschob, merkte sie selbst, dass diese Nonchalance nur vorgetäuscht war. Ihre Gefühle gewannen allmählich die Oberhand. Sie hängte den Rock auf und hätte fast aufgeschrien, als ihr erhitztes Gesicht sie aus dem linken Spiegel ansah.

Eine nur spärlich bekleidete Frau mit unübersehbarem Sexappeal erwiderte ihren Blick. Sie fuhr sich mit einer Hand über den Kopf und strich sich eine blonde Haarsträhne aus der Stirn. Die Erregung flammte heiß in ihr auf.

Das ist unglaublich. Das ist noch sinnlicher, als ich mir je hätte träumen lassen. Hinter welchem Spiegel sitzt du denn, Mark Prescott?

Ihre Brüste schmerzten. Sie blickte an sich hinab und merkte, dass ihre Brustwarzen steif waren und sich durch den BH hindurch abzeichneten. Sie schluckte, doch ihr Mund war wie ausgedörrt, und sie spürte, dass ihre Knie zu Pudding wurden. Wieder fuhr sie sich mit der Zunge über die Lippen.

»Wenn du so weitermachst, kommst du in Schwierigkeiten«, warnte eine kleine Stimme sie im Hinterkopf.

Sie ignorierte sie.

Ihr BH schien sich wie von selbst zu öffnen. Die Frau im Spiegel zuckte mit den Schultern, und die Spitze glitt zu Boden. Befreit vom einengenden Stoff, hoben und senkten sich ihre runden, festen Brüste.

Sie zwang sich, nicht zu lächeln, als sie sich noch einmal langsam im Kreis drehte, damit er sie von allen Seiten betrachten konnte, hinter welchem Spiegel er auch saß. Dann bückte sie sich und schob die Strümpfe hinab.

Jetzt kam der verwegenste Moment, und ihre Finger zögerten kurz. Doch dann schob sie entschlossen das Gummi ihres Höschens hinunter, so dass es über ihre Schenkel glitt, bis das weiche, lockige, goldene Haar sichtbar wurde. Ihr Atem ging immer heftiger, während sie das Höschen langsam bis zu den Knien hinabschob, von wo es von selbst zu Boden fiel. Als sie sich aufrichtete und sich im Spiegel betrachtete, war sie völlig nackt.

Noch nie in ihrem Leben hatte sie sich derart sexy gefühlt und auch noch nie so erregt. Auch ohne sich zu berühren, wusste sie, dass sie feucht war. Aber sie wollte sich anfassen! Sie sah in den Spiegel und schaute zu, wie ihre Hände über ihre Brüste wanderten. Sie stöhnte.

Im Hinterkopf war ihr bewusst, dass er sie beobachtete, und dadurch wurde der Moment noch berauschender. Sie fühlte sich fast betrunken, der Raum schien sich zu drehen.

Er sah ihr zu! Hinter einem dieser Spiegel saß er und schaute ihr zu. Hatte er den Schwanz aus der Hose genommen? War er hart? Sah er ihr zu, wie sie ihn wild machte? War er so wild wie sie?

Ihre rechte Hand wanderte über ihren Bauch, die Fingerspitzen schoben sich bis zur Bikinilinie vor und dann weiter über das nicht mehr von der Sonne gebräunte Dreieck bis zu der Stelle, an der sie nass war. Selbst wenn sie gewollt hätte, hätte sie nicht aufhören können, obwohl das, was sie tat, ihre kühnsten Fantasien überstieg. Sie ließ den Mittelfinger in sich gleiten.

Diana stöhnte, ihr Atem ging keuchend.

Ihr regelmäßiger Herzschlag wurde immer heftiger, als Wogen der Lust sie überfluteten. Unter schweren Lidern sah sie sich im Spiegel an; ihr Verlangen ließ ihren Blick verschwimmen. Ihr nackter Körper bebte unter dem Licht und bewegte sich im Rhythmus ihres Fingers.

Hingebungsvoll schloss sie die Augen, dann riss sie sie wieder auf, übermannt von Begierde, und sah ihren bloßen Rücken im Spiegel. Überrascht starrte sie auf ihr schulterlanges Haar, die schmale Taille, die sanfte Rundung der Hüften. Erst nach einem Moment wurde ihr bewusst, dass es von dort, wo sie stand, eigentlich unmöglich sein sollte, ihr Spiegelbild zu sehen.

Etwas hatte sich verändert. Die Position des Spiegels war anders geworden – er hatte sich bewegt.

Sie sah in den gegenüberliegenden Spiegel und bewegte dabei unablässig ihren Finger in sich auf und ab, selbst als sie einen Mann durch den schmalen Spalt in der Spiegeltür treten sah. Er trug nur einen winzigen grünen Slip, der die Konturen seines steifen Schwanzes noch hervorhob.

Sie schluckte entsetzt.

Der Mann war nicht Mark Prescott.

Es war ein jüngerer Mann, gut gebaut, mit langen gold-blonden Haaren und einem goldenen Ohrring im linken Ohr. Mit einem Schritt stellte er sich hinter sie und schob ihr Haar beiseite, dann küsste er sie auf den Nacken. Sie spürte die feuchte Hitze seiner Lippen und seiner Zunge auf ihrer bloßen Haut, und die Wogen der Leidenschaft, die über ihr zusammenbrachen, wurden immer höher, unkontrollierbar wie ein Vulkan.

Diana merkte, dass ihr Finger sich immer noch kreisend in ihr bewegte, selbst als er sie zu sich umdrehte und sie grob auf den Mund küsste. Ihre Hand bereitete ihr Lust, bis er sie packte und ihr den Arm über den Kopf riss. Mit einer ebenso raschen Bewegung hob er ihren zweiten Arm auch über den Kopf und hielt beide dort fest. Sie wurde wild.

»Fick mich«, flüsterte sie heiser. »Mach mit mir, was du willst …«

Mit einem Ruck zerrte er seinen Slip herunter und hob sie in die Luft. Eine Sekunde schien sie dort zu schweben, dann setzte er sie auf seinen pochenden Schwanz. Er glitt in sie wie ein geöltes Messer in die Scheide, und mit Entsetzen merkte sie, dass sie kam.

Aber er gab sie nicht frei. Er drängte sie gegen den Spiegel und trieb sich in sie mit einer Heftigkeit, dass Diana glaubte, sie würde jeden Moment zerspringen. Sie biss sich auf die Lippe und sah sich im Spiegel zu. Ihr erster Orgasmus war kaum verebbt, als schon der nächste sie überflutete.

Sie schrie auf und bemühte sich zu spät, ihren Schrei zu unterdrücken. Ein wildes Zucken durchfuhr ihren ganzen Körper. Schließlich drückte er sie auf den Boden, sodass sie auf Händen und Knien kauerte. Als Diana den Kopf drehte, sah sie mit weit aufgerissenen Augen zu, wie er immer wieder in sie stieß, bis sie zusammen mit ihm in einer lautlosen Explosion verglomm.

Es klopfte an der Tür.

»Ist alles in Ordnung?« Es war die Stimme der Verkäuferin.

Diana versuchte zu antworten, doch ihre Stimme versagte. Erst nachdem sie sich geräuspert hatte, gelang es ihr, ein paar Worte hervorzubringen.

Er stand auf und legte einen Finger auf seine Lippen. Dann half er ihr beim Aufstehen und gab ihr einen Kuss. »Nächsten Donnerstag bin ich wieder hier«, flüsterte er. »Komm wieder.«

Diana sah ihm zu, wie er seinen Slip aufhob, durch die Spiegeltür verschwand und sie hinter sich schloss. Dann zog sie sich langsam an.

Sie würde nie wieder herkommen. Das verstand sich von selbst. Einmal war wunderbar, aber sie würde es nie wieder tun.

Niemals.

Das war unmöglich.

Nie wieder.

Diana ließ einen letzten Blick durch den kleinen Raum schweifen, dann öffnete sie die Tür und ging hinaus. Als sie das Kaufhaus verließ, fiel ihr Mark Prescott ein, und sie fragte sich, wo er wohl sein mochte.

Sie sah auf die Uhr. Es war Mittag. Ein kleines Sandwich wäre jetzt genau das Richtige.

Begegnung im Frühzug
Ethan Monk

Charlie sprang die Stufen hinab, schob sich durch das Dreh-
kreuz und rannte die letzten zehn Meter auf den Bahnsteig.
Gerade als die Türen des Pendlerzugs geschlossen wurden,
zwängte er sich in den Wagen und ließ sich auf einen Sitzplatz fallen. Gut, dachte er. Dieses Spiel mit sich selbst trieb
er praktisch jeden Tag nach der Arbeit in der City. Er versuchte immer, den 5.20-Uhr-Zug in die East Bay zu erreichen, und manchmal, wie heute, erwischte er ihn nur in
letzter Sekunde.

Er stellte die Aktentasche am Boden ab, machte es sich
im Sitz bequem und lehnte sich ans Fenster, während der
Zug zur Station hinausfuhr. Er ließ den Blick durchs Abteil
wandern, ohne die anderen Fahrgäste wirklich zu sehen; er
nahm mehr ihre Präsenz wahr. Dann sah er ihn. Auf dem
Platz ihm schräg gegenüber. Er saß allein. Charlie schaute
kurz zu Boden, denn er wollte nicht, dass der Typ dachte,
er würde ihn anstarren, dann sah er wieder zu ihm hin. Der
Typ ihm gegenüber blickte zum Fenster hinaus. Charlie
schätzte ihn auf Ende zwanzig, vielleicht sogar dreißig. Er
konnte es nicht genau sagen. Was das Alter betraf, ver-
schätzte er sich oft. Er drehte den Kopf zur Seite und tat,
als würde er in eine andere Richtung schauen, aber dann
wanderte sein Blick wie von selbst zu dem schönen jungen
Mann zurück.

Er sah so nett aus – glatte Haut, zerzauste Haare. Genau
mein Typ, dachte Charlie. Er konnte nicht sagen, wie groß
er war, aber wohl eher durchschnittlich. Jedenfalls nicht so
groß wie Charlie, der gut 1,80 war. Er trug eine Jeans und

ein weißes Hemd, darüber einen leichten dunkelblauen Mantel und weiße Tennisschuhe. Einfach süß, dachte Charlie. Der Typ wandte sich vom Fenster ab, steckte die Hand in die Manteltasche und sah dabei in Charlies Richtung. Charlie erstarrte. Zum ersten Mal konnte er das Gesicht des Typen richtig sehen. Wunderschöne dunkle Augen mit langen, dichten Wimpern, die ihm etwas Unschuldiges verliehen. Er hatte eine kleine Nase und einen süßen Mund. Seine Haut war leicht getönt, etwas golden, und Charlie vermutete, dass er Vietnamese war. Oder vielleicht auch Chinese. Bei der ethnischen Herkunft von Fremden vertippte Charlie sich genauso oft wie beim Alter.

Während Charlie den Typen anstarrte und dabei so tat, als würde er ihn nicht anstarren, begegnete dessen Blick dem seinen. Schnell drehte Charlie den Kopf, um zum Fenster hinauszusehen. Er befürchtete, der Typ könnte bemerkt haben, dass er ihn anschaute. Sein Herzschlag beschleunigte sich. Charlie stierte zum Fenster hinaus, ohne etwas wahrzunehmen, dann schloss er die Augen. Das Bild des Typen stand wie ein Foto vor ihm. Wie er wohl heißen mochte, fragte sich Charlie. Hatte er einen vietnamesischen oder chinesischen Namen? Vermutlich einen, den Charlie nicht würde aussprechen können, wenn er ihn geschrieben sah. Wahrscheinlich klang der Name exotisch. Wunderschön. Andererseits konnte es auch ein ganz normaler Durchschnittsname sein, vielleicht ein amerikanischer Allerweltsname wie Bill oder Tom. Als das Bild des Typen, das noch vor einer Sekunde so deutlich vor ihm gestanden hatte, zu verblassen drohte, versuchte Charlie, es wieder heraufzubeschwören. Das Gesicht. Das unglaublich anziehende, süße Gesicht. Die Augen – rund und weit auseinander stehend. Dabei kam Charlie der Gedanke, dass der Typ vielleicht Sinoamerikaner war.

Es gelang Charlie nicht, das Bild klar vor seinem geistigen Auge zu sehen, also drehte er den Kopf wieder um. Er schaute geradeaus vor sich hin, dann ließ er den Blick langsam zu dem Typen wandern. Aus den Augenwinkeln konnte er ihn gerade ausmachen. Er las in einem Buch, das er auf dem Schoß hatte, den Kopf leicht vorgeneigt. Charlie hielt es für ungefährlich, ihn genauer zu betrachten, obwohl er zwischendurch immer wieder wegschaute, um nicht den Eindruck zu erwecken, er würde ihn lüstern anstarren. Er wusste, dass man es genau merkte, wenn jemand einen anmachen wollte. Man brauchte den Typen nicht direkt dabei zu ertappen, man spürte es einfach.

Er schaute die Hände des Typen an. Lange Finger, nicht zart, aber doch irgendwie elegant. Kein Ring. Wenn er hetero war, dann auf jeden Fall nicht verheiratet. Aber es wäre maßlos ungerecht, wenn er hetero wäre. Als Charlie noch jung war und sich gerade in seinem Schwulsein einrichtete, hörte er von Homosexuellen immer wieder, man könne genau sagen, ob jemand schwul war. Damals hatte er sich gefragt, wie man das machte. Nachdem er seit Jahren in San Francisco arbeitete, sich schon lange geoutet hatte und ständig in Bars und Kneipen ging, wo seinesgleichen herumhingen, wusste er es. Bei einigen Typen war es natürlich sehr einfach. Da konnte es jeder sagen. Dann gab es andere, die waren von den meisten Schwulen ohne weiteres einzuschätzen, von Heteros aber nur sehr schwer. Bei einigen allerdings war es fast unmöglich. So problematisch Charlie es auch fand, Alter oder ethnische Herkunft zu bestimmen, so gut konnte er sagen, ob ein Typ schwul war oder nicht. Charlie war in einer Kleinstadt an der Küste von Oregon aufgewachsen, wo man sich bei der Bestimmung der sexuellen Neigung keinen Fehler leisten durfte.

In diesem Augenblick beschloss Charlie, den Typen Kim zu nennen. Ohne besonderen Grund. Er wollte ihm einfach nur einen Namen geben. Jetzt schaute Kim auf und sah Charlie direkt ins Gesicht. O mein Gott, dachte Charlie, aber noch bevor er sich wegdrehen konnte, lächelte der Typ. Ein kleines Lächeln. Und ebenso schnell vertiefte er sich wieder in sein Buch. Charlie sah wieder zum Fenster hinaus. Sein Herz klopfte wie wild.

Er hat mich angelächelt, dachte Charlie. Oder doch nicht?

Vielleicht war es ja nur ein Reflex. Vielleicht hat er gar nicht mich gemeint, sondern jemanden, der hinter mir sitzt. Er warf einen Blick über die Schulter. Der Sitz direkt hinter ihm war nicht besetzt, und in der Reihe dahinter saß nur eine alte Frau mit Taschen auf dem Schoß, die völlig ausdruckslos vor sich hin stierte.

Er dachte wieder an das Gesicht des Typen. Bei dem kurzen Lächeln war er noch schöner gewesen. Das Aufblitzen seiner weißen Zähne. Die leicht nach oben gerichteten Mundwinkel. Der geschwungene Bogen der Augenbrauen. Oder hatte Charlie sich das nur eingebildet? Es war so kurz gewesen. Charlie stellte sich vor, wie es wäre, ihn zu küssen. Kims Lippen mit seinen zu streifen. Seine Lippen mit der Zunge zu öffnen und sie in seinen Mund gleiten zu lassen. Würde er passiv sein oder leidenschaftlich? Begierig oder geduldig? Charlie stellte sich vor, wie er die Hand auf Kims Nacken legte, während ihre Zungen sich forschend umkreisten. Er stellte sich vor, wie er die Augen öffnete, um ihn anzusehen, während Kim die Augen geschlossen hielt. Er stellte sich seine Wange an Kims Wange vor, der weichen, warmen, glatten Wange. Er stellte sich vor, wie er Kims Hals leckte.

Der Zug fuhr in den Bahnhof Montgomery Street ein, und Charlie wurde aus seiner Fantasie gerissen. Schnell sah er zu dem Typen hinüber. Was ist, wenn er hier aussteigt? Bitte, lass ihn nicht hier aussteigen, dachte Charlie. Die Türen gingen auf, aber Kim machte keine Anstalten aufzustehen. Charlie unterdrückte einen Seufzer der Erleichterung. Vier Leute stiegen aus, drei andere stiegen ein. Setzt euch nicht neben ihn, beschwor Charlie sie lautlos und trieb die neuen Passagiere im Geist weiter das Abteil entlang. Es war, als hätten sie seine Bitte verstanden. Der Typ las weiter. Charlie tat, als würde er sich für die Neuankömmlinge interessieren, aber sein Blick schweifte immer wieder zu Kim zurück.

Die Türen schlossen sich, der Zug setzte sich wieder in Bewegung. Charlie fragte sich, was Kim wohl beruflich machte. Er konnte den Titel des Buches, das er las, nicht erkennen. Vielleicht war er Student. Aber er hatte keine Tasche mit Büchern dabei, also eher nicht. Charlie hatte ihn noch nie im 5.20 Uhr gesehen, das wusste er genau. Jemand, der so aussah wie dieser Typ, wäre ihm garantiert aufgefallen. Er arbeitet in der City, vermutete Charlie. Oder vielleicht ist er nur zu Besuch hier. Oder vielleicht ist sein Auto in der Werkstatt. Vielleicht ist er gerade erst hergezogen. Charlie dachte an all die kleinen Dinge, die man bei einem ersten Date von jemandem erfuhr. Ein Date. Einen Augenblick stellte Charlie sich vor, er würde mit Kim ein Date ausmachen. Ins Kino. Nein, nicht ins Kino. Das Kino war ganz schlecht für eine Verabredung. Vor allem für die erste. Man konnte nicht reden, konnte nichts über ihn herausfinden, konnte ihn nicht ansehen. Zum Essen. In ein nettes Lokal, aber nicht zu nobel. Eins, das in war. Vielleicht zum Tanzen, obwohl Charlie die Discoszene eigentlich nicht mehr mochte. Früher war er oft tanzen gegangen – in die Nachtclubs. Weniger um zu tanzen, wie er ehrlich zugab, sondern mehr, um zu sehen und gesehen zu werden, um vielleicht jemanden kennen zu lernen. Obwohl er das fast nie machte. Michael war sehr gern zum Tanzen gegangen. Michael. Wie lange war es her, seit sie sich getrennt hatten? Acht Jahre. Michael war Charlies erste und einzige große Liebe gewesen, seine einzige richtige Beziehung. Charlie dachte an den Sex, den er mit Michael gehabt hatte. Sie waren sehr jung gewesen, als sie sich kennen gelernt hatten. Jung und geil. Der Sex war toll gewesen. Sie hatten miteinander experimentiert – und das nicht zu knapp. Charlie war im Bett etwas zurückhaltend gewesen – ganz im Gegensatz zu Michael. Michael war völlig ungehemmt. Aber sie waren zu früh zusammengezogen. Wahrscheinlich waren sie zu jung und hatten nicht gewusst, wie man eine Beziehung über Jahre hinweg aufrechterhält.

Charlie überlegte, wie oft er im letzten Jahr mit jemandem im Bett gewesen war. Einmal mit seinem Freund Taylor, aber das war ein Fehler gewesen. Freunde sollten einfach nicht miteinander vögeln. Das komplizierte die Dinge nur. Mit wem hatte er noch geschlafen? Mit einem Typen, den er im Golden Gate Park kennen gelernt hatte, an einem Sonntag im Mai beim Rollerskaten. Wie sich herausstellte, wurde es ein One-night-stand, obwohl Charlie das gar nicht gewollt hatte. Und mit wem noch? Waren das alle gewesen? Charlie war erstaunt. Die Arbeit hatte ihn ganz schön gestresst, aber hatte er wirklich nur zweimal gevögelt?

Er sah wieder zu Kim. Warum hatte er sich ablenken lassen? Das ärgerte ihn. Er stellte sich vor, wie es wäre, Kim auszuziehen und zu ficken. Wie nannte sein Freund Taylor das? »Mit ihm eine Probefahrt zu machen.« Seiner Ansicht nach war das zu krass. Aber so war Taylor eben. Zwischen Romantik und Geilheit war nur ein schmaler Grat. Charlie wusste, dass brutaler Sex zwar geil war, aber meistens hatte man hinterher das Gefühl, dass etwas fehlte. Jemanden zu vögeln, den man auch am nächsten Morgen beim Aufwachen neben sich spüren wollte, war viel besser. Kuscheln war wichtig. Nähe war wichtig. Aber er wusste auch, dass er eine wilde Seite hatte. Der beste Sex waren oft die dunklen, peinlichen Fantasien, die auch in ihm steckten. Es war einfacher, die Hemmungen über Bord zu werfen, wenn keine Gefühle mit im Spiel waren.

Der Zug fuhr in die Embarcadero Station ein, der letzte Halt vor dem Tunnel unter der Bay. Die Hälfte der Passagiere stieg aus und wurde sofort von anderen ersetzt. Sie drängten sich ins Abteil und verteilten sich auf die leeren Sitze. Kim war noch immer in sein Buch vertieft.

Als der Zug seine volle Geschwindigkeit erreichte, fuhr er in einem beruhigenden Rhythmus dahin und machte ein gedämpftes, schnurrendes Geräusch. Charlie schloss die Augen. Er dachte wieder an Kim. Er stellte sie sich zusammen vor, in seinem Haus, wie sie im Wohnzimmer auf dem Sofa saßen. Er stellte sich vor, wie er den Arm um Kim legte, ihn küsste, das warme Glühen spürte, das ein guter Rotwein verursachte. Wie er ihn küsste. Langsam. Verlangend. Die Zungen drehten sich umeinander. Die Wärme von Kims

Atem. Er stellte sich vor, wie Kim mit dem Rücken an Charlies Brust gelehnt dasaß und Charlie ihm zärtlich den Nacken küsste. An der Haut knabberte, sie leckte. Er stellte sich vor, wie er Kim bedächtig das Hemd aus der Hose zog, die Hand darunterschob und die Finger auf seinem Bauch tanzen ließ. Fast spürte er die Wärme seiner Haut. Er stellte sich vor, wie seine Hände zu seiner Brust hochwanderten, zu den Brustwarzen, und sie zwischen Daumen und Zeigefinger rieb, bis sie steif waren. Er stellte sich vor, wie Kim den Kopf auf seine Schulter legte. Wie er die Konturen von Kims Lippen mit dem Finger seiner anderen Hand nachzeichnete. Wie er ihm langsam einen Finger in den Mund steckte und Kim leise stöhnte, während er den Finger mit der Zunge umkreiste und daran saugte. Wie Charlie seinen Mund erforschte. Charlie stellte sich vor, wie er Kim noch enger an sich zog und dann die Hand in seine Hose steckte, den Slip, den Ansatz der weichen Schamhaare spürte und eine Sekunde dort verharrte, bevor sie sich weiter nach unten bewegte, sodass er Kims steifen Schwanz spürte und der Typ den Bauch einzog, damit Charlies Hand sich leichter bewegen konnte. Er stellte sich vor, wie er seinen Schwanz drückte und dabei Kims Gesicht zu sich drehte und den Finger durch seine Zunge ersetzte. Er spürte, wie Kims Hand Charlies Bein umklammerte. Er stellte sich vor, wie er die Hose des Typen öffnete, sein Schwanz mächtig gegen den Slip presste, wie er den Slip hinunterschob und den Schwanz befreite. Er stellte sich vor, wie hart und aufrecht der Schwanz war. Der Typ war bestimmt nicht beschnitten, die Eichel würde etwas feucht sein und glitzern. Charlie wollte sie sehen.

Charlie zwang sich aufzuhören. Ihm wurde bewusst, wo er war, und er merkte, dass er einen irren Ständer hatte. Er legte sich die Aktentasche auf den Schoß, um die Beule zu verbergen, und bemerkte, dass Kim ihn ansah, dann aber sofort wieder in sein Buch schaute. Charlie fragte sich, ob der Typ Gedanken lesen konnte.

Charlie öffnete die Aktentasche und beschäftigte sich mit

den Entwürfen für MicroDot, um sich von dem Typen abzulenken. Charlie war Leiter der Hightech-Abteilung bei Wilson/Potter, der wohl größten und angesehensten Consultingfirma für Grafik in den Staaten. Er arbeitete seit sechs Jahren dort und befand sich auf dem direkten Weg nach oben – zumindest hoffte er das. Die Dinge standen nicht schlecht für ihn im zweiunddreißigsten Jahr seines Lebens. Er verdiente viel Geld, hatte sich vor zwei Jahren ein Haus in Orinda gekauft und fuhr einen alten Mercedes. Stil war für ihn sehr wichtig. Er fuhr fast jeden Tag mit dem Zug zur Arbeit, um sich den Straßenverkehr zu ersparen. Er hasste es, im Stau zu stehen. Das machte ihn verrückt. Er hätte zwar als Erster zugegeben, dass er ein Snob war, aber aus irgendeinem Grund gefiel es ihm, im Zug zur Arbeit zu fahren. Die anderen Leute zu beobachten. Natürlich war es auch politisch korrekt, und er ließ seine Mitmenschen oft im Glauben, dass er nur aus dem Grund im Zug fuhr, aber das stimmte nicht.

Nachdem er eine Weile die Entwürfe für die neue Corporate Identity von MicroDot, einer neu gegründeten Internetfirma im Silicon Valley, betrachtet hatte, steckte er die Unterlagen wieder weg und schloss die Tasche. Er hatte zwar keinen Ständer mehr, aber auf die Arbeit konnte er sich trotzdem nicht konzentrieren, nicht hier, mit dem Typen keine zwei Meter von ihm entfernt. Er schaute zu Kim und fragte sich, warum er ihn so anziehend fand. Es war mehr als nur Verlangen nach der Schönheit, Begierde nach seinem Körper. Schließlich hatte er ständig sexuelle Fantasien. In San Francisco gab es mengenweise hübsche Typen. Vielleicht war er nur geil, vielleicht war er ein bisschen einsam. Vielleicht wollte er jemanden finden und wieder in einer Beziehung leben. Er hatte zwar Affären gehabt, aber schon sehr lange keine richtige Beziehung mehr. Einen Geliebten, einen Partner. Nicht mehr seit Michael, und das war eine Ewigkeit her.

Er hatte Michael im Fitness-Studio kennen gelernt. Sie waren zwar beide keine Bodybuilder, aber ihnen gefiel das

Körpergefühl, das sie durch das regelmäßige Workout bekamen. Michael war ein blonder, nordischer Typ mit blauen Augen, aber immer sehr gebräunt, und kleiner als Charlie. Ein athletischer Typ, der ein natürliches Selbstbewusstsein ausstrahlte. Ihm fiel es leicht, mit anderen ins Gespräch zu kommen. Charlie war ebenso schlank wie Michael, sein Körper fest und ziemlich muskulös, ohne dass er sich besonders dafür anstrengen musste. Vom Typ her war er eher dunkel, und wenn er Zeit hatte, sich ein bisschen in die Sonne zu legen, wurde er dunkelbraun, was ihm fast etwas Mediterranes verlieh. Er hatte hohe Wangenknochen, ein warmes Lächeln und grüne Augen, die zu blinzeln schienen. Mit seinen langen Beinen sah er in allen Klamotten gut aus. Er selbst hielt sich nie wirklich für gut aussehend, auch wenn viele andere offenbar dieser Ansicht waren. Die dunklen Haare fielen ihm in die Augen, und er hatte – wie Michael ihm als Allererstes gesagt hatte – »einen Wahnsinnsarsch«. Daraufhin war Charlie rot angelaufen. Vor Michael hatte er niemanden gekannt, der so direkt war. Mitte der achtziger Jahre in San Francisco zu leben, wenn man jung und bekennender Schwuler war, das war obergeil gewesen. Damals, bevor Aids – und das Alter – die Schwulenszene verändert hatten.

Michael war einfach auf ihn zugekommen und hatte beiläufig gesagt, dass ihm Charlies Arsch gefiel. Vielleicht war das mit ein Grund, warum er sich zu Michael hingezogen fühlte, dachte Charlie. Michael hatte vor nichts Angst. Hatte nie einen Zweifel. Ihm war immer wohl in seiner Haut, er hatte immer alles unter Kontrolle. Michael konnte gut flirten. Das war eine Gabe. Charlie war ganz anders. Er war zurückhaltender, weniger selbstsicher, zumindest, wenn es darum ging, andere Typen kennen zu lernen. Er wusste, dass er Gelegenheiten verpasste, weil er so war, wie er war, aber er schaffte es einfach nicht, so zu sein wie Michael. Selbstbewusst. Unbeirrbar und selbstbewusst.

Nach dem Workout waren sie auf ein Bier in die Kneipe

gegangen. Hatten sich fürs folgende Wochenende verabredet und waren einen Monat später zusammengezogen. Sie waren fast zwei Jahre zusammengeblieben, nicht schlecht angesichts ihres Alters und der Zeit. Mittlerweile hatte Charlie ihn seit fast drei Jahren nicht mehr gesehen, aber er wusste, dass Michael nach ihm mindestens drei Beziehungen gehabt hatte. Michael war einer von den Typen, die immer jemanden hatten. Er brauchte eine Beziehung, so prekär, so schwierig sie auch sein mochte. Michael hatte schon wenige Monate, nachdem er und Charlie ein Paar geworden waren, Affären gehabt. Zuerst war Charlie verletzt gewesen, dann sauer. Als ihm schließlich klar wurde, dass Michael einfach nicht treu sein konnte und sich nie ändern würde, schlief er schon nicht mehr mit ihm. Aber sie waren Freunde geblieben. Nicht gerade enge Freunde, aber Freunde. Einen Augenblick überlegte Charlie, ob er Michael anrufen sollte.

Er lächelte in sich hinein. Wenn Michael hier wäre, hätte er sich schon längst direkt neben den Typen gesetzt. Er hätte ihn angelächelt und ihn in ein Gespräch verwickelt, und bestimmt hätten die beiden innerhalb weniger Minuten gelacht. Michael hätte seinen ganzen Charme eingesetzt und wäre vor Ende des Abends mit dem Typen im Bett gelandet. Fast glaubte er, Michaels Stimme zu hören – »Red mit ihm, Charlie. Worauf wartest du denn? Lächle ihn noch mal an und schau nicht weg, wenn er zu dir rübersieht.« Leichter gesagt als getan.

Der Zug hatte den Tunnel schon fast durchquert und würde in ein oder zwei Minuten in den ersten Bahnhof in der East Bay einfahren. Charlie geriet in Panik. Was, wenn der Typ gleich bei der Station Berkeley ausstieg? Er hätte etwas zu ihm sagen sollen. Hätte ihn anlächeln sollen. Der Zug fuhr in die Station ein, aber Kim blieb sitzen. Einige Fahrgäste stiegen aus, andere stiegen ein, der Zug fuhr wieder an. Charlie sah dem Typ direkt ins Gesicht; er hatte sich zurückgelehnt und hielt beim Lesen das Buch etwas höher. Charlie konnte das Cover aber immer noch nicht erkennen und verrenkte sich den Hals, um den Titel auszumachen. Kim schaute hoch, Charlie direkt in die Augen. Charlie lächelte. Ein kleines Lächeln. Der Typ hielt das Buch hoch, damit er den Titel sehen konnte. *Degree of Guilt*, ein Gerichtsthriller von einem Schriftsteller aus San Francisco, der Charlie gut gefiel. »Ah«, sagte Charlie. »Ein gutes Buch.« Super, dachte er. Der Typ lächelte. »Ja, ich mag Geheimnisse.« – »Wissen Sie schon, wer's war?« Mit dieser Frage überraschte Charlie sich selbst. »Ich glaube schon. Aber verraten Sie's mir nicht.« Charlie wollte noch etwas sagen, aber ihm fielen nicht die richtigen Worte ein. Er wusste, dass er zu viel überlegte, er sollte einfach nur er selbst sein. Aber er wollte nichts Dummes sagen, nichts Banales, obwohl alles besser wäre als nichts. Er war wie gelähmt, und der Moment war vorüber. Gleich würde der Zug wieder halten. Kim klappte das Buch zu und steckte es in seine Jackentasche, dann zog er den Reißverschluss seines Mantels halb zu. Als der Zug in die nächste Station einfuhr, stand er auf und hielt sich an der Stange fest, das Gesicht zur Tür gewandt, bis sie sich öffnete. Charlie beobachtete ihn sehnsüchtig. Kurz bevor der Typ ausstieg, drehte er sich noch mal zu Charlie um. »Einen schönen Abend noch«, sagte er und verzog die Lippen zu einem breiten, auffordernden Lächeln – und brachte Charlies Herz damit zum Schmelzen. Charlie lächelte ebenfalls. Zumindest glaubte er, dass er lächelte, war sich aber nicht sicher, als er den Moment in Gedanken noch einmal nachspielte. Als der Zug wieder anfuhr, verfolgte Charlie, wie der Typ auf den Ausgang zuging. Er sah total geil aus, und Charlie hoffte, dass er sich noch ein letztes Mal umdrehen würde, aber das tat er nicht.

Charlie lehnte sich im Sitz zurück und schloss die Augen. Er dachte an Kims Gesicht und versuchte, sich das Bild einzuprägen, solange die Erinnerung noch frisch war. Die wunderschönen dunklen Augen, die kleine Nase, die glatte Haut, das ansteckende Lächeln und die weißen Zähne, das glatte, pechschwarze, etwas zerzauste Haar. Er stellte sich vor, wie der Typ nackt vor ihm dastand. Schlank, aber nicht dürr. Ein natürlich durchtrainierter Körper. Flacher Bauch mit einem vorgewölbten Bauchnabel. Perfekt proportionierte Brust, die Brustwarzen steif, etwas dunkler als die goldene Haut. Kräftige Schultern, hervortretender Bizeps. Die Arme an den Seiten anliegend. Ein etwas verlegener Gesichtsausdruck. Charlie stellte sich das kleine Dreieck schwarzer Schamhaare auf dem sonst glatten Bauch des Typen vor. Er stellte sich den erigierten Schwanz des Typen vor, der steif von ihm abstand, die weichen Eier fest am Schwanzansatz anliegend. Er überlegte sich, wie der Typ von hinten aussah, die Arme herabhängend, der Oberkörper, der zur Taille hin schmal wurde, die Arschbacken glatt, rund, dazwischen ein schmaler Spalt.

In seiner Fantasie war Kim unschuldig und süß und wenn nicht unterwürfig, dann zumindest willfährig. Aber er wusste, dass er völlig falsch liegen konnte. Vielleicht wollte Kim der Aggressive sein, derjenige, der die Kontrolle hatte. Er versuchte, sich an seine Stimme zu erinnern. Sie war weich gewesen, gar nichts Schrilles, weder hoch noch tief, aber trotzdem sehr sexy.

Der Zug fuhr in die Station Orinda ein. Charlie öffnete die Augen, dann packte er seine Aktentasche und stand auf, um durch die sich öffnenden Türen zu treten. In gemächlichem Tempo verließ er die Station, ging die Treppen hinunter und über den Parkplatz zu seinem Auto. Dabei dachte er die ganze Zeit an Kim.

Zu Hause schaute Charlie als Erstes in den Kühlschrank. Er machte sich ein Brot, holte sich eine Diät-Pepsi, ging ins Wohnzimmer und schaltete den Fernseher ein. Dann legte er sich aufs Sofa. Seine Gedanken wanderten wieder zu dem Typen. Er schloss die Augen und überließ sich dem Bild. Er stellte sich vor, wie Kim nackt auf ihm lag, während Charlie seinen knackigen Arsch knetete und ihm mit der Hand über den Rücken strich; dabei spürte er das Gewicht und die Wärme seines Körpers an seinem. Er stellte sich vor, wie Kim ihm über den Hals leckte, dann den Kopf hob, um Charlie anzusehen. Er stellte sich vor, wie der Typ an seinen Brustwarzen saugte und ihm mit der Zunge über den festen Bauch fuhr, Charlies ganzen Rumpf ableckte, nach unten und dann wieder hinauf in die Achselhöhle, über die Brust und die andere Seite wieder nach unten. Alle paar Sekunden hielt er inne, um aufzusehen, als wollte er eine Bestätigung von Charlie, dass er alles richtig mache. Dann bewegte er sich nach unten zu Charlies steifem Schwanz. Er umfasste Charlies Eier mit einer Hand und legte die andere um Charlies Schwanz. Zuerst streichelte er ihn, dann fuhr er mit der Zunge langsam den Schaft hinauf, über die Eichel, sodass Charlie ein Schauer über den Rücken fuhr. Immer wieder wiederholte er die Bewegung, bis Charlie in Ekstase geriet. Er hob Charlies Hoden an, schob sich ein Stück das Sofa hinunter und begann, die Haut unter Charlies Eiern zu lecken. Spielerisch. Neckend. Er drückte Charlies Beine auseinander und nahm Charlies Eier in den Mund, zuerst eins, dann das andere. Charlie stöhnte vor Lust. Kims Zunge fuhr unter Charlies Hoden, dann wieder hoch zu seinem harten Schwanz. Er nahm die Hand von Charlies Penis und steckte sich die Eichel in den Mund, saugte sanft daran und liebkoste ihn mit der Zunge. Seine Hand wanderte über Charlies Bauch zu seiner Brust und knetete gekonnt die rechte Warze. Dann nahm er Charlies Schwanz in den Mund, die ganze Länge von siebzehn Zentimetern, sodass er die Nase in Charlies Schamhaaren vergraben musste. Er saugte an Charlies Schwanz, bis Charlie zu explodieren glaubte.

In seiner Fantasie setzte Charlie sich auf, legte die Hände auf Kims Hüften und schob ihn weg, sodass er direkt vor ihm stand. Jetzt vergrub Charlie seine Zunge in Kims Nabel, leckte seinen Bauch, während seine Hände seinen Arsch kneteten. Charlie spürte Kims erigierten Penis gegen seinen Hals schlagen. Er hörte auf, seinen Bauch zu lecken, und nahm seinen Schwanz der Länge nach in den Mund. Er streichelte die weichen Eier und lutschte an seiner Eichel. Kim legte die Hände leicht auf Charlies Schultern, und sein Kopf sank nach hinten. Charlie bewegte noch immer den pulsierenden Schwanz in seinem Mund auf und ab; ein moschus-artiger Geruch stieg ihm in die Nase. Der Typ drückte den Rücken durch und stöhnte ganz leise. Das turnte Charlie an, und er lutschte immer heftiger an Kims Schwanz. Der Schaft war warm in seinem Mund, und Charlie konnte fast seinen Herzschlag hören, als das Blut im Rhythmus des Pulses in den jungen, geilen Schwanz schoss, damit er steif blieb.

Kim stöhnte immer weiter, während Charlie ihn fast zum Orgasmus brachte. Aber Charlie wollte nicht, dass es damit aufhörte. Seine Bewegungen wurden langsamer, dann legte er eine Hand um den Schwanz des Typen und nahm ihn aus dem Mund. Er streichelte ihn ein bisschen, dann sah er zu Kim auf. »Ich will in dir drinstecken. Ich will dich ficken.« Der Typ lächelte ein wenig, nickte unmerklich und sagte nur: »Okay.«

Charlie stand auf und ging ins Bad. Keine Sekunde später war er wieder da. Er setzte sich aufs Sofa, öffnete die Gleit-mitteltube und gab ein bisschen auf seinen Schwanz. Er stellte sich vor, wie er dem Typen bedeutete, näher zu kommen, und ihm das Gel auf dem Schwanz verrieb, so, wie er es jetzt bei sich selbst machte. Er tat sich mehr von dem Gel auf die Finger und stellte sich vor, wie sie zwischen die Beine des Typen glitten. Charlies Finger fuhr Kims Spalt auf und ab und suchte nach der Öffnung. Der Typ spreizte die Beine und ging leicht in die Hocke, ohne den Blick von Charlies Hän-den zu nehmen. Charlies Finger glitt den Spalt immer wie-der auf und ab, um den Anus zu finden. Schließlich fand er das Loch und rieb kurz etwas Gel rundherum, bevor er den Finger hineingleiten ließ. Der Typ zitterte ein wenig und stöhnte auf. Charlie gab ihm Zeit, sich an das Gefühl des Fin-gers in sich zu gewöhnen. Er ließ den Zeigefinger hinein-und herausgleiten und begann, den Typen rhythmisch mit dem Finger zu ficken. Kim ließ ihn ohne Widerstand in sich eindringen und streichelte sich seinen Schwanz.

Schließlich wandte Charlie sich wieder seinem eigenen Schwanz zu. In seiner Vorstellung riss er die Hülle des Pari-sers auf, der neben ihm auf dem Sofa lag, und rollte ihn sich über den Schwanz. Er lehnte sich etwas im Kissen zurück, schob den Arsch ein Stück nach vorne und legte dann wieder die Hände auf die Hüften des Typen. Er veränderte seine Position, damit Kim rittlings auf ihm sitzen konnte, die Knie auf dem Sofa abgestützt. Dann setzte er den Typen auf seinen Schwanz. Bereitwillig ließ Kim ihn in sich eindringen. Er schlang Charlie die Arme um die Schultern, Charlie umschloss den Schwanz des Typen mit der Hand und begann zu reiben. Einen Moment begegneten die Augen des Typen Charlies Blick, und sie sahen sich an, bevor Kim den Kopf senkte, die Augen schloss und seine Zunge in Charlies feuchten Mund steckte. Charlie lehnte sich zurück und stieß langsam in den Typ hinein, während Kim sich auf der Stange, die jetzt tief in ihm steckte, auf und ab bewegte. Charlies Atem ging schwer. »Ja, ja. Ah, das ist gut«, stöhnte er lustvoll. Kim keuchte nur. Charlie bewegte sich heftiger, schneller, und Kim passte sich seinem Rhythmus an. Die Finger des Typen spielten mit Charlies Brustwarzen. »Fick mich, Charlie.«

Charlie brauchte diese Aufforderung nicht, aber sie steigerte seine Lust. »Fick mich, Charlie«, wiederholte Kim mit heiserer Stimme. Charlie pumpte immer heftiger in ihn, und Kim bewegte sich mit ihm auf und ab. Jetzt gab er sich Charlie völlig hin, und Charlie wusste, dass der Typ in diesem Moment nur ihm gehörte. Sie bewegten sich völlig selbstvergessen, während Charlie ihn immer schneller und heftiger fickte. Und trotzdem wollte er noch nicht, dass es vorbei war. Er wurde langsamer, spielte mit Kims Schwanz und zog den Typen dann eng an sich. Kim sah Charlie in die Augen, aber keiner von ihnen sagte ein Wort.

Vorsichtig zog Charlie seinen Schwanz heraus, schob Kim von sich, sodass er aufstehen musste, und stellte sich hinter ihn. Dann legte er ihm eine Hand auf die Hüfte, die andere auf den Rücken, und drückte ihn nach vorne. Kim gehorchte, beugte sich übers Sofa, stützte sich mit einer Hand ab und reckte Charlie den Arsch entgegen. Der Typ spürte, wie Charlies steifer Schwanz sein Gesäß streifte, als

Charlies Hände um ihn herumgriffen, ihn über Brust und Bauch streichelten und ihn grob drückten. Charlie trat einen Schritt zurück, zog das Kondom noch einmal fest und fuhr mit der Hand unter den Sack des Typen. Ein paar Sekunden spielte er mit seinen Eiern, dann drückte er Kims Beine auseinander und schob langsam seinen Schwanz wieder in ihn. Sein steifer Schaft fuhr tief hinein. Kim rieb wie wild an seinem eigenen Schwanz, während er im Takt mit Charlies Stößen stöhnte. Wenig später wusste Charlie, dass er jeden Moment kommen würde, und stieß noch heftiger zu. Kim stöhnte etwas lauter, leistete aber keinen Widerstand. Charlie trieb wieder in ihn, und noch tiefer. Eine Sekunde später presste Kim seinen Arsch fest auf Charlies Schwanz. »Aaah, ich komme, Charlie, ich komme.« Charlie spürte es in sich aufwallen, und im selben Augenblick begann er zu ejakulieren. Ihre beiden Körper zitterten und schauderten. Die Luft, die sie ausatmeten, war heiß. Charlie pumpte die letzte Ladung in Kim und brach dann über seinem Rücken zusammen. Eine Weile sagte er gar nichts, der Typ blieb reglos auf dem Sofa abgestützt stehen und trug Charlies Gewicht, ohne ein Wort zu sagen. Schließlich griff Charlie nach Kims Schwanz und streichelte ihn. Kim erschauderte unwillkürlich, als Charlies Hand die Eichel seines Penis berührte. Charlie blieb in Kim, selbst als der Typ sich aufrichtete und den Kopf auf Charlies Schulter legte. Charlie küsste ihn zärtlich auf den Nacken, dann aufs Ohr, während er ihm mit der Hand den Bauch und die Brust streichelte. Kims Hände wanderten nach hinten, um Charlie am Arsch an sich zu drücken, damit er noch in ihm blieb.

Charlie blieb reglos auf dem Sofa liegen, Bauch und Brust beschmiert mit der klebrigen, milchig-weißen Flüssigkeit der Masturbation. Wichsen war oft einfacher als richtiges Vögeln, aber nie so erfüllend. Aber das jetzt war einem echten Fick ziemlich nah gekommen. Charlie konnte sich nicht erinnern, je eine lebhaftere oder erotischere Fantasie gehabt zu haben.

»Danke, Kim«, flüsterte er, als er einschlief.

DRITTER TEIL
FLUCHT

Gelegentlich steht hinter einer Verführung nicht so sehr der Wunsch, jemandem näher zu kommen, als vielmehr die Absicht, bestimmten Umständen zu entfliehen. Wenn das Leben bedrückend oder traurig ist, wenn eine Beziehung schwierige Phasen durchlebt, versuchen wir manchmal, einer öden, unerfreulichen Realität zu entkommen, und versprechen uns Erlösung durch eine verbotene sexuelle Beziehung oder verlockende Tagträume. Vielleicht verführen wir uns selbst mit einer Fantasie und erschaffen uns den »perfekten« Liebhaber, der uns aus der Leere oder den Problemen des Alltags entführt. In manchen Fällen bietet die Fantasie allein ausreichend Zuflucht, wie in Nancy Sasha Longs einfallsreichen Geschichte »Im Reich der Fantasie«. Für Long »besteht Verführung meist aus einem Fantasietraum, der eine eher graue Wirklichkeit überdeckt. Es ist die illusorische Verheißung der Erfüllung, ein kurzzeitiges Paradies. Wenn die Realität bedrückend ist, ziehe ich mich in mich selbst zurück, in eine Traumwelt, in der Verführung die Möglichkeit von Erfüllung bedeutet. Fantasien, wie ich verführt werde oder selbst jemanden verführe, machen die Langeweile, die Frustration und das Gefühl von Machtlosigkeit erträglicher. Meiner Ansicht nach liegt das wichtigste Element der Verführung in seiner Verheißung von Erfüllung.«

In anderen Fällen wird die Fantasie mit Leben erfüllt, die Flucht nimmt die Gestalt einer außerehelichen Affäre an. In »Ich wollte es« beschreibt Lisa Prosimo das Verhältnis zwischen Chef und Sekretärin, um ihre Hauptfigur aus der sexuell unerfüllten Ehe zu befreien. »Es geht um das Unausgesprochene«, meint Prosimo. »Es geht um die Chemie der Anziehung, die sich nicht näher definieren lässt, aber sie liegt wie eine knisternde Spannung zwischen den potenziellen Geliebten. Es geht um den Glanz des ›Neuen‹, des ›Unerprobten‹, des ›Möglichen‹, der in diesem Fall das wirklich Verführerische ist.«

Manchmal jedoch flieht man nicht aus einer unerfüllten Beziehung, sondern vor dem Stress des Alltags. Die Arme eines Geliebten, der echte, dauerhafte Intimität bietet, können wirkliche Freiheit bedeuten. In »Einfach verführt« erzählt Wickham Boyle eine gewöhnliche Verführungsgeschichte, die ein seit fünfzehn Jahren verheiratetes Paar an einem ungewöhnlichen Abend inszeniert. »Es ist leicht, mit einem Geliebten sexuelle Lüste auszuleben«, sagte Boyle. »Aber ich möchte auch mit meinem Mann eine Affäre haben können. Die Elemente der Verführung sind für mich primär alles, was mich aus dem Reich der Routine entführt. Das ist die Welt, in der ich ein stressiges Arbeitsleben führe, Geburtstagsgeschenke besorge, Wäsche wasche und vergesse, die Versicherungspolice in den Briefkasten zu stecken – all die kleinen, alltäglichen Pflichten, die mich von einem Leben zwischen meinen Beinen abhalten.« So erfindet Boyle einen Ehemann, der seiner Frau die perfekte Fluchtroute bietet, damit sie die anstrengende Realität ausblenden und in die Unterwelt der Sinnlichkeit eintauchen kann.

In diesen Geschichten, in denen das wirkliche Leben stressig, grau oder traurig ist, verheißt sexuelle Leidenschaft – ob mit einem vertrauten, einem illegitimen oder einem imaginierten Partner – aufregende Farben und eine Flucht aus dem Alltäglichen in eine verlockendere, spannendere, buntere Welt.

Im Reich der Fantasie
Nancy Sasha Long

Ich schneide die Zwiebeln in hauchdünne, gleichmäßige Ringe … mit einem scharfen Messer … führe jeden Schnitt bis auf das Holzbrett hinunter … langsame, saubere Schnitte. Er stellt sich hinter mich. Umfängt meine Taille mit den Armen. Liebkost mein Ohr mit den Lippen. Ich versuche, ihn zu ignorieren. Ich möchte fertig werden. Bald kommen die Gäste. Ich schneide den Brokkoli, den Käse … »Beeil dich«, flüstert er. »Ich will dich, hier.« Streichelt die Kurve meines Nackens, dann wandern seine Hände nach unten … den Schwung meines Rückens hinab, über meine Hüften an der Innenseite der Schenkel nach unten. Packt mich fest, presst sich reibend an mich. Ich muss fertig werden … Ich muss mich beeilen. Was kommt jetzt? Eier? Zwei oder drei?

Meine Lippen werden voll und feucht … seine Lust wächst … Ich spüre seine Härte … sein Atem geht schneller … meine Brustwarzen werden steif, pressen gegen das schmale, eng anliegende Seidenkleid. »Beeil dich«, flüstert er wieder. Ich schiebe das Soufflé in den Ofen. Drehe mich zu ihm um … über den Küchenfußboden kommen wir nie hinaus. Hitze steigt auf … in mir, um mich herum … Während ich anschwelle, schwillt auch mein Soufflé … steigt auf … langsam …

Krachend fällt die Haustür ins Schloss.

»Hallo, Schatz, ich bin da!« Er wirft die Aktentasche auf den Stuhl … lockert die Krawatte … geht zum Kühlschrank, holt sich eine Flasche Bier heraus und marschiert zum Sofa. »Schön, wieder zu Hause zu sein … Ich bin müde …« Ich höre das vertraute Klicken, dann in der Ferne Stimmengewirr aus dem Fernseher. Ich stehe immer noch in der Küche, in meinem neuen Sommerkleid, das jetzt schweißnass ist von meinen Gedanken, meinem Verlangen, meiner Fantasie von jemand anderem … weit weg von diesem Ort … Ich schaue in den Ofen … das Soufflé sollte fertig sein … Ich öffne die Tür, starre hinein. Was ist passiert? … Ich sehe nur eine eingesunkene Masse, verbrannte Ränder … zusammenfallen … immer weiter zusammenfallen …

Ich sitze meinem Mann am Frühstückstisch gegenüber und hoffe auf eine Reaktion von ihm. Er sitzt nur da … er sieht müde aus … ist still. Ich frage mich, was er wohl denkt … nachdem ich ihm meinen Traum der vergangenen Nacht erzählt habe.

»Du lebst in einem Wolkenkuckucksheim, Schatz. Es ist nur ein Traum. Du musst dich der Realität stellen«, sagt er und trinkt seinen Kaffee aus. Er steht auf, rückt die Krawatte zurecht. »Ich muss los. Heute Abend wird's wieder spät im Büro. Kannst du meine Hemden von der Wäscherei abholen?« Er gibt mir einen Kuss auf den Scheitel, ich schaue in meinen Kaffee. Dunkle Wirbelmuster … reglos … auf der Oberfläche. Ich denke: Was ist schief gelaufen? Seit sieben Jahren sind wir verheiratet … Hat er überhaupt mitbekommen, was ich gesagt habe?

Daran will ich im Augenblick nicht denken. Mein Kopf spielt mir Streiche. Während ich den Tisch abräume, wandern meine Gedanken zu dem Mann, den ich am Freitag auf einem Fest kennen gelernt habe. Er ist Schreiner und hat einen Tisch, den er verkaufen möchte. Den ich möglicherweise kaufen möchte. Er hat mir das Holz beschrieben. Seine Stimme hat mir gefallen … die Pausen, die er machte … dass er mir Zeit ließ, auch etwas zu sagen … wie er mir zuhörte. Er hatte etwas Verführerisches. Als ich die Party verließ, habe ich innerlich geglüht. Das ist mir schon lange nicht mehr passiert. Ich gehe ins Bad … stelle die

Dusche an. Das Wasser ist warm … meine Haut wird weich … ich schließe die Augen, halte das Gesicht direkt in den Strahl … denke weiter an ihn … wie es mit ihm wäre …

Es ist ein kleiner Raum. Ich bin umgeben von weißen Kacheln. Kleine Quadrate an der Decke, am Boden kühlen mir die Fußsohlen. Wasser spritzt aus irgendetwas, das aus der Wand ragt. Eine Glastür trennt uns von der Außenwelt. Er ragt hoch über mir auf … Überall Nässe … Die Haare auf seiner Brust kräuseln sich im Dampf. Wir sind sicher. Nichts kommt herein, nichts geht hinaus … Seife schäumt auf seinen Händen, die er über meine Brüste verteilt, meine Brustwarzen, die steif sind vom dämmrigen Licht, von der Kühle, von der kleinen weißen Kabine, in der wir uns befinden …

Umgeben von weißem Dampf, beschenkt er mich mit Visionen üppiger Felder, mit schneeweichen Wattewolken, mit Fingern, die aus den tiefsten Tiefen meiner Dunkelheit Honig fließen lassen. Lachen und heiße Tränen sprudeln nach oben; er verschlingt mich, bringt mich allzu schnell zum Schmelzen. Er dreht mich um, will in mich eindringen, meine Lippen berühren die Wand, Hände hoch über mir abgestützt, mein runder Hintern umfängt sein Verlangen … sein heiseres Flüstern hallt zur Decke empor, zum Boden hinab. Der Atem wird heftiger. Wasserströme peitschen auf unsere Haut wie Gewitterregen. Meine Worte werden ohne nachzudenken fortgespült … »Nimm mich von allem weg.«

Der Sturm verebbt. Stille … Nur das Geräusch einer einzigen Wasserträne, die auf glänzendes Metall tropft … Die Zeit nimmt einen anderen Namen an … Ich drehe mich um … Tautropfen auf seinen Augen, die Finger, mit denen er meine engen Öffnungen erforscht; volle Lippen, geschwollen von Bissen, von meinem Hunger. Meine Zunge, mein Mund, meine Lippen fahren sekundenlang über seinen starken, stämmigen Rücken. Er ist für Stürme gebaut. Er kommt mir jung vor; das Feuer auf seinem

Gesicht, wenn er etwas Neues entdeckt, etwas Richtiges. Seine Lippen schmecken nach süßem Brombeerwein, seine Augen erinnern mich an das Meer, wo ich vor langer Zeit lebte ... Augen, die mich nach Hause begleiten, Augen voll Staunen über die Frage, wie sie an diesen Ort blendender Weiße gelangt sind; Augen, die als Bilder in mir bleiben ... Blaue, grüne Saphire, glänzend, bohren sich von oben in mich, bedeuten mir, wieder zu kommen ... Ich trockne seine feuchte Haut mit einem Tuch aus weicher, weißer Baumwolle. Langsam, zärtlich streiche ich damit über seine bloßen Schultern, seine Schenkel, seine Arme, seinen Kopf; nur seine Lippen lasse ich nass ... verteile Tautropfen mit den Fingerspitzen, damit sie feucht bleiben ... damit sie mein bleiben ...

Ich erwache wie aus einem Traum. Nehme das Handtuch und trockne langsam meinen nassen Körper ab. Als ich einen Blick in den Spiegel werfe, sage ich mir, dass ich zu mir kommen muss. Meine Tagträume bekommen immer mehr Macht über mich ... ihre Verlockung wird zu stark ... Was ist noch real? Was ist Fantasie? Was will ich?

Am Spätnachmittag ruft mich der Schreiner an. Erzählt mir wieder von seinem Tisch. Er ist lang, dunkel ... Er erzählt mir, dass sein Vater Fleisch darauf schneiden würde, seine Mutter Teig kneten. Er erzählt mir, dass er ihn aus den edelsten Hölzern gearbeitet hat ... mit seinen Händen ... ich erinnere mich an seine Hände ... Empfindsame, raue Innenflächen ... ein Schreiner, der gerne Häuser baut ...

Er bittet mich, ihn zu besuchen ... natürlich nur, um mir den Tisch zu zeigen ... Ich zögere ... Was geht hier vor sich? Was erwarte ich denn? Ich kenne ihn fast gar nicht ... weiß nur, dass er nach Birke riecht, auch nach Kiefer und dem Öl, mit dem Holz eingerieben wird. Ich bin neugierig. Wir verabreden uns für morgen. In der Nacht träume ich von Tischen ...

Ich betrete seine Werkstatt. Sie ist leer ... nur ein lang gezogener Tisch ... dunkelbraun ... wir gehen in das dämmrige Licht ... ein kleines Fenster in der Ecke ... Ich sehe bebende Blätter an einem Baum draußen, sie werfen glitzernde Diamanten auf die Wände ... tanzen auf der Decke ... hypnotisieren mich ... machen mich vergessen, was draußen ist ... Er befiehlt mir, mich umzudrehen, und schiebt meinen Rock hoch ... seine Finger streifen über meine Schenkel nach oben ... Stromstöße ... brennende Spuren, die zu feuchten Tunnels führen ... sie wollen geweitet werden ... Er fragt, ob ich ihn will ... ich antworte mit Streicheln ... er zieht mich am Haar, er will, dass ich es sage ... mein Schweigen provoziert ihn ... meine Berührung provoziert eine Härte in ihm ... wild, schnell – er wird ein anderer ... stößt tief in mich, seine Finger werden zu Feuer ... ich beuge mich über den Tisch ... meine Hände umklammern die Kante, halten mich fest, meine Brustwarzen sind steif, reiben über das weiche Holz ... Mein Gebet wird auf mehr als eine Art erfüllt ...

Lust lässt mich herumwirbeln. Ich schaue ihm ins Gesicht. Mein Mund greift nach seinen Fingern ... saugt am Holzduft ... stillt die verrückte Begierde, die endlose Sehnsucht ... den Wunsch, Stöße zu spüren ... bis Wundheit meinem Verlangen nach mehr ein Ende setzt ... »Sag mir, dass du's willst«, flüstert er. »Sag's, und ich tu's.« Ich schiebe seine Hand von mir, knöpfe das Kleid auf und zeige ihm, was er lieber in Worten hören würde ...

Das Klingeln des Telefons reißt mich aus meinem Traum. Es ist Vormittag. Mein Mann ist schon zur Arbeit gefahren. Ich habe ihn gestern Abend gar nicht mehr gesehen. Er ist spät nach Hause gekommen ... wie so oft in letzter Zeit ... Gar keine Möglichkeit, mit ihm zu reden ...

Ich nehme den Hörer ab. »Ich bin allein zu Hause. Eine gute Zeit, den Tisch anzusehen.«

Ich lege auf. Etwas an seiner Stimme ... ich bin aufgeregt. Ich gehe zum Kleiderschrank. Überlege mir, was ihm gefallen könnte. Ich nehme die schwarze Seide in die Hand. Das ist verrückt! Wieso mache ich mir so viele Gedanken über meine Kleidung? Ich setze mich an die Schreibmaschine ... ich muss arbeiten ... meine Gedanken schweifen ab ... zurück zum Fest.

Stunden vergehen. Es ist schon Abend. Kein Wort von meinem Mann. Ich bin erleichtert. Draußen hupt ein Auto ... Das Taxi ist gekommen, um mich zu ihm zu bringen. Vielleicht sollte ich absagen ... vielleicht sollte ich zu Hause bleiben ... reine Zeitverschwendung ... Warum tue ich das? Er ist verheiratet. Ich bin verheiratet. Wieder ein Tagtraum ... wieder eine Flucht. Ich höre die Stimme im Kopf. Du läufst wieder davon ... läufst vor der Wirklichkeit davon ... vor der Verantwortung.

Ich gehe zum Taxi, setze mich hinein, versuche, zu Atem zu kommen. »Ist alles in Ordnung?«, fragt der Fahrer. »Alles bestens, wirklich.« Ich nenne ihm die Adresse. Ich brauche nur ein paar Minuten Zeit, um zu Atem zu kommen. Um nachzudenken ... Ich schaue prüfend auf meinen Rock; die Bluse ist zerknittert, verkehrt zugeknöpft. Ich glätte mir die Haare. Meine Wangen sind noch gerötet. »Wollen Sie 'ne Zigarette?« Der Fahrer ruft mich in die Gegenwart zurück. Er ist ein älterer Mann mit dunkler Haut. Er erinnert mich an meinen Mann. Ich antworte nicht. Ich sitze nur da und betrachte im Rückspiegel seine Stirn, die Augenbrauen, die Augen. Seine Augen ... dunkel, forschend ... vielleicht weiß er eine Antwort ... ein Wort, das all das Durcheinander zu einer geraden Linie ordnet, nicht zu Zickzacklinien oder Kurven, die sich immer wieder im Kreis drehen ... Bei der Ampel stelle ich ihm die Frage. »Könnten Sie eine Affäre haben mit jemandem, der verheiratet ist?«

Ich betrete das Wohnhaus ... gehe die Treppen hinauf. Klopfe an der Tür. Er macht auf. Ein warmes Lächeln. »Bitte, kommen Sie doch rein.« Er schließt die Tür; dabei fasst er mich leicht an, unten am Rücken, gerade über dem Gesäß. Ich spüre einen Funken ... Licht ... eine Wärme, wie ich sie noch nie erlebt habe. Wir reden eine Weile. Sein Lächeln ist warm. Die Haare fallen ihm in die Augen ... immer wieder streicht er sie zurück. Ich muss den Drang unterdrücken, die Strähnen mit den Fingern zu bändigen ... Er zeigt mir den Tisch. Erzählt mir, wie lange er daran gearbeitet hat ... die vielen Stunden Schmirgeln, Polieren ... jede Rundung, jede Kurve ist perfekt. »Es ist wie bei einer Frau«, sagt er. »Ein Mann muss seiner Frau ungeteilte Aufmerksamkeit schenken ... langsam, sorgsam, zärtlich.« Zwischen uns knistert die Spannung. In seinen Augen nehme ich etwas Dringliches wahr ... Ich sage ihm, dass ich es mir überlegen muss ... die Sache mit dem Tisch, meine ich ... Ich zögere, dann beschließe ich zu gehen ... »Ich brauche etwas frische Luft«, sage ich. Er lächelt, als ich die Tür öffne. Ich sage mir, dass ich mir das Ganze nur eingebildet habe. Noch eine Fantasie ... Wahrscheinlich besser so ... Ich brauche nicht noch mehr Durcheinander in meinem Leben. Da nimmt er mich in die Arme. Drückt mich gegen die Mauer. Wir stehen im Flur ... im Schatten ... jemand könnte vorbeikommen. Alles geht viel zu schnell. Er schiebt die Hand unter meine Bluse und umfasst meine Brüste. Streichelt sie, liebkost beide Brustwarzen mit den Fingern; drückt mit jedem Atemzug fester; bringt mich dazu, dass ich stöhne, dass ich mehr will. Ich versuche, mich ihm zu entziehen, aber dann merke ich, wie ich meine Hüften gegen ihn presse, um ihn zu erregen, ihn zu reizen. Ich spüre sein Verlangen. Er schiebt meinen engen Rock nach oben, spreizt mir die Beine, in schwarzes Nylon gehüllte Beine, Strumpfhalter, kein Slip. Nur Haare, die die warme, feuchte Stelle bedecken, bereit, von ihm berührt zu werden. Seine Finger schlüpfen in mich, ertasten meine Dunkelheit ... ein Fieber steigt in mir auf ... ich verliere jedes Zeitgefühl ... Als er sich auf den Boden kniet, weiß ich, was er tun wird. Ich will es. Meine Lippen sind geschwollen, sie leben, verlangen pochend nach seinem Mund. Schweiß und Nässe rinnen aus mir. Ich drücke meinen Rücken an die Wand, um Zeit zu gewinnen. Er steht auf und flüstert: »Ich will dich. Hier.«

In dem Augenblick höre ich ganz in der Nähe ein Geräusch. Ich sehe einen Schatten über mir. Es sieht aus wie ein Mann, der eine Tasche in der Hand trägt. Er bleibt in unserer Nähe stehen. Der Schatten duckt sich unter eine Tür. Ich ahne, dass er uns beobachtet. Das erregt mich noch mehr. Ich will, dass dieser Mann, dieser Fremde, meine steifen Brustwarzen sieht, die schweißnass an meiner Bluse kleben. Ich will, dass er sieht, wie meine Hüften sich dem Mund meines Liebhabers entgegenwölben. Meine Möse schwillt mit jedem Stöhnen, das mir entweicht, mehr an. Ich sehe, wie er geht, langsam die Treppe hinaufsteigt. Ich will, dass er zurückkommt und uns zusieht. Plötzlich gerate ich in Panik.

Meine Augen blicken klarer. Ich bin nicht in einer Fantasie, einem Tagtraum gefangen. Das hier ist Realität! Im dämmrigen Licht einer schwachen Birne am Hauseingang kann ich die Wände des Flurs ausmachen. Sie sind rissig. Ich sage ihm, dass ich jetzt gehe. Er zieht mich an sich, liebkost meinen Hintern, will mich zum Bleiben verführen. Sein Körper ist wie ein Magnet, der mich mit aller Macht zu seiner Brust hinzieht. Der es mir schwer macht, mich loszureißen … Ich laufe vors Haus.

Die Nachtluft ist kühl. Mein Körper glüht noch. Die Sterne leuchten hell. Ich gehe zu Fuß nach Hause, denke an ihn … wie er mir die Hand auf den Rücken legte. Die Berührung war wie ein Wunder … überraschte mich … überrumpelte mich … nahm mir die Luft … ließ mich neugierig werden, sodass ich mich fragte, wieso bestimmte Leute in mein Leben treten … unerwartet, vielleicht zu einem ungünstigen Zeitpunkt, vielleicht auch überhaupt nicht. Möglicherweise ist das die Lektion, die ich im Augenblick gerade lerne … dass Menschen, Situationen nicht in kleinen, wohl geordneten, vorhersehbaren Päckchen genau zum richtigen Zeitpunkt in mein Leben treiben, sondern in Wellen, unregelmäßig, überraschend, mich frappieren und gleichzeitig begeistern, mich in eine andere Welt locken … in eine andere Richtung … in Dimensionen, die ich mir nie zuvor hätte träumen lassen …

Ich gehe ins Haus. Es ist spät. Einen Moment erschrecke ich. Mein Mann sitzt im Dunkeln auf einem Stuhl. In einer Hand ein Glas Whiskey. Sein Gesicht ist müde, erschöpft, Falten ziehen sich über die Stirn. Ich spüre den Drang, die Falten mit den Fingern glattzustreichen. Mit denselben Fingern, die kurz zuvor den Körper eines anderen Mannes gestreichelt haben. Stattdessen ziehe ich den Mantel aus.

»Wo bist du gewesen?«, fragt er. Ich setze mich ihm gegenüber. Weiß nicht, was ich sagen soll. Eine Lüge kommt mir über die Lippen. Es würde nichts bringen, ihm vom Zwischenfall im Hausflur zu erzählen. Es ging viel zu schnell. War zu real. Zu beängstigend. Ich hätte nicht hingehen dürfen … es ist zu gefährlich … Ich muss ihn vergessen … Ich habe eine Ehe, an der ich arbeiten muss.

Ich frage meinen Mann, ob er noch einen Traum hören möchte … einen Traum, den ich in der vergangenen Nacht hatte. Er beugt sich vor. Mein Flüstern zwingt ihn, noch näher zu kommen … Früher gefielen ihm meine kleinen Geschichten. Immer schon, vom ersten Tag unseres Kennenlernens an … Wie aufmerksam er mich ansieht … genau wie der Schreiner auf dem Fest … Leise fange ich an …

Das Licht wirft einen Schatten auf sein Gesicht. Wir sitzen uns am Tisch gegenüber … ich glaubte, ihn zu kennen … Habe ich dieses Ungeheuer erschaffen? Dieses ganze Ding – mit meinen Worten, Gesten, mit der Art, mich zu bewegen? »Wenn du gehst, tust du es für die anderen, nicht für mich; für wen hältst du dich?« Es war nicht das erste Mal, dass er mir das sagte … mich in der Öffentlichkeit anspornte … wo andere Augenpaare auf mich fallen können … Ich dachte, mein Auftritt würde ihm gefallen, in dem engen, tief ausgeschnittenen schwarzen Kleid. Zuvor, bevor wir das Haus verlassen, bittet er mich, die zehn Zentimeter hohen Schuhe zu tragen, einen seidigen Slip, zarte, glatte Strümpfe, die meine Schenkel hinauf eine Naht ziehen. Während er mir die weiße Perlenkette umlegt, schließt er sie eng um meinen Hals und flüstert mir ins Ohr, was jeder Mann gerne mit mir machen möchte … was er mit seinen Händen tun würde, seinem Mund, seiner Zunge, dem Ledergürtel. Auf dieses Stichwort hin reagiere ich abweisend … er mag es, wenn ich so bin, nur so … dann beginnt er zu schwitzen, zu flehen … Es ist nur ein Spiel … Ich beherrsche es gut, und er belohnt mich … Es ist eine Rolle, die ich spiele, in die ich hineinschlüpfe … wie in die Seidenkleider, die er mir schenkt …

Jetzt, im Restaurant, kehre ich in die Gegenwart zurück … Langsam erhebe ich mich … stehe hoch aufgerichtet da … seine kalten, eingesunkenen Augen starren durch mich hindurch … fordern mich dazu heraus, diese ganze Sache auffliegen zu lassen … die Perlenkette presst die Worte aus mir hervor … engt die Schlagader ein … Als ich meine Serviette zu Boden schleudere, drehen sich alle Köpfe im Lokal zu mir um … das edle weiße Leinen, goldener Serviettenring, die Art Lokal, in dem diamantene Lüster hängen … wo keine Flasche Champagner unter hundert Dollar kostet … Ich werfe sie mit aller Macht zu Boden und starre ihm in die Augen … diese Augen, die Menschen beherrschen, Dinge, seine ganze Umgebung … Augen, die zu italienischen Maßanzügen passen; Augen, die sündhaft teures Spielzeug für erwachsene Jungen kaufen, Jachten, Autos, lange weiße Linien auf glänzenden Spiegeln und Weltreisen … Augen, die mich zum Schmelzen bringen könnten, wenn ich nur eine Sekunde lang hinter meiner eigens für ihn angelegten Maske hervorschlüpfen würde … Und in diese Augen flüstere ich – nur einmal, aber mit solcher Wut, dass ich Rot vor Augen sehe: »Du wirst mich nie besitzen!« Und damit schreite ich hinaus …

Ich öffne die Augen. Er sitzt mir gegenüber, döst. Fast ist er eingeschlafen. Meine Kehle verkrampft sich. Wir bewegen uns nicht. Ich warte geduldig. In mir kocht es vor Zorn, vor Enttäuschung. Ich sage kein Wort. Langsam stehe ich auf, rage über ihm auf; ich möchte ihm ins Gesicht spucken.

Dieses Männergesicht. Dieses Gesicht, das wie Hunderte in meinen Träumen aussieht.

Er fährt hoch und lächelt. »Tut mir Leid, Schatz. Was hast du gesagt? Ich muss nach oben, ins Bett. Ich bin so müde ...« Während ich ihm zusehe, wie er die Treppe hinaufsteigt, zittere ich vor Wut. Ich kann nicht einmal zum Ausdruck bringen, was ich eigentlich sagen will. Schließlich greife ich nach meiner Handtasche und meinem Mantel und gehe zur Tür hinaus.

Wie von selbst schlage ich den Weg in die Innenstadt ein. »Du läufst wieder davon«, höre ich die Stimme in meinem Kopf sagen. »Du willst wieder fliehen ... Du solltest endlich anfangen, Verantwortung zu übernehmen.« Vielleicht hätte ich ihm doch erzählen sollen, was im Hausflur passiert ist. Das Puzzle mit ihm enträtseln. Ich weiß es nicht. Im Moment kann ich nicht einmal richtig darüber nachdenken. Ich habe meine Ehe ... meine Ehe ... Will ich sie noch? Ich nehme mir ein Motelzimmer. Ich muss schlafen. Ich muss klar denken ... Später ... müde.

Am Morgen wache ich auf. Ich bin noch benommen. Schäme mich für meine Gefühle. Normalerweise habe ich alles unter Kontrolle. Es ist nicht richtig, dass ich mich so fühle ... Ich versuche, meinen Mann anzurufen. Niemand hebt ab. Wahrscheinlich ist er schon zur Arbeit gegangen. Der Tag ist dunkel, wolkenverhangen ... es sieht nach Regen aus. Ich beschließe, das Motel zu verlassen ... in die Innenstadt zu gehen, einen Schaufensterbummel zu machen ... mich abzulenken ...

Der Wind wird kälter. Ich hülle mich fester in meinen Mantel. Ich habe keine Lust auf Frühstück. Ich schlendere durch die Straßen. Schaufensterglas spiegelt mir ein Gesicht, das anders aussieht. Es ist das Gesicht einer Frau, die mehr von ihrem Leben will ... ein mit Leidenschaft, mit Begierde erfülltes Leben. Eine Frau, die vor vielen Jahren einmal Sicherheit wollte ... die sich aber jetzt anders fühlt.

Sie riecht die Veränderung, die in der Luft liegt. Das erinnert sie an ihre Jugend. Als ich zur Seite schaue, begegnet mein Blick dem eines großen, dunklen, attraktiven Mannes. Wir gehen aneinander vorüber. Aktentasche in der Hand. Maßgeschneiderter Regenmantel. Er lächelt und sagt guten Morgen. Sein Blick bleibt länger als üblich auf mir liegen. Eine Spannung baut sich zwischen uns auf. Ich merke, dass er stehen bleibt, sich umdreht und mir zusieht, wie ich die Straße überquere. Ich bin die Frau im Schaufenster … Eine sehr andere Frau …

Ein Möbelgeschäft fällt mir ins Auge. Die Tische, die im Schaufenster stehen, locken mich in den Laden. Holz schimmert im Sonnenlicht. Ich drehe den Kopf, sehe in die hinterste Ecke des Geschäfts. Ich höre Stimmen. Ein Mann beschreibt liebevoll einen Tisch. Die Stimme klingt beruhigend, vertraut … Ich gehe weiter nach hinten … Hände liebkosen das edle Holz … langsam … ich schaue auf. Er ist es! Ich sollte das Geschäft sofort verlassen. Das war zu intim … zu kompliziert … aber ich bleibe … ich kann nicht gehen … fasziniert von der Art, wie er das Holz liebkost … die Hände langsam über die Kanten gleiten lässt. »Sehen Sie nur die Maserung … sehr dicht … wunderschön.« – »Also gut, wir überlegen es uns noch. Wahrscheinlich kommen wir wieder.« Während die Kunden fortgehen, schaut er auf und sieht mich. Unsere Blicke begegnen sich. Ich zögere. Er nicht. Er kommt direkt auf mich zu … ein Ort, an den wir gehen könnten … ein Raum, wo wir ungestört sein können … mir gefällt der Klang seiner Stimme … leise, tief, beruhigend … Ich nehme seinen Arm und folge ihm …

Wir liegen auf Laken, die nass vor Schweiß sind. Vor dem Fenster krächzt ein Rabe. Ich sehe schwarze Flügel flappen, sie schlagen hektisch durch die Luft jenseits der Scheibe, und er erzählt von einem Falken, der ihm am Morgen durch den Kopf kreiste. Ich schaue auf seine Lippen, geschwollen von Küssen. Seine Augen sind offen, hell vor der kühlen, beruhigenden Haut; weit weg von der Welt draußen. Meine Fingerspitzen berühren seine Brust, die nackte, nur mit Haaren bedeckte Brust, bloßgelegt, damit ich sie betrachten kann. Er bittet mich um eine Geschichte … eine Geschichte, wie wir zusammensein könnten … wenn alles anders wäre …

Ich erzähle ihm von einem Häuschen … einem Ort, den wir aufsuchen können … einem Ort, wo meine Fenster mit Dutzenden rosafarbener Kerzen erleuchtet wären, geschmückt mit langstieligen Rosen, verstreuten Blütenblättern, die in der Brise davonschweben. Ich werde für dich kochen, für dich ein Feuer machen, dir die Haare in der Morgensonne waschen. Ich werde dich küssen und die Beine weit für dich spreizen … alles mit langen blauen Schleifen, die hohe Bettpfosten umwinden, Jasminwinden. Nässe und Regen, steife Brustwarzen und gerötete Wangen … das erwartet dich, flüstere ich ihm ins Ohr.

Ich sehe ihn an und schaudere …

Wenn er bei mir ist, spielt er mit Feuer … Entzündet Streichhölzer und hofft, sich nicht zu verbrennen. Das sage ich aber nicht. Manche Dinge bleiben besser ungesagt …

Stattdessen fahre ich mit meiner Geschichte fort … Ich sage ihm, tun wir doch so, als wären wir in Frankreich. Weit weg vom Lärm, vom Farbengewirr des viel zu schnellen Lebens. Ich habe eine kleine Pension, wo ich Blumen anpflanze und abends, nachdem die Gäste schlafen gegangen sind, schreibe. Er sagt, dass er mich besuchen wird … im Sommer wegen der Wärme, im Winter wegen des Feuers … Er wird in einem lang gestreckten Wagen mit dunkel getönten Scheiben vorfahren. Niemand wird wissen, wer dieser mysteriöse Mann ist. Mein geheimnisvoller Mann, der sich versteckt. Dieser Mann, der so nah am Wind segelt.

Wenn er bei mir ist, spielt er mit Feuer … entzündet Streichhölzer … entzündet Streichhölzer …

Meine Geschichte ist zu Ende ... Ich liege mit dem Gesicht zu ihm ... beobachte ihn ... verwundert ... meine Seele wird tiefer, vereint sich mit seiner ... In einem Traum hat die Zeit keinen Anfang und kein Ende, denke ich. Und ich stelle fest, dass wir in dem Raum keine Vergangenheit haben, keine Zukunft, die uns bedrängt. Momente wirbeln vorbei, als wir uns Fleisch an Fleisch pressen ... wir sind anders ... wie neu ... wie glänzende Goldmünzen, die im Sonnenlicht heiß glühen, in Handflächen, die sie begierig halten ... unter Geklingel treiben wir im Kreis, immer und immer weiter. Stürzen in etwas hinab ... ein Funken, vielleicht Feuer, nach unten, ganz nach unten ... Wenn ich bei ihm bin, bin ich frei. Mein Fleisch wird rosa von warmer Feuchtigkeit, von langsamen Liebkosungen und gedämpftem Lachen in weiß gefliesten Kabinen, in denen Regen aus der Dusche strömt ...

Ein ganzer Tag ist vergangen ... Ich stehe auf, bürste mir die Haare, sehe das Spiegelbild ... ich bin anders, weich, offen, noch nicht bereit zurückzugehen ... in eine andere Zeit, an einen anderen Ort ... Ich schaue in seine Augen, um mir die leuchtende Farbe einzuprägen ... vielleicht, um etwas mitzunehmen, das es mir leichter macht zu ertragen ... Ich zögere, spüre einen Sog, höre ein Flüstern, das mir sagt, bleib, geh nicht ...

Wenn er bei mir ist, spielt er mit Feuer ... entzündet blaue, rote, gelbe Streichhölzer ... Alle riechen nach glutroter Flamme.

Ich verlasse das Motelzimmer. Leise schließe ich die Tür, um ihn nicht zu wecken. Trete in die Nachtluft hinaus, schaue zum Mond empor. So voll, so hell ... Ich will ihn in mir bewahren ... nah an meinem Herzen ... nur ein bisschen länger ... Ich frage mich, was ich von diesem Mann lernen soll ... über mein Leben erfahre ... Die Nachtluft macht mir den Kopf klar ... Was tue ich bloß? Jetzt wirbelt wieder alles durcheinander ... Diese Affäre ist vielleicht

nicht richtig, oder vielleicht ist es meine Ehe, die nicht richtig ist ... Was ist die Antwort? Wohin gehe ich? Mein Herz
und meine Schenkel sagen das Eine ... mein Verantwor-
tungsgefühl sagt das Andere.

Ich gehe nach Hause. Mein Mann ist nicht da. Was ist
passiert mit ihm ... mit mir? Ich schlafe eine Weile ... wälze mich hin und her und denke an die Nacht ... an meinen
Geliebten und seine Lippen, seine Zunge, die Schenkel, die
sich an mir reiben. Am nächsten Tag wache ich mit einem
Stein auf der Brust auf. Ein Stein so schwer, dass er mich
fest aufs Bett drückt. Als ich den Kopf drehe und zum Fenster hinaussehe, versuche ich, den Göttern ein Angebot zu
machen, mit ihnen zu verhandeln. Das Spiel spiele ich
immer, wenn ich nicht weiß, was ich tun soll. In dem Jahr,
als mein Vater starb, habe ich es ständig gespielt. »Wenn
du das für mich tust, tue ich jenes. Wenn dies passiert,
schwöre ich, hiermit und damit aufzuhören.« Wörter
schwirren wirr durch meinen Kopf. Ich spiele gern solche
Spielchen. Früher verging dann der Schmerz, aber heute
hilft es nicht mehr. Ich fühle nur die Kälte im Wind, der
vom grauen Himmel herabfegt ... mir mit einem Unwetter
droht ... Jetzt ist alles anders. Ich bin nicht mehr das kleine Mädchen.

So schwer es auch ist, ich versuche, den Stein von meiner Brust zu wälzen. Vielleicht liegt darunter eine Antwort
vergraben. Ein Wort, das mir zu verstehen hilft ... Ich will
nicht auf das Bett gedrückt werden. Ich will nur wie früher
neben meinem Mann auf feuchter Erde liegen, dass unsere Schenkel, Arme, Füße sich berühren; neben blauem Wasser, einem Baum, die Lücken zwischen Blättern auf grünen
Zweigen beobachten, das gefilterte Sonnenlicht. Ich will auf
Felsen mit ihm tanzen, seine Hand halten und mich nach
weißen Decken emporstrecken, in Höhlen sitzen, die so
dunkel sind, dass selbst die Geister draußen warten ... Ihm
Geschichten ins Ohr flüstern; meine Fingerspitzen, die mit
seinem Licht prickeln ... Aber sein Herz ist schon fort ...
weit fort ... er ist nicht hier für mich.

Die Wahrheit fällt so schwer auf mich wie der Stein und drückt mich wieder nieder. Bei ihm bin ich tot. Ich stehe auf. Werfe den Stein durchs offene Fenster, das klar und hell leuchtet. Meine Augen sehen farbige Blätter herabfallen ... leidenschaftliche, liebende Rot-, Gelb- und Brauntöne ... die mir im Fallen leise etwas zurufen ...

Ich wollte es an der Wand im Büro unseres Brooklyn-Projekts tun. Ich wollte es auf dem Küchentisch tun, wo der Blaubeerkuchen meiner Mutter zum Abkühlen stand. Ich wollte es im hohen, stachligen Gras in dem Feld tun, bevor sie dort den Supermarkt hinbauten. Ich wollte es unter dem Promenadensteg in Coney Island tun, während Sand auf meinen nackten Busen rieselte. Ich wollte es im Auto im Licht der Straßenlampe auf der Myrtle Avenue tun. Ich wollte es unter der Decke tun, während ich die Beatles in der *Ed Sullivan Show* singen hörte. Ich hätte es schrecklich gern getan, aber ich tat es nicht. Ich wartete bis zur Hochzeitsnacht und tat es in einem Bett im Plaza Hotel mit meinem frisch angetrauten Ehemann, einem Jungen, der es auch gerne getan hätte, aber nie tat.

Ich weiß noch, wie ich weinend auf dem sündteuren Hotelbett lag – ein Geschenk unserer Eltern, die erröteten, als sie uns den Gutschein für das Zimmer überreichten. »Von uns«, sagten sie. »Fröhliche Hochzeitsnacht.«

Mein Mann war sauer. »Wieso heulst du denn?«, fragte er. Damals wusste ich nicht, wie ich ihm sagen sollte, dass er mich verletzt und enttäuscht hatte.

»Jetzt hat Mrs. Kennedy drei tote Söhne«, schluchzte ich.

Einige Tage vor unserer Hochzeit war Bobby Kennedy, der auf dem besten Weg war, zum Präsidentschaftskandidaten ernannt zu werden, in Los Angeles ermordet worden.

»Was? Wie bitte?«

Ich schaute auf die Blumensträuße, die antiken Möbel

und fuhr mit der Hand über den flauschigen Bademantel, der auf dem Fußende des Bettes lag. »Bobby hätte Präsident werden können, wenn dieser Verrückte ihn nicht erschossen hätte«, sagte ich.

»Heute ist unsere Hochzeitsnacht, verdammt!«

»Ja«, sagte ich und sah auf die klebrige rosafarbene Flüssigkeit, die über die Innenseite meiner Oberschenkel tropfte. »Ich weiß.«

Mein Mann sah aus wie ein riesiger Vogel, der verwirrt mit den Flügeln flatterte. Ich schloss die Augen. Flieg weg. Bitte. Welche Ironie, dass die Nächte des Fummelns und der verdrückten Kleidung, der Schweiß und die Verleugnung ein solches Ende fanden.

Bei Abenden mit Freunden saß Ted mit dem Arm um mich da, gab mir hin und wieder einen Kuss auf die Wange, drückte mir die Schulter und zwinkerte mir zu. Mich ärgerte diese öffentliche Zurschaustellung von Zuneigung, aber ich verbarg mein Missfallen und lächelte. Ich tat, als wären wir im Paradies auf Erden.

»Ihr beiden seht einfach toll zusammen aus«, sagte eine Freundin zu mir. »Und dass er nicht genug von dir kriegen kann, sieht ein Blinder mit dem Krückstock.«

Aber im Bett war's nicht so. Kein Kuss auf die Wange, kein Drücken der Schulter. Jedes Mal, wenn wir miteinander schliefen, kniff ich die Augen zusammen und sah vor mir den Hof meines Onkels in Pennsylvania, wo ich mal einen Sommer verbracht hatte. Wenn es mir dort langweilig wurde, ging ich immer zum Hühnerstall und schaute zu, wie der Hahn die Hennen besprang, großen Krach machte und wieder runtersprang. Ich kam mir wie eine dieser Hennen vor. Aber in meiner Erinnerung schlief der Hahn hinterher nicht gleich ein, und er schnarchte auch nicht.

Manchmal merkte ich, wie Ted mich mit eiskalten Augen anstarrte, den Mund verkniffen, als wollte er mich umbringen. Warum schaute er mich so an? Verlangte ich etwa von ihm, sich zu beeilen? Lag die Schuld, dass er sich im Bett allein in irgendwelche Tiefen zurückzog, bei mir? Nein, das glaubte ich nicht.

Also gut, ich war überreif. Ein unerfahrenes Ding mit gestörter Libido. Eine irre Kombination.

Als ich Greg das erste Mal sah, an dem Tag, an dem er als neuer Verkaufsleiter bei Cook's Plumbing Supply unsere Abteilung betrat, fiel er mir nicht weiter auf. Er war älter, groß, untersetzt, und sein Gesicht sah aus, als wäre es den Elementen eines gnadenlosen Klimas ausgesetzt gewesen. Aber Greg war ein Produkt der Stadt, der Straße, aufgewachsen in der Hölle der Gosse, wie ich später herausfand; er war sehr direkt, in seinem Verhalten genauso wie beim Reden. Wahrscheinlich gefiel mir genau das so gut an ihm: wie seine Augen alles, was er betrachtete, verschlangen; die Art, wie er eine Anweisung oder eine Bitte vermittelte. Unter dem Stoff seiner makellosen Anzüge spürte ich etwas Wildes in ihm, das mich ungeheuer faszinierte. Ich tippte Briefe für ihn, organisierte seine Termine und brachte ihm morgens sogar Kaffee, aber er lächelte nur und sagte »danke«.

Bis eines Freitagabends, als alle schon nach Hause gegangen waren. Ich musste noch einen Brief beenden, bevor das Wochenende für mich anfing. Plötzlich konnte ich die Wörter, die ich tippte, nicht mehr sehen. Tränen liefen mir übers Gesicht. Ich hatte keine Lust, das Wochenende mit Ted zu verbringen, zu seinen Eltern zum Abendessen zu gehen, vor dem Fernseher zu sitzen, bis er einschlief. Ich kam mir dumm vor, vor allem, als ich merkte, dass Greg hinter mir stand. Ich weiß nicht, wann mir auffiel, dass seine Hand auf meiner Schulter lag und er mich sanft streichelte. Er sagte kein Wort, aber er beugte sich vor und gab mir einen Kuss aufs Ohr. Ich drehte den Kopf zu ihm, er küsste mir eine Träne von der Wange, richtete sich auf, lächelte und ging in sein Büro. Mir wurde am ganzen Körper eng, als wäre ich eingeschnürt. Die Schnüre rissen an mir, zerrten mich nach oben, wanden sich wie Schlangen über mich und machten ein seltsames Summen in meinen Ohren, wie wenn man einen Scotch zu viel getrunken hat. Ich stand auf, schob den Stuhl zurück und ging wie in Trance zu Gregs Büro. Ich öffnete die Tür und sah ihn gegen den Schreibtisch gelehnt stehen, die Arme um sich geschlungen, die Lippen zu einem leichten Lächeln verzogen. Ich weiß nicht, wie ich zu ihm gelangte, aber plötzlich stand ich vor ihm. Es war, als würde ich direkt neben einem Feuer stehen und von der Glut geblendet werden. Und plötzlich fiel ich gegen ihn.

»Dein Rock gefällt mir«, flüsterte er. Ich musste an mir herabsehen; ich wusste nicht mehr, was ich trug. Es war der schwarze Wollrock, der an der Seite geknöpft war und einen Schlitz hatte, der mein Bein ein ganzes Stück entblößte. Greg bückte sich, um mich zwischen dem Schlitz zu streicheln, umfasste meinen Schenkel. Seine Finger brachten meine Haut durch die Strümpfe hindurch zum Brennen. Ich schnappte nach Luft; ich merkte, dass mein Slip völlig feucht war. Mein Gott! So ein Gefühl hatte ich noch nie erlebt. Er hob mich auf den Schreibtisch, sagte, ich solle mich auf die Knie setzen und vorbeugen. Ich gehorchte. Bedächtig machte er die Knöpfe auf, fing ganz unten an und arbeitete sich nach oben vor, bis der Rock zu Boden fiel. Er streichelte meinen Hintern durch die Strumpfhose, sodass mir Schauder über die Haut jagten. Langsam zog er die Strumpfhose zusammen mit dem Slip herunter, küsste und leckte meine Backen und Schenkel, kurze feuchte Küsse und Zungenschläge, die mich in Brand setzten. Ich drückte mich gegen ihn, fühlte die Hitze, die zwischen meinen Beinen aufstieg. Seine heiße Zunge drang in mich ein, teilte die schwellenden Lippen. Ich stöhnte. Ganz gemächlich ließ Greg seine Zunge in mich hinein- und herausgleiten, fuhr über meine Klitoris, hörte dann kurz auf. Das tat er eine ganze Zeit lang und flüsterte dabei immer wieder, wie süß ich schmeckte, wie gut ich roch. Mit starken Armen packte er mich um die Taille und drehte mich um, bis ich auf dem Rücken lag und meine Beine über den Schreibtisch hingen. Er thronte über mir, knöpfte meine Bluse auf, schob sie weg und öffnete den BH-Verschluss. Greg nahm eine Brustwarze zwischen die Lippen. Er lutschte an einer, dann an der anderen, saugte die Brustwarze tief in sich, wie ein Kind, das sein liebstes Bonbon isst. »Du hast einen wunderschönen Busen«, sagte er, dann tauchte sein Kopf nach oben, er küsste mich lang und zärtlich. Ich konnte mich selbst in seinem Mund schmecken und wurde berauscht von meinem eigenen Geschmack.

Während dieses ersten Zusammenseins mit Greg dachte ich an nichts. In dem Moment war ich nicht Teds Ehefrau, nicht die Frau, die zur Familienplanung ging und deren Diaphragma in der obersten Schublade des Nachttischs lag. Es gab nur Gregs Hände, die meinen Körper kneteten, seine Finger, die in mich eindrangen, seine Lippen, die meinen Busen, meinen Bauch und den Teil von mir neckten, dem ich nie einen Namen gegeben hatte. Möse. Greg neckte meine Möse. Durch das Wort wurde alles noch leidenschaftlicher. Ein sehr unzureichendes Wort für den Körperteil, der in diesem Moment meinen ganzen restlichen Körper beherrschte. In meinem unschuldigen Bekanntenkreis hatten Frauen keine Möse, keine Fotze; höchstens waren sie Fotzen, vor allem, wenn Männer sich abschätzig über sie äußern wollten. Als ich auf dem Schreibtisch lag, hatte ich eine Möse. Eine riesige, alles verschlingende Möse.

Greg richtete sich auf und drückte mich an sich. »Zieh mich aus«, sagte er.

Mit zitternden Fingern öffnete ich die Knöpfe an seinem Hemd. Ich zog ihm das Unterhemd aus und rieb mein Gesicht an seinen Brusthaaren. Meine Hände wanderten zum Reißverschluss; er ging leicht auf. Ich schob ihm die Hose über die Hüften, griff hinein und berührte ihn. »Ich will, dass du mich leckst«, sagte er. »Dann will ich, dass du mich in den Mund nimmst, so weit es geht, als wolltest du mich verschlucken. Und dann will ich, dass du mich lutschst, bis mein Schwanz ganz steif ist, bis die Adern hervortreten und die Spitze tropft und fast am Explodieren ist.«

Seine heiser geflüsterten Worte erregten mich so sehr, dass selbst meine Nackenhaare reagierten. Ich wollte seinen Penis – seinen Schwanz – in meinen Mund stecken. In dem Moment wollte ich nichts anderes. Ich tat alles, was er von mir verlangte. Ich leckte ihn, nahm ihn, so tief es ging, in den Mund, verschluckte ihn. Und als wir fertig waren, wollte ich mehr.

Als ich nach Hause kam, roch ich am ganzen Körper nach Sex. Aber Ted war auf dem Sofa eingeschlafen. Ich zog mich aus, steckte die Kleider in einen Sack mit Wäsche, der in die Reinigung gebracht werden musste, und duschte mich. Abends, als wir bei Teds Eltern am Tisch saßen und den Braten seiner Mutter aßen, konnte ich meine Freude – und was war es, wenn nicht Freude? – kaum verbergen. Ich saß nur da und nickte, während meine Schwiegermutter mir erzählte, wie sie anderen Kundinnen Wäscheteile aus der Hand gerissen hatte; mein vorgetäuschtes Interesse ermutigte sie, die Geschichte auszubauen. Welche Freude, ein Dessous von Vanity Fair um dreißig Prozent ermäßigt zu bekommen!

Rückblickend frage ich mich, warum mir niemand auf die Schliche kam. Die Morgen, an denen ich früh zur Arbeit ging, um mit Greg auf seinem Schreibtisch Liebe zu machen, bevor die Kollegen kamen; die Abende, an denen wir uns auf dem Teppichboden wälzten und ich zu erregt war, um die wunden Stellen am Rücken zu bemerken, bis ich mich später wieder anzog und mich wunderte, warum meine Haut sich anfühlte, als hätte ich einen Sonnenbrand. Wir trieben es überall – in der Manager-Toilette, im Fotokopierraum, in seinem Auto, ich rittlings auf ihm, mein weiter Rock über uns gebreitet, sein Körper zwischen meine Beine geklemmt. Die kurzen, heftigen Nummern, die mich überwältigten, schnell, nur um es hinter mich zu bringen, nur um die Explosion zu spüren, die mich immer wie-

der überraschte, die meine Nässe wie heiße Lava aufsteigen und überquellen ließ und meine Haut verbrannte.
Nachts schaute ich in den Spiegel, betrachtete die Augen,
in denen mein Geheimnis funkelte, und fragte mich im Stillen: »Wer bist du?«

Dieselbe Frau, die vor Ted stand an dem Tag, an dem er
uns alle – seine Eltern, meine Eltern, meine Schwester, seine Schwester und seinen Bruder – um sich versammelte,
um uns zu sagen, dass er sich bei den Marines gemeldet
hatte. Ich dachte, seine Mutter würde in Ohnmacht fallen.

Warum?

»Ich will mich für meinen Standpunkt einsetzen. Ich finde diesen Krieg richtig.«

Nein. Unmöglich.

Doch.

Nach Vietnam. Einfach so.

In meiner Welt fand »freie Liebe« nur im Fernsehen statt,
zwischen langhaarigen, schlampigen Individuen. Und jetzt
war *ich* plötzlich frei. Frei, um mich von meinem Chef
abends nach Hause fahren zu lassen. Frei, um ihn in meinem eigenen Bett zu vögeln. Frei, um mich Tagträumen
hinzugeben, in denen wir für immer und ewig zusammen
waren, in denen ich mir mit schlechtem Gewissen vorstellte, wie Ted in Stücke zerfetzt oder ein Opfer von
Napalmbomben wurde und nackt durch die Straßen rannte wie das kleine Mädchen in dem Bild, das brennend durch
die Straße läuft, das Bild, das in allen Nachrichten zu sehen
war.

Solche Vorgänge bleiben selbst in einem kleinen Viertel von
Brooklyn nicht unbemerkt. Meine Vermieterin Mrs. Pon-
gelli reichte mir ein Päckchen, das nicht in den Briefkasten
gepasst hatte. Ihr Gesicht war eine Studie der Missbilligung. »Von Ihrem Mann, dem Armen. Es ist wirklich mutig
von ihm, da drüben im Dschungel zu kämpfen. Nur, damit
Sie in Sicherheit leben können. Ich an Ihrer Stelle würde
der Jungfrau Maria auf Knien dafür danken, wenn ich einen

so wunderbaren jungen Mann hätte. Sie sollten in die Kirche gehen und beten ...«

Ich schloss die Wohnung auf, lief in den Flur, knallte ihr die Tür vor der Nase zu. Die alte Hexe. Vor Wut brach ich in Schweiß aus, zitterte am ganzen Körper, meine Haut war klebrig nass. Ich zog mich aus, warf die Kleider auf den Boden, rannte ins Bad und drehte die Dusche auf. Ich wollte das Wasser auf mir spüren, als könne es die Worte der alten Frau wegspülen. Der Strahl landete auf den Fliesen, kleine Nadeln, in denen sich das letzte durchs Fenster hereinströmende Sonnenlicht fing. Ich drehte den Hahn zu. Ich würde mich nicht duschen.

Den Abend konnten Greg und ich nicht miteinander verbringen. Er hatte Verpflichtungen zu Hause. Mehr sagte er mir nie. »Ich habe zu Hause Verpflichtungen, Josie.« Ich durfte keine Fragen stellen, obwohl er das nie explizit sagte. Allein die Art, wie er es sagte, wie er mich anschaute, wenn er es sagte, verbot es mir. Ich nahm meine Tasche, den Roman, den ich in der Mittagspause las, und ging mit meinen Kollegen Harry und Belle zum Lift. Wir waren die Letzten im Büro.

»Josie«, rief Greg. »Bevor Sie gehen, könnten Sie mir bitte zeigen, wo Sie den Vertrag mit Thompson abgelegt haben?«

Der Lift fuhr ohne mich nach unten. Greg zog mich in sein Büro; seine Hände wanderten über meinen Busen, meinen Hintern, sein Schwanz drückte gegen meinen Schenkel. In meinem Kopf formten sich Wörter, sarkastische Bemerkungen, um ihn daran zu erinnern, dass er an diesem Abend keine Zeit für mich habe. Aber sein Atem liebkoste mein Ohr, als er mir sagte, er könne mich nicht gehen lassen; dass er den ganzen Tag nur an meine Hände auf seiner Haut gedacht habe, an mich in seinem Mund. Er küsste mich, bis mir schwindelig wurde, zog mein Kleid hoch, die Strumpfhose runter. Seine Zunge glitt mühelos in mich, malte die Wände meiner Möse aus, einmal, zweimal, dreimal: greifbares, grelles Verlangen. Ich kam in üppigen Rot- und Orangetönen, Zitronengelb und Tiefgrün, auf dem Halbrund des Regenbogens.

Ein Flüstern an meinem Hals. »Josie ... es ist egal, dass du nach dem hier in deine Welt gehst und ich in meine. Du gehörst mir. Verstehst du das?«

Ich nickte. Ja. Ja, ich gehörte ihm.

Greg sagte, ich solle mich auf alle viere hinknien und mich rückwärts gegen ihn drücken. Er trieb sich in mich, sodass seine Eier gegen meinen Hintern klatschten. Er schlang mir einen Arm um die Taille, zog mich an sich, presste den Mund auf mein Ohr und flüsterte: »Ich will, dass du meine Ladung heute in dir behältst. Wasch mich nicht weg ... und später ... denk an uns, wie wir zusammen sind, konzentrier dich auf das nasse, heiße Gefühl zwischen den Beinen und lass dich noch mal kommen.« Seine Worte turnten mich an, meine Möse schloss sich fest um ihn, umhüllte ihn, melkte ihn, und ich kam noch einmal, derart überwältigt von der Wucht, dass ich keinen Laut von mir geben konnte. »Du bist voll von mir, Josie. Du hast alles. Jeden Teil von mir.« Er pumpte wie wild in mir, schrie beim Kommen auf wie ein geprügelter Hund, die Heftigkeit seines Orgasmus prallte gegen meine Scheidenwand. Ich brach auf dem Teppichboden zusammen, Gregs Körper auf mir. Sein Atem ging schnell und keuchend in meinem Ohr, während er immer und immer wieder meinen Namen stöhnte.

Das Herz donnerte mir in der Brust, meine Haut unter den Kleidern glänzte vor Schweiß. Greg drehte mich um, küsste mich, leckte das Salz von meinen Lippen. Er lächelte, als würden wir alte Geheimnisse teilen, dann murmelte er, er müsse jetzt gehen. Aber trotzdem rührte er sich nicht vom Fleck. Er hielt mich noch eine Weile im Arm. Schließlich stand er auf, rückte seine Kleidung zurecht und half mir aufzustehen. Dann machte er das Licht in seinem Büro aus, und gemeinsam fuhren wir im Lift nach unten.

Nachts tat ich genau das, was er mir aufgetragen hatte.

Für mich hätte es ewig so weitergehen können. Ich verlor jedes Zeitgefühl, die Grenzen verwischten sich zwischen meinem Leben als Gregs Geliebte und als Teds Ehefrau, die gelobt hatte, ihn zu lieben, zu ehren und ihm zu gehorchen. Ihm Briefe zu schreiben. Die Brieffreundin, die ihm pflichtbewusst alle Neuigkeiten der vergangenen Woche mitteilte, mit einer eklatanten Ausnahme. In seinen Briefen schrieb Ted von Fäulnis, Hitze und stinkendem Rauch, von riesigen, schleimigen Schlangen, von zerstörter Erde, wo früher Reisfelder gestanden hatten. Seine Wörter füllten die Seiten mit langatmigen, gedehnten Sätzen, die voller Introspektion und Rückblicke waren, gar keine richtigen Briefe, eher Tagebucheinträge. Kein Wort von Liebe, von Sehnsucht, oder dass ich ihm fehlte. Gelegentlich fragte ich mich, ob er vielleicht Bescheid wusste, und ebenso gelegentlich fragte ich mich, ob es mir etwas ausmachte.

Jeden Tag, wenn ich aus dem Haus ging, glitt ich über die Grenze von meiner in Gregs Welt. Acht, zehn, zwölf Stunden – je nachdem, wie viel Zeit wir miteinander verbringen konnten – gehörte ich nur ihm. Wir arbeiteten sehr gut zusammen, jonglierten mit Verkaufszahlen und Terminen, arbeiteten, arbeiteten viel, und während dieser Stunden bekam ich ein Gefühl von Vertrautheit, von Ewigkeit. Von Zufriedenheit.

Und mitten in die Euphorie hinein platzte die Bombe. Das ganze Büro war versammelt, wir tranken Sekt, aßen Canapés, waren ein bisschen beschwipst, guter Laune. Mr. Meese von der Mutterfirma beglückwünschte unsere Abteilung, weil wir die meisten Verkäufe erzielt hatten. Ein Toast auf uns. Er sagte, Greg Morrison sei ein guter Chef. Der beste. So gut, dass er zum Vizevorsitzenden befördert und in eine Stadt versetzt würde, die auf der anderen Seite der Staaten lag.

Von einem Sims am gegenüberliegenden Gebäude sah ich einen Vogel auffliegen. Es hatte etwas Erschreckendes, wie er immer höher in den Himmel schwebte, bis er zu einem silbrigen Punkt wurde und dann völlig verschwand.

Etwas quetschte mir die Eingeweide zusammen, meine Lider flatterten; dann verschwand ich.

Als ich die Augen öffnete, sah ich die neugierigen Blicke meiner Kolleginnen und Kollegen, die sich vor der offenen Tür zu Gregs Büro herumtrieben; ich lag dort auf der Ledercouch mit einem nassen Waschlappen auf der Stirn. Was bislang einige wohl vermutet hatten, wussten nun alle mit Sicherheit. Aber das war mir völlig egal, selbst als ich Belle sagen hörte, ich hätte nur zu viel Sekt auf leeren Magen getrunken. Mit einem nervösen Lachen und hastigen Handbewegungen schickte sie die anderen zur Party zurück. Dann verließ sie auf Zehenspitzen das Zimmer, schloss die Tür und ließ mich allein. Draußen wurde Greg als Mann des Tages gefeiert, der Glückwünsche und wohlwollendes Schulterklopfen entgegennahm.

Später weinte ich, während Greg mir geduldig erklärte, dafür habe er sein ganzes Leben gearbeitet. Ich hörte ihm gar nicht zu. Er erinnerte mich daran, dass er fast vierzig war und ich gerade zwanzig. Meine Kehle war wie zugeschnürt, der Schmerz schnitt mir wie ein Messer durch die Luftröhre. Meine Brust war so schwer vor Kummer, dass ich mich kaum aufsetzen konnte. Ich hörte ihn sagen: »Ich liebe dich, Josie, aber es geht um mein Leben, um meine Karriere. Ich will dir nicht wehtun …«

Die Zeit heilt gar nichts. Wochenlang war ich zu Hause, in einem alten, abgetragenen Morgenmantel, wusch mich nicht, aß nichts. Ich konnte einfach nicht ins Büro zurückgehen, an den Ort, wo Greg gewesen war. »Josie«, sagte Belle, »ruf zumindest an und sag, dass du kündigen willst. Du warst immer eine gute Mitarbeiterin. Willst du nicht wenigstens ein Zeugnis?« Das Zeugnis war mir egal. Also rief ich auch nicht an.

An der Highschool hatte eine Freundin von mir eine sehr schwierige Beziehung. Wenn der Kummer sie wieder einmal erdrückte, dachte sie an alle Verwandten, die schon tot waren. Sie sagte, dann freue sie sich immer, noch am Leben zu sein. Ich hatte meine Verwandten, die schon gestorben waren, nicht gut genug gekannt, um mich an sie erinnern zu können, also ließ ich sie in ihren Gräbern ruhen. Stattdessen erinnerte ich mich an die Verwandten, die schon tot waren, ohne gestorben zu sein: meine Eltern, in deren Leben es überhaupt keine Freude gab. Meine Schwiegereltern, die dasselbe Leben führten wie meine Eltern. Meine Freunde, die dasselbe Leben führten wie ihre Eltern. Tränen. Mich an tote Verwandte zu erinnern brachte gar nichts.

Die Zeit heilt gar nichts, aber wenn eine bestimmte Zeit vergangen ist, setzt eine gewisse Taubheit ein, die Nerven stumpfen ab, sodass man weitermachen kann. Ich fand einen neuen Job, auch ohne Zeugnis, und unternahm viel. Zu Weihnachten schmückte ich den Baum, ging auf Partys, kaufte Geschenke für die Toten, lachte über Witze, aß zu viel, trank zu viel. Und erwartete das neue Jahr. Und Ted.

Als ich im Grand Central auf Teds Zug wartete, fragte ich mich, was ich ihm sagen würde. Würde ich ihn überhaupt wieder erkennen? Und er? Dreizehn Monate waren eine lange Zeit; für mich war es ein ganzes Leben gewesen. Es war so einfach zu glauben, dass Ted einfach weg war. Nicht fort im Krieg, sondern einfach weg. Jetzt würde er für zwei Monate zu Hause sein und dann wieder weg. Was würde ich in der Zwischenzeit tun? Ich fragte mich, ob Ted wohl eine Veränderung an mir bemerken würde. Spiegelte mein Gesicht die Erfahrungen wider, die ich gemacht hatte?

Zuerst erschien der Matchbeutel, dann die Füße, die vorsichtig auf die Stufen gestellt wurden, als steckten in den Schuhen nicht Fleisch und Knochen, sondern schwere Steine. Ted kam auf mich zu. Ich konnte seinen Gesichtsausdruck nicht deuten. Auch wenn sich seine Mundwinkel nach oben zogen, die Mimik berührte nicht seine Augen. Als er mich erreichte, legte er die Arme um mich und drückte mich kraftlos an sich. Seine Lippen streiften kurz meinen Mund. »Du siehst gut aus, Josie«, sagte er.

»Du auch«, log ich. Er war viel kleiner als in meiner Erinnerung.

Ted hatte geschrieben, ich solle ihn allein am Zug abholen; er wollte nicht, dass die Verwandtschaft überhaupt von seinem Heimkommen wusste. »Ich finde die Vorstellung unerträglich, dass es ein großes Fest gibt«, hatte er in seinem letzten Brief geschrieben. »Zumindest nicht gleich am ersten Abend.«

Kaum saßen wir im Taxi, schlief Ted ein. Als das Taxi vor der Wohnung hielt, berührte ich ihn an der Schulter, um ihn zu wecken. Er fuhr hoch und schlug mit dem Kopf fast am Dach an; damit erschreckte er nicht nur mich, sondern auch den Fahrer.

»'tschuldigung«, murmelte er, stieg aus dem Taxi und überließ es mir, den Fahrer zu bezahlen.

Ted ging durch die Wohnung, öffnete Kommoden, Küchenschränke, als sei er zum allerersten Mal hier. »War das Klo immer so nah bei der Tür?«, fragte er.

Ich kannte ihn nicht, diesen fremden Wohnungsinspektor.

All die Monate hatte ich den Anschein aufrechterhalten, dass ich verheiratet war. Was hatte ich denn erwartet, was sich verändert hätte? Vor mir stand der Junge, dessen Arme ich aufreizend gestreichelt hatte, als wir miteinander gingen, dessen Körper ich in eindeutiger Absicht zufällig gestreift hatte. Aber jetzt war er mir fast fremd und nicht willkommen. Worauf hatte ich all diese Monate gewartet? Warum hatte ich es vermieden, diese Farce zu beenden, die sich als Ehe ausgab? Gleichgültig, was unsere Eltern sagen würden, gleichgültig, wie viel Klatsch es geben würde – plötzlich konnte ich es nicht mehr erwarten, das alles zu beenden.

»Ich muss dir was sagen«, platzte ich heraus.

Ted sah mich einen Moment ruhig an, dann schüttelte er den Kopf. »Nein, Josie, du brauchst mir gar nichts zu sagen.«

»Ich habe eine Affäre gehabt!«

»Ich weiß.«

»Noch bevor du weggegangen bist.«

»Ich weiß!«

Er wusste es. Warum waren wir dann noch hier? Wo es schon lange vorbei sein könnte? Unmut stieg wie Galle in mir auf und hinterließ einen bitteren Geschmack im Mund. Ich merkte nicht, wie meine Hand sich bewegte, aber plötzlich hatte ich den schweren Kristallaschenbecher vom Tisch aufgehoben und schleuderte ihn gegen Teds Kopf. Er trat einen Zentimeter zur Seite, der Aschenbecher flog an seinem Ohr vorbei und landete krachend an der Wand hinter ihm.

Es tat mir Leid, dass der Aschenbecher ihn verfehlt hatte. Meine ganze Wut steckte in dem Aschenbecher. Es war Teds Schuld, dass wir in dieser Situation waren, seine Schuld, dass er sich nicht als der Ehemann und Liebhaber herausgestellt hatte, den ich brauchte.

Als hätte ich plötzlich Flügel bekommen, stand ich auf einmal auf der anderen Seite des Zimmers, hieb mit den Fäusten auf ihn ein, drosch ihm auf Brust und Kopf. Aber die Schläge waren fast wirkungslos. Seine Arme umfassten mich, packten meine Hände und machten mich wehrlos, als stecke ich in einer Zwangsjacke. Von draußen durchschnitt das Heulen einer Sirene den Raum. Die Symphonie der Autos und der kreischenden Kinder unten auf der Straße wurde in den Hintergrund gedrängt, während das Geräusch immer schriller wurde und meine Ohren ausfüllte, bis es endlich durch Teds Hand auf meinem Mund erstickt wurde. Sein Griff war unerbittlich, aber seine Worte waren sanft. »Josie … Josie«, murmelte er mir ins Ohr. »Ich weiß, dass du mich hasst. Ich weiß … und es tut mir Leid.«

»Du bist nicht mal mehr real! Warum bist du überhaupt hergekommen?« Die Worte stürzten haltlos aus mir hervor, wie die Tränen. Sein Griff war so fest, dass es sinnlos war, mich zu wehren, und so standen wir da, er die Arme um mich, sein Atem an meinem Ohr.

»Wo hätte ich hingehen sollen?«, flüsterte Ted. »Hier ist

mein Zuhause … Wenn du versprichst, dich zu beruhigen, lasse ich dich los … Versprichst du's?« Ich nickte, und Ted lockerte seinen Griff.

»Setzt du dich bitte hin?«, fragte er und deutete auf das Sofa. Ich zögerte. »Bitte …« Widerwillig ließ ich mich auf den Rand der Couch nieder. Ted hockte sich vor mich auf den Boden. »Jeden Tag habe ich einen Brief erwartet, in dem du mich um die Scheidung bittest, Josie. Aber als der Brief nicht kam, dachte ich mir, dass es nicht so klappt, wie du es dir vorgestellt hast, und dass du nicht weißt, was du tun sollst. Genau wie ich.«

Ted stand auf und ging im Zimmer auf und ab. Beim Reden gestikulierte er mit den Händen, als würde er seine Worte sorgsam formen, bevor er sie mir darbot.

»Du musst wissen, dass es für mich auch nicht leicht war, Josie. Ich hab gewusst, dass ich dich im Bett enttäuscht habe.«

Er machte eine Pause, als wolle er eine Reaktion von mir hören, aber ich hatte nichts zu sagen. Bis jetzt erzählte er mir nichts Neues. »Ich wusste nicht, was ich tun sollte«, wiederholte er. »Ich wollte es dir so gern recht machen und dir gut tun, aber ich wusste nicht, wie. Und ich hatte niemanden, mit dem ich reden konnte. Meine Freunde konnte ich schlecht um Rat fragen, die hielten uns für das Liebespaar des Jahrhunderts. Einmal hab ich versucht, mit Dad zu reden – eine Katastrophe.« Er lachte freudlos. »Und umbringen konnte ich dich nicht … also bin ich weggegangen.«

Die Frage »Warum hast du nicht mit mir geredet?« formte sich zwar in meinem Kopf, aber mehr nicht. So logisch sie scheinbar war, so absurd war sie in der Realität. Wenn er vor seinem Weggehen versucht hätte, das Thema anzuschneiden, während ich jede freie Minute damit verbrachte, mit Greg zu vögeln, hätte ich wahrscheinlich gebrüllt: »Wie kannst du es wagen, verdammt noch mal!«

»Weißt du, Josie, jeden Tag war ich so nah dran, dass mir der Hintern weggeblasen wird.« Ted hielt Daumen und Zeigefinger gut zwei Zentimeter auseinander, um mir zu zeigen, wie nah dran er gewesen war. »Das hat mich gelehrt, nichts ungetan oder ungesagt zu lassen.« Er schüttelte den Kopf. »Am Anfang hab ich vor Angst fast in die Hose gemacht. Haben wir alle. Es hat eine Zeit gedauert, bis mir klar wurde, dass alles, was ich gesagt oder gedacht hatte, bevor ich nach Vietnam bin, absolut bedeutungslos war. Ich hab mich gefragt, was zum Teufel ich da unten suche. Ich musste mich immer wieder daran erinnern, dass ich mich freiwillig gemeldet hatte, um wegzukommen von … hier.« Er deutete auf mich. »Ja, ich hab's mit meiner Frau nicht gepackt, also bin ich weggelaufen, mitten in die Hölle rein. Himmel noch mal!

In dreizehn Monaten kann man ein ganzes Leben leben. Fragen stellen und vielleicht ein paar Antworten finden. Du wolltest wissen, warum ich hergekommen bin. Also gut … ich bin hergekommen, weil hier mein Zuhause ist … und weil ich mich daran erinnert hab, wie wir früher mal über Filme und Musik geredet haben, dass wir miteinander gelacht und Pizza gegessen haben. Ich hab mich daran erinnert, dass wir dieselben Lehrer hatten, dieselben Freunde, und dass du mich gemocht hast. Das stimmt doch, Josie, oder? Du hast mich doch gemocht?«

Teds Aufrichtigkeit, der einfache, ehrliche Ton seiner Stimme drang durch den ganzen Groll, der sich in mir aufgestaut hatte, zu mir vor. Mein erster Impuls war, diese verständnisvolle Reaktion zu unterdrücken, an meinem Groll festzuhalten. Ich hätte sagen können: »Nein! Ich hab dich nie gemocht. Ich weiß überhaupt nicht, was ich je an dir gefunden habe.« Aber ich konnte nicht lügen. Früher einmal hatte ich ihn gemocht, vor langer, langer Zeit, bevor mir auffiel, wie schnell er einschlief, bevor er sich mir gegenüber gleichgültig verhielt – oder was ich als Gleichgültigkeit gesehen hatte.

»Ja, ich hab dich gemocht.«

Draußen senkte sich unvermittelt Stille über die Stadt, die die letzten Sonnenstrahlen verdüsterte. Nur wenige

Sekunden später trommelten dicke, schwere Regentropfen gegen die Fensterscheiben und die Simse und hämmerten auf das Dach. Im Raum wurde es dunkel, aber keiner von uns stellte die Lampe an. Ted blieb reglos stehen, eine fast schwarze Silhouette in dem sich verdüsternden Zimmer. Ich hörte, wie er die Luft einatmete und wieder ausstieß und sein Atem einen Rhythmus vorgab, der ebenso beruhigend war wie leise Melodien im Radio. Mein Gott, was war ich müde.

»Es gibt so viel, das ich dir sagen möchte, Josie. Würdest du mir zuhören?«

»Ja.«

»Als ich dort ankam, konnte ich nicht schlafen. Dann schlief ich manchmal so tief, dass ich mir beim Aufwachen wie in einem Traum vorkam. Wenn ich die Augen aufmachte, sah ich die Bäume, ganz grün vor einem strahlend blauen Himmel, und ich dachte: Das ist das Paradies. Aber das dauerte nur eine Sekunde, und dann ist mir klar geworden, wo ich wirklich war und warum. Mir war alles scheißegal, ich hab alles riskiert. Hab oben auf dem Turm beim Wacheschieben Zigaretten angezündet, bis der Typ, der mit mir da oben saß – Ben –, mich anschrie, dass wir beide krepieren, wenn ich so weitermache. Damit mir nicht so langweilig war, hat er aus dem Dorf zwei Mädchen für uns organisiert. Ich hab meine Josie genannt ...«

Mir war sehr unbehaglich. Alles in mir sträubte sich, mir Ted mit dem Mädchen vorzustellen, dem er meinen Namen gab, und überraschenderweise empfand ich Eifersucht – ein Gefühl, das mein Kopf völlig ablehnte, auf das mein Körper aber unwillentlich reagierte. Gleichzeitig musste ich lachen, wie ich mich überhaupt trauen konnte, eifersüchtig zu sein.

»Nichts bleibt ungesagt«, erinnerte er mich. »Beim ersten Mal, als sie meinen Schwanz aus der Hose geholt hat, hat sie gekichert. Ich hab über ihrer Hand abgespritzt, bevor sie überhaupt dazu gekommen ist, mich in den Mund zu nehmen.«

»Guter Gott.«

»Was ist denn? Stört es dich, alles so genau zu hören? Keine Sorge. Ich werde dich nicht bitten, mir auch jedes Detail von dir zu beschreiben. Aber ich will dir das erzählen.«

Ich sah zum Fenster hinaus, starrte auf den schmutzigen Himmel, der Regen verhieß, drohende Blitze. »Und dann?«

»Es gab noch andere Josies. Mädchen, die süß gelächelt haben und wunderschöne Haare hatten. Und von jeder hab ich ein bisschen was gelernt.«

Trotz des Aufblitzens von Eifersucht merkte ich, dass meine Wut völlig verraucht war und ich nur noch eine ganz große, tiefe Trauer empfand.

»Hast du dich in eine deiner Josies verliebt?«

Ted lachte leise. »Klar. Ich hab sie alle geliebt.«

»Ich fühl mich so leer, Ted. So durcheinander ...«

Er drückte mir die Hand. »Ich weiß«, flüsterte er. Er beugte sich über mich und schaltete das Licht an, knipste zweimal, bis die Lampe nur noch dämmrig leuchtete. Lächelnd bückte er sich und band die Schuhe auf, zog sie aus. Es folgten die Socken. Dann stand er auf, nahm den Schlips ab, knöpfte das Hemd vorn und an den Manschetten auf. Unbeteiligt sah ich zu, wie er den Gürtel aufschnallte und den Reißverschluss seiner Hose öffnete. Aber er entkleidete sich nicht. Er hockte sich vor mich hin und zog mir die Schuhe aus. Mit einer Hand umfasste er meinen Knöchel, mit der anderen massierte er den Spann, übte einen leichten, regelmäßigen Druck aus. Monatelang war mein Körper taub gewesen. Auch jetzt, während Teds Hände mich berührten, kam ich mir vor wie eine Zuschauerin, eine Voyeurin, als würde er jemand anderen anfassen. Als er mit einem Fuß fertig war, massierte er den anderen. »Du und ich, wir unterscheiden uns gar nicht so sehr voneinander. Ich hab etwas über uns herausgefunden, über uns alle – Sex lügt nie, Josie.«

Langsam beugte Ted sich vor und bedeckte meinen Mund mit seinen Lippen. Nicht gewaltsam wie früher, sondern so, als würde er von einer Vorspeise kosten, sie probieren, schmecken. Ich verschloss die Augen vor der Zuschauerin in mir und wurde langsam zu einer Komplizin, einer Partnerin des Kusses. Meine Hand glitt zwischen uns, streichelte die glatte Haut unter seinem offenen Hemd.

Ich hatte mich geirrt. Ted war nicht kleiner geworden. Jetzt merkte ich, dass er nur das Weiche, Überflüssige verloren hatte. Während meine Hand über seine Bauchmuskeln wanderte, freute ich mich unwillkürlich an der Festigkeit seines schmalen Körpers. Meine Sinne erwachten.

Ich erwiderte den Kuss. Leckte und saugte an seinem Mund, seinem Kinn, seinem Hals, seiner Brust. Ted berührte zart meinen Busen, ein Streifen der Brustwarze durch den Stoff meines Kleides. Sofort wurden meine Brüste schwer, schmerzten, wollten mehr. Ich drängte mich an ihn und hörte meinen Atem, der in unregelmäßigen Zügen ging. Er berührte mein Kinn, kippte meinen Kopf zurück und fuhr mit der Zunge langsam über meinen Hals. Er hörte nicht auf damit, griff aber hinter mich und zog am Reißverschluss meines Kleides, der sich mühelos öffnete; es klang wie Skier auf frisch gefallenem Schnee.

»Setz dich auf mein Gesicht«, flüsterte er.

Er schob mir das Kleid über die Hüften hoch, öffnete die Knöpfe des Strumpfhalters, rollte die Strümpfe herunter und zog sie mir aus. Dann hob er mich vom Sofa, legte sich flach auf den Rücken und fasste mich mit sanftem Druck um die Hüften. Ich setzte mich rittlings auf ihn, glitt über seine Brust nach oben und ließ mich schließlich über seinem Mund nieder. Seine Zunge zwischen meinen Lippen war eine Offenbarung. Mit seinen kräftigen Händen packte er meine Arschbacken und drückte mich nach unten, damit seine Zunge noch tiefer in mich eindringen konnte. Ich keuchte. Dann hob er mich über seinen Mund empor, sodass ich über seinen Lippen und seiner Zunge schwebte, und blies warme Luft auf meine Möse. Ich drehte und wendete mich, um wieder auf seinem Mund zu sitzen zu kommen, meine Hüften kreisten in einem sehr tiefen, inneren

Rhythmus, aber er hielt mich über sich, neckte mich, streifte mit der Zunge ab und zu leicht meine Lippen und ignorierte meine Klitoris völlig. Mein Gott, dachte ich, weiß er überhaupt, was er macht? Er soll mich da lecken, verdammt, da!

Aber natürlich wusste Ted genau, was er tat. Er machte mich wahnsinnig, bewies mir, dass er in dem heißen Dschungel mehr als nur das Kämpfen gelernt hatte. Plötzlich schloss sich sein Mund über meiner warmen, nassen Möse, und er fing an zu saugen. Er vergrub seine Zunge, seine Lippen, seine Zähne in mich, als würde er eine reife Feige verschlingen. Das stimulierte mich so sehr, dass es schier unerträglich wurde, ich den Rücken durchdrückte und aufschrie. Das Feuer schoss von meinem Rückgrat in die Magengrube und von dort weiter ins Gehirn, wo es explodierte und mir Schauder der Lust bis in die Fußsohlen jagte.

Verausgabt brach ich auf Ted zusammen. Nach ein paar Sekunden wälzte er mich von sich, zog mir das zerknüllte Kleid und den Strumpfhalter aus und warf sie beiseite. Ich lag auf dem Rücken, schaute in sein Gesicht und versuchte, den Jungen zu erkennen, der fortgegangen war. Der Junge war nicht da. Währenddessen zog er sich aus. »Schon gut«, flüsterte er. »Schon gut.« Er führte meine Hand langsam zu seinen festen, eng am Körper anliegenden Eiern. Als ich die Beine um seine Hüften schlang und er in mich eindrang, ganz tief, mit einer einzigen Bewegung, küsste er mich. »O Josie«, stöhnte er. Ich verschränkte die Knöchel über seinem Hintern, um ihn noch tiefer in mir zu spüren. »O Josie.« Einen Augenblick fragte ich mich, welche Josie er gerade spürte. »Ich fick dich ganz fest«, flüsterte er heiser. »Ganz fest ...« Er schob sich in mich, und meine Möse krampfte sich um ihn zusammen, hielt ihn umklammert. »O mein Gott ... ja, so. Ja, genau so ...«

Die Heftigkeit, mit der er zustieß, nahm mir den Atem. Mit seinen kraftvollen, regelmäßigen Bewegungen trieb er mich auf Ebenen, die ich nie zuvor erreicht hatte. Er warf den Kopf zurück, fletschte die Zähne und stieß mit aller Macht wieder und immer wieder in mich, fester, als ich es je für möglich gehalten hätte. Meine Finger verkrallten sich in seinen Haaren, ich stemmte ihm die Hüften entgegen, um seine laut klatschenden Schläge gegen meine Schenkel besser zu spüren. Er drängte seine Zunge in mich, und in unserer Lust saugten und verbissen wir uns ineinander wie zwei Enthemmte. Glitschige Lippen, verschwitzte Leiber, ein Tempo wie eine gewaltige Lokomotive. Funken der Leidenschaft stoben auf, als sein eiserner Schwanz in meine gierige Möse stieß. Wieder stöhnte er, riss sich von meinem Mund los und warf den Kopf in den Nacken. Er stieß einen Schrei aus – die schiere animalische Lust –, und dann schrie ich. Unter der Macht, mit der ich kam, zerstob der letzte Gedanke in meinem Kopf.

Momente oder Stunden vergingen – ich wusste es nicht. Als ich die Augen öffnete, lächelte Ted mich an. »Du bist wunderschön, Josie«, flüsterte er. »Ich bin in dich verliebt seit dem Tag, an dem du in der Kirchenbank in St. Anthony den Fuß ausgestreckt und mich zum Stolpern gebracht hast. Weißt du noch?«

Ja, ich wusste es noch. An dem Tag hatte ich mich in ihn verliebt. Wir waren zehn. Ich nickte.

»Ich hab gelernt, dass mein Schwanz mir nie Scheiß erzählt, Josie. Er hat's nicht nötig, mit Vernunft daherzukommen, er denkt nicht an Scham, er ist nicht scheinheilig. Und er vergisst nie, wen er geliebt hat, und warum. Ja … wir haben beide rumgevögelt … haben uns geholt, was wir brauchten. Aber wir, du und ich, wir haben eine gemeinsame Geschichte, und ich will, dass sie weitergeht. Ich möchte, dass wir versuchen, eine gute Ehe daraus zu machen.«

Ich versuchte, die Tränen zurückzuhalten, aber sie stiegen ebenso unaufhörlich in mir auf, wie die Regentropfen aufs Haus trommelten.

»Lass dich doch gehen, Josie«, sagte Ted.

Und das tat ich. Ich weinte die Monate der Einsamkeit und des Durcheinanders aus mir heraus. Ich weinte, bis ich

vor Tränen blind war. Ich spürte, wie Ted sie mir weg-
wischte, ich spürte seinen Atem an meinem Ohr, fühlte seinen zarten Kuss auf meiner Wange, einen liebevollen, keu-
schen Kuss, der gar nichts Sexuelles hatte. Ein Kuss der
Versöhnung. Ich vergaß die Tränen, umfasste Teds Nacken
und zog ihn eng an mich. Ich brauchte es. Ich wollte es.

Einfach verführt
Wickham Boyle

Ich liebe ihn. Lassen Sie sich von den verrückten Sachen, die ich daherrede, nicht täuschen. Er hat eine Art, sich in den Hüften zu wiegen und nachlässig den Kopf zu schütteln, die mich im Handumdrehen zur Raserei bringt. Mein Mann James hat das, was ich die »Initialzündung« nenne. Er hat eine Art, sich langsam hinter mich zu stellen, sich an mich zu schmiegen, und schon läuft mir ein Schauder über den Rücken und nistet sich zwischen den Beinen ein. Sosehr ich ihn auch vergöttere – Ehe und Alltag fordern ihren Tribut; Spontaneität und Verführungskunst sind nicht mehr das, was sie mal waren. Ich wünsche mir, dass die Listen der zu erledigenden Aufgaben in den Hintergrund rücken, dass kein Telefon mehr klingelt und die Schularbeiten fertig sind.

In der Mitte der Woche geht es bei uns immer am heißesten her. Unser Sohn bastelt etwas für ein Schulprojekt über New Amsterdam. Zwischen Pausen, in denen er die Überreste eines Brathähnchens verdrückt, klebt er Bilder von den Pilgervätern auf orangefarbenes Papier. Seine Schwester räumt Geschirr fort und palavert unterdessen mit irgendeinem Jungen, den Hörer des verschrammten Telefons in der Küche zwischen die Schulter geklemmt. Sie kichert und lässt den Apparat unversehens fallen. Krachend landet er am Boden. Bis jetzt ist er noch nicht in die Spüle gefallen, aber trotzdem lässt die Tonqualität für Erwachsene einiges zu wünschen übrig. Wenn man allerdings im Stimmbruch ist, steht Klarheit am Telefon sowieso nicht an oberster Stelle.

Ich finde eine Aufgabe nach der anderen, die meine Aufmerksamkeit in Anspruch nimmt. James steht schweigend hinter mir und knabbert an meinem Hals und meinem Ohrläppchen; wie elektrisiert halte ich ein. Eine kurze Pause, dann höre ich das Platschen in der Spüle.

Ich stürze in die Küche, das Muttertier einer Herde, das streunende Jungtiere zusammentreibt und zur Nacht bettet. Ich wische, putze, ordne. Meine Aufräumaktion läutet das Ende des letzten abendlichen Telefonats ein. Wäre unser Haus eine Farm, würde ich die Küken ins Nest scheuchen und sauberes Stroh für die Esel auslegen. Das ist meine Domäne. Ich liebe es, die Ordnung wieder herzustellen und meine heranwachsenden Kinder sicher ins Bett zu bringen.

Manchmal macht die Welt das Leben nicht einfach für eine Familie mit zwei blauäugigen weiblichen und zwei braunäugigen männlichen Mitgliedern, deren Hautfarbe sich von »nußbraun«, wie James sich beschreibt, bis »Vanillepudding« – das bin ich – erstreckt. Unsere Tochter schlägt nach mir, hat aber eine Hautfarbe wie Toffee und leuchtend meerblaue Augen. Unser Sohn ist eine karamellfarbene, mandeläugige Schönheit. Wir verwirren unsere Umwelt, weil wir offenbar ein ethnisches Kontinuum darstellen. Es ist schwer, uns in eine Kategorie zu stecken, und ich glaube, das macht manchen Leuten Angst. Leute, die ständig Angst haben, sie könnten bewertet werden, packen meist die erste Gelegenheit beim Schopf, andere zu bewerten.

Als Familie wird oft über uns gerichtet. Wer sind wir? Wie gehören wir zusammen und warum? Wir sind durch Zuneigung aneinander gebunden, durch Liebe, Lachen und Lebenshunger. Wir sind eine moderne Familie, und damit meine ich, dass wir in diesem urbanen Leben, unserem Alltag, viel zu viele Termine haben. Immer sind wir in Eile – bei der Arbeit, in der Schule, beim Baseball und Ballett, sogar bei der Suche nach verlorenen Socken. Wenn ich mir die ultimative Verführung vorstelle, dann denke ich, dass mein Kopf die endlosen Listen und »Müßte-eigentlichs«, die mein Bewusstsein quälen, abschaltet.

Junior tappt zur Kaugummi-Zahnpasta. Ich setze mich auf sein Bett und warte auf ihn. In der Hand halte ich noch ein zusammengeknülltes Geschirrtuch. James schlendert herein, schlingt die Arme um mich. Der Kleine findet es wunderbar, wenn seine Mommy wie ein Kind fest im Arm gehalten wird. James gibt mir einen dicken Schmatzer, was unseren Sohn jedes Mal aufjuchzen lässt. James sagt: »Geh ins Bad und entspann dich, Baby. Ich hab hier alles im Griff.« Er wendet sich an unseren Sohn und macht ihn zu seinem Komplizen: »Sag Mommy, sie soll sich in die Badewanne legen, Junior. Sag ihr, das Bad wartet schon auf sie.« Keine Minute später beginnt ein völlig neues Erlebnis für mich: Entspannung in der Wochenmitte.

James hat in unser TriBeCa-Loft ein ultramodernes Stereosystem installiert. Selbst im Schickimicki-Manhattan ist unsere Musikanlage der Neid aller männlichen Gäste. Die Zimmer sind als getrennte Tonbereiche verkabelt. Man kann im Bad von Klängen eingelullt werden, ohne dass ein Ton davon in die Kinderzimmer oder die Küche entweicht. Zuzeiten hasse ich diese durchtechnologisierte Welt.

Wahrscheinlich findet jede Frau Sachen, die einen Keil in die Beziehung treiben können. Für mich ist es die Technik. Ich möchte einschlafen, während ich bei Kerzenlicht *Madame Bovary* lese und Mozart durch den Raum schwebt; James will Jay Lenos Monolog hören und zum Schluss umschalten zu einigen Tracks von Erykah Badu. Aber mein Ärger hält nie sehr lange vor. Mein Mann hat den Körper eines in Schokolade getauchten griechischen Gottes. Mit Mitte vierzig strotzt er noch vor Leben und Jugend. Er hat mein Herz auf Lebzeiten für sich gepachtet; es begleitet ihn, wo immer er hingeht. Ich zerschmelze, wenn ich seine schlacksige Gestalt sehe, die sich auf dem Bett unseres Sohns räkelt. Seine krausen schwarzen Haare sind um einen pummeligen Kinderfinger gewickelt – unser Sohn spielt mit seinen Locken, während James eine Geschichte erfindet.

Ich gebe beiden Kindern einen Gutenachtkuss. Meine

Tochter ist beeindruckt, dass ich etwas tue, was sonst Mädchen vorbehalten ist. Sie besitzt ein wunderbares Gespür dafür, sich selbst zu verwöhnen – etwas, das ich immer noch zu lernen versuche. Mit ihren dreizehn Jahren hat sie verstanden, dass es nicht egoistisch ist, wenn man etwas für sich selbst tut, sondern dass es einem Freude macht und das Leben aller Familienmitglieder bereichert. Ich bin fast fünfzig und bemühe mich noch immer zu begreifen, wie wichtig es ist, dass ich mich um mich selbst ebenso kümmere wie um die anderen.

James bestätigt mich in meinen Versuchen, mich selbst zu verwöhnen. Er sagt, ich muss entspannen, mich gehen lassen. Er drängt mich, immer wieder innezuhalten und mir zu überlegen, wo ich in dieser komplizierten Gleichung des Kümmerns stehe. Mir fällt es einfach verdammt schwer zu sehen, welchen Wert es hat, einen Moment für mich selbst zu nutzen. Zuerst gab ich mich dem Genuss nur hin, um James einen Gefallen zu tun. Ich wollte ihn nicht zurückweisen, wie ich es bei meiner Mutter erlebt hatte, die die Aufmerksamkeiten meines Vaters abwehrte. Ich wollte James in nichts gering schätzen. So schwer es mir auch fällt, ich ringe die christliche Märtyrerin in mir immer wieder nieder und gebe mich dem Luxus der römischen Genusssucht hin. Und tatsächlich fühle ich mich ja auch lebendiger, wenn ich mich um mich selbst kümmere. Und wenn ich mich als Frau mit Sexappeal empfinde, werden alle Personen, aus denen ich bestehe, besser.

Als ich die Tür öffne, umgibt mich der Duft von Lavendel. In unserem Urlaub in Südfrankreich vergangenen Sommer hatten wir die getrockneten duftenden Blüten in rauen Mengen gekauft. Ich wollte daraus Duftsäckchen zum Verschenken machen, ganz wie Martha Stewart. Der Lavendel verkümmerte in meiner Wäscheschublade – bis heute Abend. Der intensive Duft steigt mir zu Kopf. James hat Kerzen um die Wanne aufgestellt, und wunderschöner, perfekt abgestimmter Jazz erklingt im Hintergrund. Er hat mir ein exquisites Nest bereitet, in dem ich mich gehen lassen kann. Ich lege mich ins heiße Wasser und lasse mich treiben.

Was macht man als Erstes, wenn man entspannt? Wohin wandern die Gedanken, wenn man alles von sich abfallen lässt? Ohne jeden Stolz muss ich bekennen, dass ich beim Alltäglichsten anfange. Ich schwebe in einer Liste von Wäsche, Schuluniformen, Notizen, die ich machen will, und Aktien, die ich hätte kaufen oder verkaufen sollen. Ich zwinge mich, in die Gegenwart zurückzukehren, und allmählich löse ich mich aus der Realität. Ich verbanne meinen Kopf an einen formloseren Ort. Ich weiß, ich kann meine Gedanken durch Meditation beeinflussen. Es sind meine Gedanken, und sie können sich genauso verändern, wie James auf die Fernbedienung drücken kann, um Dutzende von Sendern an sich vorbeirauschen zu lassen. Die Augen geschlossen, treibe ich im Duft des Sommers. Ich beschwöre den heißen Sand von Cassis herauf, den Geruch von Südfrankreich. Hier bin ich, mitten im New Yorker Winter, aber niemand kann mich von meinem Picknick mit weißen Pfirsichen, Mirabellen, frischem Brot und einem gottvollen, perfekt gekühlten Rosé vertreiben. Geschmäcke liegen mir auf der Zunge, der Wein steigt mir zu Kopf, und wie der Arzt es verordnet hat, lasse ich mich treiben.

Die Musik bildet eine Klangschleife, in der scheinbar keine Zeit vergeht. Ich treibe in einem unbewussten Raum. James ist großartig; er gibt mir Zeit, mich über Umwege auf die Entspannung einzulassen. Er drängt mich nie zur Eile. Sobald mein Geist sich entsprechend eingestimmt hat, setze ich mich auf und höre das Rauschen des Wassers, wie es ins Meer zurückströmt. Ich steige aus der Badewanne und merke, dass mein Körper nicht mehr jung ist. Das ist nicht mehr derselbe Körper, mit dem ich vor wenigen Sekunden im Mittelmeer trieb. Während ich überlege und allmählich den Zauber zerstöre, den das Bad bewirkt hat, kommt James herein. Er stellt sich hinter mich und hüllt mich in ein Handtuch, das noch warm ist vom Trockner. Er küsst mich auf den Nacken und verbeißt sich in meinem fleischigen Ohrläppchen. Seine Stimme ist tief und honigsüß. Der Klang ergießt sich wie eine Fontäne von Sahne in mein Ohr. »Lies mir beim Vögeln aus dem Telefonbuch vor«, sagte ich mal im Scherz zu ihm. Einmal passierte es sogar wirklich – genau in dem Moment, als ich zum Orgasmus kam, klingelte das Telefon, und James' Stimme dröhnte vom Anrufbeantworter durchs Zimmer und füllte mir die Ohren mit seinem Bariton, während sein Schwanz sich in mir entleerte. Während sein Stöhnen sich mit der geschäftsmäßigen Stimme des Geräts mischte, sog meine Möse das Letzte aus ihm heraus.

Jetzt steht er hinter mir und murmelt mir ins Ohr: »Komm, mein Schätzchen, Baby, ich reib dich ein, damit du schön weich bleibst für mich.« Er dreht mich zu sich um. Mit seinen knapp 1,90, den riesigen Händen und Füßen und allem anderen in entsprechenden Proportionen, ist James ein Riese, aber ein sehr sanfter. Er kann mich bewegen, wohin er will, und zwar mit geschmeidiger Leichtigkeit. Ich ermahne mich, den Moment zu genießen. Nur in meinem Kopf findet die Verführung statt oder nicht. Ich kann den wunderbaren, köstlichen Empfindungen, die mich durchströmen, jederzeit ein Ende bereiten. Ein zu langer Blick ins Land der Wäsche oder ins Reich der unfertigen Projekte, und ich werde nervös und unzugänglich. Jetzt zwinge ich meine Gedanken, sich auf mein Vergnügen und meinen Partner zu konzentrieren.

Ich lehne mich an seine Brust und lasse mein Gewicht gegen seinen festen, braunen Körper fallen. Er schlingt mir die Arme um den Bauch, und plötzlich bin ich keine Frau in mittleren Jahren mehr, sondern jung, mit cremigen Schenkeln und einer sahnigen Möse, gerade reif zum Pflücken. »Lass dich fallen, Frau, lass dich fallen und vergiss die Zeit«, sage ich mir im Kopf vor, damit ich nicht abdrifte. Ich will nicht ins Land der Listen abgleiten.

»Komm in meine Höhle, da kann ich dich besser eincremen, Baby«, flüstert James. Ich fange an, von den Kindern zu reden, von diesem und jenem, was ich nicht abgeschlossen, was ich nicht beendet habe – alles Ausflüchte, um diesen Moment zu zerstören. James packt mich und öffnet die Tür zu unserem Schlafzimmer. Es ist verwandelt, beleuchtet von einem Dutzend Kerzen. »Eine Party nur für uns!« James wirft mich aufs Bett und deckt mich schnell mit seinem Körper zu. Er trägt noch seinen Anzug, hält seine Bügelfalten-Hose und sein Hemd aus ägyptischer Baumwolle Millimeter von meinem cremigen Körper fern. Dann beugt er den Kopf vor und füllt meinen Mund mit seiner breiten rosa Zunge. Seine Küsse sind intim, intensiv, genau wie sein Vögeln. Er kann aus allen Richtungen bis in meine tiefsten Tiefen vordringen, und er liebt es, mich zum Schmelzen zu bringen. Mir schwindelt vor der Lust des Kusses. Ich schnurre und stöhne und recke mich seinem Mund entgegen. Er neckt mich, hält seinen Körper und seine edlen Klamotten Zentimeter von mir weg, während ich ihn umklammere und versuche, immer mehr von ihm ausgefüllt zu werden. Wie Schmetterlingsflügel streifen seine Lippen über mich, und die weichen Flaumhaare seines nie rasierten Schnurrbarts kitzeln mich am Mund. Ich lache. James nutzt die Gunst des Moments und steht auf, um sich auszuziehen.

Ich stütze mich auf die Ellbogen und schaue ihn an, während er sich die Kleider vom Leib streift. »Das magst du doch immer noch am liebsten, stimmt's, Süße?« Die Art, wie er spricht, lässt alle Gefühle aus mir fließen, sodass sie ihm zu Füßen liegen. Er zwingt mich zu antworten. Er will hören, wie ich mein unsterbliches Verlangen nach ihm gestehe. »Ja, ja«, stottere ich und nehme alle Bilder in mir auf, die in meinem Kopf Platz haben. Eine visuell Besessene, so nannte mich eine Freundin einmal. Eine Frau, die Objekte liebt, Bilder, Körper, Stoffe; im Museum meines Hirns ist eine riesige Bildersammlung katalogisiert. James nimmt die zentrale Galerie ein. Er zieht sich nicht aus wie ein billiger Chippendale-Tänzer, er entkleidet sich, als wäre er ein kostbares Paket, eingehüllt in Seidenpapier, vergoldete Geschenkbögen, Schleifen. »Zeig mir, was ich am liebsten mag«, stammele ich. James knöpft sein Hemd auf und lässt es zu Boden fallen. »Das gehört auch zu meinen Lieblingsanzügen«, spotte ich. James mit nacktem Oberkörper, Hose, bloßen Füßen. Die Haltung seiner Schultern hat etwas, wie er so dasteht. Sein kantiges Kinn, darunter die quadratischen, glatten Schultern, die langen Arme. Heiß und entblößt. James' Rücken und Arme sind reinste pflaumenfarbene Glätte. Sein dunkelbrauner Körper, jetzt von den Kerzen tiefpurpur gefärbt, zieht mich in seinen Bann. Ich schaue zu, wie seine nackte Brust sich vorbeugt, damit er mich küssen kann. Ich will so viel mehr. Das weiß er, und das ist Teil des Spiels. Mich zu reizen. Mich schmoren zu lassen. Zuerst im Bad und jetzt hier – weil ich etwas will, das er mir vorenthalten kann. Er richtet sich auf. Öffnet die Gürtelschnalle. »Wie war dein Tag, Baby? Du hast mir noch gar nichts vom Rennstall der Weißen erzählt, den du die Börse nennst.« Ich will nicht über mein Leben reden, in dem ich Stroh zu Gold spinne. Das weiß er. Die reinste Koketterie. Jetzt, wo er meine ungeteilte Aufmerksamkeit hat, kann er sein Spiel mit mir treiben. Das stört mich nicht, weil James alles, was er anfängt, auch immer zu Ende bringt. Er putzt sich vor meinen Augen heraus. Er macht, dass ich den Kopf verdrehe. Meine Aufmerksamkeit richtet sich dahin, wo er sie haben will. Als Anwalt eines Konzerns kann James in jede nur denkbare Rolle schlüpfen. Er ist ein kluger, verblüffender Schauspieler. Im Handumdrehen verwandelt er sich vom abgebrühten schwarzen Gassenjungen zum vornehmsten Oxford-Absolventen. »Ah ja, ich seh schon, du willst nicht mit mir reden, Baby, stimmt's? Du willst, dass ich es so einrichte, dass du nicht reden kannst, dass du dich nicht bewegen und nicht denken kannst. Du willst, dass ich dich und all dein Denken jetzt, sofort, auf diesem Bett festnagele. Stimmt's?«

»Verdammt, James, wenn du's weißt, dann tu's doch!« Ich bin nicht immer die willfährigste Bittstellerin, aber James gibt nie auf. Er bewahrt die Ruhe und treibt sein Spiel auch in der Hitze des Gefechts noch weiter. Jetzt kniet er sich ans Bett und nimmt meinen Fuß in seine starken, großen Hände. Er massiert mir die Füße, summt mit Johnny Hartman mit, der fetzenweise an mein Ohr dringt. Jetzt wird es ernst, jetzt wird er mich nicht mehr necken, wird nicht mehr aufhören. Er steht kurz auf und zieht die Hose aus. Das Kleingeld und der Inhalt aller männlichen Hosentaschen fallen scheppernd zu Boden. Ich liebe dieses Geräusch, den Moment, in dem der moderne Industriemensch seine Waffen fallen lässt. Kurz vor der Jahrtausendwende bestehen diese Waffen aus Portemonnaies voller Kreditkarten und winzigen Handys, mit denen man Klienten in aller Welt rund um die Uhr erreichen kann. All das lässt er mit seiner Hose fallen, steht nackt vor mir und wird gleich mir gehören, mir allein.

James gleitet von unten her zu mir herauf. Er küsst mir die Füße, während meine Hände seine Haare packen. Ich massiere seinen Lockenkopf und schnurre nach Art der Katzen. »Ich will dich, James. Ich will dich fühlen, dich ganz fühlen, in mir, auf mir. Bitte.« James zwingt mich zu warten. »Zuerst bring ich dich woandershin. Die Reise, die du begonnen hast, muss noch beendet werden.« Ich sinke ins Kissen zurück und zaubere in meinem Kopf den Sommer herbei. Ich gehe auf Reisen, verliere mich in meinem Kopf. Eine einsame Pilgerin auf der Suche nach dem sexuellen Gral. James hebt mein Bein an seine Lippen. Er kauert zu meinen Füßen, und ich öffne die Augen, um seine Schenkel zu betrachten. Sie sind lang, länger als mein Unterarm mit ausgestreckter Hand. Und sie sind hart, muskulös, glänzen im flackernden Kerzenlicht. Ich liebe diesen Mann, ich liebe es, in seiner Berührung aufzugehen, ich liebe die Art, wie er mich auf ungeahnte Reisen in meinem Kopf schickt. Ich beginne zu murmeln. Bewege nur leicht die Lippen, gebe Geräusche von mir, Klänge, dass ich weit fort bin in einem Land der Lust, und er ist der Einzige, der mich dorthin begleitet. »Ja, Baby, ja, ich weiß«, sagt James als Antwort auf meine unausgesprochenen Wünsche. Er weiß immer alles. Verbunden, wie wir sind, durch eine Kraft, die über Zeit und Raum hinausgeht, gefangen am Schwanz, wirbeln wir über meinem Kopf. James berührt noch immer meine Beine, züngelt in meine Kniekehle und leckt über den Schenkel aufwärts. Ich schleudere den Kopf hin und her und schüttele Träume ins Kissen. Ich fühle, wie sich meine Haut verwandelt. Sie wird lebendig, scheint vom flüssigen in einen festen Zustand überzugehen. Ich bin ein See, der gerade zufriert. Die Empfindung ist köstlich; während mein Körper hart wird, schmelze ich innerlich. James gleitet über die fester werdende Oberfläche. Sein Mund ist in meiner Möse, die geöffnet ist, fangfrisch zum Verzehr. Seine glühende Zunge steckt in mir, und seine noch heißeren Hände überqueren meine gefrorene Oberfläche und verflüssigen mein Innerstes. Sie forschen, finden die Erhebungen meiner Brüste. Meine Brustwarzen sind so steif, dass sie fast schmerzen. Alles schmerzt vor Verlangen. Das weiß er und nimmt die beiden Spitzen zwischen die Finger, kneift sie, knetet sie. Nicht im Konzert, sondern in einer Harmonie, die noch mehr Säfte aus mir rinnen lässt als die, die schon zwischen meinen Beinen fließen.

Ich muss hier bleiben, in diesem Moment, ich darf nicht zulassen, dass mein Verstand einsetzt und diese Leidenschaft zerstört. Ich merke, wie meine Konzentration sich in den Vordergrund drängen will, und verliere den Halt über den Ort, in dem meine Sinnlichkeit lebt. Ich spüre, wie der Orgasmus sich zurückzieht, als würde eine Wolke herübergeweht werden und den Mond verdunkeln. Es liegt an mir, die Wolke zu vertreiben und wieder im Mondlicht zu baden. Das weiß James. Er murmelt: »Bleib hier, Baby, spür meine Zunge, meine Finger, wie ich sie in dich hineinstecke. Ah, du bist so heiß, glühend heiß. Ich will in dir drin sein.« Ich kann nichts sagen, bin in einer Zeit jenseits der Sprache gefangen, und nach dem Teil des Gehirns zu suchen, in dem die Sprache angesiedelt ist, würde bedeuten, meine überwältigende Leidenschaft zu verlieren. Das weiß James. Er weiß, dass ich ihm völlig ausgeliefert bin und weder den

Wunsch noch den Willen habe, mich ihm zu widersetzen. Ich schwebe am Rand des Orgasmus, und er lässt mich dort verweilen, hält mich an hauchdünnen Fäden, die elastisch und unzerstörbar sind. Ich bin nicht mehr in der realen Welt. Geräusche verebben, ich existiere körperlos. Ich bin nur noch Empfindung, eine einzige, riesige Möse, die sich aufsetzt und darum bettelt, verschlungen zu werden, genommen zu werden, sodass sie explodieren kann. Ich spüre ein Vibrieren tief in meiner Kehle, aber ich höre nicht, was sie hervorstößt. Ich spüre, wie James mich auf die Seite dreht. Seine Hände packen mich an den Oberarmen, und in seinem Griff spanne ich mich an. Ich spüre seinen Schwanz am Eingang meiner Scheide, er hält inne, schiebt sich dann ein Stückchen hinein. Die Spitze seines Schwanzes späht in meinen Tunnel. Späht hinein und verharrt. Ich bin rasend, weil ich ihn will. Ich kenne dieses heftige Verlangen, und ich kenne die Auflösung. Es gibt keine Kraft, der ich mich nicht widersetzen könnte. Ich stemme mich gegen James, und er treibt sich in mich hinein. »Das gefällt dir, Baby, stimmt's? Das magst du, den dicken, fetten, schwarzen Schwanz tief in dir drin.« James schiebt sich in mich, legt mir einen Arm um Bauch und Brust und zieht mich fest an sich. Er zerrt an meinen Brustwarzen, kneift sie mit Daumen und Zeigefinger. Fest. Ich weiß nicht, wo ich bin, aber vor Empfindungen und Lust scheine ich fast zu schweben. Mit der anderen Hand umfasst er den Ansatz seines Schwanzes und schiebt ihn noch tiefer in mich hinein. Seine Finger teilen die pelzige Haut, die meine Klitoris verhüllt, und die entblößten, erregten Nervenenden pochen wie wild. Ich bin wie eine Schraubzwinge, eine wilde Hündin, meine Möse ist ein Gebiss, das seinen Schwanz packt. Ich entlade mich mit überströmendem Gefühl. Ich spüre, wie meine Haut Feuer fängt, als die Lichter in meinem Kopf aufblitzen. Ich komme, immer noch, eine Abfolge von Kontraktionen um James' steifen Schwanz. Er entfernt die Hände und pumpt mit heftigen Stößen in mich. Jetzt kniet er über meinem Rücken und treibt seinen

Schwanz noch tiefer in mich. Er ist hinter mir, und nichts trennt ihn von seinem Ziel. Der Orgasmus hat mich geweitet, mit jedem Stoß kann er tiefer in meine Möse und meine Seele vordringen. Er verströmt seinen Samen und seinen Geist in mich. Ich liebe seinen sich aufbäumenden Körper. Mein Gehörsinn kehrt zurück, ich höre James' Baritonbrummen, als die Ladung aus seinen Tiefen heraufschießt. Mit einem letzten, gewaltigen Stoß zieht er mich an sich. Ich bin schockiert über den langsam, verstohlen heranschleichenden Orgasmus, der mich überkommt. Die Empfindung elektrisiert meine Klitoris, ich umklammere James' noch geschwollenen Schwanz. Dann schreie ich auf und lasse mich in seinen Körper zurückfallen. Schwer atmend liegen wir da, während die Musik wieder den Raum erfüllt. Wo waren all die Geräusche vor wenigen Sekunden, als meine Ohren mit Watte verstopft waren und der Strom quer durchs Zimmer jagte? Wir murmeln einander leise Worte zu, ich umfasse James' festen Hintern mit der Hand und überlasse mich dem Kokon der Träume.

Jemand hat die Kerzen gelöscht, eine Daunendecke über mich gebreitet, und als die Nacht sich entfaltete, war ich in einen tiefen Schlaf gefallen. Am Morgen klopft der Kleine an die Tür. Kaffeeduft steigt mir in die Nase. »Mommy, heute ist die Eislaufparty zum hundertsten Schultag, und …« James kommt herein, bringt mir einen heißen süßen, sahnigen Kaffee. Mein Mann nimmt die Hand unseres Sohnes, und beide geben mir einen Kuss. »Lass Mommy langsam aufwachen, Junior. Sie war letzte Nacht auf einer langen Reise.«

VIERTER TEIL
DER ORT DER HANDLUNG

Ein bestimmter Kontext und eine spezielle Umgebung spielen bei einer Verführung oft eine wichtige Rolle. In manchen Fällen kann die Sinnlichkeit einer Landschaft der direkte Auslöser für die erotische Annäherung sein. Eine Umgebung, die sehr romantisch ist, kann sexuelle Regungen hervorrufen. Ein hübsches, abgelegenes Nachtquartier, ein Nachtclub mit anregender Live-Musik und flirrenden Lichteffekten, eine heiße Badewanne mit Blick aufs Meer – all das kann untrennbar mit einer Verführung verbunden sein. Die Besonderheit einer Landschaft kann die Sinne anregen und die sexuellen Interessen beflügeln.

In »Eine Unterhaltung über grünes Wasser« von Leslie Cole spielt der Pazifische Ozean die Hauptrolle. »Ich hatte im Sommer mit dem Surfen angefangen und fand das Meer unglaublich verführerisch«, sagt Leslie Cole. »Alles ist sinnlich: die Farben, das Licht, die Geräusche, die Temperatur, die Art der Bewegung. Und das Meer ist voller Geheimnisse; es ist so groß, dass es einen wirklich überwältigen kann. Und es ist voll von sexuellen Anspielungen.« In dieser Surf-Story von Leslie Cole geht es um eine Verführung, die auf der Magie des Ozeans beruht und ihn benutzt als eine Metapher für Erregung, Unvorhersehbarkeit und Kontrollverlust.

In Lynn Santa Lucias »Siciliana« bestimmt die wilde Sinnlichkeit der sizilianischen Landschaft Dramaturgie und Szenario einer Verführung. Wir finden hier die perfekte Kombination aller Elemente, die die weibliche Hauptperson anziehen: einen gut aussehenden, virilen Italiener und die Anziehungskraft der sizilianischen Umgebung. »Für mich ist eine der wichtigsten Ingredienzien einer Verführung«, meint Lynn Santa Lucia, »die volle Übereinstimmung mit der umgebenden Landschaft, in der alle Sinne in einem gefrorenen Augenblick der Zeit und ohne einen Gedanken an Vergangenheit oder Zukunft verschmelzen.« Was diese Verführung so bemerkenswert macht, ist die Art und Weise, in der die Hauptpersonen überrumpelt werden von der Dramatik der Landschaft, der Größe der historischen Baudenkmäler und der wunderbaren Üppigkeit der Mahlzeiten.

Die Wirkung der Umgebung in Dina Vereds Story »Unter dem Vulkan« ist ganz anders, weil sie einen katastrophalen Vulkanausbruch als Hintergrund nimmt. »Meine Protagonistin braucht einen Ausweg aus dieser Situation von Tod und Zerstörung, da sie davon auf sehr emotionale Weise überwältigt worden ist«, erklärt Dina Vered. »Sie hat vorher noch nie einen Mann verführt, aber sie braucht diese Verführung als ein Ventil für ihre intensive emotionale Aufgewühltheit. Und die besondere Erotik, die die Stadt Cartagena umgibt, trägt ihren Teil dazu bei.« Das Mysteriöse dieses heißen, trägen kolumbianischen Küstenstädtchens hilft ihren Protagonisten, die schrecklichen Erinnerungen an den Vulkanausbruch auszulöschen, ihre Leidenschaft zu intensivieren und zu einem explosiven Liebesakt zu steigern.

Ob die Umgebung heiß und schwül ist, voller sinnlicher Verlockungen oder dramatisch zerstört – jede charakteristische Umgebung kann in ihren verführerischen Aspekten verstärkend und intensivierend wirken.

EINE UNTERHALTUNG ÜBER
GRÜNES WASSER
Leslie Cole

Ich hätte ihn in dem Moment, als er ins Meer hineinging, einfach küssen sollen. Die Brandung wogte auf und ab in jener unterschwellig gewaltsamen Weise, und wann immer ich die Augen schloss, konnte ich vor mir eine Wand aus jadegrünem Wasser aufsteigen sehen.

Was soll das heißen?

Es soll heißen, dass ich das Wasser in mir hatte, verstehst du? Und dass ich nicht mehr wirklich eine Frau war, auch wenn ich wie eine Frau aussah, sondern mich verhielt wie Wasser. Und ich wusste, auch er liebte es, wenn das Wasser über seinem Körper zusammenschlug und ihn überall – wie mit Händen – berührte. Es war einfach eine absolut perfekte Gelegenheit. Er hätte mir nicht widerstehen können: Ich sah aus wie eine Frau, das Meerwasser tropfte aus meinem lockigen Haar, ich schmeckte salzig, roch nach Meer und Austern, und wenn er jetzt an meinem Gesicht geleckt oder den Sand gespürt hätte, der überall in meinem Haar klebte, dann wäre er verloren gewesen.

Halt, warte mal! Warum hast du ihn nicht einfach das süße kleine Mal an deinem Po ablecken lassen?

Weil ich meinen Wetsuit anhatte, du Dummkopf. Vom Hals an abwärts war ich in schwarzes Gummi eingewickelt.

Klingt ganz vernünftig, ja.

Na ja, vernünftig, was soll's. Ich wollte ja nicht gleich mit ihm vögeln. Ich wollte ihn nur küssen. Zumindest ganz am Anfang. Es war ganz einfach eine spontane Regung.

Ist Vögeln nicht auch eine rein spontane Regung? So, wie wenn ich meine Hand nach dir ausstrecke, dich berühre, dich öffne und alles, was ich sehe, ist rosa und feucht, und du sagst »mach's mir, mach's mir, mach's mir«, und ich gleite hinein in dich, einfach nur wegen deiner Worte, und du fängst an zu schreien »o ja, bitte«, und ich hinterlasse meine Fingerabdrücke auf den Innenseiten deiner Schenkel, weil ich so fest zugepackt habe ... Ist das nicht auch eine rein gefühlsmäßige Regung?

Na gut! Na gut, dein Griff vielleicht. Vielleicht muss es auch nicht »rein gefühlsmäßig« heißen, sondern »ganz selbstverständlich«. Es wäre ein völlig unschuldiger Kuss gewesen. Ganz elementar, verstehst du?

Was ist denn nun wirklich passiert?

Also. Ich war mit meinem Surfbrett ungefähr eine Stunde draußen gewesen und hatte in der Dünung gedümpelt. Noch bevor er ins Wasser kam, wusste ich, ich musste ihn einfach berühren. Selbst, wenn es nicht anders ging, als dass ich mein Brett absichtlich direkt auf ihn zulenken würde.

Wow, Mädchen, das klingt aber nach einer Menge mehr als nur einem Kuss!

Stimmt schon, ja. Wenn dich eine Göttin von hinten überfällt, während du in der aufsteigenden Welle bist, dann ist das schon eine harte Sache. Und dann lacht sie auch noch hysterisch, wenn sich ihr Kopf einen Moment lang an deinem Gummihintern ausruht! Aber solche Sachen passieren, ich kann mir so was auf jeden Fall vorstellen. Zumal, weil er aussah, als käme er gerade frisch aus dem Bett. Seine Haare waren wild und zerwühlt, seine Augen waren noch halb geschlossen, und er lächelte ein wenig, so, als würde er noch vor sich hin träumen. Er war stämmig, ein gestandener Mann, verstehst du, eine Art Ringerfigur mit dicken Beinen und einem breiten Rücken. Als er sich umdrehte und seine Nase in den Wind steckte, konnte ich unter seinem Anzug die Bewegung seiner kräftigen Muskeln sehen. Mein Hände und mein Gesicht waren vom kalten Wasser schockartig lebendig geworden. Meine Muschi schmerzte derart von der Kälte, dass ich eine Hand zwischen die Beine gepresst hatte, aber schon sein Anblick taute mich auf. Und das Salz in der Luft war scharf und weiblich, und die Brandung hob und senkte mich, machte mich scharf, aber ich nahm mich zusammen, weil ich das Gefühl hatte, zu wissen, wie es sein würde, wenn ich ihn in mir hätte und wie wir gemeinsam auf und ab schaukeln würden, wie es die Wellen machen.

Und das alles ging dir durch den Kopf, als du ihn angesehen hast?

Nicht nur angesehen! Ich konnte ihn auch schon schmecken. Und dann setzte er den Fuß ins Wasser und ließ seine Hand über die Rundung des Brettes gleiten. Mehr konnte ich zuerst gar nicht sehen, denn ich stand mit dem Rücken zum Meer, und jetzt erwischte mich eine große Welle. Ich war unvorbereitet, bekam Wasser in die Nase, aber nicht schlimm. Als ich dann wieder hochkam, um nach Luft zu schnappen, war er schon im Wasser. Das war blöd, denn ich hätte schon gern gesehen, wie er ins Wasser ging, nass wurde, aufwachte, denn das ist so eine Art Orgasmus. Und ich hätte gern sein Gesicht dabei gesehen.

Dann bist du wohl deshalb so gern oben dabei und versuchst, mein Gesicht zu sehen, wenn ich dir gerade alles geben will, was ich habe, weil du es sehen möchtest, wenn ich komme?

Wusstest du das nicht?

Nicht wirklich. Ich würde dich jetzt gern küssen.

Du hast mich seit Monaten nicht mehr geküsst. Wir sind nur noch Kumpel, hast du das vergessen?

Das macht doch keinen Unterschied. Ich glaube nicht, dass ich den Rest deiner Geschichte anhören kann, ohne dir jetzt einen Kuss zu geben.

Also gut.

Hm, du schmeckst nach Äpfeln. Wie ging die Sache mit dem Typen dann weiter?

Na ja, wir waren beide im Wasser und mussten das offene Meer, aber auch uns gegenseitig im Blick behalten. Ich glaube, ich war rot geworden, weil ich mir vorstellte, er könnte mitbekommen haben, was ich dachte, und deshalb versuchte ich, mit meinem Brett wie unbeabsichtigt eine andere Richtung einzuschlagen. Aber die Brandung oder irgendeine Strömung drückte mich immer wieder herum.

Hast du gelacht und gewinkt?

Hör schon auf! Natürlich nicht. Ich wurde immer verkrampfter, je näher er mir kam. Aber dann baute sich diese wirklich steile Welle aus dem Nichts auf, und ich hatte keine Zeit mehr zum Nachdenken. Sie bäumte sich einfach unter mir auf, packte mein Surfbrett und warf mich in die brodelnde Flut hinein. Einen Moment lang habe ich ihn total vergessen und versuchte, mich einfach über Wasser zu halten.

Aha, so die richtige Achterbahn.

Genau. Es gab keinen Fixpunkt mehr. Aber die Welle war so stark und hatte so viel Power, dass sie mich voll an Land bringen würde, bis an die höchste Flutlinie. Und ich schrie und lachte und sah staunend die Gischt, in der ich davonzischte. Das Tosen war so stark, und dann – lieber Himmel –, dann sah ich, dass er dieselbe Welle ritt. Er war nur wenige Meter entfernt von mir. Wie eine Vision, verstehst du?

Ja, ich kenn das.

Ich hätte ihn einfach küssen müssen. Und er dachte wohl das Gleiche. Ich griff nach ihm, erwischte seine Hand, und als ich schon fast losließ, hielt er mich richtig fest und zog mich mit in seine Richtung. Ich rutschte von meinem Brett runter und glitt auf den Knien über den nassen Sand, prallte direkt auf ihn drauf, hielt mich fest an ihm, meine Schenkel um seine Hüften gepresst. Das war einfach nicht anders möglich. Und dann berührten sich auch unsere Gesichter, Stirn an Stirn standen wir da. Die Haut war klebrig vom Salzwasser, und seine Lippen glitten über meine Wange, mein Ohr. Ich konnte seine Schlagader am Hals pulsieren sehen, das schmerzende Ziehen zwischen meinen Beinen war wieder da, und dann all das Gummi, das dazwischen war. Diese Anzüge sind schrecklich eng, und ich kämpfte eine Weile mit seinem Reißverschluss, bis ich schließlich oben am Hals meine Hand in seinen Anzug hineinschieben konnte und die Wärme seiner Haut spürte. Und er berührte mit seinen Händen meine Brüste, streichelte meine Hinterbacken, war auf der Suche nach einem Weg hinein, und seine Hände langten schließlich an meinen bloßen Knöcheln an. So klammerten wir uns aneinander – Kopf an Kopf und die Hände an den einzigen Stellen nackter Haut, die sie fanden. Und plötzlich waren wir auf dem Trockenen. Ich meine, wirklich, Realzeit, verstehst du? Kannst du dir vorstellen, wie schrecklich es ist, deine Hand aus jemandes Halsausschnitt am Wetsuit herauszuziehen, der praktisch ein Fremder ist?

Ach, und dann hat wohl die Musik ausgesetzt? Du, mit den Schenkeln um seine Hüften, und er, der dich immer fester an sich zieht, während der Rückstrom des Wassers den Boden unter euren Knien wegschwemmt und eure Surfboards in der Brandung aufeinander geknallt sind? Und du hast deine Hand zwischen seinem Hals und seinem Gummizeug!

Ja, so kann man das wohl sagen. Stimmt.

Das Leben ist hart, oder?

Kann man wohl sagen. Denn dann war da dieses lange Schweigen, und ich musste ein bisschen kämpfen, um meine Hand freizukriegen, und ich hab wohl so was wie »tut mir Leid« gemurmelt. Und er hat mich so merkwürdig schräg angesehen, als wäre ich seine große Schwester oder so. Dann hat er sein Brett rangezurrt und war wieder raus in die Brandung gepaddelt, ohne sich noch mal umzusehen.

Autsch. Und was hast du dann gemacht?

Tja, ich saß da, ließ mich eine Weile von den Wellen hin und her wiegen, und dann beschloss ich, so zu tun, als sei gar nichts gewesen, oder als sei das, was passiert war, für mich ganz alltäglich. Verstehst du, was ich meine? Ich nahm einfach mein Brett und ging ebenfalls wieder raus ins Meer.

Zurück ins eiskalte Wasser, huh! Könntest du jetzt deine Beine ein bisschen weiter öffnen? Hey, du weißt schon, wie! Deine tollen langen Beine bilden eine wunderbare Kurve, toll zum Anschauen – wie ein breites großes U.

Sehe ich denn so ein bisschen entspannter aus?

Das würde ich schon sagen. Ich glaube nicht, dass ich mir sonst den Rest deiner Geschichte gern anhören würde.

Aha. Also, wo bin ich stehen geblieben? Ja, wir waren also beide wieder draußen in der Brandung und warteten auf die richtige Welle. Aber es kam keine mehr. Das ging so eine ganze Weile, lange genug jedenfalls, dass ich die verrückte kleine Szene sicher tausend Mal in meinem Kopf wiederholen konnte. Und dann ging er raus.

Du hast gesehen, wie er rausging, oder?

Ja, ja. Aber es war noch viel schlimmer, denn ich bin hinter ihm hergegangen.

Willst du damit sagen, dass du ihm nachgelaufen bist?

Nein, ich bin ihm wirklich auf dem Fuß gefolgt. Das war auch ganz in Ordnung, ein bisschen wie ein Spiel und eigentlich sogar so etwas, wie ihn damit zu verabschieden. Aber dann drehte er sich um und ertappte mich sozusagen auf frischer Tat.

Auf frischer Tat? Was hast du denn gemacht?

Also … Er hat doch seine Fußspuren im Sand hinterlassen. Er muss wirklich schnell gegangen sein, oder vielleicht ist er auch gerannt oder gesprungen, denn sie waren ziemlich weit auseinander. Und weil ich ja bisher nur seinen Pulsschlag am Hals gefühlt hatte und in diesem kurzen Augenblick, bevor die Welle gekippt ist, in seine Augen geschaut hatte, wollte ich jetzt natürlich seine Fußabdrücke spüren.

Natürlich, ja. Sag mal, sind das nicht meine Jeans, die du da anhast?

Meinst du? Hör mal, ich zog mein Surfbrett am Riemen hinter mir her und sprang von einem Fußabdruck zum nächsten. Ich glaube, ich hatte ein bisschen Seetang im Haar und hatte richtig das Gefühl, dass es mir Spaß machte. Ich ließ meine Arme in die Luft schwingen, das kennst du ja, und dann – als ich gerade mitten im Sprung war – drehte er sich um und sah mich an.

Was hast du dann gemacht?

Na ja, was macht man in so einem Fall? Ich blieb wie angewurzelt stehen. Ich muss völlig lächerlich ausgesehen haben. Dann fing ich an hochzuspringen, als wollte ich mich warm machen, aber ich merkte sofort, dass er mir das nicht abnahm. Er sah mich ganz schön lange an, aber dann machte er sich wieder auf in Richtung Parkplatz. Ich blieb also allein auf dem Strand und war mir ziemlich sicher, dass er verschwunden war.

Du siehst sogar jetzt noch aus, als wäre dir kalt. Hast du was dagegen, wenn ich mit meinem Stuhl zwischen deine Beine rutsche? He, deine Knie zittern ja!

O ja, bitte wärme mich ein bisschen, wenn du magst. Gut, gut! Lass mich meine Story zu Ende erzählen, ja? Ich war schließlich bei meinem Auto angelangt und hatte gerade an meinem Handgelenk das Band losgemacht, da war jemand hinter mir und sagte: »Beweg dich bitte nicht!« Ganz klar, dass ich gefragt habe, weshalb, und er sagte, er wollte mich gern genau anschauen, falls ich nichts dagegen hätte. Dann habe ich irgendwie genickt, um mein Einverständnis kundzutun. Und plötzlich waren seine Hände in meinen Haaren und fuhren über meine Wangenknochen und berührten ganz leicht meine Lippen. Das hat mich derart überrascht, dass ich drauf und dran war, mich zu ihm umzudrehen, aber er verhinderte es, indem er hinten an meinem Wetsuit am Reißverschluss zog.

Moment mal. Woher wusstest du, dass es der Typ von vorher war?

Ich wusste es einfach. Er war gerade aus dem Wasser gekommen, es tropfte noch aus seinen Haaren, und er roch ein bisschen wie ein Lachs.

Verstehe, das erklärt natürlich alles.

Ja, und dann öffnete er meinen Reißverschluss nur oben ein bisschen und küsste meinen Nacken und ließ seine Zunge auf meinem Rückgrat entlanggleiten bis an meinen Haaransatz. Ich bekam eine Gänsehaut, es war nämlich Wind aufgekommen, aber es waren wohl eher seine Lippen, die sich auf meiner Haut so heiß anfühlten. Und dann presste er sich an mich, und ich konnte spüren, wie erregt er war. Sein Glied drückte sich wie ein Berg gegen mich. Inzwischen hatte er mir den Wetsuit von den Schultern gepellt und an den Armen runtergezogen, und ich war darunter ganz nackt. Ich fand das unangenehm, so halb nackt hier mitten auf dem Parkplatz zu stehen, und drückte mich gegen meinen Wagen. Aber dann machte ich die Augen zu, und alles, was ich sah, war diese Wand aus grünem Wasser. Ich konnte es nicht verhindern. Er kniff meine beiden Brustwarzen, küsste dabei immer noch meinen Nacken und den oberen Rücken und drückte sich gegen mich, genau zwischen meine Beine. Ich bog meinen Rücken, und als ich meine Beine noch ein bisschen weiter spreizte, glitt seine Hand hinten in meinen Anzug und nach vorn über meinen Bauch, und er suchte mit dem Finger meine Klitoris. Er glitt sofort in mich hinein, weil ich so erregt war. Und dann begannen wir miteinander zu schaukeln, und es war so hart und wundervoll, wie er sich gegen mich presste. Mir zitterten die Knie, und ich spürte das heiße Blech meines Wagens an meinem Bauch, und er atmete schwer, sodass ich es fast nicht mehr länger aushielt. Aber da kam ein Auto vorbei und hupte. Ich war so fürchterlich erschrocken, dass ich von ihm wegzukommen versuchte, aber da zog er mich einfach noch fester an sich und steckte seinen Finger noch tiefer in mich hinein. Ich schrie auf, und die Woge überrollte mich wieder und wieder und wieder. Himmel, welch ein Gefühl! Meine Beine gaben nach, und er fing mich auf und hielt mich die ganze Zeit fest, als es über mich hereinwogte. Dann wollte ich mich zu ihm umdrehen, aber ich hatte Angst, es zu tun, denn auf einmal war mir wieder bewusst, an welch einem unsäglichen Ort wir uns befanden.

Und das war's dann?

Ja. Aber doch noch nicht ganz. Nach einer ziemlichen Zeit zog ich meinen Wetsuit wieder über meinen Oberkörper hoch und drehte mich um. Wir lächelten uns an, beide etwas verwirrt und so. Dann hob ich meine Hände an sein Gesicht, und seine Augen hatten die Farbe des wundervollsten grünen Sommerozeans. Aber dann schloss er die Augen. Er ließ es zu, dass ich ihn berührte, sein Gesicht, seinen Penis, seine Hände, aber er sah mich nicht an dabei.

Er war verschreckt.

Hm. Könnte schon sein, denn als er merkte, dass ich darauf aus war, ihn aus dem Wetsuit zu pellen, hielt er meine Hände fest. Er hatte die Augen noch immer geschlossen, grub aber sein Gesicht in meinen Hals und weiter runter über meinen Bauch bis zwischen meine Beine. Und dann richtete er sich plötzlich auf und ging fort.

Und du hast ihn nicht daran gehindert?

Tja, ich war wohl etwas durcheinander und bibberte. Nicht wirklich voll befriedigt, weißt du? Wie konnte er denn jetzt bloß davonlaufen!

Ich finde, du solltest die Jeans jetzt ausziehen.

Na hör mal, weißt du was? Du stehst hier plötzlich bei mir vor der Tür, nachdem du vor sieben Monaten beschlossen hast, dass wir einfach nur Freunde sind, und jetzt findest du, ich soll hier strippen! Bist du übergeschnappt, oder was?

Ja, ich bin ein bisschen aus der Spur, stimmt. Also, wie wär's, wenn du jetzt deine Jeans ausziehst, und ich zieh meine auch aus. Übrigens, war ich nicht ein prima Zuhörer, hey? Ich hab Lust, deine Beine zu sehen. Ich will wirklich gern deine Beine anschauen.

Mann, benutz doch deine Fantasie. Aber du kannst zumindest dein Hemd ausziehen…He, du hast ja einen Sandstreifen um den Bauch. Bist du etwa im Wasser gewesen?

Ja, grade eben, bevor ich hier vorbeigekommen bin. Riech doch mal an mir!

Ey, willst du nicht das Ende meiner Geschichte hören?

Willst du gar nichts mehr von mir?

Sollte ich denn?

Warum nicht?

Okay. Also, ich hab mich dann einfach ins Auto gesetzt. Ich wollte meinen Anzug ausziehen, aber ich war so wackelig, dass ich dachte, ich würde es nicht schaffen. Deshalb habe ich mich einen Moment übers Lenkrad gelehnt, um noch mal all den brennend heißen Fingerabdrücken nachzuspüren, die er auf mir hinterlassen hatte. Da habe ich dann gesehen, dass er mir ein Geschenk dagelassen hatte.

Wann ist das denn überhaupt alles passiert?

Heute am frühen Morgen. Begreifst du? Und er hat mir eine Reihe von Muscheln auf mein Armaturenbrett gelegt: Sanddollars, rosa Turmmuscheln, eine wunderschöne kleine Abalone. Das hat's dann gebracht. Ich preschte los und runter vom Parkplatz in wilder Verfolgungsjagd. Aber mir war, als könnte ich nicht mehr so richtig klar sehen. Das Grau der Straßendecke sah aus wie Wasser in der Dämmerung, und die grünen Hügel waren wellig wie die Brandung, und Nebeldunst drückte herein von der Küste und legte sich auf die Straße. Ich konnte kaum über meine Kühlerhaube hinaussehen, und es war mir, als hätte das Wasser einen Sog, und Wogen und Wellen, Flüsse, Brandung und Gezeiten würden mich davontragen. Ich schmeckte das Salz und spürte das Vibrieren des Motors direkt zwischen meinen Schenkeln.

Und, hast du ihn gefunden?

Verdammt noch mal, nein! Ich wusste nicht einmal, in welche Richtung er davongefahren war. Es war ein Gefühl wie in der Brandung, wenn du von einer Welle nach oben gehoben wirst und du weißt, du bist einfach diese Winzigkeit zu spät und kippst gleich kopfüber mit dem Gesicht zuerst ins Wasser, wirst rumgewirbelt, hilflos durch die Luft geschleudert und kannst überhaupt nichts machen. Ich war der Welle völlig ausgeliefert. Ich fuhr weiter wie in Trance, immer noch in meinem Anzug, festgeklammert am Lenkrad, und sah plötzlich nach oben. Die Berge waren braun, die Luft wirkte braun, ein Stoppsignal bremste mich. Diese zweispurige Landstraße mit ihrem Verkehr hatte den Bann gebrochen. Ich dachte: »Was, zum Teufel, mach ich

denn hier? Ich kenn doch diesen Typen überhaupt nicht!«
Also wendete ich, fuhr in Richtung meiner Wohnung, und
da wurde mir dann alles völlig klar.

Was denn?

Dass er mich an dich erinnerte. Alles, was ich an dir vermisst hatte, fiel mir wieder ein. Und was mir jetzt ebenfalls
einfiel, war das letzte Mal, als wir miteinander geschlafen
hatten. Das letzte Mal, als du mich auf ebendiesem Strand
gevögelt hast, und wie wir in der Brandung rumgespielt
hatten und sich lauter Sand auf unseren Bäuchen festge-
setzt hatte. Erinnerst du dich daran, dass ich meinen Wetsuit nicht ausziehen wollte, aber du hast dich an mich
gepresst, und mir tropfte das Wasser aus deinen Haaren
übers Gesicht und den Mund, und du hörtest nicht auf,
mich zu küssen und mir das Salz abzulecken. Und ich war
so scharf, dass ich mich schließlich selber ausgezogen habe,
und dann hast du meine Beine gespreizt, damit die Wellen
über mich schwappten und du mich da ablecken konntest,
wenn die Wellen kamen und gingen. Erinnerst du dich, dass
du dann in mich eingedrungen bist, zusammen mit einer
Brandungswelle, und dann wieder rausgezogen wurdest
und mich immer wieder geneckt hast, bis ich dann meine
Schenkel einfach um deine Hüften gelegt und dich festge-
halten und zum Dableiben gezwungen habe. Denkst du
noch daran, du Mistkerl?

Ja. Und öfter, als du glaubst.

Und dann hat es mich rumgewirbelt. Ich sah die Autos
vorbeifahren, wie ich sie gesehen hatte, als ich dich zum
letzten Mal gesehen habe und du mir gesagt hast, welch
eine gute Freundin ich doch sei – mit der Betonung auf dem
Wort Freundin. Weißt du das noch? Und mir fiel dann ein,
wie ich mich gefühlt habe, als du weggefahren bist, wie du
direkt zur Straße gefahren bist, ohne dich noch mal umzuschauen. Und ich spürte noch den Kuss, den du mir auf die
Stirn gedrückt hattest, und wie dein Flanellhemd roch –
nach Erde und Sand –, und ich erinnerte mich daran, wie
wir beide am Strand gebuddelt hatten und überall rund-

herum Wasser gewesen war. Und das alles brach über mich herein, als ich dir hinterherschaute, bis du verschwunden warst. Und dann fiel mir ein, dass ich wusste, du hast mich belogen.

Und, was war dann?

Nichts. Das ist das Ende der Geschichte.

SICILIANA
Lynn Santa Lucia

Zwölf Tage vor Weihnachten. Kastanien rösten auf dem Feuer, Schlittenglöckchen klingeln, unter Mistelzweigen werden heimlich Küsse ausgetauscht – das sind die Bilder, die mir durch den Kopf gehen. Aber ich lebe in Miami, und allein. Vor mir liegen Feiertage, die ich in der heißen Sonne am Strand verbringen werde, ohne irgendjemanden, der mir nahe steht.

Gerade als ich mich mit dem Szenario in Südflorida abfinde, bringt mir ein Anruf von Claudia und Sandro aus Übersee Hoffnung auf Besseres: die freundliche Einladung, die Festtage auf italienische Art mit den lieben Freunden zu begehen. Bevor ich es mir wieder anders überlege, sitze ich im Flugzeug nach *bella Italia*, freue mich diebisch über mein Glück und über die scharwenzelnden Flugbegleiter mit südländischem Akzent, die mich umringen und exotische Namen tragen wie Mario, Aldo, Ettore und Luca.

Ich reise *sola*, und noch nie ist es mir so gut gegangen. Der Zeitschriftenstapel, den ich auf den leeren Sitz neben mich gelegt habe, ist vergessen, sobald die Jungs vom Alitalia-Flug Nr. 268 mich mit ihren Aufmerksamkeiten überschütten: Sie stecken mir Scheiben der süßen Panettone aus der ersten Klasse zu, schieben mir noch ein Kissen in den Rücken und unterhalten mich mit Geschichten aus ihrem Leben in Rom, Piacenza oder Verona. Ich erzähle natürlich auch von meinen zwei Jahren in Mailand.

»Aber warum kommen Sie nicht wieder nach Italien, *gioia*?«, fragt einer von ihnen, nachdem ich ihnen meine Sehnsucht nach vielen Feiertagen, Büffelmozzarella und

der öffentlichen Zurschaustellung unzensierter Leidenschaft gestanden habe.

»Jaaa – aber was soll ich da tun?«, frage ich.

»*Fa principessa.*« Führen Sie das Leben einer Prinzes-
sin.

Der Charme und die Aufmerksamkeiten italienischer
Männer sind mir nicht fremd. Allein die Tatsache, dass ich
eine allein reisende junge Frau bin, verpflichtet jeden Italiener kraft seiner Hormone und seines Nationalstolzes
dazu, mich mit Bewunderung zu überhäufen, wie sie übli-
cherweise den Diven unserer Zeit vorbehalten ist. Doch so
bewusst ich mir dessen auch bin, so viel Erfahrung ich mit
italienischen Männern auch habe – ich bin nicht dagegen
gefeit.

Ich senke den Kopf, um meine errötenden Wangen zu
verbergen, behalte aber immer noch zwei Augenpaare in
Sichtweite – eines in der Farbe von Walnüssen, das andere
wie leicht entflammbares Rauchgrau. Mittlerweile habe ich
jeweils ein permanentes Betreuerpaar, das den Raum direkt
hinter meinem Platz belagert, denn abwechselnd unterhält
mich die Crew der Stewards. Meine Sitzreihe liegt genau
vor dem mittleren Notausgang, durch den ich, wie ein Mit-
passagier mir augenzwinkernd erklärt, meinen übereifri-
gen Freunden bei Bedarf entkommen kann. Zuerst Mario
und Luca, dann Mario und Ettore und jetzt Luca und Aldo,
die ihre geschmeidigen Gliedmaßen um meinen Kopf, an
meiner Seite, auf meiner Armlehne ausbreiten.

»Zauberhaft, diese *lentiggini*«, sagt Luca, derjenige mit
den helleren Augen, und fährt mir mit dem Finger von der
Nasenspitze bis unter die Wimpern, dann hinab bis zum
Kinn mit einem Umweg über die Lippen. An seinen Mund-
winkeln, die etwas schief nach oben gezogen sind, kann ich
erkennen, dass ihm das Spiel, meine Sommersprossen zu
einem Bild zu verbinden, durchaus Spaß bereitet.

Währenddessen lässt der gutmütige, wohlwollende Aldo,
der mich an einen leicht schütteren Teddybären erinnert,
meine rotblonden Locken auf der Handfläche seiner pum-

meligen braunen Hand wippen. »Sie sind wie ein Kind«, sagt er.

»Das stimmt«, erklärt Luca. »Aber …« – er lässt sich sein Lieblingswort auf der Zunge zergehen – »Sie sehen aus wie *una furba.*«

Ich bekomme eine Gänsehaut auf den Armen. Eine Gänsehaut!

»Wie eine listige Füchsin«, wiederholt er, jetzt auf Englisch und *sotto voce*, die Lippen an meinem Ohr, damit ich ihn auch wirklich verstehe, damit ich weiß, was er meint.

Mir brennen die Wangen. Der Blutandrang ist weniger eine Folge meiner Verlegenheit als vielmehr des Feuers, das zwischen meinen Beinen lodert. Meine Schlagfertigkeit ist mir abhanden gekommen, völlig untypischerweise hat es mir die Sprache verschlagen, während ich Lucas suggestivem Blick standhalte. Kurz bevor er in die Business Class enteilt, kommen wir zu einem stillschweigenden Einverständnis.

Es ist heiß unter der Decke auf meinem Schoß. Lucas Hand, die auf dem fleischigsten Teil meines Schenkels liegt, ist wie ein Brenneisen, das sich durch meine Stretchjeans sengt. Die Frau, die in derselben Reihe saß wie ich und beim Abheben den Sitz am Gang belegte, ist schon vor Stunden zu ihrer Freundin nach hinten gegangen.

Luca, der am Fenster sitzt, hat seinen Oberkörper zu mir umgedreht. Ich räkele mich auf dem Mittelplatz. Plötzlich weht ein Hauch seines Rasierwassers zu mir herüber. Berauscht von seinem Duft, küsse ich ihn voll auf den Mund. Seine Zunge stößt gegen meine, dann gleitet sie im Kreis um sie herum, immer wieder in einem langsamen, rhythmischen Takt, sodass sich meine Möse zusammenzieht. Er nimmt meine Unterlippe zwischen die Zähne, meine Möse beginnt, unkontrollierbar zu zucken. Ich winde mich auf meinem Sitzplatz und hoffe, Luca versteht das als Signal, mit seiner Hand zu meinem feuchten Nest hochzuwandern. Und schon spüre ich seine Hand genau dort. Zeige-, Mittel- und Ringfinger liegen flach auf meiner Möse, streifen auf und ab über den glatten Stoff meiner Hose, während der Daumen sich geschickt einen Weg unter das elastische Bündchen bahnt und nach unten zieht.

Ich nehme sein Gesicht in die Hände und drücke seine Wangen zusammen, sodass seine Lippen zwischen meinen voll und rund werden. Er schiebt seine Finger über meinen Spalt nach unten, mitten hinein in meine Nässe. Ich sauge wie wild an seiner Zunge. Er lutscht seine Finger ab, dann lässt er mich an ihnen riechen und sie lecken. Wir bestehen nur aus Mund, Gesicht und Fingern, schlecken, atmen, knabbern, beißen.

Stöhnend vergräbt Luca seine Nase in meinem Nacken. »*Che meraviglia*«, seufzt er. Sein Mund ist so weich, sein süßer Atem kitzelt die feinen Härchen auf meiner Haut. Ich fahre mit den Fingern über sein Hemd hinab, lasse sie zwischen zwei metallene Druckknöpfe gleiten und sprenge sie, um die heiße Haut seiner Brust zu spüren. Meine Hände führen ein Eigenleben, umkreisen seine Brustwarzen, bis er es nicht mehr erträgt und sie mit gezieltem Griff zwischen seine Beine schiebt. Ich reibe an der deutlich sichtbaren Ausbuchtung, drücke sie zusammen. Er stöhnt wieder, knabbert an meinem Ohr und flüstert Wunderbares auf Italienisch.

Im Dämmerlicht sehe ich die Eichel seines Penis oben aus seiner Hose ragen. Ganz an der Spitze glänzt ein Tropfen. Ich berühre ihn mit der Fingerspitze und verreibe die klebrige Flüssigkeit auf dem Wulst seiner Stange. Zwei seiner Finger stoßen tief in mich, gleiten heraus und stoßen wieder nach, sodass ich unerbittlich gegen die Rückenlehne gedrängt werde. Fast schreie ich auf, aber gerade noch rechtzeitig legt er mir die Hand auf den Mund und dämpft mein Stöhnen.

Eine leichte Berührung an meiner Schulter. Erschrocken fahre ich aus meiner Träumerei auf. Ich schwitze. Ich schaue auf meine Armbanduhr und stelle fest, dass zwei Stunden vergangen sind und ich das Frühstück verpasst habe. Ich werde gebeten, den Sitz wieder in die aufrechte Position zu bringen. Wir setzen zum Landeanflug an.

Die Straße nach Monreale schlängelt sich gut sieben Kilometer südwestlich von Palermo auf eine Höhe von fast fünfhundert Metern hinauf. Zwanzig nervenaufreibende Minuten lang schlingern Luca und ich über die schmale Straße, schweben prekär über wunderschönen Panoramablicken auf die Conca d'Ora, in der Palermo liegt, sausen an entgegenkommenden Fiats vorbei, die die Haarnadelkurven mit achtzig Sachen nehmen. Mein Begleiter bedient seinen Alfa Spider Veloce wie ein Verrückter, der an den Bedienungshebeln einer dröhnenden Zeitmaschine sitzt. Aber deswegen vergehen die Minuten auch nicht schneller.

»*Piano, piano*«, sage ich, beschwöre ihn, langsamer zu fahren.

»*Sì, sì*«, beruhigt er mich und beschleunigt für die nächste Kurve.

Ich bin überwältigt – zuerst von Angst, dann von Belustigung, später von Resignation und schließlich von dem Staunen, das ein Ausländer in der Gegenwart eines ungehemmten, spontanen Italieners empfindet: Luca hat in den ersten Gang zurückgeschaltet und fährt an den Straßenrand. Warum? Weil der Blick »*troppo bella*« ist. Es stimmt: Das Panorama ist einfach zu schön, und die Schönheit hat Lucas Geschwindigkeitsrausch gebremst.

Jenseits des Stadtrands war die Szenerie in ländliche Idylle übergegangen, struppiges Braun und Grün von Weinbergen und Olivenhainen, die sich die Berge hinaufziehen, Tupfer von roten und gelben Blumen, die sich zum klaren blauen Himmel emporrecken. Wir sind aus dem Auto gestiegen, stehen am Rand des Abgrunds. Luca pflückt eine zarte, langstielige Blume. Als Italiener mit Sinn für Inszenierung steckt er sie mir hinters Ohr.

Ich muss verrückt sein. Verrückt, durchgeknallt. Mein zweiter Tag in Sizilien, und ich bin unterwegs mit einem

Mann, eher einem Jungen, acht Jahre jünger als ich, und spiele die Rolle der Geliebten, die ich aus reinem Verlangen heraus erschaffen habe. Meine Gastgeber glauben, dass ich den Nachmittag mit einer Cousine verbringe, deren Telefonnummer ich vor ihren Augen von einer zusammengefalteten Seite von *Ulisses 2000*, dem Magazin der Alitalia, ablas. Ich habe Schuldgefühle wegen meiner kleinen Lüge, aber Schwindelgefühle wegen dessen, was mir bevorsteht. Ich bin wieder sechzehn, habe die Fähigkeit, mich für den Augenblick zu entflammen wie Leuchtkugeln, die glühend in den Himmel schießen.

Liebe, Leidenschaft, Spleen – Goethe sagte einmal, dass in Rom all seine Jugendträume wieder zum Leben erweckt wurden. Wie Goethe kann ich in Italien neugeboren werden. Ich bin erst dreißig, aber in den letzten zwölf Monaten kam ich mir leblos vor, voll Überdruss, ohne Kontakt zu meinem Körper. In der berauschenden Welt von Miami – meinem gegenwärtigen Zuhause –, wo man von leuchtenden Farben geblendet wird, wo berückende Düfte einen abrupt innehalten lassen und die erdrückende Hitze sich wie ein Berg dampfender Handtücher auf Kopf und Schultern legt und einen in die Knie zwingt, hat mein Körper sich aus Selbsterhaltungstrieb verschlossen. Miami ist grell und laut, überwältigend und immer auf Show aus, sodass ich den Kopf einziehe und mich in mich selbst verkrieche, sobald ich nicht vor Selbstbewusstsein überschäume. Italien dagegen ist Nahrung für die Seele. Italien ist sinnlich, aber sanft. Hier fühlt sich mein Körper sicher. Vollständig. Hier kann alles, was gut an mir ist, auftanken. Das Herz geht mir über, es ist einfach und tut gut, die Person, mit der ich zusammen bin, zu umarmen.

Luca hat mir einen Arm um die Taille gelegt, während wir Hüfte an Hüfte dastehen und auf die Landschaft blicken. Oder vielmehr, Luca schaut auf die Landschaft, und ich betrachte seine makellose Haut, eine wunderschöne Mischung von Safran und Oliven. Ich wünschte, ich könnte die Farbe mit den Händen fassen und mit nach Hause nehmen. Aber ich fürchte, der Farbton würde ohne die Ergänzung der elektrisierend grauen Iris und der goldenen Haare seinen Reiz verlieren. Er ertappt mich dabei, wie ich ihn mit den Augen verschlinge, und zieht meinen Körper an sich, an die Härte zwischen seinen Beinen. Aber ich lasse es dabei bewenden, will diesen Moment nicht zum Höhepunkt treiben. »*Andiamo*«, sage ich. »Gehen wir.« Ich werde diesem Schlingel nicht erlauben, mich hier zu nehmen.

Zehn Minuten später gehen wir in die mittelalterliche Stadt hinab. Wir sind aus dem Wagen gestiegen, treten auf glattes Kopfsteinpflaster einer geheimnisvollen kleinen Straße, die zu einer Piazza führt. Hier strahlt die Sonne nicht so grell, alles nimmt einen aschenen, verwaschenen Ton an. Es ist Mittagszeit, und ohne die Touristen der Hochsaison ist die Piazza praktisch verwaist. Nur ein Trio von alten Männern in steifen Hüten sitzt am Rand eines abgestellten Brunnens. Ein Mann trinkt aus einer Espressotasse, die anderen beiden stoßen mit ihren Stöcken auf den Boden, um ihren Argumenten Nachdruck zu verleihen. Ein Geschäftsinhaber verschließt von außen seinen Laden, steigt auf sein verrostetes Fahrrad und radelt seinem Mittagessen entgegen. Ein Student in Jeans sitzt rittlings auf seinem Moped und beißt herzhaft in ein quadratisches Stück Pizza.

Luca entgeht nicht, dass ich auf die Pizza starre. »Essenszeit«, sagt er und drückt mir einen feuchten Kuss auf die Lippen. Ich schaue ihn an, hebe die Augenbrauen, um die Bedeutung seines Satzes zu hinterfragen. Aber er hat mich schon an die Hand genommen und führt mich mit langen, entschlossenen Schritten über die Piazza zu dem einzigen Restaurant in Sichtweite, das geöffnet ist.

Als Erstes gibt es Pasta, Fettucine mit duftenden Seeigeln, und dazu schenkt der dunkelhaarige Kellner mit dem schwarzen Schatten auf den Wangen einen unglaublichen *Novello* aus Tenuta Santa Anna ein. Ich beobachte, wie seine üppigen, schwarzen Locken – wie die der antiken Herrscher, die als Zeichen ihrer Männlichkeit lange, fließende

Locken trugen – widerspenstig immer wieder hinter seinem Ohr hervorspringen; er bemerkt meinen Blick und zwinkert mir zu. Ich lasse den Blick zu Luca schweifen, betrachte vergleichend seinen von der Sonne geküssten Lockenkopf – wie der eines Amors – und antworte mit einem schalkhaften Grinsen, als er mir sagt, wie hungrig er ist.

Seit wir das Lokal betreten haben, hat sich auch mein Hunger ins Unermessliche gesteigert. Ich spüre ihn nicht nur im Magen, sondern in jeder einzelnen Körperzelle. Ich schließe die Augen, stecke mir eine Gabel Pasta in den Mund und spüre das kräftige rote Blut, das mir durch die Adern fließt. Ich blinzele, sehe, wie Lucas schlanke Finger die Gabel durch die Fettucine drehen, und bemerkte mit Vergnügen das Prickeln auf meiner Haut. Ich entdecke unseren Kellner auf der anderen Seite des Raums, wie er an der Wand lehnt, sich mit der Hand durchs Haar fährt und mich ansieht. Das Flattern in meiner Brust entzückt mich. Ich merke, dass mein Appetit proportional mit meinem Gefallen an Luca und meiner Umgebung wächst. Es ist eine Gier nach jedem Geschmack, jeder Substanz, jedem Geräusch … jedem Temperament. Ich will sie alle kosten. Ich will alles … jeden, der in Sichtweite ist, verschlingen.

Zwischen den Gängen stecke ich mir dicke grüne und schwarze Oliven in den Mund, die der Kellner auf den Tisch gestellt hat. Luca unterhält mich, erzählt von den fantastischen Mosaiken aus dem 12. Jahrhundert, die praktisch jeden Quadratzentimeter der Wände des Doms von Monreale bedecken. Das spitz zulaufende Portal ragt jenseits der Piazza vor uns auf. Wie Luca erklärt, ist auf den goldenen Mosaiken jede nur denkbare biblische Geschichte zu sehen. Die Szenen sind leicht zu erkennen: Abraham, der sich anschickt, seinen Sohn zu opfern, die Arche Noah, die Schöpfungsgeschichte. »Wenn du genau hinschaust«, sagt er, sieht mir in die Augen und wedelt mit einer langen, dünnen Grissinistange durch die Luft, als wäre sie ein Zauberstab und er ein meisterlicher Hypnotiker, »dann siehst du, dass die Schlange in einer strategisch sehr günstigen Position ist.« Ich knabbere an der Olive, die ich zwischen den Fingerspitzen halte, und warte auf mehr. »Und Eva, eine junge, wunderschöne Eva, hat Hängebrüste.« Das muss ich mir noch genauer durch den Kopf gehen lassen.

»Das Lieblingsgericht der Sizilianer«, seufzt der Kellner, als er eine Schüssel *caponata* vor uns auf den Tisch stellt – Auberginen, Kapern und Oliven in einer süßsauren Tomatensauce. Luca tunkt eine dicke Scheibe frisches Weißbrot in die Schale – genug für eine fünfköpfige Familie – und führt das tropfende Brot, das jetzt die italienischen Nationalfarben angenommen hat, an meinen Mund.

»Aufmachen. Langsam. *Piano*. Und jetzt kau. *Piano*«, befiehlt er mir. Sein Selbstvertrauen ist hinreißend. Jedes Mal, wenn ich mir denke, dass er nur ein Junge ist, überrascht er mich mit seinem Verhalten. Es verrät eine sexuelle Selbstsicherheit, die den meisten Amerikanern fehlt, selbst wenn sie doppelt so alt sind wie er. Und genau, als ich das denke, macht er dem Kellner diskret ein Zeichen, eine zweite Flasche Wein zu bringen, während er gleichzeitig meine Hände in die seinen nimmt.

Als Nächstes kommen ein Laib Pecorino auf den Tisch, Teller mit aufgeschnittenen Äpfeln und Birnen und eine Glasschale mit eisigem Wasser, in der dunkellila Weintrauben schwimmen. Mein Kopf dreht sich schon ein wenig, aber trotzdem nehme ich noch ein Glas vom süßen *vin santo* und einen Teller *cantucci* entgegen, die idealen Kekse zum Tunken. Wir stippen sie in den Wein, lassen sie hin und her über den Tisch wandern, um uns gegenseitig kosten zu lassen, immer und immer wieder.

»Mein Gott! Genug! Es ist einfach zu viel«, sage ich zu Luca.

»Das stimmt«, pflichtet der Kellner mir bei. »Aber worauf hätten Sie verzichten wollen?«

Bestimmt nicht auf sein Zwinkern zum Abschied.

Die etwas strenge Fassade von Santa Maria la Nuova mit dem quadratischen Turm ist zwar ansprechend, lässt aber nicht im Mindesten erahnen, was einen im Innern erwartet: ein flammendes Meer prächtiger Mosaiken mit Darstellungen, wie Gott seine Welt mit Wasser, Licht, Tieren und Menschen füllte. Im Führer heißt es, dies sei das bemerkenswerteste und größte christliche Mosaik des Mittelalters. Und mit den Darstellungen hat Luca nicht zu viel versprochen.

Sobald man den Dom betritt, wandern die Blicke über die Bilder, die rechts vom Altar mit der Schöpfung beginnen und sich rund um die Kirche ziehen. Dann werden die Augen zur Holzdecke emporgehoben, von wo herab eine kniende Christusfigur alles rundherum zu segnen scheint. Kopf und Schultern sind in fast zwanzig Meter Höhe. Luca wühlt in seiner Hosentasche nach ein paar Hundert-Lire-Stücken für die Lichter, die das Kunstwerk kurzzeitig erhellen. In ihrem Schein wirkt der unerschütterliche Christus noch gewaltiger und majestätischer.

Ich zeige Luca ein Schild auf der anderen Seite der mittleren Apsis, das auf den Zugang zum Dach aufmerksam macht: dreitausend Lire. »Da möchte ich gern hinauf«, sage ich. »Sicher hat man von da einen großartigen Blick aufs Tal.« In Wirklichkeit will ich nur mit Luca allein sein, damit ich über seinen Hals züngeln und meine vor Verlangen steifen Brustwarzen an ihm reiben kann. Und da meine Gedanken eher zum Lüsternen als zum Religiösen tendieren, möchte ich dem kritischen Blick Christi entkommen.

Wie das Leben so spielt, werden das Dach, die Stufen und die Gänge, die nach oben führen, gerade renoviert. Ein Wärter erklärt uns, dass im Augenblick leider der Zugang nicht möglich sei.

»Kein Problem«, sagt Luca, nimmt mich wieder fest an der Hand und zieht mich mit sich. Wir verlassen den Dom, gehen zur Südseite des Baus und betreten einen wunderschönen Kreuzgang umgeben von Doppelsäulen, die zum Teil mit glitzernden Mosaiken bedeckt sind, andere mit Reliefs.

»Hier, komm hierher«, sagt Luca. Er steht nah an einer Säule, auf der eine Farbenpracht von tiefem Ocker über Aquamarin bis Smaragd erstrahlt. Im Gewirr der Details erkenne ich Blüten, Weintrauben, weise Männer, Schlangen, Vögel, Rehe. Ich packe Luca an der Schulter und drehe ihn zu mir, sodass er mit dem Rücken an einem Relief bewaffneter Jäger lehnt, die mit geflügelten Ungeheuern kämpfen. Ich küsse ihn. Seine Erwiderung ist wie eine Explosion. Seine Hände kneten meinen Hintern, ziehen meine Hüften an sich. Ich schlinge ein Bein um seines, um besser Halt zu finden, während er mit den Händen unter meine Bluse und meinen BH fährt und mir die steifen Brustwarzen kneift. Umschlungen, die Lippen verschmolzen, gleiten wir an der Säule hinab auf den Boden. Wir lachen, aber unsere Liebkosungen sind voll Feuer.

Der Kreuzgang ist der ideale Ort, aufregend und sicher. Die Ecke, in der wir liegen, ist abgeschieden. Unsere Säule und ein Feigenbaum verbergen uns vor den Blicken aller, die zufällig in den Kreuzgang treten sollten. Aber bislang bestehen unsere Besucher nur aus Tauben, die oben auf dem Dach gurren.

Der Duft von frisch geschnittenem Gras, von Laub und Schweiß steigt uns in die Nase und treibt uns neuen Höhen der Erregung entgegen. »*Sono arrabatissimo*«, stöhnt er. »*Sono duro tremondo.*« Er erzählt mir, wie geil er ist, wie steif – als ob ich das nicht wüsste –, und führt zum Beweis meine Hand an seinen Schwanz. Ich schiebe meinen Rock hoch und ziehe Luca auf mich. Stöhnend winden wir uns, als ich über den roten Dächern des Klosters geblümte Bettwäsche und riesige Männerunterhosen auf einer Leine aufgehängt sehe. Ich weiß, wenn ich den komischen Anblick auch nur eine Sekunde länger ertragen muss, pruste ich los vor lachen. Also schiebe ich mich halb unter ihm hervor, drehe ihn auf den Rücken und wälze mich auf seine pochende Jeans.

Rittlings auf ihm sitzend, die Knie am Boden abgestützt, knöpfe ich Luca die Hose auf und zerre sie bis unter seine

Hüften. Der Sexprotz trägt keinen Slip. Sein Bauch ist flach und waschbretthart. Sein Penis ist gerade und lang und schmal wie sein Mittelfinger. Das will ich alles haben! Ich muss aufstehen, um mir die Strumpfhose und den Slip bis zu den Knöcheln runterzuschieben. Dann knie ich wieder auf ihm und lasse ihn zusehen, wie ich mir die Möse befingere. »Sei troppo bella. Sei bellissima«, keucht er. »Du bist wunderschön. Ich will dich.« Ich lege ihm meine nassen, klebrigen Finger auf die Lippen und senke den Mund zu seinem steifen Schaft. Während ich mit der Zunge sacht über die Eichel fahre, leckt er mir zärtlich die Fingerspitzen ab. Er schließt die Lippen um meinen Daumen und schiebt ihn sich bis zum Knöchel in den Mund. Ich sauge heftig an ihm, bis zum Schwanzansatz. Ich spüre, wie er gegen meine Zunge pocht, und stelle mir das dicke, heiße Sperma vor, das durch seinen Schwanz schießt. Seine Oberschenkel verkrampfen sich, seine Bauchmuskeln werden wie Stahl, er umklammert meine Handgelenke und ergießt sich in meinen Mund.

In meiner Möse pocht und zuckt es wie nie zuvor. Vor Lust schlage ich um mich. Nachdem sein Verlangen befriedigt wurde, züngelt er mit aufreizender Langsamkeit an mir. Ein gemächliches Gleiten über die zarte Haut hinter dem Knie, vor zur Kniescheibe, innen am Oberschenkel hinauf, und ich wälze mich in Ekstase. Bedächtiges Kreisen in und um meinen Bauchnabel, und ich bin wie gelähmt. Endlich fährt er mit der Zunge über meine Schamhaare, zieht sacht mit den Zähnen an ihnen. Als seine vollen Lippen meine Möse umschließen, komme ich mir vor wie eine saftige Mango, die verschlungen wird. Er saugt an jeder Falte, leckt jede Wulst und drückt mich von hinten seinem Mund entgegen. Ein Blitz durchzuckt die Schwärze, die Luft wird mir abgeschnürt. Es hämmert in meinen Ohren, alle Geräusche werden überlagert. Ich stemme mich gegen sein Gesicht, presse die Schenkel um seinen Kopf zusammen, lasse alles aus mir heraus in seinen Mund strömen.

Luca hört zu saugen auf, aber seine Zunge bleibt auf meiner zuckenden Klitoris. Er spielt wie wild mit ihr, tänzelt mit seiner flinken Zunge umher, bis ich in kürzester Zeit von einer gepflegten Samba zu einer ausgelassenen Salsa stürme. Alles an mir prickelt und ist kitzelig vor Empfindlichkeit. Ich versuche, seinen Kopf einen Moment wegzuschieben, um mir eine kleine Pause zu gönnen. Aber Luca lässt sich nicht beirren, steckt seine Zunge tief in meine Möse, fährt dann den Spalt hinauf und um das hintere Loch. Das treibt mich wieder zum Wahnsinn. Er saugt, lutscht und leckt wie verrückt. Und dann, als er merkt, dass ich ein zweites Mal komme, schiebt er mir einen Finger hinten hinein. Ein rascher Stoß. Grelle Lichtblitze, das Rauschen von Wogen in den Ohren, unkontrollierbares Zucken durchfährt meinen ganzen Körper. Ich weiß nicht, wo ich bin und bei wem ich bin. Was bin ich überhaupt? Frau oder Tier? Ich schreie einen wunderbaren, qualvoll köstlichen Schrei heraus.

Als wir den Kreuzgang schließlich verlassen, wird es schon Abend. Bevor wir zum Auto zurückgehen, will Luca eine Schachtel Zigaretten kaufen. Aber die nächste *tabaccheria* liegt in der entgegengesetzten Richtung. Mir zittern noch immer die Knie. Ich sage ihm, dass ich auf der Bank direkt vor dem Dom auf ihn warten werde. Mit einem zärtlichen Kuss verspricht er mir, dass er gleich zurück sein wird.

Wieder könnte ich vor Hunger sterben. Als mir eine Konditorei ins Auge fällt, bin ich wie der Blitz dort. Kaum betrete ich den Laden, sehe ich an der Bar einen Mann stehen, der Zucker in seinen Espresso löffelt – niemand anderer als unser Kellner. Es überrascht mich nicht, dass er mich mit einem Augenzwinkern begrüßt. Ich nicke ihm zu und wende mich an die Bedienung, um meine Auswahl zu treffen – ein halbes Dutzend Pistazien-*biscotti*, zwei köstlich aussehende *cannoli*, zum Bersten mit Ricottacreme gefüllt.

»Darf ich Sie zu einem Kaffee einladen?«, fragt mich der Kellner außer Dienst, während ich darauf warte, dass meine Leckereien eingepackt werden. Dankend lehne ich ab und erkläre, ich müsse gleich wieder gehen. Er führt die Tasse an die Lippen und nimmt einen Schluck, ohne den Blick von mir zu wenden.

Ich nehme mein Päckchen entgegen und gehe zu der Matrone, die gleich am Eingang an der Kasse sitzt. Gerade, als ich bezahlen will, sehe ich einen Eimer mit Rosen, die einzeln oder als Strauß verkauft werden. Ich wähle eine dunkelrote, deren Blütenblätter sich bereits öffnen, und ziehe sie am langen Stiel aus dem Wasser. »Kommen Sie, ich packe sie ein bisschen ein«, sagt die Kassiererin, nimmt mir die Blume ab und wickelt den Stiel in farbige Folie.

»Vergessen Sie nicht, ein hübsches Schleifchen darum zu binden«, sagt der Kellner von der anderen Seite des Ladens her. »Die schöne *Signorina* will sie bestimmt jemand ganz Besonderem schenken.«

»Er muss sich immer in alles einmischen. Lassen Sie sie in Ruhe«, tadelt die Kassiererin.

»Aber er hat doch Recht«, sage ich.

Mit einem warmen Lächeln gibt sie mir das Wechselgeld, das Päckchen, die Rose. »*Arrivederci, Signorina.*«

Ich wende mich von der Kasse ab und gehe vier Schritte auf den Kellner zu. »Die ist für Sie«, sage ich und halte ihm die Rose entgegen.

Die Kassiererin bricht in schallendes Gelächter aus.

Mit meinen hübsch verpackten Leckereien in der Hand gehe ich über die Piazza zu meinem jungen Geliebten zurück. Ich fühle mich fantastisch.

Unter dem Vulkan
Dina Vered

Bogotá

»In Kolumbien ist gerade ein Vulkan ausgebrochen«, bell-
te mein Chefredakteur ins Telefon, »eine der schlimmsten
Vulkankatastrophen der Geschichte – schrecklicher als der
Ausbruch des Vesuvs. Sie sprechen Spanisch, deshalb möch-
te ich, dass Sie das nächste Flugzeug nach Bogotá nehmen.
Wir wollen eine Cover-Story, verstanden!«

Am Abend schon landete ich zusammen mit Max, meinem Fotografen, in Bogotá. Nachdem wir auffällig genug
mit unseren Dollarnoten rumgewedelt hatten, fand sich ein
Taxifahrer, der bereit war, uns ins Katastrophengebiet zu
fahren. Er fuhr mit uns durch die kurvenreiche tropische
Bergregion der nördlichen Andenkette. Die dunstig-feuch-
ten Berge wirkten wie ein tropischer Garten Eden. Aber wir
waren nicht auf Sightseeing-Tour, vielmehr raste dieser
verrückte Taxifahrer in halsbrecherischer Geschwindigkeit
durch die Berge. Der Mann schien die Bremse nicht zu kennen und jagte mir eine fürchterliche Angst ein. Max aber
blieb total ruhig. Er hatte schon zu viele Schreckensbilder
aufgenommen, zu viele Tragödien abgelichtet und in zu vielen Hotelbars rumgehangen, um die Nerven zu verlieren.
Während Max schnarchte, bat ich den Taxifahrer auf Spanisch, etwas langsamer zu fahren. Stattdessen gab er Gas
und stellte das Radio lauter.

Wir hörten einen Nachrichtensprecher, der das Desaster
beschrieb: »Der Krater des Nevado del Ruiz explodierte
buchstäblich. Die Hitze der Vulkandämpfe hat Teile der

Schneekappe des Vulkans weggeschmolzen. Zwei Meter hohe Schlammwellen und Ströme heißer Vulkanasche ergossen sich auf die Stadt Armero und begruben sie unter sich. Es gab Tausende von Toten, Abertausende werden vermisst.«

In der Dämmerung waren wir in einer Gegend angelangt, in der es diverse schneebedeckte Vulkankegel gab. Große Ausbrüche waren hier bisher selten vorgekommen. Doch am 14. November 1985 hatte die Eruption des größten und höchsten der Feuer speienden Berge – des Nevado del Ruiz – das Land erschüttert. Dreißig Minuten später war Armero, eine aufstrebende Stadt mit 25 000 Einwohnern zu Füßen des Vulkans, total verschüttet. Als wir am Tag danach dorthin kamen, trafen wir überall auf unvorstellbar schreckliche Auswirkungen der tödlichen Gewalt des Vulkans. Eine Sintflut aus Schlamm und Wasser hatte Häuser und Bäume weggerissen. Schon weit vor der Stadt waren alle Straßen und Brücken zerstört, deshalb beharrte unser Taxifahrer darauf, dass wir aussteigen und die letzten Kilometer bis nach Armero zu Fuß weitergehen sollten. Max gab ihm etwas Geld und versprach, ihm den Rest zu zahlen, wenn er uns bei Sonnenuntergang wieder auflesen würde.

Die flutartige Schlammwelle hatte die Stadt Armero vollständig bedeckt und Tausende von Menschen lebendig begraben. Max und ich wateten in den Schlamassel hinein, während rund um uns herum tödliche Stille herrschte. Wir sahen Blutlachen auf der Oberfläche des schlammigen Wassers, und dann entdeckte ich unter einem Mangobaum eine fast im Dreck versunkene Matratze. Eine Mutter, die in ihren Armen ihr Baby wiegte, kauerte darauf. Meine Aufregung wuchs, als ich näher kam: Beide waren bewegungslos, starr. Ich hatte das Gefühl, einen Tritt in den Magen zu bekommen, aber Max erwachte zu hektischen Aktivitäten. Wie eine Maschine schoss er Foto um Foto. Völlig benommen meinen Brechreiz bekämpfend, bewegte ich mich weiter voran und hielt nach Überlebenden Ausschau, die ich hätte interviewen können.

Wolken von Vulkanasche kamen aus der Höhe von über fünftausend Metern herabgeregnet und verdunkelten teilweise die Sonne. Immer mehr Leichen entdeckte ich in den Schlammmassen. Mit einem Mal wurde die Stille von verzweifeltem Schreien durchbrochen. Ich sah mich um und entdeckte eine schwangere Frau, die verzweifelt versuchte, sich an einem Dachfirst festzuklammern. Ihr Körper sah wie zerrissen aus. Doch ehe ich sie erreichen konnte, versank sie im Morast und verschwand. Wie sie würden Tausende sterben müssen, wenn die Rettungsmannschaften nicht bald eintrafen. Ich lief weiter und stellte fest, dass niemand da war, außer ein paar teilnahmslosen kolumbianischen Soldaten. Ihre Gleichgültigkeit machte mich rasend.

Dann entdeckte ich hinter einer ausgedienten Couch zwei kleine Arme, die sich schwach winkend aus dem Schlamm streckten. Der Schlamm war zu tief, um hineinzuwaten, also rief ich um Hilfe. Mit Erleichterung bemerkte ich einen großen bärtigen Mann, der langsam durch den dicken Brei vorankam. Unter Schwierigkeiten gelang es ihm, einen kleinen Jungen zu retten und auf seinen starken Armen zu mir zu tragen. Als er bei mir angekommen war, sagte er: »Kümmern Sie sich um ihn«, und übergab mir das nackte Kind, dem alle Kleider vom Leib gerissen waren. »*Mi madre! Mi madre!*«, jammerte der Junge und deutete auf eine Frau, die bis zur Nase im Schlamm steckte. Der bärtige Mann ging schnell in ihre Richtung, aber er kam zu spät. Der Kopf der Frau war inzwischen untergetaucht. Der arme Junge hatte seine Mutter verloren.

Ich sah ein Mädchen, das versuchte, sich an einem dünnen Baum festzuhalten, um nicht im Morast zu versinken, und machte den Bärtigen darauf aufmerksam. Er bahnte sich einen Weg zu ihr und konnte sie im letzten Moment retten. Als er sie durch den dicken schokoladefarbenen Modder zu mir hertrug, bemerkte ich, dass sein Gesicht mit dem schlammverkrusteten Bart und den Haaren völlig erschöpft aussah. »Kümmern Sie sich auch um das Mädchen«, sagte er müde, als er es neben mir auf einem kleinen Grashügel zu Boden gleiten ließ. Unsere Augen trafen sich in schweigendem Einverständnis. Es gab gewiss viele Kinder, die verzweifelt nach ihren für immer verschwundenen Eltern suchen würden.

Beide – der kleine Junge und das Mädchen – waren völlig verstört. »Mis Padres!«, schluchzte das Mädchen. »Wo sind sie?« Das Mädchen hatte gesehen, wie die Eltern von den kochend heißen Schlammmassen mitgerissen worden waren. »Wo finde ich sie, wo?«, jammerte des Mädchen, noch nicht ahnend, dass es wohl jetzt ein Waisenkind war. Einige amerikanische Journalisten hörten ihr Rufen und kamen auf uns zugerannt. Sie bedrängten uns mit Fragen und verlangten, ich sollte sie übersetzen. Ich beachtete sie nicht und hielt die Kinder weiterhin fest im Arm. Sie fingen an zu fotografieren, behandelten den Jungen und das Mädchen wie in eine Falle getriebene Tiere. Der bärtige Mann ging auf die Fotografen zu und beschimpfte sie: »Schämen Sie sich nicht? Sie wollen Geld mit diesem Elend verdienen, statt hier, wo es nötig ist, Hilfe zu leisten!« Seine braunen Augen blitzten. Er sah aus wie ein höchst engagierter Che Guevara. »Können Sie sich nicht wie Menschen verhalten? Diese Kinder stehen unter Schock!« Ich sah ihn dankbar an. Mir wurde klar, dass ich die Seiten gewechselt hatte. Ich war nicht mehr länger die Reporterin, die auf eine tragische Cover-Story aus war, ich konnte meine Emotionen nicht mehr einfach abstellen und »meinen Job machen«. Diese Kinder waren allein. Sie brauchten ein menschliches Wesen, das ihnen half, und keine Berichterstatterin.

Nicht weit von uns entfernt stand ein sorgfältig frisierter blonder Fernsehreporter vor einem Tümpel mit schlammbedeckten Leichen. Der Reporter schaute in einen Spiegel und korrigierte sorgfältig sein Make-up. Als er mit seinem Erscheinungsbild zufrieden war, verlas er sein Statement. Es war nicht ganz perfekt, deswegen sagte er dem Kameramann, er müsse die Aufnahme wiederholen. Als der Reporter fertig war, bemerkte er hinter sich im Morast ein grauenvolles Szenario: Ein junges Mädchen und eine ältere Frau hatten sich in tödlicher Umarmung aneinander geklammert. Der Reporter reagierte freudig erregt. »Macht eine Nahaufnahme vom Gesicht des toten Mädchens«, befahl er dem Kameramann, »das wird ein super Bild!«

»Ein super Bild?«, fuhr der Bärtige wütend dazwischen. »Haben Sie kein Herz im Leib? Sie ... Geier!« Der TV-Reporter war verwirrt und befahl dem Kameramann, seine Sachen zu packen. Plötzlich übertönte das Dröhnen eines Helikopters die erregten Worte des Bärtigen. Der Hubschrauber blieb über uns in der Luft stehen und ging langsam herunter. Ich war erleichtert: Im Hubschrauber schien man die Überlebenden entdeckt zu haben. Endlich ist Hilfe eingetroffen, dachte ich, als ich sah, wie sich ein Mann aus dem Helikopter herauslehnte. Doch statt ein Seil herabzulassen, um die Opfer aus dem Schlamm ziehen zu können, erschien eine Kamera mit Teleobjektiv. Der Idiot wollte Fotos machen! »Soll ich Ihnen sagen, weshalb keine Rettungsmannschaften kommen?«, fragte mich der bärtige Mann. »Weil die amerikanischen Fotoreporter die kolumbianischen Regierungsbeamten bestochen haben, um die paar Helikopter, die es hier gibt, für ihre Zwecke zu chartern.«

Ich zog mein Notizbuch heraus und bat ihn, mir mehr darüber zu erzählen. Sein Englisch hatte einen Akzent, aber keinen spanischen. Obwohl er offenbar kein Kolumbianer war, war er auffallend gut informiert. »Diese Katastrophe hätte nicht passieren müssen«, sagte er, und die Worte schossen aus ihm heraus wie ein Sturzbach. »Wir haben die Regierung gewarnt, dass die Gefahr eines großen Ausbruchs bestand, und empfohlen, die ganze Gegend zu evakuieren. Aber diese egoistischen, korrupten Schweine haben die Bedrohung nicht ernst genommen. Und das, obwohl hier schon am Tag zuvor pausenlos die Asche des achtzig Kilometer entfernten Vulkans niederregnete und die Leute unruhig geworden waren. Der hiesige kirchliche Oberhirte meldete sich im Radio: ›No te preocupes!‹, sagte der Priester den Leuten. ›Keine Sorge. Es gibt keinen

Grund zur Panik!« Und dann machte er, dass er aus Armero fortkam. In der Nacht waren sie dann schon schlafen gegangen, die Mütter, Väter und Kinder von Armero. Oder sie schauten sich ein im Fernsehen übertragenes Fußballspiel an.« All das erzählte der Bärtige leise mit erregter Stimme. »Und kurz nach zehn ging dann der Vulkan in die Luft!« Ich sah in die sensiblen braunen Augen des Mannes. Sie waren feucht von Tränen.

Da kam Max angerannt. »Ich habe super Aufnahmen gemacht!«, sagte er, ohne Rücksicht darauf, dass er mitten in unser Gespräch hineinplatzte. »Ich muss den Film schnellstens zurückbringen.« Ich bestand darauf, zu bleiben, bis ich mehr Informationen hatte. Max erwiderte, die Geschichte wäre bis dahin veraltet, die Leichen würden schon stinken.

»Wir können hier nicht weg, bevor ich nicht die wahre Geschichte kenne«, beharrte ich. »Die Toten hätte es trotz des Vulkanausbruchs nicht geben müssen, und ich werde herausfinden, wer dafür verantwortlich ist.«

»Wir müssen vor Sonnenuntergang wieder bei unserem Taxi sein, sonst kommt jemand anderer, der dem Fahrer mehr Geld anbietet«, warnte mich Max. »Möchtest du etwa hier hängen bleiben?«

Erst nachdem wir eine Weile diskutiert hatten, stellte ich fest, dass der bärtige Mann nicht mehr da war. Ich schaute mich um, suchte nach ihm, aber er war wohl losgezogen, um noch weitere Menschen zu retten. Ich wusste nicht, wer er war und was er hier zu tun hatte. Aber ich wusste, dass es noch eine Menge mehr gab, was er mir hätte erzählen können. Er hatte mich darauf aufmerksam gemacht, dass hinter dieser sinnlosen Tragödie eine erschreckende Story zu stecken schien. Und obwohl er jetzt verschwunden war, hatte ich fest vor, mehr herauszufinden und in meiner Reportage darüber zu berichten.

In Bogotá angekommen, stieg Max sofort ins nächste Flugzeug nach New York. Ich blieb noch da, um zu recherchieren, ob die unglaublichen Anschuldigungen, die der

Mann mit dem Bart ausgesprochen hatte, wahr gewesen sein könnten. Es war alles wahr, unglaublich, aber wahr. Nachdem ich meine Story ausgearbeitet hatte, bat ich den Chefredakteur, mir noch ein paar Tage Zeit zu geben, damit ich weitere Berichte über die Korruptheit und Tatenlosigkeit der Regierung nachschießen konnte. Aber er weigerte sich. »Wir haben jetzt genug davon«, sagte er. »In der nächsten Ausgabe wird sich kein Mensch mehr für ein paar tote kolumbianische Bauern interessieren. Kommen Sie zurück, die Vulkanstory ist gegessen.«

CARTAGENA

Ich war beim Einchecken für meinen Heimflug auf dem Flughafen von Bogotá und stand wartend in der Schlange vor dem Counter der Fluggesellschaft. Mich bewegten schreckliche Vorstellungen über meine Rückkehr in meine New Yorker Redaktion. Fast betäubt von den zu vielen Grausamkeiten, die ich gesehen hatte, bezweifelte ich sehr, dass irgendjemand aus der Redaktion Verständnis haben würde für die Albträume, die mich bedrückten. Ich hatte Angst vor der Rückkehr in meine düstere kleine Mietwohnung an der West Side. Es war eine einsame Bude, außer Kakerlaken gab es dort keinerlei Gesellschaft. Als ich schon fast mit dem Einchecken an der Reihe war, sah ich ihn plötzlich auf der anderen Seite des Terminals. Er stand bei der Ticketausgabe, über der eine blinkende Anzeigetafel verkündete: »Cartagena. Boarding.«

»Wo ist denn Cartagena?«, fragte ich eine Kolumbianerin, die neben mir in der Warteschlange stand. »In der Karibik«, sagte die Frau mit träumerischem Blick. »Es ist unsere faszinierendste Stadt, voller Zauber und tropischer Musik, und es hat die exotischsten Strände.« Cartagena! Das war genau das, was ich brauchte: Balsam für meine verwundete Seele. Weit entfernt vom Horror des Vulkanausbruchs und von dem Wahnsinn der Redaktion.

Ich warf einen Blick auf die Passagiere, die auf den Flug nach Cartagena warteten. Der Bärtige war abgefertigt und verließ den Ticket-Counter. Er sah fabelhaft aus. Seine mahagonifarbene Haut wurde aufregend untermalt von der Frische eines hellblauen Hemdes. Ich schnappte meine Koffer und rannte hinüber, fragte den Ticketverkäufer völlig außer Atem, ob es noch Tickets für die Maschine nach Cartagena gäbe, und er nickte. Ich zeigte auf den groß gewachsenen, bärtigen Mann, der schon unterwegs zum Abflug-Gate war. »Ich hätte gern den Platz direkt neben diesem Herrn«, sagte ich mit fester Stimme.

Als ich in der Sitzreihe anlangte, sah ich, dass er seinen Platz auf der anderen Seite des Ganges eingenommen hatte. Er bemerkte mich nicht, denn er blätterte in irgendwelchen Papieren. Während ich sein intelligentes, sehr ausgeprägt wirkendes Gesicht musterte, fiel mir ein, dass ich fast nichts über diesen Fremden wusste. Wer war er? Warum folgte ich ihm an einen Ort, von dem ich zuvor noch nie gehört hatte? Ich setzte mich auf meinen Platz und schlug *Hundert Jahre Einsamkeit* auf, den Roman von Gabriel García Márquez, Kolumbiens berühmtestem Schriftsteller. Schon nach wenigen Seiten war mir klar, wie wenig ich von Kolumbien wusste, dem Land der Vulkane, der Smaragde, des Regenwaldes, der Drogenbosse und des geheimnisvollen antiken Königreichs von El Dorado. Kurz nach dem Start spürte ich, dass er zu mir schaute. Ich blickte langsam hoch von meinem Buch. Als sich unsere Blicke trafen, tat ich so, als wäre ich völlig überrascht. Ich wusste, es hing so viel ab von dem, was jetzt als Nächstes geschah. Plötzlich überfiel mich eine Welle von Schüchternheit.

»Was machen Sie denn hier?«, hörte ich ihn mit seiner tiefen Stimme fragen. Sie hatte einen warmen Ton, so, als wäre ich für ihn eine Seelenverwandte und nicht irgendeine Fremde.

»Ich will ans Meer, um den Kopf wieder klarzukriegen nach dieser Vulkankatastrophe«, sagte ich unsicher. Als ich seine beobachtenden Blicke spürte, war ich völlig verschreckt. Es stand so viel auf dem Spiel, und ich wollte keinen Fehler machen. »Und Sie?«

»Mir geht es genauso.« Er nickte bestätigend. »Nur muss ich auch noch einen Bericht schreiben.«

»Was für einen Bericht?«, fragte ich und versuchte, ruhig zu wirken.

»Über Nachlässigkeit. Über ignorierte Hinweise zur Evakuierung«, sagte er, und sein Ärger wuchs. »Über unnötige Todesfälle.« Als ich sah, wie sein Engagement wieder zurückkehrte, kamen die Erinnerungen an die Schlammmassen auch in mir wieder hoch. Die Kinder. Die Eltern. Für immer auseinander gerissen, begraben im Morast und im Wasser, unter Felsen und Lava. Ich saß da und konnte mich nicht rühren, aber ich merkte, dass auch er diese schmerzlichen Bilder vor seinem inneren Auge nicht loswurde.

Nach dem ersten traurigen Schweigen redeten wir ohne Unterlass. Sergio war Brasilianer und Vulkanologe. Er hatte wochenlang an dem Vulkan gearbeitet, hatte eine Station für seismische Aufzeichnungen installiert und Karten erarbeitet, die den Weg etwaiger Lavaströme darstellten. »Das Hauptinteresse der Vulkanologen ist es, die Leute rechtzeitig zu warnen, damit sie sich aus der Gefahrenzone herausbegeben können«, erklärte er mir. »Mein Team war in den Krater hinabgestiegen. Wir wussten, dass der Ausbruch bevorstand. Wir haben Notfallpläne entwickelt und die kolumbianische Regierung informiert, damit sie die Menschen evakuierte. Und was ist passiert? Mehr als zweiundzwanzigtausend Menschen sind tot, Tausende sind verletzt und werden vermisst, über sechzigtausend Menschen sind heimatlos geworden. Warum? Weil diese Idioten unsere Warnungen missachtet haben.«

Sergio war daran gewöhnt, dem Tod zu begegnen. Er reiste hin und her zwischen Mexiko, Indonesien und Papua-Neuguinea, um Vulkane zu studieren. Es gibt über fünfhundert aktive Feuer speiende Berge auf der Welt, die meisten in Ländern entlang des todbringenden Feuerrings.

Für Sergio gab es immer genug Arbeit. Der Pazifik, so erklärte er mir, sei umringt von rumorenden Vulkanen, die schon getötet hatten und wieder töten würden. In unserem Gespräch konnte ich bald feststellen, wie stark seine Abhängigkeit davon war, jenen Adrenalinschub zu kriegen, den der gelungene Versuch, den Ausbruch eines Vulkans vorherzusagen, hervorbrachte. Ich stellte fest, dass Sergio, genau wie ich, das Leben am Abgrund liebte.

Nachdem unsere Maschine in Cartagena gelandet war, fragte mich Sergio, wo ich wohnen würde. Als ich ihm sagte, ich hätte kein Zimmer reserviert, bestand er darauf, mich zu einem kleinen zauberhaften Hotel zu bringen, das er gut kannte. Unser Taxi fuhr zu einer kleinen Bucht und brachte uns zu einem Hotel direkt am Strand. »Wenn eine blonde, blauäugige Amerikanerin ein Zimmer mieten will, dann verlangen sie gleich den doppelten Preis«, sagte er und veranlasste mich, im Taxi zu warten. Kurz darauf kam er wieder. »Die Hotels sind alle belegt. Irgendeine große internationale Tagung hat die Stadt gerade besetzt. Das ist ein Zeichen, dass Sie bei mir bleiben sollen. Ein guter Freund hat mir sein Haus überlassen«, sagte er mit einem entwaffnenden Grinsen. Er setzte sich auf dem Rücksitz des Taxis dicht neben mich. Ich versuchte, meine Erregung zu verbergen, spürte aber, wie auch er davon ergriffen wurde.

Wir fuhren durch die Altstadt von Cartagena. Die sonnendurchflutete Stadt war ein Kleinod, ein Museum des spanischen Kolonialstils aus dem sechzehnten Jahrhundert. Sergio war hier jedes Mal hergekommen, wenn er die kolumbianischen Vulkane erforschen musste. Er zeigte mir Plätze, Paläste, spanische Stadtvillen mit schönen Fassaden in Pastelltönen zwischen hellem Orange, zartem Gelb und Zitronengrün. Hier hatten die Spanier ihren wichtigsten Hafen angelegt und 1533 die am besten geschützte Stadt Südamerikas gegründet. »Hier in dieser Gegend horteten die Spanier die Schätze, die sie den Indios gestohlen hatten, bevor sie sie nach Spanien verschifften«, sagte Sergio. Dann zeigte er mir die meterdicken Befestigungsmauern der Stadt. »Die bauten sie, um die Stadt vor englischen und französischen Piraten zu schützen, die die Karibik unsicher machten. Die Spanier haben die Wälle von ihren afrikanischen Sklaven errichten lassen.« Als er davon sprach, hatte er den gleichen wütenden Gesichtsausdruck, den ich in den Schlammfeldern von Armero an ihm gesehen hatte.

Unser Taxi fuhr durch das Puerto del Rejol – das Uhrentor – und stoppte schließlich vor einem kunstvoll gearbeiteten schmiedeeisernen Gitter. Dahinter lag ein wundervolles, weiß gestrichenes Landhaus im karibischen Stil mit Ziegeldach und einem kleinen Uhrtürmchen. Sergio holte einen Schlüssel hervor und öffnete damit die schwere holzgeschnitzte Eingangstür. Das Ferienhaus seines Freundes mit seinen altmodischen Deckengewölben und toskanischen Säulen war in seinem Innern voller Zauber. Die lila Bougainvillea, die überall über die hölzernen Brüstungen hingen, gaben ihm eine zeitlose Eleganz. Es war kaum mehr vorstellbar, dass wir noch vor kurzem lebendig im Schlamm begrabene Menschen nach einem der schlimmsten Vulkanausbrüche erlebt hatten. Ich fragte Sergio, was die hölzernen Gitter vor den Fenstern zu bedeuten hätten. »Sie schützen uns vor den Piraten«, sagte er und führte sanft meine Hand an seine Lippen.

»Und was ist mit dem Piraten, der neben mir steht?«, fragte ich. Er lächelte mutwillig und zog mich hinaus in den schattigen Garten. Er war ein Meer von Blumen, voll des schweren Dufts des Frangipani. »Die Natur ist hier ungeheuer großzügig«, sagte Sergio und steckte mir eine zarte weiße Orchidee hinters Ohr. Er deutete auf einen schwarz-gelben Tukan, der in einem Mangobaum saß, und ich gestand ihm, dass Mangos meine liebsten Früchte sind. In Sekundenschnelle war er auf den Baum geklettert und hatte eine reife Mango runtergeholt. Als er mir die weichen saftigen Stücke in den Mund schob, sah er mir tief in die Augen. »Ich hoffe, Cartagena wird dir für immer in Erinnerung bleiben«, sagte er und streichelte mein Gesicht. Als sich unsere klebrigen Lippen langsam zu einem Kuss zusammenfanden, wusste ich, dass es unvergesslich sein würde.

Sergio zog mich fester an sich, und ich fühlte meinen Körper geradezu dahinschmelzen. Er hatte eine Art Würde an sich, die mich alle Vorsicht über Bord werfen ließ. Es machte mir nichts aus, dass ich kaum etwas von ihm wusste. Er zog mich an wie ein Magnet. Unsere Küsse wurden drängender, und ich dachte nur noch: Ich möchte diesen Mann haben, ich möchte ihn in mir spüren. Ich atmete tief und versuchte, mich etwas zurückzuhalten, um das wunderbare Gefühl der Erwartung zu genießen. Ich küsste sein Ohr, dann bedeckte ich seinen Hals mit lauter Küssen, wobei ich plötzlich eine große, harte Narbe spürte. Sergio merkte mein Erschrecken und lockerte seine Umarmung. »Das stammt von einem rot glühenden Felsbrocken«, sagte er zögernd. Dann drehte er sich von mir weg. Dummerweise benahm ich mich wie eine Reporterin und forschte weiter. Er verkrampfte sich. Dann, nach einer langen Stille, fing er an zu reden. »Im letzten Jahr war ich mit meinem Team in Indonesien in einen Krater gestiegen, der plötzlich mit wilder Urgewalt zu explodieren begann. Ich sprang hinter einen Felsvorsprung, und das rettete mir das Leben. Ich war der einzige Überlebende. Alle anderen wurden lebendig begraben.« Er wandte sich ab und fügte leise flüsternd hinzu: »Meine Frau gehörte mit zum Team.« Seine Narben waren noch schmerzhaft frisch und empfindlich. Ich wusste, ich musste vorsichtig umgehen mit diesem komplizierten Mann.

Rücksichtsvoll schlug ich vor, dass er mir mehr von Cartagena zeigen sollte. Wir wanderten durch kleine Nebengassen, schauten uns Kirchen an, Museen, kleine Läden mit Kunsthandwerk. Wir genossen die tropische Architektur und das bunte Leben auf den Straßen. Sergio zeigte mir einen Stand, an dem merkwürdige weiße Objekte verkauft wurden. »*Huevos de iguanas*, Leguaneier, für abenteuerlustige Feinschmecker«, erklärte er mir mit missbilligendem Blick. Wir blieben stehen und schauten uns einen pittoresken Platz an, die Plaza de los Coches. Doch als ich ihn bewundernd nach den eleganten Villen ringsherum fragte, schien sich seine Laune zu verschlechtern. »Die Dinge sind oft nicht das, was sie zu sein scheinen«, antwortete er. Ich sah, wie seine Kiefer mahlten und er sich anspannte. »Dieser Platz hat eine schillernde Vergangenheit. Cartagena hatte das zweifelhafte Privileg, Hauptumschlagsort für den Sklavenhandel aller spanischen Kolonien der Neuen Welt zu sein. Du stehst an der Stelle, an der die meisten afrikanischen Sklaven verkauft wurden, ihre Brandzeichen bekamen und dann nach Peru, Venezuela, Ecuador verschifft wurden. Die weißen Einwohner Cartagenas hatten das Monopol auf den spanischen Sklavenhandel und erwarben dabei enorme Reichtümer.«

Ich stellte fest, dass viele der Menschen rund um uns herum Schwarze oder Mischlinge waren. »Nachkommen der Sklaven«, erklärte Sergio. »Wie du heute Abend noch feststellen wirst, lauter sehr lebendige, vergnügte und liebenswürdige Leute, witzig und scharf wie der pfeffrig heiße Salat aus grüner Papaya.« Die wachsenden Schatten fingen an, sowohl die Altstadt als auch unsere Stimmung zu verändern. Sergio brachte mich zu einem Terrassenlokal auf der alten Stadtmauer, und wir saßen bei Kerzenlicht an einem kleinen Tisch und redeten, während wir die Wellen an den karibischen Strand plätschern hörten. Der Lokalbesitzer kam, begrüßte Sergio wie einen alten Freund und brachte uns eine Flasche Aguardiente an den Tisch – den starken, nach Anis schmeckenden Zuckerrohrschnaps. Sergio liebte die Kolumbianer. »Wegen der Korruptheit der Regierung und der schlechten Presse ist Kolumbien Südamerikas vergessenes Land«, sagte er. »Du wirst schon sehen, dass es trotz seiner turbulenten Geschichte exotisch schön und sehr sinnlich ist.« Nachdem wir unsere Süßkartoffel-Yucca-Suppe gegessen hatten, wurde uns eine *Langosta caribeña* aufgetischt, eine köstliche Languste, zubereitet in Kokosmilch und mit Cognac flambiert. Die Altstadt hallte wider von den heißen afrikanischen Rhythmen der Straßenmusikanten.

»Ich liebe den besonderen Charme und die Verrücktheit dieses Distrikts«, sagte Sergio und deutete auf das Meer von Nachtschwärmern, die wie wild zur Musik der *cumbia* tanzten, die von den Sklaven Westafrikas an die karibische Küste mitgebracht worden war. Als mich Sergio vom Tisch wegführte und mitten in die Menge der Tanzenden hinein, dauerte es nicht lange, bis er mir beigebracht hatte, wie auch ich zur hypnotischen Trommelmusik mit den Hüften zu wackeln hatte. Ich war total verliebt in seinen brasilianischen Charme und seine Verrücktheit. Alles hier war purer, irrer Spaß, kollektive Ausgelassenheit zur spontanen Musik der Trommeln, des Singens und des Tanzens. Die Menge war eine bunte Mischung aus Mulatten, Schwarzen, Weißen und Indios. Sie waren Zuckerrohrarbeiter, Bauern, Lehrer, Handwerker und Musiker. Beim Tanzen spielten Rassen- und Klassenunterschiede keine Rolle mehr. Die Armen vergaßen ihre Armut, und wir dachten nicht mehr an den Vulkan. Der einheimische Rum – Ron Tres Esquinas – hielt uns stundenlang nonstop in Bewegung. Das Tanzen war für uns wie eine Katharsis.

Allmählich wurde die Musik langsamer. Sergio zeigte mir einen leidenschaftlich erotischen Tanz, den die spanischen Missionare ganz sicher verboten hätten. Unsere nassen Leiber klebten aneinander, bewegten sich im Gleichklang zum lasziven Rhythmus der Musik. Völlig verzaubert von der Euphorie der Nacht, konnten wir die Erinnerung an die unbezähmbare Gewalt des Vulkanausbruchs hinter uns lassen. »Gefällt dir die Vorstellung vom Genuss des Hier und Jetzt – des ›*aqui y ahora*‹?«, fragte er und tupfte mir mit seinem weißen Taschentuch den Schweiß von der Stirn. Als ich zustimmend nickte, drückte er mir einen Kuss auf die Lippen. Beim Tanzen explodierte seine Zunge in meinem Mund. Ich erschauerte vor Sehnsucht. Ich war wie verhext von diesem überwältigenden Ort und dem zauberhaften Mann.

Doch als die karnevalartige Orgie vorüber war, bekamen wir beide das gleiche Andenken zu spüren: Blasen an den

Füßen. Im Morgengrauen sanken wir ins Bett, völlig am Ende. Wir waren Freunde, erschöpfte Freunde. Die Liebesspiele – so hoffte ich – würden als Nächstes drankommen.

Spät am Morgen weckte mich ein zärtlicher Kuss auf die Augen. Noch völlig fertig, hob ich langsam die Lider und roch den anregenden Duft eines starken Kaffees. Ich setzte mich auf, Sergio küsste mich wieder und reichte mir ein warmes frisches Croissant. »Aus der Bäckerei gegenüber«, sagte er. »Und jetzt musst du aufstehen, weil wir zu den Inseln fahren.«

ISLAS DEL ROSARIA

Unser Katamaran kreuzte vor den Islas del Rosaria, die wie Perlen auf einer Kette vor der karibischen Küste aufgereiht waren. Wir gingen vor einem unbewohnten Eiland vor Anker. Ich hatte schon meinen Bikini angezogen, nahm Maske und Schnorchel, um sofort ins Wasser zu gehen. Als Sergio sein Hemd auszog, sah ich, dass sich die hässliche rote Narbe vom Hals her bis vorn über die Brust nach unten fortsetzte. Er bemerkte meinen erschrockenen Blick und drehte sich schnell von mir fort. Noch bevor ich mich wegen meines Verhaltens entschuldigen konnte, war er vom Boot gesprungen und in der klaren smaragdfarbenen Lagune untergetaucht. Ich verfluchte meine Instinktlosigkeit und sprang hinterher. Von diesem Augenblick an hatte ich das Gefühl, in ein Unterwasser-Märchenland eingedrungen zu sein, das von Schwärmen tropischer Fische aller Art übervoll zu sein schien. Wir schnorchelten, stöberten im Korallenriff herum und ließen uns vom Zauber des Meeres verführen. Kaum war ich wieder an der Oberfläche aufgetaucht, kam Sergio zu mir geschwommen und zog mich im flachen Wasser fest an sich. Wir küssten uns gierig. Dann spürte ich seine Zunge, die sich zärtlich ihren Weg von meinem Hals abwärts in mein Bikinioberteil suchte. Mit geschlossenen Augen ließ ich es zu, dass er mit seiner warmen Zungenspitze meine Brustwarzen umspielte, wodurch sie sich steif aufrichteten. Als er meine Bikinihose herabzog, machte ich das Gleiche mit seinen Badeshorts. Wir lehnten uns an einen Felsen, unsere Körper aneinander gedrängt, Haut an Haut. Ich küsste die Narbe an seinem Hals, und meine Hand suchte unter Wasser nach seinem Glied, massierte es. Es war zuerst noch schlaff, doch in der seidigen Wärme des Wassers wurde es unter meinen Handgreiflichkeiten allmählich größer und härter. Darauf spürte ich, wie sein Finger sanft meine Klitoris berührte – erst langsam, dann immer schneller und schneller. Mit jeder Berührung wurde sie immer empfindsamer, und bald fühlte sie sich irre erregt an, so explosiv erregt, dass ich unwillkürlich seine Hand beiseite schob. Aber Sergio ließ sich nicht beirren, seine Hand kam wieder und spielte virtuos wie ein Konzertpianist die Klaviatur meines Lustorgans. Ich schloss wieder die Augen, verlor mich an ihn, völlig hingegeben an die Empfindungen des aufsteigenden Crescendo.

Ich war ganz kurz vor dem Orgasmus, aber ich konzentrierte meine Gedanken auf seinen Penis, der unter meinen Handbewegungen immer steifer wurde. Als er sich hart wie Granit anfühlte, entzog er sich mir. Ich schaute in sein Gesicht und sah den wilden verlangenden Blick seiner Augen. Mit unabwendbarer Notwendigkeit drang Sergio in mich ein, zuerst mit langsamen Stößen und während seine Zunge im gleichen Rhythmus wie sein Penis in meinen Mund hinein- und aus ihm herausglitt. Ich zitterte vor Erwartung, und er drang mit plötzlich sehr schnell werdenden harten Stößen immer tiefer in mich ein. Und immer weiter und tiefer und tiefer. Mein Körper reagierte völlig losgelöst von mir und meinen Gedanken. Sergio spürte das Stakkato der Wellen meines Orgasmus, das er hervorbrachte. Mein Schrei hallte über die Lagune. Da spürte ich, dass auch er sich in mich hineinergoss wie ein Sturzbach heißer Lava und wie wir beide gemeinsam explodierten. Ich sah ihn an. Seine wilden Augen hatten jetzt einen träumerischen Ausdruck angenommen, als sei er in eine andere Welt abgedriftet. Wir klammerten uns aneinander wie zwei verlorene Seelen und sogen gemeinsam in tiefen Atemzügen die salzige Meeresluft in uns hinein.

Ich fühlte mich ein bisschen beklommen, als wir das Wasser verließen, ans Ufer wateten und die Nacktheit meines Körpers nicht länger eingebettet war ins Türkis des Meeres. Sergio nahm mich an der Hand und führte mich über den Puderzuckersand des jungfräulich wirkenden Strandes, den keiner zuvor je betreten zu haben schien. »Willkommen auf dem verführerischsten Eiland der ganzen Karibik«, sagte er und streifte mir zärtlich eine Strähne meines nassen blonden Haars aus dem Gesicht. Die Luft war erfüllt vom Duft tropischer Blüten und Früchte. Wir pflückten Guaven, Maracujas und Mangos, schleckten uns gegenseitig die Früchte von den Fingern. Dann lagen wir erschöpft und genussvoll völlig nackt unter leicht schwankenden Kokospalmen, und eine kühlende Brise streichelte uns in den Schlaf. Auf dieser verzauberten Insel schien mir das Drama des tödlichen Vulkanausbruchs endgültig überstanden und Millionen von Meilen entfernt. Nur noch eines zählte – das Zusammensein mit Sergio.

Die sengende Hitze der kolumbianischen Sonne weckte uns. Sergio brachte mich zu einer kleinen, hinter Bananenstauden und Mangobäumen versteckten Hütte aus Palmblättern. Ich ließ mich auf einer Grasmatte nieder, und er hielt mir eine Flasche mit Kokosöl unter die Nase. Der Duft, der dem Öl entstieg, erklärte er mir, stamme von einer bestimmten rosafarbenen Blüte, die hier als Liebesblume galt. Sanft rieb er mir das warme Öl auf die Brüste, dann massierte er damit meinen Bauch und die Innenseite meiner Schenkel. »Schließ die Augen und lieg ganz still«, sagte er. Dann spreizte er sanft, ganz sanft, meine Beine. Ich sehnte mich danach, dass er zu mir kam, wollte seine feurige brasilianische Leidenschaft spüren, wurde ungeduldig. Doch Sergio wollte nicht, dass ich diese Symphonie dirigierte. Stattdessen spielte er den Maestro und brachte meine Klitoris zum Erklingen. Zuerst Pianissimo, dann Stakkato. Nachdem er mich heftig unter Strom gesetzt hatte und mein Körper und mein Geist nach mehr schrien, hörte er abrupt auf und verlangte, dass ich weiterhin meine Augen geschlossen hielt. Ich spürte, dass er etwas Weiches, Feuchtes in kreisenden Bewegungen um meine Klitoris rieb. Was war es? Dann hörte ich in der tropischen Stille schlürfende Geräusche und spürte die Säfte einer Frucht zwischen meinen Beinen auf die Matte rinnen. Etwas Warmes glitt über meine Klitoris und erforschte ihre Reaktion. Ich öffnete die Augen, sein Kopf lag zwischen meinen Beinen. Es war seine Zunge, die gekonnt auf meiner Klitoris spielte und in mir das Feuer entzündete. Gerade als ich glaubte zu zerspringen, änderte Sergio seine Stellung.

Er ging auf die Knie, stützte die Hände auf und schob sich über mich. »Mit dir«, sagte er und sah mir tief in die Augen, »mit dir weiß ich, die Zukunft ist heute, morgen ist es zu spät.« Seine Lippen kamen auf mich zu, und ich spürte einen klebrigen Mango-Kuss auf meinem Mund. Seine Zunge drang zwischen meine Lippen, glitt immer wieder raus und rein in meinen Mund. Ich goss etwas von dem Kokosöl in meine Hand und ließ sie dann seinen erigierten Penis entlanggleiten – auf und ab. Ich war verrückt danach, ihn in mir zu spüren. Als er sanft in meine wartende Vagina eindrang, erschauerte ich vor Wonne. Diesmal konnten wir beide nicht an uns halten. Unsere Leiber bewegten sich im Gleichklang auf und ab, drängten nach grenzenloser, unkontrollierter Leidenschaft. Er zwängte seine Finger zwischen uns und streichelte sanft meine Klitoris. Dann, als wüsste er, dass alle meine Nerven danach verlangten, begann er stärker und schneller zu pressen. Ich stöhnte laut auf, bemühte mich, den Höhepunkt hinauszuzögern, aber es gelang mir nicht. Ich flog nur noch höher, in noch größere Erregung. Und dann tauchte ich ein in die brodelnde Besinnungslosigkeit des Orgasmus, und meine heftigen Zuckungen entzündeten auch seine Explosion. In dem langen tiefen Seufzer, der aus ihm herausbrach, kamen wir beide gemeinsam zum Höhepunkt.

An den folgenden Tagen, die wir gemeinsam verbrachten, entwickelten wir süchtig eine lustvolle Routine von gleichartigen Tagen, die ineinander übergingen, ohne dass wir es spürten. Als wir zum letzten Mal um die Inseln herumsegelten, schenkte mir Sergio ein Paar ausgefallene Smaragd-Ohrringe von seltener Schönheit. »Damit du immer an mich denkst«, sagte er. Unser Katamaran war auf dem Rückweg nach Cartagena, und wir träumten beide davon, unsere Rückflugtickets über Bord zu werfen.

FÜNFTER TEIL
DIE DUNKLE SEITE

Verführung hat viele Gesichter. In einer intimen Beziehung kann liebevolle Anteilnahme erotisierend wirken. Auch das Gefühl der Sicherheit kann sinnlich erregend sein und zur Hingabe führen. Aber die Verführung hat durchaus auch ihre dunklen Seiten. Der Verführer kann unachtsam und selbstsüchtig vorgehen, oder es ist ihm oder ihr völlig gleichgültig, ob überhaupt irgendwelche verführerischen Signale beim Partner ankommen.

»Wenn ich das Wort Verführung höre, denke ich immer an Betrug«, sagt Bruce Zimmerman, der Autor von »Der Lockvogel«. »Ich sehe in ihr eine Art Verstellung, eine Selbstdarstellung, die gegenüber der Wirklichkeit zumindest leicht geschönt ist. Jede Verführungsabsicht beinhaltet eher Lust als Liebe. Es ist wie beim Schachspielen: Man empfindet Spaß und Interesse am Spiel, aber es ist keine ernste, dauerhafte Angelegenheit. Es hat was mit Erregung und verbotenen Früchten zu tun.« Zimmermans Erzählung ist eine humorvolle, aber verwirrende Geschichte, deren besonderer Dreh den erfahrenen Spannungsautor verrät.

Hinter einer Verführung können auch weitaus schlimmere Absichten stecken als nur Egoismus. Sie kann auch bösartig, schmerzhaft und rachsüchtig betrieben werden. In solchen Fällen sind verführerische Annäherungen strategisch geplante, abgekartete Spiele.

Carroll Mavis-Raine führt in »Italienische Nachspeise« eine ironisch-teuflische Verführungsgeschichte vor. »Es ist eine Angelegenheit, die viele Varianten zulässt«, sagt Mavis-Raine über die Verführung. »In meiner Geschichte ist Rache der Grund, weshalb jemand verführt wird. Sharon hat Tomas total in ihren Bann gezogen. Er ist unfähig, ihr zu widerstehen, als sie ihn mit einer bis ins Letzte geplanten und ausgetüftelten Strategie zu verführen versucht, nur, um ihm etwas heimzuzahlen.«

In Staci Layne Wilsons Story »Der kleine Tod« sind es wahrhaft dunkle, außerirdische Mächte, die Annalisa, eine sexbesessene Popsängerin, die dennoch jungfräulich unberührt ist, in ihre Gewalt bekommen. »Annalisa gelingt es nicht, sich aus einem magischen Bann zu lösen, der sie getroffen hat«, sagt Wilson. »Sie lässt sich einfach davontragen von einer unwiderstehlichen Gewalt, die all ihre Bewegungen steuert, ohne dass sie es gewahr wird, und aus ihrem normalen Leben herausreißt. Der Verführer kann mit ihr tun, was er will, und sie unterwirft sich ihm rückhaltlos.«

Die dunkle Seite der menschlichen Psyche hat eine merkwürdige Tendenz, sexuelle Fantasien zu entwickeln. Da geht es dann nicht um Liebe, Intimität und Nähe, sondern um ganz besondere, von allem anderen losgelöste, dunkle Kräfte, die auf viele sexuell äußerst provozierend und geradezu magnetisch anziehend wirken.

Der Lockvogel
Bruce Zimmerman

Martin Kramer trank den letzten Schluck aus dem Scotch-glas und hielt es hoch, um die Kellnerin auf sich aufmerksam zu machen.

»Hallo, Schätzchen!«, rief er. »Noch mal zwei von derselben Sorte.«

Bill Spencer schüttelte den Kopf. »Für mich nicht, Marty. Ich hab genug.«

»Seit wann hast du denn nach zweien schon genug?«

»Weil ich nicht in Urlaub gehe, sondern hier im Büro die Stellung halten muss.«

Marty lächelte und sah seinen Freund an. Durch die Fenster der Flughafenbar sah man, wie die Jumbojets in den blassblauen Himmel von Colorado aufstiegen und davonzogen. Ein frischer Spätherbsttag. Noch schön, aber man konnte schon den Schnee riechen. Marty stellte sich vor, wie viel blauer der Himmel über Tahiti sein würde.

Die Kellnerin kam mit zwei Gläsern Scotch wieder. Sie sah gut aus, auf diese kecke, vorwitzige Art, wie man sie bei den Cheerleader-Mädels an den Colleges findet. Sie trug ein Namensschild, das sie als Cindy identifizierte. Blond, vollbusig und sehr jung.

»Geben Sie sie mir alle beide, Cindy«, sagte Marty und zog beide Gläser zu sich rüber. »Mein Freund hier hat gerade beschlossen, der Heilsarmee beizutreten.«

»Nicht jeder ist auf dem Weg nach Tahiti«, sagte Bill erläuternd.

Cindy war der Neid anzusehen. »Tahiti? Haben Sie vielleicht noch ein bisschen Platz in Ihrem Koffer?«

Marty zwinkerte. »Cindy, für Sie würde ich glatt alles aus dem Koffer rausschmeißen, um Platz zu machen!«

»Seien Sie vorsichtig«, erwiderte Cindy. »Ich könnte Sie beim Wort nehmen.«

Marty gab Cindy einen Hundert-Dollar-Schein und beobachtete, wie sie zur Theke ging. Dort stand eine Anzahl von jüngeren Männern, die sie ebenfalls beobachteten. Männer mit Aktenkoffern und sauber rasierten Gesichtern. Geklonte. Schon früher war Marty durch den Kopf gegangen, dass es offenbar das Schicksal aller früheren Football-Stars der Hochschulen war, eines Tages in der Anonymität der Welt des Business zu enden. Auf dem noch mühsam atmenden Elefantenfriedhof aller begrabenen Jugendträume.

An der Bar fiel Cindy eine Serviette runter. Als sie sich bückte, um sie aufzuheben, schien ihr Hinterteil fast den Stoff der eng anliegenden Kellneruniform sprengen zu wollen. Marty pfiff leise durch die Zähne.

»Sieh dir mal diesen Arsch an …!«, sagte er.

Bill schüttelte den Kopf. »Halt an dich, Marty. Sie könnte deine Tochter sein, mein Lieber!«

»Ich hab keine Tochter.«

Marty behielt Cindy im Blick, während sie auf das Wechselgeld wartete. Drei Wochen Tahiti mit so einer! Der Gedanke daran wärmte ihn und tat ihm wohl wie der weiche, malzige Scotch, obwohl die Kellnerin genau genommen gar nicht sein Typ war. Völlig anders als Karen, seine fast schon Exfrau. Marty hatte noch nie auf vollbusige Blonde gestanden. Er musste grinsen. Na ja, vielleicht war das genau der Grund, weshalb Karin dabei war, seine Exgattin zu werden.

Ganz plötzlich schob Bill seinen Stuhl zurück und nahm seinen Aktenkoffer.

»Genieß deinen Scotch«, sagte er, »und meinen dazu. Und sieh zu, dass du in Tahiti gut über die Runden kommst. Ich kann mir allerdings nicht vorstellen, was so ein hyperaktiver Typ wie du drei Wochen lang unter einer Palme zu tun gedenkt.«

»Wenn ich nur keine irgendwie gearteten Fusionsverträge unterzeichnen muss, dann geht es mir gut, und ich finde schon meine kleinen Nervenkitzel.«

Bill beugte sich runter zu Marty, sein Gesicht war dicht vor ihm. Ruhig. Vertrauen erweckend.

»Ich bin Anwalt, Marty. Richter mögen es nicht so gern, wenn man wegläuft vor geschäftlichen Angelegenheiten oder sie so manipuliert, dass man sein Geld nicht mit einer Exehefrau teilen muss.«

»Ich renne ja gar nicht weg. Und ich weiß überhaupt nichts von irgendwelchen Verträgen. Es hat doch geklappt mit dem Deal, oder?«

Marty lächelte, aber Bill sah ihn nur an.

»Ich bin nichts weiter als ein müder, überarbeiteter Geschäftsmann«, fuhr Marty fort, »der mal ein bisschen Luft schnappen muss, bevor er die Entscheidung trifft, ob er einen wichtigen geschäftlichen Abschluss tätigen will.«

Bill machte ein nachdenkliches Gesicht. »Wieso werde ich bloß den Gedanken nicht los, dass du mit deinen Geschäften sofort genauso weitermachst, wenn nächste Woche die Scheidung definitiv durch ist?«

Marty dachte über Bills Gesicht nach. »Denkst du wirklich so über mich?«

»Fünfzehntausend Meilen sind ein weiter Weg, um ein bisschen Geld zu sparen«, sagte Bill.

»Vier Millionen Dollar sind ein Haufen Geld.«

Bill warf Marty noch einen letzten langen und missbilligenden Blick zu, dann wandte er sich ab und verließ die Airport-Lounge, nachdem er Marty von der Tür aus noch mal kurz zugewinkt hatte.

»Danke fürs Herfahren!«, brüllte Marty ihm hinterher.

Dann widmete er seine Aufmerksamkeit wieder dem Drink. Zur Hölle mit Bill Spenser! Der Mann war voller guter Absichten, aber er hatte keine Ahnung, worum es hier überhaupt ging. Die Scheidung von Karen würde in fünf Tagen offiziell werden. Alles, was er tun musste, war, die Unterzeichnung der Fusionsverträge mit TriCo ein paar

Tage aufzuschieben. Dann war die Scheidung durch, und das Geld gehörte ihm, absolut korrekt. Wenn Bill an seiner Stelle wäre, würde der es genauso machen.

Marty lehnte sich in seinem Stuhl zurück und schaute sich die Kellnerin noch mal genau an. Seine Tochter – völliger Quatsch! Er war doch für eine attraktive junge Frau alles andere als eine Vaterfigur. War er nicht gerade erst vierzig geworden, hatte er nicht eine straffe, sportliche Figur, volles Haar und war genau der Typ, dem auf der Straße die jungen Frauen hinterherschauten? Hatte nicht auch Cindy sofort von sich aus vorgeschlagen, ihn nach Tahiti zu begleiten?

Marty fand, es wäre Zeit, mal wieder sein Kopfkino ein bisschen spielen zu lassen. Er lächelte und leckte sich erwartungsvoll die Lippen. Kopfkino war etwas, das Marty sich schon als kleiner Junge häufig ausgedacht und inzwischen zu einer ganz spezifischen Perfektion entwickelt hatte. Als Kind hatte er einfach das Licht ausgemacht, sich alle möglichen Heldentaten überlegt und sie dann wie einen Film abspulen lassen. Big-Budget-Filme, in denen er die Hauptrolle spielte. Er malte sich alles so genau aus, dass er im Hintergrund sogar das Geräusch des Projektors hören konnte.

Marty nippte an seinem Scotch und beobachtete, wie Cindy sich vorbeugte und dem Barkeeper etwas sagte. Selbstverständlich hatten sich die vorgestellten Filmszenen im Laufe der Zeit verändert. Aus den Abenteuerfilmen mit Cowboys und Indianern waren die finstersten, wildesten Pornos geworden, die sich sein Gehirn nur vorzustellen vermochte. Miese kleine Low-Budget-Streifen, in denen er aber immer noch die Hauptrolle spielte. Marty schloss die Augen und begann im Geist eine Filmrolle abspulen zu lassen ...

Am Flughafen von Papeete nahmen sie gleich einen Leihwagen und machten sich auf in die grüne Wildnis des polynesischen Berglandes. Cindy lachte und umarmte Marty immerzu. Sie hatte ihrem Impuls nachgegeben und war mit ihm losgeflogen. Sie trug noch immer die Kellnerinnenkleidung aus der Flughafenbar.

In ihrem separat gelegenen Bungalow gingen sie sofort ins Schlafzimmer, von dessen Fenster aus sie das blaue Wasser des Pazifik glitzern sahen. Cindy drehte sich zu Marty um, warf ihm einen lasziven Blick zu und drückte ihn auf den Stuhl am Fußende des Bettes.

»Du hast so viel für mich getan«, flüsterte sie, »jetzt lass mich mal etwas für dich tun…«

Marty saß da und sah zu, wie Cindy sich langsam auszog. Ihre Brüste waren groß und weiß und zeigten sich in ihrer ganzen Üppigkeit, nachdem sie sie aus der Einengung der Bluse befreit hatte.

»Gefallen sie dir?«, fragte sie.

Marty nickte. Cindy kam näher zu ihm, zog Martys Gesicht zwischen ihre Brüste – es versank darin. Marty wollte zugreifen, die Brüste anfassen, aber Cindy machte einen Schritt von ihm weg. Ihr erhobener Zeigefinger stoppte ihn.

»Noch nicht.«

Sie zog sich Richtung Bett zurück, ihre Daumen steckten seitlich in ihrer Hose, und ganz langsam und verführerisch zog sie sie Zentimeter um Zentimeter runter bis an die Knie. Marty grinste anerkennend. Er war froh, dass ihr weizenblondes Schamhaar dicht und buschig war. Er gehörte nicht zu dieser neuen Generation von Männern, die nur Frauen wollten, die völlig glatt rasiert waren oder kurz geschnitten bis auf die Haut, sodass es schon aus zehn Meter Entfernung nichts Geheimnisvolles mehr zu entdecken gab. War es nicht viel spannender, wenn man erst ganz nahe rankommen musste, um auf Entdeckungsreise zu gehen? Cindy stand jetzt vor ihm – wild und unerforscht wie ein undurchdringlicher Urwald. Mein Gott, in so einer Wildnis konnte sich ein Mann ja für immer und unwiederbringlich verirren.

Cindy war jetzt nackt, legte sich aufs Bett, schloss die

Augen und fing an, sich ganz zärtlich selbst zu berühren. Fast wie weggetreten. Sie streichelte ihren Hals, ihre Brüste, den Bauch, weiter nach unten. Sie spreizte ihre Beine, aber nur gerade so weit, dass ihr Finger sich dazwischenschieben konnte. Marty beugte sich in seinem Stuhl nach vorn.

Es klopfte an der Tür, aber Cindy reagierte überhaupt nicht. Sie machte keinen Versuch, sich zuzudecken, ließ sich nicht einen Moment unterbrechen. Marty war perplex, und das steigerte sich noch, als einen Augenblick später die Tür aufflog und eine entzückende Polynesierin mit einem Glas Rum in der Hand das Zimmer betrat. Die Tahitianerin gab Marty das eisbeschlagene Glas, dann richtete sie ihre Blicke auf Cindy.

»Was ist denn jetzt los?«, fragte Marty.

Cindy lächelte, öffnete ihre Schenkel ein bisschen weiter. »Wir sind in Tahiti…«, murmelte sie.

Als wäre es die natürlichste Sache der Welt, tauschten sie und die Tahitianerin einen kurzen, viel sagenden Blick, bevor sich die junge Frau vor ihm auf die Knie niederließ. Sie machte seinen Reißverschluss auf, nahm seinen Penis in den Mund, und ließ ihr langes, üppiges schwarzes Haar in seinen Schoß fallen und alles verhüllen.

Marty lächelte und nahm einen Schluck von dem starken, eiskalten Drink. Cindy drehte sich auf den Bauch und hob ihr Hinterteil einladend in die Höhe. Daraufhin beschleunigte die Tahitianerin Tempo und Druck an seinem Glied, nahm seine Hoden in die eine Hand und ließ die andere an seinem von ihrem Speichel feuchten Schaft auf und ab gleiten.

Cindy sah vom Bett aus zu. Ihre Hand war jetzt mit flinken Bewegungen zwischen ihren Schenkeln beschäftigt, ein genau abgezirkeltes, schnelles Kneten ihrer Muschi.

»Schieb ihre Haare beiseite«, sagte Cindy schwer atmend. »Ich will es sehen.«

Marty nahm die üppige schwarze Haarmähne und schob sie zur Seite, um Cindy die Sicht frei zu machen auf das, was die Tahitianerin mit ihm trieb. Cindy reagierte, als

*wäre sie auf heiße Lava getreten. Sie japste, gab einen stöh-
nenden Laut von sich, hob sich auf die Knie und sank nach
vorn auf die Hände wie ein Vierfüßler.*

*»Fick mich!«, befahl sie. »Fick mich auf der Stelle! Mach
mit mir, was du willst!«*

»Hier ist Ihr Wechselgeld, mein Herr.«

Marty zuckte vor Schreck zusammen, als Cindys Stimme so dicht neben ihm zu hören war. Er zwinkerte ein-,
zweimal mit den Augen, um sich wieder in die Gegenwart
zurückzuholen. Verdammt, sein Heimkino wurde jetzt fast
zu realistisch.

Cindy legte das Wechselgeld auf den Tisch, und Marty
schob ihr einen Fünf-Dollar-Schein zu.

»Vielen Dank,« sagte Cindy. »Und viel Spaß in Tahiti!«

»Ich hab irgendwie das Gefühl, dass ich meinen Spaß
haben werde«, sagte Marty mit einem anzüglichen Lächeln.

Cindy zog vage die Schultern hoch und begab sich an
den Nachbartisch. Marty seufzte, atmete tief ein und ließ
die letzten Bilder seiner Fantasievorstellungen noch einmal
Revue passieren. Er liebte diese Hirngespinste, auch wenn
seine zukünftige Exfrau ihn wie immer nur ausgelacht hätte, wenn er ihr davon erzählte.

»Wie reizend von dieser kleinen Tahitianerin, dir einen
Drink zu bringen«, hätte Karen gesagt. »Vielleicht hatte sie
ja auch noch die aktuelle Tageszeitung zwischen den Zähnen?«

Marty musste lachen. Genau das hätte Karen sicher dazu
gesagt. Seltsamerweise kam Marty plötzlich der Gedanke,
dass Karen ihm fehlen könnte. Wäre sie doch bloß ein bisschen … entgegenkommender gewesen … Wer weiß, vielleicht hätte es dann doch geklappt.

Marty sah auf die Uhr. Es dauerte immer noch fast drei
Stunden bis zu seinem Abflug nach Papeete, aber er gehörte zu den Menschen, die Flughäfen lieben und immer eine
Ausrede finden, um möglichst frühzeitig dort sein zu müssen, damit er die Atmosphäre so richtig genießen konnte.

Cocktail-Lounges wie diese hier waren ganz besonders anregend. Voll sexueller Anregungen – flüchtig, anonym. Leute in Bewegung, Leute, die sich von anderen verabschiedeten, sich ihrer Kontrolle entzogen. Marty gefiel die dadurch zu erwartende Handlungsfreiheit.

Er holte sein Flugticket heraus und studierte es. Er würde First Class mit der Air France fliegen. Kostete zwar ein Vermögen, aber – na wenn schon! Er konnte es sich leisten. Himmel, in drei Wochen würde er in der Lage sein, sich ein eigenes Flugzeug zu chartern. Marty überlegte, ob die VIP-Lounge, die im ersten Stock für die First-Class-Passagiere reserviert war, vielleicht noch mehr Reiz hätte. Sie war ruhiger, komfortabler und alle Getränke waren gratis.

Und dann kam sie herein.

Marty hatte sich halb aus seinem Stuhl erhoben, als die Frau zur Bar rüberging. Sofort ließ er sich wieder nieder. Du lieber Himmel!

Die Frau war an der Bar angelangt, hatte sich mit dem Rücken zu Marty hingesetzt und einen Drink bestellt. Der Barkeeper nickte, nahm ein Weinglas aus dem Regal über der Theke und füllte es mit Weißwein. Die Frau schlug die langen, schlanken und sonnengebräunten Beine übereinander, nahm einen kleinen Schluck, öffnete dann ihre Handtasche und entnahm ihr einen Stapel Papiere.

Marty starrte sie an. Ja, ja … Das war schon mehr nach seinem Geschmack. Cindy, die Kellnerin, war ganz brauchbar gewesen für einen kleinen Tagtraum über Tahiti. Aber was seine Fantasien wirklich auf Hochtouren brachte, wusste Marty ganz genau. Es war ihm klar, dass seine wollüstige Beschäftigung mit einer blonden Kellnerin nur ein Vorspiel war, um danach eine aparte Tahitianerin ins Spiel zu bringen. Er kannte sich aus mit sich selbst. Er ging nicht in den Zirkus, um den Eseldompteur zu erleben, sondern den Löwenbändiger.

Die Frau an der Bar war hundertprozentig Martys Typ. Sie war mittelgroß, hatte olivfarbene Haut, dunkles Haar, das ihr in Locken bis zur Mitte des Rückens herabfiel, schmale Handgelenke und einen fast schmerzhaft aufreizenden Körper, der sich unter dem seidigen Stoff ihres eng anliegenden schwarzen Rockes und der cremefarbenen Bluse ahnen ließ. Fast als wäre sie bei einem weltweiten Casting speziell für ihn ausgesucht worden.

Marty trommelte mit den Fingern auf den Tisch und schmiedete einen Plan, wie er sich die Frau holen würde. Dass die Frau gar nicht an ihm interessiert sein könnte, kam ihm überhaupt nicht in den Sinn. Im Geschäftsleben hatte Marty festgestellt, dass alles seinen Preis hatte, und im Bereich sexueller Eroberungen war es auch nicht anders. Bei Frauen gab es immer einen bestimmten Knopf, auf den man nur zu drücken brauchte. Immer. Einige Männer waren allerdings etwas geschickter als andere im Ausfindigmachen des jeweiligen Knopfes.

Marty wollte gerade aufstehen, als sich ein junger Schnösel aus der Gruppe der fernsehenden Dumpfies an die Frau ranzumachen versuchte. Der hatte sein Bierglas in der Hand und legte all seinen Charme in sein anmachendes Grinsen.

Kann mir nur recht sein, sagte Marty zu sich selbst. Er setzte sich wieder, faltete seine Hände unter dem Kinn und beobachtete, was geschah.

Die Frau ließ den Typ nicht sofort abfahren. Das war schon mal ein gutes Zeichen. Es hieß, sie war nicht ganz unzugänglich. Sie erwiderte das Grinsen, nahm einen Schluck aus ihrem Glas und schlug erneut die Beine übereinander.

Mag sein, dass es an der Art lag, wie sie die Beine überkreuzte, auf jeden Fall schien der junge Typ unsicher zu werden. Er befand sich auf dünnem Eis. Er hatte sich den glitzernden Fisch aus dem Wasser holen wollen, aber jetzt glitt er ihm vom Haken. Als er sie ansprach, war seine Stimme viel zu laut. Als er zuhörte, war er zu beflissen. Am Ende sagte sie irgendein nettes Wort und wandte sich wieder ihren Papieren zu. Der Typ machte kehrt und mischte sich wieder unter seine Genossen aus der Regionalliga.

Nun gut, Kramer, sagte Marty zu sich selbst, während er

den letzten Tropfen seines Scotch austrank, jetzt wird es Zeit, den Jungs zu zeigen, wie man so was macht.

Marty wanderte auf Umwegen in Richtung Bar und setzte sich neben sie auf den Hocker. Sie arbeitete an irgendwelchen Unterlagen, und ihre einzige Reaktion auf seine Anwesenheit war, dass sie die Papiere ein bisschen von ihm wegrückte.

»Tag auch«, sagte Marty.

Die Frau sah kurz auf, lächelte und sagte: »Hallo.«

Dann wandte sie sich wieder ihren Papieren zu. Er fand ihre Schönheit etwas irritierend. Welch ein fantastischer Körper. Ihre cremefarbene Bluse war bis oben zugeknöpft, was aber absichtsvoll ahnen ließ, wie es sein würde, wenn sie von oben bis unten aufgeknöpft würde. Eine verführerisch mitdenkende Dame. Die perfekte Balance zwischen Ablehnung irgendwelcher Spielereien und Versteckspiel. Doch kein Stoff der Welt konnte die Straffheit ihres Körpers verhüllen. Könnte er ein Geldstück auf den Bauch dieser Frau fallen lassen, würde es mehrmals hochspringen und dann langsam dribbelnd zum Stillstand kommen.

»Sie sind eine sehr schöne Frau«, sagte Marty. Nicht gerade einfallsreich, aber was soll's. An einer Flughafenbar konnte man nie wissen, wie viel Zeit einem blieb. Also war der direkte Weg der beste.

Die Frau sah von ihren Papieren auf. »Vielen Dank.«

»Das hören Sie wahrscheinlich öfter.«

»Ja«, sagte sie, »so ist es.«

»Hier eben mein Vorgänger, der hat es wohl auch gesagt?«

»In der Tat, das hat er.«

Marty zuckte die Achseln. »Bestens. Ich wollte nichts zu Ausgefallenes von mir geben, damit Sie nicht den Eindruck hätten, ich hielte mich vielleicht für jemand Besonderes.«

Die Frau lächelte ihn an. »Keine Angst. Diesen Eindruck machen Sie nicht«

Marty lachte laut. Mein Gott, die Frau hatte auch noch Witz und Verstand! Umso besser, jetzt galt es! Sie war fast zu gut, um wahr zu sein.

»Ich heiße Marty Kramer«, sagte er.

»Schön für Sie.«

»Lassen Sie uns gleich zur Sache kommen«, fuhr Marty fort. »Wollen Sie heute Abend mit mir nach Tahiti fliegen oder lieber nicht?«

Die Frau studierte weiter ihre Unterlagen. »Ich glaube kaum, dass mein Chef in Dallas Verständnis dafür hätte«, sagte sie.

»Auch nicht mit ganz offizieller Genehmigung?«

Jetzt legte die Frau ihre Papiere beiseite und sah sich Marty zum ersten Mal genauer an. Ein kleines Lächeln kräuselte ihre Lippen, und sie richtete sich ein wenig auf dem Barhocker auf, als wollte sie so dem Unsinn besser ins Auge sehen.

»Und was könnten wir in Tahiti tun, das es mir wert wäre, meinen Job und meine Zukunftschancen aufs Spiel zu setzen?«

Marty hob die Schultern. »Rummachen. Ausgelassen sein. Und dann noch ein bisschen mehr rummachen und noch ausgelassener sein.«

»Irgendwie habe ich den Verdacht, Ihr Denken ist etwas eindimensional«, sagte sie.

»Gott sei Dank. Sie glauben gar nicht, was es mich für Anstrengungen gekostet hat, die anderen Dimensionen abzuschaffen.«

Inzwischen war ihr Lächeln freundlicher geworden. Irgendwie wirkte es wärmer und fröhlicher. Ihr Blick schien auf einmal einen seltsam feuchten Ausdruck zu bekommen.

»Wie heißen Sie?«, fragte Marty.

»Vanessa.«

Marty versuchte abzuschätzen, welche Chancen er sich bei ihr ausrechnen könnte. Er war sich ziemlich sicher, dass er die Tür gerade einen Spalt geöffnet hatte. Er gab dem Barkeeper ein Zeichen, noch mal eine Runde nachzuschenken, und sie protestierte nicht.

Vanessa fing an, ihre wie Finanzierungspläne aussehenden Unterlagen etwas zu ordnen, aber es war ein zielloses Hin- und Hergeschiebe, in der Art, wie Nachrichtensprecher es tun, wenn sie auf den nächsten Werbeblock warten. Marty stellte sich vor, wie es sich anfühlen würde, ihr die Bluse aufzuknöpfen. Und sofort lief wieder der Film ab, ohne dass er darauf vorbereitet gewesen wäre und etwas dagegen tun konnte. Als wäre es ein eigenständiger Mechanismus …

Vanessa warf sich über ihn, hier in der Bar, vor allen Leuten, die sie schockiert wie Elefantenmumien von der anderen Seite des Raums her anstarrten. Vanessa hatte es eilig, sie wusste genau, worauf sie aus war, und ein Nein würde sie nicht akzeptieren.

Weingläser zersplitterten am Boden, als sie sie von der Theke wischte, um ihn flach auf den Rücken zu legen und ihm die Hose runterzuziehen. Marty konnte die Finanzierungspläne unter seinem Rücken fühlen und spürte, wie das Papier zerknüllte und zerriss. Der Barkeeper schob ungerührt die Scherben beiseite und beobachtete Vanessa mit einem schwachen Anzeichen von Interesse.

Vanessa war wie im Fieber, völlig aufgelöst. Lag es daran, dass sie in keinem Fall ihr Flugzeug verpassen wollte? Oder war der Gedanke, Marty zu vergewaltigen, so aufregend für sie, dass sie sich nicht mehr in der Gewalt hatte?

»Helfen Sie mir!«, rief Vanessa dem Barkeeper zu.

Der legte gehorsam sein Handtuch zur Seite, stieg auf den Tresen und machte sich daran, Vanessa den Rock auszuziehen, während sie Marty die Hose bis zur Mitte der Schenkel runterzerrte.

Gierig wie ein wildes Tier nahm sie seinen steif gewordenen Schwanz in den Mund, presste die Lippen fest zusammen und hielt sich mit den Händen an der Theke fest.

Der Barmann hatte Vanessa inzwischen den Rock abgestreift, zog ihr jetzt den Slip aus und warf einen kurzen Blick auf ihr blankes Hinterteil, bevor er langsam seinen eigenen Reißverschluss runterzog. Sie spreizte ihre Knie so

weit, dass sie seitlich über die Bartheke rausragten. Ihr
Mund bearbeitete wie verrückt seinen steinhart geworde-
nen Schwanz, bis er herausrutschte und gegen seinen
Bauch flappte. Sie beugte sich weiter hinab, leckte ihm die
Eier mit lüsterner feuchter Zunge, wie ein Tier, das nach
Salz giert.

In ihrem Rücken hatte jetzt der Barkeeper seine Hose
runtergezogen, legte methodisch die Hände auf ihre Po-
backen und spreizte sie noch ein bisschen mehr. Vanessas
Augen waren halb geschlossen, öffneten sich aber schlag-
artig, als der Barmann in sie eindrang.

Von der anderen Seite des Raums kam das halbe Dut-
zend früherer Highschool-Quarterbacks herüber. Sie
waren von der Taille abwärts völlig nackt und sämtlich im
Stadium höchster Erregung. Sie reihten sich nacheinander
hinter dem Barmann ein und warteten, bis sie drankamen.
Zwei von ihnen stellten sich zu beiden Seiten der Bar auf
und fingen an, Vanessas Brüste zu befummeln, während
der Barkeeper sie von hinten nahm und ihre Lippen wie-
der Martys speichelglatten Schaft auf und ab glitten. Sie
starrte Marty ins Gesicht.

»Wenn er dir richtig steif steht«, japste sie, » dann will
ich, dass du es mir machst…«

Der Barmann stellte die Drinks vor ihnen ab.

»… kostspielig«, hörte Marty Vanessa sagen.

Marty brauchte einen Moment, um sich wieder zu sammeln. Er räusperte sich, versuchte das Bild der völlig auf-
gegeilten, halb nackten Vanessa auf der Bartheke aus seinem Kopf zu vertreiben.

»Entschuldigung«, murmelte er, »was haben Sie gerade
gesagt?«

Vanessa seufzte. »Ich habe gefragt, ob es nicht ziemlich
kostspielig ist, in Tahiti Urlaub zu machen.«

»Ach«, sagte Marty, »machen Sie sich darüber mal bloß
keine Gedanken. Das ist einzig und allein meine eigene
Angelegenheit.«

Vanessa schüttelte den Kopf. »Äh, äh. Wahrscheinlich wäre mein ganzes Leben nicht mehr meine Angelegenheit, wenn ich jetzt nicht nach Dallas fliege.«

»Warum denn das?«

Vanessa nippte an ihrem Wein. »Sind Sie jemals bei einem Hunderennen gewesen?«

»Sie meinen, im Mile High Stadium?«, fragte Marty. Vanessa nickte.

»Klar doch«, sagte Marty, »viele Male. Ich bin Mitglied im Turf-Club.«

»Na ja, ich war gestern Abend zum ersten Mal dort. Eine Freundin hatte mir gesagt, es wäre sehr lustig. Und man könnte ganz nebenbei noch etwas gewinnen. Ich allerdings, ich habe so ganz nebenbei alles, was ich hatte, verloren.«

»Im Ernst?«

»Sechshundertfünfzig Dollar sind – so mir nichts, dir nichts – den Bach runter!«

»Ein Grund mehr, sich Ihre Tränen in Tahiti trocknen zu lassen«, sagte Marty.

Aber Vanessa hört ihm gar nicht zu. Sie hielt ihr Weinglas in beiden Händen, sah aus dem Fenster, und ein amüsiertes Lächeln zog über ihr Gesicht.

»Wollen Sie wissen, wieso ich ausgerechnet beim letzten Rennen alles verloren habe?«, fragte sie.

»Wie?«

Marty war es völlig egal, wieso sie ihr Geld verloren hatte. Er musste sich alle Mühe geben, dafür zu sorgen, dass in seinem Kopf nicht wieder das Kino losging. Er hatte genug von den Fantasievorstellungen. Er wollte ganz real mit dieser Frau irgendwohin gehen, um zu sehen, wie es im wirklichen Leben mit ihr sein würde.

»Ich habe im letzten Rennen all mein Geld auf einen Hund namens Rakete gesetzt«, erwiderte Vanessa. »Rakete – mit einem solchen Namen konnte er doch kein Rennen verlieren, oder? Gleich vom Start weg ging er auch weit, weit in Führung. Keiner der anderen Hunde konnte auch nur annähernd mit ihm mithalten. Sie wissen doch, dass sie so 'ne Art Blechhasen auf die Piste schicken, damit die Hunde ihn jagen.«

Marty nickte. »Hoppel, der Hase, als Lockvogel.«

»Richtig. Und wissen Sie was? Mein dämlicher Hund raste so schnell, dass er den Lockvogel einholte.«

»Wirklich?«

Vanessa nickte und schüttelte bei dem Gedanken daran den Kopf. »Diese Rakete stürzte sich auf den Lockvogel und kriegte einen solchen elektrischen Schlag, dass es ihr fast den Kopf abgerissen hätte. Das blöde Vieh drehte sich daraufhin nur noch um die eigene Achse und sah aus, als wäre es komplett plemplem. Klar, dass es nur noch Letzter wurde.«

Vanessa seufzte, nahm einen Schluck aus ihrem Glas. »Tja, das war das Ende der Rakete, und damit war auch mein ganzes Geld dahin.«

»Ich kann verstehen, dass Sie diese Geschichte richtig traurig gemacht hat«, sagte Marty. »Vielleicht würde Sie der Himmel über Polynesien wieder ein wenig aufheitern.«

Vanessa sammelte ihre Unterlagen zusammen, steckte sie in ihre Handtasche und schüttelte den Kopf.

»Ist das ein definitives Nein zu Tahiti?« Marty ließ nicht locker.

»Ich fürchte, das ist es.«

Marty nickte, rieb sich das Kinn. »Wie viel Zeit haben Sie noch bis zum Abflug nach Dallas?«

Vanessa sah auf die Uhr. »Ungefähr eine Stunde. Warum?«

»Ich mach Ihnen einen Vorschlag«, sagte Marty. »Ich hab Zugang zur VIP-Lounge der Air France. Keine Palmen, aber es wird Französisch gesprochen, und es gibt Gratis-Champagner.«

Vanessa starrte Marty an, als wollte sie ihn durchleuchten. Ihn einordnen. Dann erscholl wieder das Gebrüll der Typen vom anderen Ende der Bar, die ihre Fäuste erhoben hatten und dem Fernseher drohten, während sie über Football diskutierten. Vanessa sah zu ihnen hinüber, nahm ihre Handtasche und stand auf.

»Ich kann mich doch auf Sie verlassen, oder?«

»In welcher Hinsicht?«

»Dass Sie kein axtschwingender Psychopath sind.«

Marty hielt seine rechte Hand hoch wie zum Treueschwur der Pfadfinder. »Darauf können Sie sich hundertprozentig verlassen, dass ich auf keinen Fall ein axtschwingender Psycho bin.«

»Also gut, gehen wir!«, sagte sie.

Die Air-France-VIP-Lounge war natürlich nichts wirklich Besonderes, aber das Gute daran war, dass sie meist vollkommen leer war. Marty wusste, es gab nur drei Air-France-Flüge täglich von Denver aus – zwei nach Paris und den nach Tahiti –, und keiner der Flüge wurde gerade abgefertigt. Sogar die Empfangsloge war zurzeit nicht besetzt, und Marty benutzte seine Karte für den elektronischen Türöffner.

Vanessa war einen Moment stehen geblieben und sah sich um.

»Nett«, sagte sie.

»Haben Sie Lust auf Champagner?«

»Nein.«

Marty hatte die Flasche mit dem Champagner schon in der Hand, aber Vanessas abweisende Antwort hielt ihn davon ab, nach den Gläsern zu greifen.

»Wie wär's dann mit einem Glas Wein?«

Vanessa schüttelte den Kopf. »Danke, nein.«

»Käse, Brot? Ein bisschen Obst?«

»Nein.«

Marty stellte die Flasche ab, drehte sich zu ihr um, verschränkte die Arme über der Brust.

»Was gibt es denn dann, worauf Sie Lust hätten?«

Vanessa zögerte, ging auf die andere Seite des Raums. »Ich weiß nicht. Vielleicht nur ein bisschen Ausruhen …«

Marty näherte sich ihr. Er stellte sich hinter sie und legte ihr die Hände auf die Schultern. Sie verkrampfte sich ein wenig unter seiner Berührung, dann entspannte sie sich.

»Dein Abflug ist in fünfundvierzig Minuten«, sagte Marty besänftigend. »Warum sollten wir nicht unsere Fantasie spielen lassen und die Zeit nutzen.«

Marty beschloss, einen Versuch zu wagen. Er ließ seine Hände von Vanessas Schultern seitlich nach unten gleiten und sich dann, langsam tastend, den Weg nach vorn suchen, bis sie sich sanft um ihre Brüste legten. Ihr Busen war voller, als Marty erwartet hatte. Und fest. Die Brustwarzen wurden steif unter seinen Fingern.

»Ich glaube, das ist keine gute Idee«, sagte Vanessa.

»Und weshalb nicht?«

Marty ließ seine rechte Hand weiter auf Vanessas Busen, während sich seine Linke über ihre Hüften nach unten bewegte.

Obwohl sie bestritt, dass es eine gute Idee war, machte die Frau doch keinen Versuch, sich seinen Aktivitäten zu entziehen.

»Und wenn jemand reinkommt!«, sagte sie nur.

»Es kommt niemand.«

Martys Atem ging schneller. Ihrer ebenfalls.

»Ich denke nur«, sagte sie, »wenn Sie mit dieser Karte hier reingekommen sind, dann könnte das anderen Leuten auch gelingen.«

Marty drehte Vanessa zu sich um, blickte ihr in die angsterfüllten, aber willigen Augen. »Wenn jemand hier reinkommt, dann ist es höchstwahrscheinlich ein Franzose«, sagte er grinsend, »und die haben Verständnis für so etwas.«

Vanessa blickte zur Tür, nagte an ihrer Unterlippe, dann schien sie eine Entscheidung zu treffen. Sie nahm Marty an der Hand und zog ihn in der entferntesten Ecke der Lounge hinter eine hochlehnige Couch. Falls zufällig irgendwer in die Lounge kommen würde, hätten sie genug Zeit, um sich wieder in Ordnung zu bringen.

»Na gut«, sagte Vanessa, als sie dort angekommen waren. »Bleiben wir hier.«

Marty knöpfte ihr die Bluse auf, während sie mit nach hinten gezogenen Armen dastand, was ihre Brüste noch praller gegen den Stoff des BHs presste. Immer noch schielte sie mit einem Auge zur Tür.

Marty zog ihr die Bluse aus und betrachtete sie einen Moment lang.

»Lass mich den BH aufmachen«, sagte sie. »Setz dich auf die Couch und mach die Augen zu.«

»Ich soll die Augen zumachen?«

»Ja, bitte.«

Marty setzte sich auf die Couch und schloss die Augen. Er konnte hören, wie Vanessa den BH abstreifte. Dann roch er den frischen Duft, der von ihrer Haut ausging, sehr nahe vor sich.

»Mach den Mund auf!«, sagte sie heiser. »Nur ein kleines bisschen.«

Marty öffnete den Mund. Im nächsten Augenblick spürte er, wie ihre feste, harte Brustwarze seine Lippen berührte, dann seine Zunge umkreiste wie der Radiergummi am Ende eines nagelneuen Bleistifts, der sich geradezu danach sehnt, benutzt zu werden.

»Saug daran, saug!«, sagte sie.

Marty saugte. Dann bewegte sie sich, und der Nippel war fort, aber nur, um dem anderen Platz zu machen. Marty leckte ihn gierig, saugte daran und spielte mit der Zunge. Zwischendrin konnte er feststellen, wie sie mit den Fingern ihre Brüste umschloss, um sie ihm mundgerecht darzubieten. Dann waren plötzlich beide Brustwarzen entschwunden.

»Halt die Augen weiter geschlossen!«, befahl sie.

Marty nickte, aber er mogelte ein bisschen und öffnete ein Auge für einen kaum wahrnehmbaren Moment, um Vanessa zu beobachten. Sie hatte ihren Rock hochgerafft und zog sich das Höschen aus, schaute aber immer wieder nervös zur Eingangstür. Dann schob sie sich näher an ihn heran, das Dreieck ihrer aufreizenden Scham näherte sich seinem Mund. Er spürte, wie sich ihre beiden Hände um seinen Nacken spannten.

»Warum tust du das?«, fragte er.

»Magst du es denn nicht?«, fragte sie atemlos.

»Doch.«

»Dann lass es mich machen, wie ich es will.« Sie hielt inne. »Streck deine Zunge raus.«

Marty streckte seine Zunge heraus, und plötzlich war sein Mund angefüllt mit dem explosiven Geschmack ihrer Säfte. Ihre Hände waren nicht mehr hinter seinem Kopf, sondern spreizten ihre Schamlippen, öffneten ihm den Weg in ihre Muschi. Marty bog seinen Kopf zu Seite, leckte, so tief er konnte, die Stelle zwischen ihren Beinen und hörte über sich ihr Stöhnen.

Unglaublich, dachte Marty, absolut unglaublich. Welche Ironie, dass in seinem Kopfkino die Fantasien immer nur visuell waren und ohne sonstige, wirklich spürbare Empfindungen. Und jetzt war er hier in der VIP-Lounge der Air France mit der Frau seiner Träume und musste sich alle visuellen Sensationen komplett versagen! Alles bestand nur aus Geschmack und Geruch und Struktur – und Vanessas hörbarer Zufriedenheit. Auf diese Weise gefiel ihm die Sache deutlich besser.

Jetzt zog sie sich etwas zurück. »Mach die Augen noch nicht auf«, sagte sie.

Marty nickte, aber er mogelte wieder und konnte einen kurzen Blick auf sie erhaschen, als sie versuchte, an der Lehne der Couch Halt zu finden. Ihre fantastischen Brüste wogten. Auch Vanessas Augen waren geschlossen. Sie massierte mit der einen Hand eine ihrer Brüste, und die andere glitt zwischen ihren Beinen hin und her. Sie steckte zwei Finger, drei Finger tief, tief in sich hinein. Feucht glänzend glitten sie wieder aus ihr heraus, und sie bewegte sie auf ihn zu.

»Mach den Mund auf!«, befahl sie. »Weit auf!«

Marty kniff die Augen zusammen und öffnete den Mund, bereit, ihre duftenden, feuchten, klebrigen Finger abzuschlecken. Schon dachte er an das, was er mit ihr machen würde, wenn er an der Reihe war. Er war kurz davor zu explodieren. Es war höchst lustvoll, sich vorzustellen, wie es wäre, wenn er in Vanessa hineinexplodierte. Er würde sie völlig ausgelaugt, betäubt und bis zur Besinnungslosigkeit durchgevögelt in ihre Maschine nach Dallas setzen.

»Weiter«, wimmerte sie.

Marty machte seinen Mund so weit wie möglich auf und spürte plötzlich, wie ihm etwas Merkwürdiges zwischen die Zähne gerammt wurde. Er riss sofort die Augen auf, um festzustellen, dass er auf einem bräunlichen Pappumschlag herumkaute.

Marty riss sich die Aktenmappe aus dem Mund, spuckte und versuchte, den ekligen Geschmack des offiziell wirkenden Ordners loszuwerden.

»Was – zum Donnerwetter – soll denn das …?«

Vanessa hatte sich inzwischen von ihm abgewandt, stand einige Meter entfernt von ihm in der Nähe der Tür. Sie war dabei, sich anzuziehen – Slip und BH hatte sie schon an – und knöpfte gerade die Bluse zu.

»Ich hoffe, du hast auch etwas davon gehabt, Marty«, sagte sie mit einem Grinsen.

Marty erhob sich aus seiner knienden Position und hielt die Aktenmappe hoch. »Was ist das?«

»Verträge, die du unterschreiben solltest«, sagte Vanessa, »denn sonst erwartet dich deine Exfrau nächste Woche vor Gericht. Tut mir Leid, wenn ich dir deinen Urlaub in Tahiti vermiese.«

Marty entgleisten die Gesichtszüge. Er ließ die Aktenmappe fallen.

»Du …! Du hast mich ausgetrickst!«, schrie Marty.

Vanessa zuckte die Achseln, knöpfte den letzten Knopf ihrer Bluse zu. »Nun mach mal 'n Punkt. Du hast mich doch angemacht. Ich hab nur an der Bar gesessen und über meine geschäftlichen Angelegenheiten nachgedacht.«

Marty war einen Moment völlig durcheinander, sah zu Boden und versuchte zu begreifen, was das alles zu bedeuten hatte. Rätselte. Wollte den Albtraum verscheuchen.

»Sieh es mal von der angenehmen Seite«, sagte Vanessa.«Normalerweise hätte die Behandlung, die ich dir habe angedeihen lassen, hundert Dollar gekostet. Du hast sie gratis gekriegt, meine Sex-Nummer. Nicht alle Exehefrauen verhalten sich ihren Exehemännern gegenüber so großzügig.«

Vanessa ging zur Tür, öffnete sie, blieb stehen und schenkte ihm ein Lächeln.

»Zu deiner Information: Ich heiße nicht wirklich Vanessa. Nur für den Fall, dass du dich bei mir zu revanchieren gedenkst.«

»Und wie heißt du wirklich?«, hörte Marty sich fragen.

Die Frau schüttelte den Kopf und legte zwei Finger an die Lippen. »Berufsgeheimnis. Aber du kannst mich ja Hoppel nennen. Zur Erinnerung an den Blechhasen, den Lockvogel beim Hunderennen.«

Marty kniff die Augen zusammen, warf einen Blick auf die Aktenmappe, die noch auf der Couch lag. Sie war so gewichtig, dass es ihn wunderte, weshalb sie nicht in den Kissen versank: Sie bedeutete für ihn den Verlust von vier Millionen Dollar.

»Hoppel«, murmelte er. »Wie der Blechhase.«

»Richtig«, sagte die Frau. »Genau richtig – wie der Lockvogel.«

Dann drehte sie sich um und verschwand. Marty stand in dem leeren Raum und blickte hinter ihr her. Die Frau war so hundertprozentig sein Typ, dass es ihn fast umwarf. Als hätte sie jemand in dem ganz großen Casting für ihn ausgesucht.

ITALIENISCHE NACHSPEISE

Carroll Mavis-Raine

Tomas Marcolini sah die wohlgeformte Blondine auf Carrie Andrews Beerdigung zum erstenmal. *Wer war sie?* Während der sechs Monate, in denen er mit Carrie zusammen war, hatte er mit ziemlicher Sicherheit alle Mitglieder ihrer weit verzweigten Verwandtschaft kennen gelernt. Er konnte sich an jedes der faltigen Gesichter bei den Familientreffen erinnern, zu denen sie ihn in jenem Sommer mitgeschleift hatte. Allerdings ... hatte sie nicht auch eine ältere Schwester erwähnt, die irgendwo in Ägypten, Syrien oder an sonst einem absurden Ort bei irgendwelchen archäologischen Ausgrabungen dabei war? Wer weiß? Jedenfalls war ihre Liebesgeschichte nicht von Bestand gewesen, und es konnte sein, dass diese hochgebildete Schwester erst zurückgekehrt war, nachdem er die Sache beendet hatte.

Das mit Carrie war wirklich schlimm. Sie war ein ganz besonderes Mädchen gewesen. Immer schon. Tomas erinnerte sich noch genau an den Tag, an dem er sie kennen gelernt hatte. Es war bei den Olympischen Winterspielen in Oslo gewesen. Er hatte gerade seine zweite Goldmedaille im Abfahrtslauf der Herren gewonnen. Noch voll high über seinen Sieg hatte er sich den Riesenslalom der Damen angesehen. Carrie, eine achtzehnjährige Unbekannte aus Colorado, hatte all ihre Konkurrentinnen überrundet und wurde auf der Stelle Amerikas Publikumsliebling.

Ein Blick auf ihr langes goldbraunes Haar, ihre hellen grünen Augen und das sommersprossige Gesicht genügte ihm, um zu beschließen, dass sich Amerikas neuer Medienstar und Italiens Medienliebling Nummer eins unbedingt kennen lernen mussten. Er drängelte sich durch die Menschenmenge, wo ihm sogleich Platz gemacht wurde, als man ihn erkannte. Mit seinem schönsten Lächeln stellte er sich Carrie vor, obwohl das eigentlich völlig überflüssig war. Man hätte schon auf einer arktischen Eisscholle leben müssen, um den großen Abfahrtsläufer Tomas Marcolini nicht zu kennen.

Es war erstaunlicherweise extrem leicht, Amerikas neueste Berühmtheit zu verführen. Beim abendlichen Dinner in einem der besten Osloer Restaurants gelang ihm das nach ein paar Flaschen guten französischen Weins und der Zurschaustellung seiner ungeteilten Aufmerksamkeit für sie. Er wusste natürlich, wie er sie rumkriegen konnte: Sein verliebter Blick in ihre Augen sagte ihr, dass sie die einzige Frau im Restaurant – vielleicht sogar auf der ganzen Welt – war, die ihn interessierte. Er sprach zu ihr mit leiser, vertraulicher Stimme, wobei sein italienischer Akzent selbstverständlich sehr hilfreich war. Amerikanerinnen schmolzen dahin, wenn sie ihn hörten.

Nach dem Essen war Carrie in sein Hotelzimmer mitgegangen, und er hatte sie entjungfert. Es hatte ihn gewundert, dass sie noch unschuldig war. Zwar war sie erst achtzehn, aber die meisten jungen Mädchen – vor allem die amerikanischen – hatten doch schon viel früher ihre ersten sexuellen Kontakte. Aber Carrie war seit ihrem zwölften Lebensjahr so sehr mit ihren Skirennen beschäftigt gewesen, dass sie offenbar weder Zeit noch Interesse an Liebesgeschichten gehabt hatte.

Tomas war sehr angetan davon. Carrie in die Liebe einzuführen hatte für ihn etwas sehr Reizvolles. Es faszinierte ihn so, dass er viel länger mit ihr zusammenblieb als mit den meisten ihrer Vorgängerinnen. Im Sommer ging er sogar mit ihr nach Colorado und zog in ihr Haus in Vail. Dort hatte er dann auch ihre gesamte Verwandtschaft kennen gelernt.

Dennoch war es unvermeidlich, dass er irgendwann

genug hatte von Carries fröhlich-kindlicher Unkompliziertheit (auch wenn er zugeben musste, dass sie im Bett zu einer kleinen Wildkatze geworden war, die sich sehr anstellig zeigte und bald einige schöne Spielchen beherrschte, ja selbst zu SM-Spielen bereit war). Aber Tomas war viel zu sehr an Abwechslung gewöhnt, was Frauen anbetraf. Es war geradezu ungewöhnlich, dass er es fast sieben Monate mit Carrie aushielt. Und auch noch weitgehend treu gewesen war – bis auf eine Bardame und eine Stripperin, mit denen er mal einen One-night-stand hatte.

Als der Sommer sich dem Ende zuneigte, zog es Tomas dann wieder nach Europa. Celeste, die in Paris lebte und erstaunliche Dinge mit ihrer Zunge und schwarzer süßer Schokolade vollbringen konnte, kam ihm in den Sinn. Und Shawna in London, das über ein Meter achtzig große schwarze Model, das nur auf Schmuddelsex aus war. Ja, und natürlich auch Gina in Rom, die so oft eine andere junge Nymphe zu ihren Schlafzimmerspielen dazugeholt hatte. Gar nicht zu reden von all den Tausenden von jungen, mannbaren Mädchen, denen er noch nicht begegnet war.

Unglücklicherweise gestaltete sich die Trennung von Carrie hässlicher, als er erwartet hatte. Die arme Carrie brach völlig zusammen. Es sah so aus, als hätte sie ernsthaft geglaubt, dass er sie liebte. Er hatte versucht, es ihr auf liebevolle Weise beizubringen, hatte ihr gesagt, wie entzückend sie sei und dass sie bestimmt eines Tages einen Mann finden würde, der zu ihr passte und den sie glücklich machen würde. Aber er sei nicht so ein Mann. Er würde nie einen brauchbaren Ehemann abgeben. Er war einfach ein wilder Freigeist. Das müsse sie doch einsehen. Aber sie sah es nicht ein.

Ja, es war schon verdammt schade, was mit Carrie passiert war. Eine unbegreifliche Sinnlosigkeit! Ihre Zerrüttung hatte nicht sofort eingesetzt. Sie war in dem Winter, nachdem sie sich getrennt hatten, weiter Skirennen gefahren, aber es war ihr anzumerken, dass ihr irgendetwas verloren gegangen war. Fachleute meinten, sie hätte nicht mehr den richtigen *drive* – die Siegesgewissheit sei ihr abhanden gekommen.

Und dann geschah auch noch dieser schreckliche Unfall in Garmisch. Nur den Bruchteil einer Sekunde war sie unkonzentriert gewesen, und schon war sie den Berghang hinabgestürzt, wobei sie einen dreifachen Beinbruch und einen doppelten Armbruch erlitt. Das war wohl der Beginn ihrer Drogenprobleme. Wahrscheinlich waren es die Schmerzmittel, die sie süchtig gemacht hatten. Es hatte nichts mit ihm zu tun, nein! Na ja, Tomas hatte sie schon ein-, zweimal ein bisschen Koks ausprobieren lassen, aber als sie auseinander gingen, hatte sie keinerlei Probleme mit Drogen. Nicht die kleinste Andeutung davon.

Niemand würde *ihm* ihren Tod anlasten können. Aber die Gerüchteküche brodelte. Es hieß, bevor sie sich mit ihm zusammengetan hatte, sei sie ein aufgewecktes, überschäumend lebendiges junges Mädchen gewesen, von dem Großes zu erwarten war. Und jetzt – kaum neunzehnjährig – war sie an einer Überdosis von Medikamenten und Alkohol gestorben!

Aber das war doch nicht *seine* Schuld! Warum warfen ihm bloß alle hier diese bösen Blicke zu?

Tomas wandte seine Aufmerksamkeit wieder jener attraktiven Blondine zu, die mit Carries gramgebeugten Eltern zusammensaß, und hätte zu gern gewusst, wer sie war. Sollte sie wirklich jene ältere Schwester sein? Wenn ja, dann war sie völlig anders, als er sie sich je vorgestellt hätte. Aus irgendwelchen Gründen hatte er angenommen, sie müsste eine von der Sonne gedörrte und verschrumpelte alte Schachtel sein.

Die Trauerfeier ging zu Ende, und die Familienmitglieder erhoben sich, um zur Tür zu gehen. Die schöne Blonde bewegte sich anmutig, beinahe katzenhaft in ihrem eng anliegenden schwarzen Gewand, wobei sie derart sexy wirkte, dass Tomas unmittelbar eine körperliche Reaktion verspürte – schiere, nicht zu unterdrückende Lustgefühle. Ihr Gesicht war hinter einem schwarzen Schleier verborgen, aber ihr kurzes, seidiges, honigfarbenes Haar war auffällig genug. Und ihre Brüste waren umwerfend – fest und voll zeichneten sie sich unter dem Rayon-Oberteil ab. *Wer war sie?*

Als sie an der letzten Reihe vorbeiging, spürte er, dass sie ihn anstarrte, obwohl er natürlich ihre Augen hinter dem Schleier nicht sehen konnte. Sie zögerte nur einen winzigen Moment, dann ging sie an ihm vorüber. Tomas entfuhr ein tiefer, gepresster Atemzug, und sein Herz klopfte zum Zerspringen. Sein Penis war hart wie ein Klumpen Zement – nur, weil sie ihm einen Blick geschenkt hatte. Jesus! Nie in seinem Leben hatte er eine derart überwältigende Erregung verspürt! Er musste rauskriegen, wer sie war.

Erst als er sich der Trauergemeinde am Friedhof anschloss, sah er sie wieder. Nachdem Carries Sarg in die Grube heruntergelassen war, warf jedes Familienmitglied eine Hand voll Erde ins Grab – auch die junge Frau in Schwarz. Absolut unfähig, seine Faszination zu verbergen, starrte Tomas sie an. Ihre Beine waren große Klasse – lang und schlank. Sie hätte ein Model sein können. Nachdem jetzt wieder üppigere Formen gefragt waren, hätte sie dafür genau die richtige Figur.

Als die Trauernden fast alle das Grab verlassen hatten und zu den wartenden Limousinen zurückgingen, blieb Tomas noch immer stehen und starrte auf Carries Sarg, hatte aber nur einen Gedanken im Kopf – nämlich, wie er bloß an die schwarz gekleidete Blondine herankommen könnte.

Er konnte es kaum fassen, aber sie näherte sich ihm. Ihr Parfüm wehte ihm entgegen, ein schwerer orientalischer Duft, verlockend und sinnlich. Sie stand dicht neben ihm, viel näher an ihm dran, als es gesellschaftlich üblich war.

»Ich weiß, wer du bist«, sagte sie mit etwas belegter Stimme, die ihn an Demi Moore erinnerte. »Du bist Tomas Marcolini. Carrie hat mir von dir erzählt.«

»Tatsächlich?« Tomas empfand ein vages Unbehagen. Was hatte Carrie über ihn berichtet?

»O ja.« Langsam hob die Frau den Schleier hoch und zog ihn über den Hut nach hinten.

Ihre überwältigende Schönheit traf ihn wie ein Schlag und nahm ihm fast den Atem. Ihre Augen standen weit auseinander, waren von dichten schwarzen Wimpern überschattet und von einem dunklen, verschleierten Blau. Die Nase war perfekt, der Mund sinnlich und voll, die Haut wie makelloses Porzellan. Und links unter der Unterlippe hatte sie einen winzigen Schönheitsfleck. Aber es waren nicht wirklich die Einzelheiten, es war vielmehr die sehr irdische Ausstrahlung ihrer Sexualität, die ihn fast umwarf, so stark war sie spürbar.

Als sie neben ihm aufgetaucht war, hatte sein Glied auf der Stelle reagiert und war jetzt schon wieder so hart, als hätte er einen Stein in der Hose. Nur weil sie neben ihm stand! Wenn sie ihn berührte – Jesus, was würde dann erst passieren!

Sie streckte ihm die behandschuhte Rechte entgegen. »Ich bin Sharon, Carries Schwester.«

»Es tut mir Leid wegen Carrie«, sagte er und nahm ihre Hand. Selbst durch den Handschuh spürte er ihre Hitze. Ihm wurde fast schwindelig. Jesus Christus, was war denn mit ihm los? Er sah ihr in die Augen und wollte nichts anderes als sie auf der Stelle vögeln, direkt hier an Carries Grab … und in diesem Augenblick.

Sie lächelte, schien ihm tief in die Seele blicken und – wie er selber merkte – seine Gedanken lesen zu können.

»Bist du wirklich so toll, wie meine kleine Schwester mir erzählt hat?«, fragte sie mit leiser Stimme, und er war sich nicht sicher, ob er sie richtig verstanden hatte.

Doch bevor er etwas sagen konnte, hatte sie sich abgewandt und ging davon. Seine Blicke hingen an ihren schwingenden Hüften. »Warte!«, rief er hinter ihr her.

Sie wandte sich um, musterte ihn von oben bis unten, und ein amüsiertes Lächeln huschte über ihr Gesicht. »Ja?«

Er schluckte, fühlte sich zum ersten Mal in seinem Leben völlig aus dem Gleichgewicht gebracht. Unmöglich! Tomas

Marcolini ließ sich von einer Frau in seinem Innersten erschüttern? Es konnte nicht wahr sein! »Können wir nicht ... na ja, können wir nicht ... uns zu einem Drink treffen? Um ... über Carrie zu reden?« Jesus, er stotterte!

»Ich fliege morgen wieder nach Mittelamerika.«

Er glotzte sie an, sein Mund verzerrte sich vor Enttäuschung. »Für immer? Bitte, sag nicht, für immer!«

Sie lächelte geheimnisvoll, ihre Augen blickten durchdringend. »Für einige Monate. Ich muss dort meine Forschungen abschließen.« Als sie seinen völlig verständnislosen Blick sah, fuhr sie fort: »Ich bin Archäologin. Ich habe lange in Südamerika gelebt.«

»Kommst du nicht auch mal nach Rom?«, fragte er stürmisch.

Sie zuckte leicht mit der Schulter. »Man weiß ja nie.«

Seine Finger zitterten, als er seine Geschäftskarte aus der Brieftasche zog. »Hier, das ist meine Adresse in Rom. Ruf mich an, wenn du dort bist.«

Wieder erschien das Mona-Lisa-Lächeln auf ihren Lippen. *Machte sie sich lustig über ihn?* Sie nahm seine Karte und steckte sie in ihre Handtasche. »Vielleicht werde ich es tun. Aber vielleicht auch nicht.«

Zwei Monate vergingen, und Tomas hörte nichts von ihr. Doch sie ging ihm ständig im Kopf herum. Nachts träumte er nur von ihr: kaum vorstellbare erotische Träume. Was sie mit ihm trieb ... gütiger Himmel! ..., schreckte ihn mitten in der Nacht auf, sein Schwanz bebend und hart wie Granit. Er versuchte, mit anderen Frauen zu schlafen, aber es ging nicht. Er war zum ersten Mal in seinem Leben impotent. Es war, als hätte ihn Sharon mit einem Fluch belegt. Sein Schwanz wollte nur sie. Was war sie? Eine Art Zauberin oder eine Hexe? Pornos, Sexmagazine – alles ließ ihn kalt. Nur Sharon ging ihm nicht aus dem Sinn.

Dann, eines Nachmittags, etwa drei Monate nach ihrer Begegnung, tauchte sie plötzlich im Büro seines Managers auf, wo er gerade eine Besprechung hatte. Sie kam einfach so rein. Sie trug fadenscheinige Jeans, Cowboystiefel und

eine hautfarbene gehäkelte Weste, die kaum ihren wohlgerundeten, üppigen Busen verdeckte. Sowohl Tomas als auch
seinem Manager blieb buchstäblich das Wort im Halse
stecken, und sie starrten sie an wie eine Erscheinung. Sie
warf ihnen einen kühlen Blick zu und verlangte, mit Tomas
allein sprechen zu können. Sogleich bat er seinen Manager,
sich zurückzuziehen. Kaum war er aus dem Büro gegangen, wandte sich Tomas Sharon zu, wobei ihm die Luft weg-
blieb, als er ihre kleinen braunen Brustspitzen durch die
Löcher der Häkelweste blitzen sah. Ihr kurzes blondes Haar
war vom Wind zerzaust. Sie sah ihn mit ihren tiefen indigo-
blauen Augen einen Moment lang intensiv an, bevor sie
anfing zu sprechen.

»Diese Einladung zu einem Drink«, sagte sie, »die kann
jetzt stattfinden. Ich wohne im Haus von Freunden, außerhalb der Stadt. Hier ist die Wegbeschreibung. Es ist ziemlich weit draußen. Also fahr rechtzeitig los, damit du heute Abend so gegen neun da bist.« Und damit machte sie
kehrt und verließ das Büro. Nur der schwere orientalische
Duft, den er schon beim ersten Mal an ihr registriert hatte, blieb in der Luft hängen.

Tomas konnte vor lauter Ungeduld kaum erwarten, dass
die Zeit verging. Er raste in seine Wohnung, zog sich nach
einer Dusche seine bequemen Jeans und eines seiner bunten
Freizeithemden an. Er bürstete sein dunkles Haar und starrte, mit dem sicheren Gefühl, wie immer blendend auszuse-
hen, in den Spiegel, wobei er spürte, dass er trotzdem aus
irgendeinem Grund verunsichert war. Keine andere Frau
hatte ihn je eingeschüchtert. Was hatte Sharon nur an sich?

Pünktlich um neun klopfte er an die schön gearbeitete
Eingangstür der Villa. Sie öffnete und trat einen Schritt
zurück. Er verkniff sich einen heftigen Atemzug, als er ihrer
ansichtig wurde. Sie trug ein kurzes Seidenkleid mit einem
weit ausgeschnittenen Oberteil aus Satin, das ihren üppigen Busen betonte. Ihre schlanken Beine steckten in seidigen schwarzen Strümpfen und wirkten durch die acht Zentimeter hohen Absätze ihrer Riemchensandalen unendlich

lang. Ihr Haar war hübsch zerwühlt, als käme sie gerade aus dem Bett, wo sie lange, träge Stunden der Zärtlichkeit verbracht hätte. Doch ihr Make-up war makellos, ihr Schmollmund glänzend rot.

Tomas trat ein und spürte, dass seine Hände vor Nervosität ganz feucht waren. »Mir scheint, ich bin nicht ganz entsprechend angezogen.«

»Macht nichts«, sagte sie, nahm ihn bei der Hand und führte ihn in den riesigen Salon.

Er versuchte, den leichten elektrisierenden Schlag zu ignorieren, den ihre Berührung ihm versetzt hatte, und sah sich stattdessen im Zimmer um. Es war orientalisch eingerichtet mit großen gemusterten Kissen, seidenen Tüchern und Wandteppichen. Kerzen steckten in verschiedenen Leuchtern, und die Luft war voll von würzigem Weihrauchduft. Auf einem niedrigen Tisch vor einem großen L-förmigen weißen Ledersofa stand in einem Eisbehälter eine Flasche Rotwein. Zwei Kristallgläser waren halb gefüllt mit dem kühlen Wein.

»Ich wusste, du würdest pünktlich sein«, sagte sie und schaute auf die Gläser. »Bitte, setz dich doch.«

»Du bist sehr überzeugt von dir, nicht wahr?«, fragte er und versuchte, locker zu klingen, aber es hörte sich verklemmt und irgendwie steif an.

Ihre Augen funkelten, als sie seinen Blick suchte. Machte sie sich etwa über ihn lustig, fragte er sich, wie schon einmal?

»Es gibt Sachen, von denen jeder überzeugt sein sollte«, sagte sie, während sie sich neben ihm auf dem Sofa niederließ und nach ihrem Glas griff.

Ihre Hitze streifte ihn wie Feueratem, obwohl sie ihn noch nicht einmal berührt hatte. Wie schon zuvor hatte sich sein Penis auf Anhieb selbstständig gemacht, als er sie nur gesehen hatte. Jetzt drückte er heftig gegen seinen Bauch. Konnte sie es merken? Die Ausbuchtung seiner Hose war unübersehbar unter dem leichten Gabardin. Aber sie tat, als wäre nichts, und leerte ihr Glas.

Sie stellte es auf den Tisch, wandte ihm ihr Gesicht zu und sah ihn geradeheraus an. »Bei mir gibt es zwei Regeln«, sagte sie leise. »Möchtest du sie hören?«

Sein Herzschlag stockte. Er wusste genau, wovon sie redete.

»Ja«, sagte er.

»Also: Regel Nummer eins. Du darfst alles anschauen, aber nichts anfassen. Nicht, bevor ich es dir nicht ausdrücklich gestatte.«

Er schluckte schwer und sagte dann: »Und wie lautet die zweite?«

Ihre Augen wurden hart. »Du darfst nicht zum Höhepunkt kommen, bevor ich es dir erlaube. Falls doch, fliegst du hier sofort raus.«

Er gab sich Mühe, seine Verwirrung nicht zu zeigen. Darüber hinaus machte er sich keine Sorgen. Er war einer, der es stundenlang hinhalten konnte, wenn er nur wollte. Mit einem Blick auf Sharon beschloss er, dass er auf jeden Fall wollte.

»Das wird nicht das Problem sein«, sagte er.

Sie nickte. Ihre Hände streichelten die übergeschlagenen Beine mit den glänzenden Nylons, ihre Augen beobachteten ihn. Er spürte, wie es ihm den Atem nahm, als seine Blicke ihren Handbewegungen folgten. Ihre Hände bewegten sich hinauf zu den Schenkeln und weiter nach oben, unter die Seide des Kleides, das sie hochschob. Schließlich glitten ihre Hände unter den Rock zu der Stelle, an der sich ihre Schenkel trafen und in den Unterleib übergingen. Ganz langsam, immer mit dem Blick auf ihn, öffnete sie die gekreuzten Beine. Auch ihr Mund öffnete sich, die Zunge schnellte heraus und züngelte über ihre Lippen. Ein abwesender Ausdruck kam in ihre Augen, während sie sich in ihren Liebkosungen verlor.

Sein Schwanz drückte gegen den Reißverschluss. Er fühlte das vermehrt einströmende Blut darin pochen und nach Erlösung suchen. Es war ein vergeblicher Kampf. Sharons Augen hatten sich verdunkelt, während sie sich weiter selbst berührte. Sie hatte sich etwas gedreht, sodass er besser sehen konnte, was sie machte. Einen Augenblick lang zog sie ihre Hand weg, und Tomas konnte eindeutig erkennen, dass sie keinen Slip trug, sondern nur den Strumpfgürtel mit den daran befestigten Nylons. Sie lächelte lasziv, als er gierig ihre unverhüllte Muschi anstarrte, und ließ dann – langsam, langsam – zwei Finger hineingleiten und fing an, sich vor seinen Augen selbst zu befriedigen.

Tomas stöhnte und drückte die Hand auf seine Erektion.

»Nein, nein …«, sagte sie sanft und schüttelte den Kopf. »Nicht berühren, denk daran!«

»Aber …«, sagte er nach Luft ringend, »ich dachte, ich dürfte dich nicht berühren, hättest du gesagt.«

Sie schüttelte wieder den Kopf, während sie weiterhin die Finger in ihre Möse rein- und rausgleiten ließ. Es war so still, dass er das schmatzende Geräusch hören konnte, so nass war sie. Es machte ihn vollends verrückt.

»Keine Berührung, hab ich gesagt …« Ihre Stimme war weich, fast als wäre sie unter Hypnose. »Auch nicht bei dir selbst.« Sie zog ihre Finger aus der Muschi, lehnte sich zu ihm rüber und rieb ihre Säfte auf seine Lippen. »Ich gestatte dir, mir die Finger abzulecken.«

Er wollte nach ihrer Hand greifen, aber sie schüttelte den Kopf: »Nur mit der Zunge. Keine sonstige Berührung!«

Begierig sog er den Geschmack ihrer Möse ein und hatte wieder das Gefühl, im nächsten Augenblick zu explodieren. Was machte sie bloß mit ihm! Kaum hatte er ihre Finger vollständig abgeleckt, stand sie auf und verließ den Raum.

Schnell zog Tomas den Reißverschluss seiner Hose runter, steckte die Hand hinein und schloss die Finger um sein steifes Glied. Er wusste, er spielte mit dem Feuer, musste aber seinen Schwanz einfach anfassen. Nichts auf der Erde konnte ihn davon abhalten. Ein-, zweimal gewichst, und schon war er kurz davor zu kommen. Er hörte ihre Schritte, als sie den Gang entlangkam, hörte schnell auf und zog den Reißverschluss zu. Er spürte sein Gesicht vor Hitze rot werden. O Mann. Sie machte ihn fast wahnsinnig.

Sie trat wieder ins Zimmer. Er japste, als er sie ansah. Sie stand vor ihm, nackt bis auf die Nylons, die Strapse und die Highheels. Ihre Brüste waren groß und bewegten sich, ihre Brustwarzen dunkelbraun und hart. An der hellen Farbe ihres Schamhaars erkannte er sofort, dass sie tatsächlich eine echte Blondine war. Sie sah so wundervoll aus, dass Tomas bei ihrem Anblick beinahe auf der Stelle abgespritzt hätte.

»Ich hab mir nur mein Spielzeug geholt«, sagte sie und lächelte süß. In der Hand hatte sie einen riesigen Dildo, der fast lebensecht aussah mit Adern und allem. Sie lächelte wieder und begann ihn zu lecken, ihre Zunge kreiste lüstern wie an einem Lutscher. Sie sah ihm die ganze Zeit fest in die Augen, während sie an diesem leblosen Objekt mit absoluter Hingabe Fellatio machte. Es war ihm fast so, als würde sie es bei ihm machen. Er stöhnte auf, als sie die Eichel mit ihrer Zungenspitze berührte und dann das Ding in den Mund zurückschob.

Sie drückte auf einen Knopf und es fing an zu summen. Lachend setzte sie sich auf zwei große Kissen, die am Boden lagen, öffnete ihre Schenkel und schob sich den Vibrator tief in ihre Möse. Mit der anderen Hand berührte sie abwechselnd ihre Brüste und ihre Klitoris. Die ganze Zeit starrte sie ihn an, sog sich fest an seinen fassungslosen Blicken und hatte dieses kleine Lächeln um die Lippen.

O Gott! Sein Schwanz war so lebendig, so rege in der Hose, verlangte danach, rausgeholt zu werden, verlangte, in sie einzudringen und sie anstelle dieses Dildos durchzuficken. Als sie ihn immer heftiger in sich hineinstieß, fing sie an, sehr sanft und sexy zu ächzen, und Tomas vergingen mit jedem ihrer Laute fast die Sinne. Er zog den Bauch ein, spürte, wie sein Schwanz gegen den Reißverschluss scheuerte und so etwas Reibung erzeugt wurde, wenn er sich schon nicht anfassen durfte. Als sie immer erregter wurde und kurz vor dem Höhepunkt war, ging es Tomas wie ihr: Er stöhnte gemeinsam mit ihr, sein Herzschlag dröhnte in seiner Brust.

»Bitte, *cara mia* ...«, schluchzte er, »ich muss ..., ich will dich berühren ...«

»Nein«, murmelte sie unter Stöhnen, »nein, ich erlaube es dir nicht ... Ahhhh ...« Sie grimassierte und zuckte, als es ihr kam, und bohrte den Dildo immer wilder in sich hinein.

Tomas hatte sich aufgerichtet, rieb sich am Stoff seiner Hose, und plötzlich war er ganz kurz davor zu explodieren. Er wusste, es ging nur noch um Sekunden. Doch selbst während ihres Orgasmus merkte sie, wie es um ihn stand.

»Lass es!«, japste sie. »Tu's nicht, wenn du bleiben möchtest!«

Er zwang sich dazu, seine Unterleibsbewegungen zu stoppen. Und es war höchste Zeit. Sein Schwanz fühlte sich an wie eine glühende Wurzel, die kurz vor dem Zerspringen war.

»Jesus Christus ...«, wimmerte er, »ich fass es nicht! Du bringst mich um ...«

»Denk an irgendwas anderes«, forderte sie ihn auf und erhob sich voller Anmut.

Tomas war fassungslos. Ihr Orgasmus hatte sie nicht einmal außer Atem gebracht.

Sie griff nach der Weinflasche, hob sie aus dem Kühler. »Trink noch ein Glas!«, flüsterte sie mit katzenfreundlichem Lächeln.

Er nickte, und sie füllte sein Glas. Er trank gierig, versuchte, seine Gedanken von seinem steifen Penis abzulenken.

Sie trank ihren Wein in kleinen Schlucken, ihr Blick schien amüsiert, während sie ihn über ihr Glas hinweg beobachtete. Als sie es geleert hatte, stand sie auf. »Wie wär's, wenn du den Wein mit nach oben ins Schlafzimmer brächtest? Könnte sein, dass ich dir jetzt auch eine Berührung erlaube.«

Sein Herzschlag setzte einen Moment aus, und beinahe gleichzeitig wurde sein Schwanz womöglich noch steifer. Nie zuvor hatte er eine Frau wie Sharon gehabt. Sie war eine Hexe. Eine hinreißende, mächtige Zauberin. Wenn er sie nicht heute noch vögeln konnte, würde er auf der Stelle tot umfallen.

Er stand ergeben auf und folgte ihr die breite geschwungene Marmortreppe hinauf, wobei seine Augen wie gebannt auf ihre wohlgerundeten Pobacken, ihren langen, schmalen Rücken und ihre schmale Taille starrten. Welch ein Weib! Die Urfrau! Ihm lief das Wasser im Mund zusammen.

In dem geräumigen weiß möblierten Schlafzimmer nahm sie ihm den Weinkühler ab und stellte ihn zusammen mit ihrem Glas auf dem Schreibtisch ab. Dann kam sie auf ihn zu. Seine Augen schweiften über ihren Körper. Sie sah einfach umwerfend aus in ihrem Strapsgürtel, den schwarzen Nylons und den hochhackigen Pumps. Diese wundervollen Brüste, fest und groß! Und das goldfarbene Haarnest, in dem sich ihr Honigtopf versteckte! Wie sehr wünschte er sich, seine Zunge in diesen Spalt zu stecken und sie genauso zum Wimmern zu bringen, wie sie es sich selbst mit dem Dildo gemacht hatte.

Sie nahm die beiden Gläser, die sie wieder gefüllt hatte, vom Schreibtisch. »Trink, damit wir anfangen können!«

Tomas nahm das Glas und trank es in einem Zug leer.

Sie lachte. »Zieh dich aus. Leg alle deine Sachen ab. Dann geh ins Bett.« Der Tonfall, den sie anschlug, duldete keinen Widerspruch. Sie hatte zwei lange Seidenschals in der Hand. Auch Gina pflegte in ihren Sexspielen mit Seidenschals zu arbeiten. Aber verglichen mit Sharon, war Gina wie ein Happen Alltagskost. Er legte sich aufs Bett, sein Schwanz stand wie ein Baum. Er war sich fast sicher, dass es jetzt endlich Hautkontakt geben würde. Falls doch nicht, würde er außer sich geraten.

Sie fesselte seine Hände an die Bettpfosten. Die Knoten waren fest, aber nicht unangenehm. Dennoch war ihm klar, dass er sich sehr anstrengen musste, um sich wieder zu befreien. Sie hatte so etwas offenbar schon öfter gemacht, denn sie wusste genau, wie es ging. Einen kurzen Moment schaute sie von oben auf ihn herab. Ihre blauen Augen waren verschleiert vor Lust.

Sein Schwanz war schon granithart, als er sich ausgezogen hatte. Jetzt zuckte er hungrig wie ein ungeduldiges Tier, bereit zum Todessprung. Sharons Blick wurde starr, und sie leckte sich lüstern die Lippen.

»Bitte ...«, jaulte er, »lass mich nicht noch länger warten!«

Er war so geladen, bebte vor Lust, als hätte er seit Jahren keinen Höhepunkt gehabt.

Sie lächelte und bewegte sich katzenartig auf ihn zu. Sie setzte sich mit gespreizten Beinen auf ihn, ihre Knie zu beiden Seiten seiner Hüften, aber ohne ihn zu berühren. Sie starrte in seine Augen. Er hob seinen Kopf, um ihre geöffnete Muschi zu betrachten, die Zentimeter von seinem Bauchnabel entfernt war. »O Jesus ...«, stöhnte er. »Worauf wartest du noch, Mädchen?«

Sie grinste und ließ sich langsam auf ihm nieder, presste ihren feuchten Schlitz gegen seinen Bauch. Er spürte, wie sich ihre Hinterbacken an seinem Schwanz rieben, und versuchte, in sie einzudringen. Sofort entzog sie sich ihm. Er heulte auf vor Enttäuschung. Sie lächelte nur. Wieder senkte sie sich langsam auf ihn und rieb ihre Möse an seinem Bauch. Er bäumte sich auf gegen seine Fesseln, hatte nichts anderes mehr im Sinn, als mit seinen Händen ihre geilen Pobacken zu grabschen und sie aufzuspießen auf sein gewaltig aufgerichtetes Glied. Als könnte sie seine Gedanken lesen, ließ sie sich zur Seite rollen, hockte sich rechts von ihm hin und achtete darauf, dass sie keinen Hautkontakt hatten.

»O Liebste ...«, stöhnte er, »hör auf, mich hinzuhalten!«

Sie lachte laut. Ein weiches, lustvolles Lachen, das ihn nur noch schärfer machte.

»Möchtest du, dass ich dir einen blase, Tomas? Willst du das?«

»Ja ... zum Teufel, ja, ja!«

»Okay ... Aber vergiss nicht die Regel Nummer zwei. Du darfst nicht kommen, bevor ich es dir sage!«

Er nickte wie wild. »Mach's, mach's einfach!«

Sie begann mit seiner Brust, leckte, küsste. Er stöhnte, und es riss ihn vom Bett hoch, aber er konnte nichts tun, weil seine Hände gefesselt waren. Er wollte sie anfassen, ihre Brüste spüren, seine Finger in sie hineinstecken, tief hinein in ihre nasse Möse. Sie bewegte sich Zentimeter um Zentimeter abwärts; ihre Zunge umkreiste seine zuckenden Bauchmuskeln, tauchte in die Kuhle seines Nabels. O Gott, wie konnte ihre Zunge nur so geil sein. Dann – endlich – nahm sie seinen Ständer in die Hand, und er zuckte wie in Krämpfen, als sie ihn umschloss. Ihr Mund schloss sich über der Eichel, und ganz, ganz langsam wanderte sein heißes Gerät tiefer und tiefer hinein in ihren Schlund. O Gott, er glaubte, sterben zu müssen. Noch nie hatte er so etwas erlebt … Es war absolut unmöglich, es in Worten auszudrücken. Ihre Zunge war ein Zauberwerkzeug; sie saugte, leckte die ganze Länge seines Schwanzes entlang, ihre Finger massierten sein Skrotum, ihr Mund glitt auf und ab, ihre Zunge zog Kreise, kam dann schließlich an der äußersten Spitze an und zuckte und leckte übermütig, bis er fast nicht mehr an sich halten konnte. Aber in dem Moment, als er fast schon in ihren Mund zu spritzen glaubte, hörte sie auf.

»Nein!«, brüllte er, »bitte … hör nicht auf!«

Sie lachte und ging in Richtung Tür. Seine Augen krallten sich fest an ihrem perfekten Body. Jesus Christus! Er begehrte sie, wie er noch nie zuvor eine Frau begehrt hatte. Und sie hatte ihn noch nicht einmal ihre Muschi anfassen lassen. Nicht ein einziges Mal!

»Ich bin gleich wieder da. Ich mag gern Schokolade auf meiner italienischen Nachspeise …«

Sie war nur ein paar Minuten fort, aber Tomas erschienen sie wie Stunden. Seinem Schwanz ebenfalls. Der ragte zur Decke, zuckte und platzte fast. Er schloss die Augen, sein Gesicht verzerrte sich. Wie lange würde die Tortur noch dauern, bevor sie ihm die Befriedigung gestattete? Er hörte ihre leisen Schritte und öffnete die Augen. Sie stand vor dem Bett und lächelte ihn mit ihren aufregenden indigofarbenen Augen an. In der einen Hand hielt sie ein Glas mit dicker Schokoladensauce. Sie steckte den Zeigefinger in die klebrige Masse und schob ihn sich, während sie ihm in die Augen starrte, langsam in den Mund und saugte daran. Fast wäre es ihm auf der Stelle gekommen, und sie wusste es. Sie lachte erfreut und leerte das ganze Glas über seinem Schwanz aus. Die dicke, schwarze Schokolade bedeckte die gesamte Eichel und lief langsam an seinem Schaft hinunter. Das Gefühl, das die weiche samtige Wärme ihm verursachte, war – wenn überhaupt möglich – eine Steigerung seiner Geilheit.

»Ja, o ja«, wimmerte er, »jetzt leck es ab, Baby. Leck es alles ab!«

»Alles zu seiner Zeit«, wisperte sie. »Ich hab noch eine ganz besondere Überraschung für dich, die ich aus dem Badezimmer holen muss.«

Was konnte das sein?, fragte er sich. Was konnte sie denn außerdem noch brauchen? Tomas schloss die Augen, stöhnte. »Beeil dich«, schnaufte er. »Ich halt das nicht mehr länger aus!« Er hörte, wie sie im Badezimmer hin und her ging.

Sie blieb längere Zeit da drinnen. Er spürte, wie die Schokolade von seinem Schwanz runtertropfte. Wenn sie sich nicht beeilte, dann würde es an seiner Fahnenstange bald nichts mehr zu lecken geben!

»He«, rief er, »was machst du denn so lange, *cara mia*? Ich dreh hier bald durch!«

»Ich komme ja schon!«, rief sie.

»Genau das wollte ich ja auch schon die ganze Zeit«, murmelte er.

Sie kam ins Zimmer zurück.

»Es wird aber auch höchste Eisenbahn«, sagte er und öffnete die Augen. »Was, zum Teufel, soll das?«

Sie war voll angezogen: Jeans, eine weiße Seidenbluse, die sehr sexy wirkte. In einer Hand hatte sie einen Koffer, in der anderen ein eckiges Glaskästchen. Sie lächelte Tomas etwas schuldbewusst an.

»Tut mir Leid, Tomas, aber mir ist gerade eingefallen, dass ich mich beeilen muss, damit ich meinen Flug nach Belmopan noch erreiche. Aber ich lass dir was da. Du sollst nicht allein zurückbleiben.«

Sie stellte das Glaskästchen neben seinem Oberschenkel auf dem Bett ab und öffnete vorsichtig den Deckel.

»Was ist denn das?« Seine Augen starrten auf das Kästchen.

»Ach ja«, sagte sie mit einem warmen Lachen, »so was hast du sicher noch nie gesehen. Es ist eine Ameisenfarm. Fast alle Jungen haben so was. Aber diese Ameisen hier ...«, sie lachte wieder, »ja, diese Ameisen sind etwas ganz Besonderes. Denn für dich, Tomas, ist das Beste gerade gut genug. Du hast selbstverständlich etwas Außergewöhnliches verdient. Hast du jemals etwas von einer Spezies namens *solenopis* gehört? Wohl eher nicht. Aber möglicherweise kennst du den allgemein gebräuchlichen Namen: Feuerameisen.« Das Lächeln war aus ihrem Gesicht verschwunden. Ihre dunkelblau verhangenen Augen waren eisig. »Sie sind bekannt für ihre besonders schmerzhaften Bisse.«

»Gott im Himmel!«, entfuhr es Tomas, als er ihre Inszenierung zu begreifen begann. »Das kannst du doch nicht im Ernst mit mir machen!«

Sie kippte das Kästchen um, die offene Seite in Richtung seiner Leistengegend. »Tja, woher sollst du wissen, ob ich es ernst meine«, sagte sie und entfernte sich ein paar Schritte vom Bett. »Du kennst mich ja fast überhaupt nicht. Ebenso wenig, wie du meine Schwester gekannt hast. Weil du dir nicht die Zeit genommen hast, sie kennen zu lernen. Du hast sie gevögelt, das war alles, und dann hast du sie auf den Müll geworfen.«

Sie war jetzt mit ihrem Koffer in der Hand an der Tür angelangt.

»Du kannst mich hier doch nicht so liegen lassen«, schrie Tomas.

Sie blieb stehen, zog die Augenbrauen hoch. »Ich kann nicht?« Sie schien einen Moment zu überlegen. Dann schüttelte sie den Kopf. »Warum sollte ich es denn nicht können?« Damit verließ sie das Schlafzimmer und schloss die Tür hinter sich.

»Sharon! Mal im Ernst! Das kannst du nicht machen!« Er hörte ihre Schritte, als sie die Marmorstufen hinabging. »Ja, doch, ja! Es tut mir Leid, was ich mit deiner Schwester gemacht habe. Aber es war doch nicht meine Schuld, dass sie sich umgebracht hat. Außerdem ist nicht einmal sicher, ob es überhaupt Selbstmord war!«

Er wartete auf eine Antwort. Nichts. Seine Augen wandten sich der Ameisenfarm zu. Eine lange Reihe von winzigen schwarzen Tierchen wanderte über das zerwühlte Laken auf ihn zu.

»Sharon! Das ist überhaupt nicht komisch!«

Er hörte, wie unten die Haustür zugeschlagen wurde. Die erste Ameise krabbelte schon auf seinen Bauch und marschierte geradewegs auf seinen schokoladenüberzogenen Schwanz zu, der jetzt regungslos schlaff auf seinem Bein lag. Ein erster heftiger Schmerz zuckte auf, und dann folgten überall auf seinem Bauch und an seinen Oberschenkeln brennende Nadelstiche, als die Ameisen ausschwärmten und zu beißen begannen.

Er öffnete den Mund, um zu schreien, da glaubte er, draußen vor der Villa Sharons lautes Lachen zu hören. Aber das konnte auch nur Einbildung sein.

Der kleine Tod

Staci Layne Wilson

Er war schon wieder unter den Zuschauern. Ohne es zu hören, sah sie, wie er ihren Namen rief: »Annalisa!«

Das Licht blendete sie, wenn sie auf der Bühne stand. Die Luft war vernebelt vom Qualm der Zigaretten und der Joints. Der Dunst, der von der ungeheuren Masse menschlicher Körper ausging, nahm ihr im wahrsten Sinne des Wortes die Sicht. Aber ihn hatte sie trotzdem ganz deutlich wahrgenommen: sein bleiches Gesicht, die dunklen, durchdringenden Augen und das silberglänzende Haar. Drei Abende nacheinander hatte er ihre Show schon besucht, aber heute hatte er zum ersten Mal etwas zu ihr gesagt. Wie sollte sie ihn überhaupt hören? Sie war ja kaum in der Lage, ihren eigenen Gesang im Ohr zu haben, wie kam es dann, dass sie sich einbildete, er hätte zärtlich lockend ihren Namen geflüstert?

Eben: Sie hatte es sich eingebildet. Das war es. Und überhaupt: Es war doch nicht ungewöhnlich, wenn einer drei Abende hintereinander kam, um sie zu sehen. Sie hatte eine große Fangemeinde. Annalisa, die junge, sexy Rocksängerin, zog viele Groupies an – männliche und weibliche. Aber er war ein älterer Mann. Und nicht nur die Falten in seinem Gesicht und das silbrige Haar, das ihm lang auf die Schultern fiel, waren ungewöhnlich. Es lag an seinen Augen. Die hatten so einen weisen und hintergründigen Ausdruck. Irgendetwas Gieriges lag darin.

Annalisa warf zum stampfenden Beat der Musik den Kopf vor und zurück und versuchte, sein Bild loszuwerden. Sie schloss die Augen und ließ ihre Gitarre aufheulen. Der aggressive, erotische Rhythmus ging ihr durch und durch, bis in die Nervenenden. Er kam direkt aus dem Boden, fuhr durch die hochhackigen Lederstiefel schnurstracks in ihre nackten Schenkel, zuckte in ihre Klitoris, ließ ihren Bauch und ihre Brüste erzittern und brach schließlich aus ihrem Mund hervor. Sie brüllte den Text aus sich heraus wie eine Löwin und rockte mit ihrer glänzend roten Gitarre, Marke Fender Strat, und zuckenden Hüften über die Bühne. Die vielen Ventilatoren, die rundherum auf der Bühne Wind erzeugten, ließen ihr hennarotes Haar fliegen, und sie fühlte sich wundervoll.

Es war alles wundervoll. Es war genau das, wovon Annalisa immer geträumt hatte, seit sie ein junges Mädchen war. Die Musik der schmalhüftigen, Jeans tragenden Rocker der Siebziger hatten es ihr damals schon angetan – genau wie ihren Freundinnen. Aber im Unterschied zu den Freundinnen, die die Popstars gern kennen gelernt hätten, wollte Annalisa immer schon selber ein Star werden.

Robert Plant, Steven Tyler, Mick Jagger. Alle waren sie so aufreißerisch und unverschämt sexy. Ihre Musik nannten sie Sex-Rock, und Annalisa stand drauf. Ja, es gab auch ein paar Rocksängerinnen. Aber als Annalisa im Alter von siebzehn die Bühne betrat, da machte sie Musikgeschichte. Sogar noch jetzt, Mitte zwanzig, war Annalisa für ihre Fans so etwas wie die Entdeckung des reinen Genusses und der sexuellen Befreiung. Selbst in den Zeiten von Angst und Repression war Annalisa mit ihrem rebellischen Getue für viele das große leuchtende Vorbild.

Annalisa schüttelte ihr langes seidiges Haar und ließ den Song auf dem Höhepunkt abrupt enden. Sie ging im Getöse des Beifalls ans Mikrofon, stand lächelnd da und ließ ihre hellen braunen Augen über die Menge schweifen. Da draußen gab es so viele gut aussehende junge Männer! Sie atmete tief ein, ihr Busen platzte fast aus dem Panzer des ledernen Mieders. »Wer von euch will mit mir vögeln?«, rief sie, und ihre Herausforderung echote durch das Stadion. Die Anfeuerungsrufe und das Pfeifen der

Zuschauer stiegen an zu einem ohrenbetäubenden Crescendo. Das Wachpersonal hatte Mühe, einige der Zuschauer aus den vorderen Reihen davon abzuhalten, die Bühne zu stürmen.

Annalisa wandte sich ihnen zu. »Ihr liebt mich alle, wirklich, ihr liebt mich? Okay, dann: Let's rock and roll!« Sie begann eine neue Nummer, genauso heiß wie die vorige, aber nur sie ganz allein sang sie zur Begleitung ihrer elektrischen Gitarre, sang vor einer Menge von fünfzigtausend. Und alle hätten sie gern gehabt.

Keiner konnte wissen, dass sie noch Jungfrau war.

Annalisa öffnete das schokoladenbraun getönte Fenster ihrer Limousine nur einen Spalt weit und reckte den Hals. Kaum hatte sie gesehen, was draußen los war, entschied sie, dass es nicht die richtige Gegend war. Der schmale junge Latino an der Straßenecke, der den abschätzenden Blick der Rocksängerin nicht zu bemerken schien, nahm einen tiefen letzten Zug aus der Zigarette, bevor er sie fallen ließ. Im momentanen Aufleuchten der Glut hatte sie sein pockennarbiges Gesicht gesehen. Das genügte ihr.

Es war spätnachts, und außer ein paar übrig gebliebenen, wenig attraktiven Prostituierten war hier nichts los. Nur noch Abschaum. Annalisa hatte absolut keine Lust, einen dieser Rumtreiber aufzulesen, außer, wenn's gar nicht anders ging. Sie nahm sich lieber normale Männer, junge Arbeiter oder Studenten, die mal ihren Spaß haben wollten. Im Allgemeinen ging sie in die Bars, manchmal suchte sie sich auch jemand aus dem Publikum und nahm ihn mit ins Hotel. Colin, ihr Manager, fragte immer mal wieder, warum sie nicht einfach ganz offiziell einen professionellen Callboy anheuerte, falls sie denn auf so etwas stand, aber Annalisa fand diese Typen wenig aufregend.

»Halt an, Earl«, sagte sie zu ihrem Fahrer, »ich möchte mir den da drüben mal anschauen, den Blonden.«

Ein gut aussehender, gut gebauter Mann so um die zwanzig überquerte gerade die Straße. Er hatte eine Aktentasche in der Hand, trug Jeans und ein langärmeliges Oberhemd. Über dem Arm trug er einen grauen Wollblazer. Er sah ganz und gar nicht aus wie ein Rumtreiber, aber was machte er dann hier und zu dieser Uhrzeit? Annalisa überlegte. Er reizte sie, und das gefiel ihr. »Hol ihn mir, Earl!«

Ihr Chauffeur, ein älterer Engländer, das Abbild eines britischen Reserveoffiziers, steuerte die große, elegante Limousine in eine Parklücke und stieg aus. Er trug weiße Handschuhe und eine Melone und sah ziemlich merkwürdig aus, als er mit kurzen schnellen Schritten die fast leere Straße entlanglief. »Sie da«, rief er, »warten Sie!« Der Blonde verlangsamte seine Schritte, blieb stehen.

Annalisa konnte die Unterhaltung nicht hören, aber sie sah, dass Earl neben dem großen, breitschultrigen Mann stehen geblieben war, ein paar Worte sagte und auf den geparkten Wagen zeigte. Der Blonde sah sich um, kniff die Augen zusammen und runzelte die Stirn. Da die Fenster der Limousine getönt waren, konnte er sie nicht sehen. Er wirkte unentschlossen, während Earl weiter auf ihn einredete. Dann wandte er sich um und kam langsam mit dem offenbar Vertrauen erweckenden älteren Gentleman auf den Wagen zu. Die Leute vertrauten Earl immer, und sie stiegen immer in den Wagen ein, nachdem sie gesehen hatten, dass Annalisa darin saß.

Als sie näher kamen, drückte sie auf den Knopf, mit dem das Fenster runtergelassen wurde. Oh, er machte schon etwas her. Ganz bestimmt war er kein Rumtreiber. Seine Augen wirkten neugierig und intelligent, nicht tot und desinteressiert. Sein Mund war voll und hübsch, nicht schmal und gelangweilt. Seine Haltung war jugendlich stolz, ein bisschen verunsichert vielleicht, aber keineswegs, als trüge er auf seinen Schultern alles Leid der Welt.

Den Blonden schien es nur einen kurzen Moment aus der Fassung zu bringen, als er sie sah. Dann rief er: »Sie sind es wirklich!« Und bekam rote Wangen.

»In Fleisch und Blut, Baby«, erwiderte Annalisa mit ihrer

rauchigen Stimme, die womöglich durch die heutige Vorstellung noch rauer geworden war.

»Bah! Das kann ich gar nicht glauben«, staunte der junge Mann. »Ich habe versucht, für die Vorstellung heute oder morgen Abend Karten zu bekommen, aber da war nichts zu machen. Also habe ich einfach lange gearbeitet und versucht, die Musik zu ignorieren, die vom Stadion hierrübergetragen wurde.«

»Das Konzert war bis hierher zu hören?«

»Nicht wirklich. Nur, wenn ich die Fenster offen gehabt hätte.« Er deutete auf ein Bürogebäude in der Nähe. »Aber auch dann nicht richtig. Und besser ist es, gar nichts, als etwas nur halb zu hören, verstehen Sie.«

»Wie wär's mit einem Ticket für morgen Abend? Ich könnte da vielleicht was arrangieren.« Annalisa lächelte und ließ dabei ganz kurz ihre Zungenspitze zwischen den Zähnen hervorblitzen.

Der hübsche junge Mann lächelte, und seine Augen leuchteten auf. Das konnte doch nicht wahr sein! Die berühmte Annalisa flirtete mit ihm? »Ja, und was machen Sie hier? Haben Sie sich vielleicht verirrt? Kann ich …?«

»Ja, Sie können«, säuselte Annalisa und öffnete die Wagentür. Sie hatte nach dem Konzert geduscht und sich umgezogen. Statt des Bühnenkostüms trug sie jetzt ein eisblaues, eng anliegendes langes Seidenkleid. Es bedeckte alles, verhüllte aber doch nichts. Der Blonde schien sofort zu bemerken, dass sie keine Unterwäsche anhatte. Annalisa sah es seinen Augen an und genoss es.

Er rutschte auf den Sitz neben ihr und murmelte: »Ich muss schon sagen, Sie werden Ihrem Ruf gerecht.«.

Earl ließ den Motor an und rollte auf die Straße. Er schloss die Trennscheibe zum hinteren Teil des Wagens und legte eine langsame Jazznummer auf.

»Meinem Ruf gerecht? Was meinen Sie damit?«, fragte sie leise, lehnte sich zurück und ließ ihre Knie ein wenig auseinander gleiten, sodass der seidige Stoff des Kleides sich über ihrem Geschlecht spannte.

Der Blonde räusperte sich und sah aus, als würde er sich ein klein bisschen unbehaglich fühlen. Das war immer so. Annalisa hatte gemerkt, dass die meisten Männer, besonders die jüngeren, immer nur so taten, als würden sie sexuell aktive Frauen mögen. Aber wenn sie ihr kleines Spielchen begann, dann schreckten die meisten etwas zurück. Immerhin war es ihr bisher immer gelungen, sie trotzdem anzumachen.

»Nur weiter«, sagte sie, »was wollten Sie noch dazu sagen?«

»Na ja, Sie sind eine Frau, die sehr, sehr sexy ist. Und wenn Sie etwas sehen, was Sie haben wollen, dann nehmen Sie es sich.«

»Ist es Ihnen etwa unangenehm? Dass ich Sie haben will? Dass ich Sie in Besitz nehmen könnte?«

Er dachte einen Moment nach, dann lehnte er sich hinüber zu ihr, sein Mund war ganz nahe an ihrem, ihre Lippen berührten sich schon fast. »Nein«, flüsterte er und hob seine Hand, um ihr Haar zu berühren, bevor er sie küsste.

Annalisa entzog sich ihm und lächelte verführerisch. »Ah, ah, ah. So läuft das bei mir nicht, mein Lieber. Ich sage, wo's langgeht. Und ich möchte jetzt, dass du dich da drüben hinsetzt.« Ihre Stimme duldete keinen Widerspruch; sie deutete auf den blausamten bezogenen Sitz ihr gegenüber.

Seine Augenbrauen zogen sich kurz hoch, doch ohne weitere Frage tat er, was sie gesagt hatte.

»So, und jetzt«, meinte sie sachlich, »jetzt möchte ich, dass du dich selber anfasst.«

»Häh?«

»Mach schon. Ja, da, zwischen den Beinen. Ich seh doch die Beule in deiner Hose, Junge. Hm, du bist doch schon ganz scharf, oder?«

Der Blonde tat, was sie sagte. Zuerst war er noch etwas zaghaft, dann rieb er fester. Seine kurzen Fingernägel kratzten auf dem Jeansstoff, während er ihr in die Augen sah. Sein Ding wurde größer, wollte die Fesseln sprengen.

Annalisa zog den Atem ein, und auf einmal hatte sie nichts anderes mehr im Kopf als diese fleißige Hand und den anschwellenden Schwanz. Ihre Brustwarzen stellten sich auf und kribbelten, ihre Klitoris begann drängend zu pulsieren. Ach, könnte sie diese Hand doch an sich spüren, wie sie rieb und rubbelte und zugriff und tastete. Sie drehte sich hin und her, damit sie spüren konnte, wie die Seide ihres Kleides ihren Körper umschmeichelte. Sie schauderte und seufzte. »Zeig ihn mir, Baby!« Sie wusste seinen Namen nicht, wollte ihn auch nicht wissen.

Er stöhnte auf, als er seinen Reißverschluss runterzog und sein Ding freilegte. Sie stellte mit leichtem Schock fest, dass auch er keine Unterwäsche trug. Er hob die Hüften, um seine Hose auszuziehen.

»Nein, nein«, japste sie, das Herz schlug ihr bis in den Hals. »Mehr nicht. Ich will ihn nur anschauen.« Mit halbgeschlossen Lidern sog sie die vollkommene Schönheit seines steifen Gliedes in sich auf. Sie wusste, dass es ein Klischee war, aber sie konnte nicht anders, als an eine Rakete zu denken, ein Projektil, das auf sein Ziel losschießen wollte. Es ragte in die Luft, schien bereit zum Abschuss. Sie spürte, wie sich die angenehm feuchte Hitze zwischen ihren Beinen ausbreitete. Sie wollte ihn dringend in sich spüren.

Aber sie konnte es nicht tun. Immer hielt sie etwas davor zurück. War es die Angst, dass der Akt selber nur ein schwacher Abklatsch sein könnte im Vergleich zur Lust der Eroberung, der Vorahnung, des Verlangens nach dem Unbekannten? Wie würde er sich anfühlen? Wie schmeckte er? Diese Fragen erregten sie unglaublich. Und damit hatte es sich. »Fass ihn an, Junge!«

»Ich möchte, dass du ihn anfasst, Annalisa. Ich will dich.« Aus seiner Stimme war sein verzweifeltes Verlangen zu hören, sein unglückliches Sehnen.

Annalisa spürte diese Lust in seiner Stimme fast wie eine körperliche Liebkosung. Ein Frösteln zog ihre Schenkel hinauf, streifte ihre angeschwollenen Schamlippen, ihre zuckenden Brüste und ihren bebenden Hals. »Ja, ja, Baby. Sag es! Komm, sag es!«

»Sagen, nur sagen«, flüsterte er rau und beugte sich zu ihr hinüber. Er hatte sein Hemd noch an, sein enormes Glied ragte hoch heraus aus den Jeans. »Ich kann mehr als das.«

Einen Augenblick lang wurde Annalisa wieder klar im Kopf. Sie vergewisserte sich, dass der Knopf für den Notruf in Reichweite war. Sie hatte nie wirklich Angst gehabt, dass sie vergewaltigt werden könnte, aber sie hatte die Möglichkeit immerhin bedacht, und Earl hatte einen geladenen Revolver vorn im Handschuhfach. Ihre Blicke wanderten wieder zu dem blonden Jungen zurück.

»Da bin ich mir sicher, mein Süßer«, seufzte sie. »Aber ich will es nun mal so haben. Du machst es für mich. Ich schaue dir dabei zu. Ich will nur sehen, wenn es dir kommt.«

Er stöhnte heftig und lehnte sich zurück. Er nahm seinen riesig gewordenen Schwanz in die Hand und schob sie der ganzen Länge nach rauf und runter. Es brach aus ihm heraus: »Er ist nur für dich so hart geworden. Er pocht vor Erregung, als höre er den Beat deiner Musik, Annalisa.«

Seine Hüften begannen zu zucken, und seine Muskeln waren angespannt. »Weißt du was? Ich hab das schon öfter gemacht, hab die CD laufen lassen und dich singen gehört. Du machst mich so geil …«

Damit hatte er Annalisa in die Stratosphäre katapultiert. Nichts machte sie mehr an, als wenn sie geliebt wurde. Doch sie berührte sich selber nicht. Sie sah ihn an, sah, dass er die Schauer genoss, die durch ihren schlanken, festen Körper rannen. »Komm, Baby«, sagte sie. »Tu's für mich!«

Seine Hand wurde schneller, der Kopf seines Penis wurde dick wie eine Glühbirne. Sie hörte, wie sich Haut an Haut rieb, spürte die größer werdende Hitze in dem engen Raum, den sie teilten. Ihr Atem stockte, während sie ihn beobachtete. Sie wusste, dass er kurz davor war. Seine Hoden zogen sich nach innen, sein Rücken bog sich durch, und sein Gesicht geriet außer Kontrolle. Er war so schön! Und dann – dann kam es ihm. Sie sah, wie sein perlmuttfarbener Saft aus ihm herausschoss, und zwar mit solcher Kraft, dass er bis ans Dach der Limousine spritzte. Gleichzeitig mit ihm entfuhr ihr ein gewaltiger Schrei…

Sie saßen zitternd da, bis die Wellen verebbten. Jeder für sich in seinem Sitz, berührten sich nicht, sahen einander nicht an. Annalisa presste die Schenkel zusammen, und ihre verdickten Schamlippen bebten unter dem Druck. »O Mann, du warst ungeheuer stark!« Sie hatte sich aufrecht hingesetzt und fuhr sich mit den Fingern durchs Haar. Ihre Blicke trafen sich.

»Was jetzt?«, fragte der Blonde und schien fest damit zu rechnen, nach dieser Vorspeise mit ins Hotel genommen zu werden, um das Hauptgericht serviert zu bekommen.

Annalisa lächelte ihn an. »Jetzt, mein Lieber, halten wir den Wagen an. Du steigst aus und gehst nach Hause. Sei so gut und schreib Earl deinen Namen auf, damit du, wenn du anrufst, morgen deine Tickets bekommst. Du hast doch sicher eine Freundin, oder?«

Er nickte. »Ich weiß gar nicht, was ich sagen soll… Aber, danke.«

Gut so. Er machte keinen Versuch, mit ihr rumzudiskutieren. Sie wollte jetzt nur noch zurück in ihr Hotelzimmer, und zwar so schnell wie möglich. Sie konnte es kaum aushalten.

Die Hotelsuite würde ihr fehlen. Von allen Hotels, die sie kannte, war dieses hier noch eines der angenehmsten. Sie hatte bisher drei Nächte hier verbracht und noch eine vor sich. Danach ging es nach Kalifornien. Dann eine einzelne Show in Las Vegas und schließlich nach Europa. Ihre Tournee ging über London, Paris, Amsterdam nach Rom. In Europa fühlte sie sich noch am ehesten zu Hause, mal abgesehen von ihrer Villa in den Hügeln von Hollywood.

Aber jetzt wollte sie nur noch ins Bett. Sie ging am Klavier vorbei über die elegante Wendeltreppe ins obere Schlafzimmer ihrer Suite. Der zartrosa Überwurf ihres Himmelbetts war übergossen von gleißendem Mondschein, der durchs Oberlicht fiel. Annalisa kam sich vor wie in einem Leuchtturm. Sie schlug die Decke zurück und schlüpfte ins Bett, ohne sich das Kleid und die überhohen Pumps auszuziehen.

Sie kuschelte den Kopf tief in die weichen, satinbezogenen Federkissen und ließ ihre Hand über die seidenbedeckten Brüste wandern. Sie schloss die Augen und umkreiste jeden ihrer Nippel mit der Spitze ihrer Zeigefinger, dann strich sie mit den Handflächen über die Rippenbögen, den flachen Bauch und stockte schließlich zwischen ihren Beinen. Die Muskeln in ihren Schenkeln und in ihrem Gesäß spannten sich, als ihre Hand sich tiefer dazwischenschob, ihr Becken hob und senkte sich. Sie seufzte nachdenklich und begann, Hand an sich zu legen.

Sie stellte sich den fremden blonden Jungen vor, wie steif er ihm gestanden hatte, wie willig er gewesen war und wie geil. Er hatte sie so dringend haben wollen. Er wollte ihn ihr reinstecken. Annalisa zog die Knie an, ihr Kleid rutschte über die Schenkel nach oben und schob sich auf ihrem Bauch zusammen. Sie steckte ihre Finger in sich hinein, fühlte, was er so gern gefühlt hätte – weiche, samtene Wärme.

Sie seufzte und öffnete schläfrig die Augen. Erschrocken unterbrach sie ihr Streicheln. Was war das? Sie riss die Augen weit auf, ihr Blick war direkt auf das Oberlicht gerichtet. War da ein Gesicht? Nein, unmöglich! Niemand würde da hochklettern können. Aber trotzdem! Es schien ihr, als wäre da einen Augenblick lang das bleiche Raubtiergesicht des Mannes mit den silbrigen Haaren im Mondlicht aufgetaucht. Er?

Sie setzte sich auf, schaute ganz genau hin. Aber es war nichts zu sehen, da oben hinter dem Fenster. Nur die sternklare Nacht. Sie lachte etwas verunsichert über sich selbst. Warum ging ihr dieser Mann nicht mehr aus dem Sinn? Na gut, er war zu mehreren ihrer Auftritte gekommen! Aber deswegen musste sie sich doch nicht gleich von ihm verfolgt fühlen. Sich einbilden, er hätte ihren Namen gerufen, wie vorhin im Konzert. Hatte seine rauchige Stimme ihren Namen nicht fast wie ein Gebet vor sich hin gesagt? »Anna – Lisa.« Wie eine Bechwörung, ein Mantra. »Anna – Lisa ...«

Annalisa schwang die Beine über die Bettkante, streckte und reckte sich. Sie war müde, und die ganze Stimmung war ihr verdorben. »Mist«, murmelte sie vor sich hin. Der Blonde war so perfekt gewesen, sie hätte schwören können, die Vorstellung von ihm würde sie noch tagelang begleiten. Doch jetzt konnte sie sich schon kaum mehr an die Begegnung erinnern.

Fast den ganzen nächsten Tag verbrachte Annalisa in ihrem Hotelzimmer. Sie war schon so oft in Albuquerque gewesen und hatte alles gesehen, was es zu sehen gab. Obwohl sie ihre Auftritte über alles liebte, fand Annalisa ihre Lebensweise als Rock'n'Roll-Star hin und wieder unglaublich langweilig. Sie stand nicht auf Drogen, sah nicht gern fern, hatte nur wenige wirkliche Freunde und verbrachte nur selten ihre Zeit mit Männern – ausgenommen diese Begegnungen in der Limousine. Das hieß, sie hatte zwischen den Vorstellungen massenweise Zeit, die sie sich mit irgendetwas vertreiben musste. Es blieb ihr nur, zu lesen und lange zu schlafen.

Am späten Nachmittag begann sie unruhig zu werden. Sie musste heute nicht mal mehr einen Sound-Check machen, also hatte sie viel Zeit totzuschlagen. Sie setzte sich ans Klavier und versuchte, etwas zu komponieren. Aber ihr fiel nichts ein, als »Stairway to Heaven« zu spielen. Sie machte sich ein Schaumbad und ließ die Hände über ihren eingeölten Körper gleiten, aber es machte sie nicht an. Sie rief den Zimmerservice, und dann aß sie fast nichts von den Fettucine, die sie bestellt hatte. Schließlich beschloss sie, ihr Bühnenkostüm für den abendlichen Auftritt rauszusuchen.

Annalisa hatte eigentlich Glück. Sie war von der Natur gesegnet mit einer hoch gewachsenen, schlanken und vollbusigen Figur, die ihr keine Anziehprobleme bereitete. Sie sah in Jeans und T-Shirt genauso umwerfend aus wie im schwarzen Minidress aus Kautschuk. Sie baute sich vor dem Spiegel ihres mehrtürigen Wandschranks auf und ließ den Bademantel einfach fallen. Für ihre siebenundzwanzig Jahre sah sie erstaunlich aus, das wusste sie selbst. Sie war nicht eitel, aber sie wusste, wie schön sie war, wie hinreißend ihr Körper aussah, obwohl sie dafür wirklich nichts tat, sondern es einfach in die Wiege gelegt bekommen hatte. Oft fand sie, sie könnte Jessica Rabbit sein, die aus dem Comic, diese große statuenhafte Rothaarige mit der sexy Stimme und dieser »Ich bin, wie ich bin«-Philosophie.

Manchmal, wenn sie viel Zeit zum Nachdenken hatte, ging es ihr durch den Kopf, ob vielleicht die Perfektion ihres Gesichts und ihrer Figur sichtbare Symbole ihrer immer noch vorhandenen Jungfräulichkeit waren. Vielleicht wäre es damit längst vorbei gewesen, wenn sie jemals Sex gehabt hätte. Sie grinste in den Spiegel. Das ist doch lächerlich, schalt sie sich selbst im Stillen. Aber es war so: Selbst ohne Make-up waren ihre vollen Lippen rosig, die langen Wimpern umrahmten ihre braunen, goldgepunkteten Augen, die wie Edelsteine glänzten und wunderbar zu ihrer milchkaffeefarbenen Haut passten. »Du hast zwar Glück mit deinem Aussehen, dafür hapert's mit der Liebe«, sagte sie laut, während sie sich vor dem Spiegel drehte. »Also, kein Grund, eingebildet zu sein.«

Sie machte die Schranktüren weit auf und schaute sich an, was sie hatte. Die meisten ihrer Bühnenklamotten waren bei ihrer Ausstatterin, aber etwa zehn Outfits hatte sie immer bei sich. Annalisa wusste nicht recht, wonach ihr heute der Sinn stand. Sollte sie die heidnische Göttin spielen, die elegante Königin der Liebe, die verführerische höfische Dame, die ungezogene Göre? Oder den feurigen Rockstar?

Am Ende entschied sie sich für ein hautenges weißes Minikleid, schwarze, bis über die Knie gehende Strümpfe und ein Paar gewalttätig aussehender Springerstiefel. Jetzt hatte sie immer noch zwei Stunden Zeit bis zur Vorstellung, die sie irgendwie rumbringen musste.

»Colin, hast du zufällig an einem der letzten drei Abende diesen älteren Herrn gesehen, der im Publikum saß?« Annalisa saß im Fond der Limousine – einer anderen als am Abend zuvor – und war auf dem Weg ins Stadion. Colin, ihr Manager, und Sherman, der Bassist, saßen mit im Wagen, ihr Drummer Hadrian und die Background-Sängerinnen waren schon vorgefahren.

»Nein. Weshalb, Schätzchen? Belästigt er dich?« Colin war ein großer, bulliger Brite, der immer zum Kampf aufgelegt schien. Und nichts würde ihm mehr gefallen, als sich für seine Annalisa prügeln zu dürfen. Schon von Anfang an, als er sie als Siebzehnjährige bei einem drittklassigen Talentwettbewerb in Northridge Mall in Südkalifornien entdeckt hatte, war er immer gern als ihr Beschützer aufgetreten. Immer wieder bestätigte er seine Bereitschaft, sie als ihr Leibwächter mit den Fäusten zu verteidigen. Er tat so, als wäre sie seine Tochter, obwohl er nie verheiratet gewesen war und auch keine Kinder hatte. »Auf jeden Fall keine, die Englisch sprechen«, sagte er oft im Scherz.

»Nein, er belästigt mich keineswegs. Ich wundere mich nur, weil es eigenartig ist, wenn jemand über zwanzig in meine Shows kommt. Ich nehme an, er ist einfach eine Art Spätzünder.«

»Hey, ich bin auch schon über zwanzig«, beschwerte sich Colin.

»Ich ebenfalls und du selber auch«, sagte Sherman.

»Erinner mich bloß nicht daran!«, grummelte Annalisa.

»Also, hör mal«, Colin lachte schallend über ihr gespieltes Einschnappen, »du bleibst doch ›forever young‹!«

»Schön wär's«, sagte sie. »Auf jeden Fall könntest du mir diesen Typen, wenn er heute Abend wieder da ist, nach der Vorstellung von jemandem in die Garderobe bringen lassen. Er saß immer ganz vorn in der Loge, fast in der Mitte, etwas rechts vom Mischpult.«

Colin kicherte. »Er scheint dich anzumachen, wie? Hast wohl die kleinen Stricher endlich satt?«

Annalisa grinste zurück und zog ihre feinen rotbraunen

Augenbrauen hoch. Doch innerlich war ihr überhaupt nicht nach Lachen zumute. Sie war etwas durcheinander über ihre Empfindungen diesem merkwürdigen Mann gegenüber. Sie dachte, wenn sie ihn treffen und mit ihm sprechen könnte, würde sie am besten merken, dass es nichts Besonderes mit ihm auf sich hatte.

Annalisa fächelte sich mit dem Ventilator Kühle zu. Die Klimaanlage in ihrer Garderobe war nicht in der Lage, die innere Hitze, die sie nach der Vorstellung hatte, irgendwie abzukühlen. Das konnte nur ein starker Luftzug. Sie hatte eine wirklich heiße Show hingelegt, und sie konnte das Publikum schreien und mit den Füßen stampfen hören, Zugaben fordernd. Sie wollten sie, und sie sollten sie kriegen. Sie konnte es gar nicht erwarten, wieder rauszugehen und sich ihnen noch einmal zu präsentieren.

Halb hatte sie gehofft, halb gefürchtet, dass er wieder da wäre. Er hatte tatsächlich an seinem üblichen Platz gesessen und sie ganz ruhig mit diesen Onyx-Augen angeschaut. Ganz anders als die meisten anderen Konzertbesucher hatte er aber weder bei irgendeinem ihrer Songs mitgesungen noch jemals irgendwelche rhythmischen Kopfbewegungen gemacht. Er stand auch nicht auf und streckte die Fäuste hoch. Er saß einfach aufrecht und still da – wie auf einem Thron – und beobachtete sie. Obwohl er nicht sehr nahe an der Bühne saß, schien sein bleiches Gesicht fast wie Leuchtfeuer ihren Blick auf sich zu lenken. Im Laufe des Abends musste sie immer wieder zu ihm hinschauen, aber Annalisa war Profi genug, um sich niemals von irgendetwas von ihrer Show ablenken zu lassen. Der einzige Hinweis darauf, dass sie ihn überhaupt gesehen hatte, war, dass sie Colin nach dem letzten Song auf ihn aufmerksam machte und dann in ihre Garderobe zurückging.

Als sie zu einer weiteren Zugabe rausgeholt wurde, nahm sie an, sie würde ihn hinterher dort vorfinden und endlich kennen lernen.

Annalisa hielt den Atem an und stand still. Sie ging auf

die Tür zu und trat genau in dem Augenblick auf die Bühne raus, als sich auch an der gegenüberliegenden Seite die Tür öffnete und die Musiker heraustraten. Sie gab Sherman und Hadrian das Zeichen zum Anfangen und sagte: »Auf geht's!«

Annalisa zog die letzten beiden Zugaben etwas unkonzentriert durch und machte folglich ein paar Fehler, nachdem sie gesehen hatte, dass er nicht mehr im Zuschauerraum war. Wahrscheinlich war er schon backstage und wartete auf sie.

Sie blieb draußen, bis auch die Jungs in ihre Garderoben zurückgingen, um dann erst selber von der Bühne abzugehen. Sie machte die Garderobentür auf und – niemand war da.

Leer. Die Garderobe war einfach leer, was nach einer Vorstellung total unüblich war. Normalerweise war immer Colin da, die eine oder andere ihrer Background-Sängerinnen, jemand von der Plattenfirma, einige Groupies, die sich irgendwie hinter die Bühne durchgekämpft hatten, und was sonst noch so auftauchte. Doch jetzt war alles leer und still. Es wirkte fast, als befände sich der ganze Raum in einem Zustand erstarrter Leblosigkeit.

Annalisa ging langsam an ihren Schminktisch und setzte sich vor den Spiegel. Eine einzige rote Rose lag vor ihr auf dem Tisch. Und unter der rubinroten Blüte sah sie eine kleine Karte, deren Rand eine Blumengirlande verzierte. Mitten auf der Karte stand eine handgeschriebene Botschaft:

Meine kleine Voyeurin -
ich habe dich gesehen.

Annalisa nahm die Karte in die Hand und sah sie sich gründlich an. Sie konnte nicht erkennen, ob sie wirklich handgeschrieben war. Die Schrift war so tief und gleichmäßig eingeprägt, als wäre sie in das Papier geätzt. Wer konnte das geschrieben haben? Der Blonde? Er war in der

Vorstellung und hatte sie gesehen. Aber natürlich hatte der andere sie auch gesehen. Und dieses Briefchen – das sah mehr nach ihm aus! So stark, so hart, so unwiderstehlich. Annalisa wusste nicht, weshalb sie sich plötzlich ganz sicher war, aber sie war es – und dieses Wissen bereitete ihr Herzklopfen.

Die Tür flog auf. Sie hielt den Atem an und drehte sich um. Es war Colin und einer der Roadies.

»Tut mir Leid, Süße. Wir haben versucht, diesen Herrn für dich aufzutreiben. Aber er ist wohl schon vor den Zugaben verschwunden.«

»Ist schon gut, Colin.« Annalisa stieß einen Seufzer aus. Mit einem Mal war sie sehr, sehr müde.

Als der Sturm das kleine Charterflugzeug am Nachthimmel heftig durchschüttelte, fielen Annalisa, obwohl sie den Gedanken abzuschütteln versuchte, Buddy Holly, Patsy Cline, Duane Allman, Stevie Ray Vaughan und all die anderen ein. Aus irgendeinem Grund, überlegte sie, scheint es Thor, der nordische Donnergott, mit den Musikern nicht besonders gut zu meinen. Oder war es vielleicht Zeus, der Herr des Himmels bei den Griechen? Sie seufzte und hätte gern gewusst, ob jenen längst verblichenen Musikgrößen in solchen Augenblicken auch diese absurden Gedanken durch den Kopf gegangen waren.

Aber noch wollte es das Schicksal nicht, dass Annalisa etwas zustieß. Mit Hängen und Würgen landete die Maschine auf der Piste des International Airport von Los Angeles. Bald schon würde sie zu Hause sein.

Sie würde zwar nur zwei, drei Tage Zeit in Kalifornien haben, aber die wollte sie in jedem Fall bei sich zu Hause verbringen. Annalisa verspürte eine heftige Sehnsucht nach ihrem schönen, ganz im spanischen Stil gehaltenen Haus. Sie freute sich auf die dicken alten Mauern und Wände, auf das Barfußgehen auf kühlen Bodenfliesen. Ganz besonders liebte sie ihr Haus in stürmischen Nächten wie der heutigen. Die Räume waren so offen und luftig, dass es vielleicht manchem zu zugig sein würde. Aber Annalisa liebte es, den Wind pfeifen zu hören, das Klappern der Fensterläden oder wenn Sturmböen den Regen gegen die Scheiben peitschten. Es kam ihr dann vor, als würde der Wind ihr Haus umschmeicheln: Lass mich rein!, schien er zu wispern, wenn Annalisa nachts im Bett unter ihrer warmen Zudecke lag.

»Dein Wagen ist da«, unterbrach Colin Annalisas Tagträume. »Bist du dir sicher, dass du jetzt noch fahren willst? Es ist schrecklich dunkel und nass da draußen. Soll ich vielleicht Earl …?«

»Nein danke, Col«, sagte sie. »Du könntest nur zusehen, dass mir meine Koffer morgen rausgebracht werden. Dafür wäre ich dir sehr dankbar.« Sie umarmte den Manager und winkte den anderen von der Truppe zu. »Wir sehen uns dann übermorgen im Forum! Also, macht's gut, Leute!«, rief sie über die Schulter zurück, als sie zu ihrem altgewohnten klassischen Silver Ghost ging, der ihr direkt ans Flugzeug gefahren worden war. Eine junge Frau stieg aus dem Wagen und hielt Annalisa die Fahrertür auf. Annalisa schlüpfte auf den Ledersitz und legte den Gang ein.

Das stete Wispern des Windes um das fahrende Auto wirkte fast hypnotisch, und Annalisa war überrascht, wie schnell sie zu Hause war. Sie öffnete das große schmiedeeiserne Tor mit der Fernbedienung, die in ihrem Handschuhfach lag, und fuhr auf das Grundstück. Ganz automatisch warf sie immer einen Blick in den Rückspiegel, um sich zu vergewissern, dass ihr niemand gefolgt war. Während sie die gewundene baumbestandene Auffahrt entlangfuhr, stellte sie fest, dass neue Blumen gepflanzt worden waren. Es war unmöglich, in diesem mitternächtlichen Regenguss die Farben zu erkennen, aber Annalisa war sich sicher, dass sie schön sein würden. Sie musste an die Rose denken, die sie am Abend zuvor geschenkt bekommen hatte, und damit fiel ihr auch der Mann wieder ein, der sie ihr hingelegt hatte. Würde er ihr nach Kalifornien folgen? Würde sie unter den Zuschauern des Forums nach seinem Gesicht Ausschau halten? Und würde sie es finden?

Auf einen Schlag hörte der Regen auf. Es war, als hätte jemand einen Schalter umgelegt, und schon schien der Vollmond und vertrieb die dicken Wolkenmassen.

Annalisa ließ das Fenster runter und sog den frischen Duft der feuchten Blumen tief ein. Sie fuhr um die letzte Biegung, und schon sah sie die spanische Villa vor sich im Mondlicht – wunderschön anzusehen mit ihren weiß gekalkten Außenwänden und den roten Ziegeldächern. Ihr Herz machte einen Sprung. Was für ein wunderbares Gefühl, zu Hause zu sein! Wieder benutzte Annalisa die Fernbedienung, diesmal, um die Garage zu öffnen. Sie lenkte das große Fahrzeug ins Innere, hinter ihr ging lautlos das Tor wieder zu. Sie stieg aus dem Wagen und öffnete die Seitentür, die die Garage über einen Gang mit dem Haus verband.

Annalisa tastete nach dem Schalter an der Wand. Es gab einen Funken, aber nichts geschah. Der Strom musste ausgefallen sein. Sie sah zum Küchenfenster hinüber, dann zum Esszimmer und zum Schlafzimmer. Das Haus schien irgendwie beleuchtet zu sein. Natürlich, der Vollmond! Aber das Licht hinter den Fenstern hatte einen warmen, bernsteinfarbenen Schimmer. Wie von Kerzen.

Es mussten Hunderte von Kerzen sein. Aber wer ...? Annalisa betrat das Haus, folgte dem Lichtschein. Ihr Blick fiel auf die Treppe. Er war es.

Er stand mitten auf der Treppe, eine blendende, königliche Erscheinung. Sein Alabastergesicht war angestrahlt vom sanften Licht der Kerzen, doch die tanzenden Flammen bildeten unheimliche Schatten und ließen seine Wangen hohl und finster erscheinen. Seine Augen waren wie glühende Kohlen, und sein wundervolles Haar fiel in silbrigen Wellen auf die stolz erhobenen Schultern. Er trug einen Anzug aus weißem Leinen, der aussah, als wäre er ihm auf den Leib geschneidert. Er hatte keine Schuhe an den Füßen, und im Arm trug er einen großen Strauß blutroter Rosen. Langsam kam er die Treppe herab. Annalisa stand wie angewurzelt da und sagte kein Wort. Sie ließ ihn auf sich zukommen. Direkt vor ihr blieb er stehen und zog aus dem Strauß, den er in seinem rechten Arm hielt, eine einzelne Rose heraus. Er hielt sie hoch, strich ihr damit über die Wange und sah ihr tief in die Augen.

Annalisa stand da, gebannt, wie unter einem magischen Zauber. Die Rose glitt über ihre Wange hinunter zum Hals und berührte ihren Ausschnitt. Annalisa knöpfte ihr weißes Rüschenhemd auf, öffnete es für ihn. Die samtene Blüte küsste ihre rosigen Brustspitzen, und sie stellten sich vor Erregung auf. Annalisa japste nach Luft. Sie wollte ihn fragen, wer er sei, wie er sie gefunden hätte und was er mit ihr vorhätte ...

Er legte ihr den Finger an die Lippen, um all diese unausgesprochenen Fragen nicht hören zu müssen. Sie versank im Blick seiner tintenschwarzen Augen und folgte ihm, ohne zu zögern, nachdem er sich umgedreht hatte und in Richtung ihres Schlafzimmers ging. Dort brannte ein Feuer im Kamin, und sie sah durch die Glaswand, wie draußen Regen und Sturm erneut mit aller Macht zu toben begannen.

Feuer und Regen.

Er legte die Rosen auf den Steinfußboden und nahm ihre Hand. Seine Haut fühlte sich kühl und glatt an, seine Finger waren lang und schlank. Künstlerhände. Er beugte die Knie und zog sie mit sich hinunter auf den weißen Fellteppich, der vor dem knisternden Feuer auf dem Boden lag. Er schob ihr das Hemd über die Schultern zurück, und es sank leicht wie eine Feder hinter sie.

Annalisa legte sich auf den Rücken, öffnete den Reißverschluss ihrer engen Jeans. Sie wollte sich ihm hingeben, wollte, dass er sie nahm.

Sie ließ die Schuhe von ihren Füßen gleiten und lag nackt vor ihm. Die Flammen des Feuers leckten an ihrem Körper, und Annalisa erschauerte vor Vergnügen, als die Wärme sie ganz umfing. Sie schaute mit verträumten Augen zu ihm hin und sah, dass er noch immer voll angezogen auf den Knien lag und sie beobachtete.

Sie fing damit an, ihre schmalen Hüften zu streicheln, dann strich sie die Schenkel hinab, ließ die Hände wieder nach oben gleiten, über die Taille zur Mitte und über den Busen. Mit ihren Fingernägeln ritzte sie ihre glatte Haut, wieder und wieder. Schließlich ließ Annalisa ihre Hände den Weg zurück über das Haarbüschel zwischen ihren Beinen finden und ihre Finger in den Falten ihres weichen Fleisches versinken. Sie war schon klebrig vor Verlangen. Sie schloss die Augen und … fühlte eine Liebkosung ihrer zitternden Schenkel. Er hatte sich entkleidet. Sein schlanker, behaarter Körper erinnerte sie an die antike weiße Marmorstatue eines majestätischen griechischen Kriegers, die sie vor Jahren einmal im Louvre gesehen hatte. Seine Fingerspitzen glitten streichelnd zuerst eines ihrer Beine hinauf, dann das andere. Er beugte sich über sie, sein weißes Haar umrahmte das schmale Gesicht. Sie hob sich ihm entgegen, ihre Lippen sehnten sich danach, geküsst zu werden.

Er sah sie mit so heftiger Gier an, solcher Lust, und verharrte dann außer ihrer Reichweite, sodass Annalisa vor Enttäuschung aufschrie. Sie wollte ihn in sich spüren. Ihre Hand schob sich in den Zwischenraum zwischen ihren beiden Leibern und fand, was sie suchte: Sie schloss ihre Hand ganz fest um die geschmeidige Glätte seiner Erektion – wie eine eiserne Faust in einem seidenen Handschuh, ein höchst delikater Kontrast von Weichheit und Härte. Sie hob ihm das Becken entgegen, starb fast vor Verlangen, ihr Intimstes mit ihm verschmelzen zu lassen. In ihr zogen sich alle Muskeln zusammen in dem Wunsch, ihn zu umschließen. Sie hatte so lange auf diesen Augenblick gewartet!

Doch er entzog sich ihr, war gnadenlos in seiner Verweigerung. Sie stöhnte wieder, drückte ihre heiße, bebende Brust an die kühlen Murmeln seiner Brustwarzen. Sie schlang die Arme um ihn, spürte die harten Bögen seines Brustkorbs und sein knochiges Rückgrat, als sie versuchte, ihn zu sich hinabzuziehen.

Sein Gesicht war ganz nahe an ihrem, als er ihr ins Ohr flüsterte: »Hab ich dich jetzt ganz, meine kleine Voyeurin?«

Er sprach mit einem starken französischen Akzent, aber Annalisa hatte kein Problem, seine Worte zu verstehen.

»Ja, für immer und ewig«, hauchte sie, und all ihre Nervenenden kribbelten.

Bevor sie es überhaupt merkte, war er in ihr. Ganz kurz nur spürte sie einen scharfen inneren Schmerz, dann folgten die Qualen der Lust. »Ja, o ja«, stöhnte sie, umklammerte mit beiden Händen seine Hüften, um ihn tiefer in sich hineinzuziehen. Er zog ihre Beine um sich und ging über in jenen Rhythmus, den sie so gut kannte. Draußen rollte der Donner und übertönte ihr ekstatisches Aufjaulen.

Auch er war kurz vorm Ziel seines leidenschaftlichen Begehrens. Er krümmte den Rücken und riss mit weit offenem Mund seinen Kopf nach hinten. Annalisa konnte im letzten Moment, bevor er niedersank und sich in ihrem Hals vergrub, die scharfen Eckzähne im Licht des Feuers aufblitzen sehen. Schon spürte sie die Wärme und wusste, die Zähne waren durch ihre Haut und in ihren Körper eingedrungen. Dann schlugen die Wogen über ihr zusammen. Sie stöhnte vor blinder Raserei, sah mit geschlossenen Augen Supernovas herabstürzen. Sie glaubte, durchs Weltall katapultiert zu werden. Einen Moment war sie vor Hitze schweißgebadet, im nächsten zitterte sie vor Eiseskälte. Sie versuchte, die Augen zu öffnen, aber es ging nicht. Sie wollte die Arme bewegen – sie versagten den Dienst. Sie versuchte, sich zu erinnern, wo sie war, aber es fiel ihr nicht ein.

Und dann war alles vorbei. Sie fühlte sich verlassen und geschwächt, ihr eben noch wie rasend klopfendes Herz war kurz vor dem Stillstand. Tod. Jetzt wusste sie, wo sie war. Die Augen ließen sich wieder öffnen. Und sie sah das Blut. Ihr eigenes Blut, das im Kerzenlicht schwarz glänzend von den Lippen ihres untoten Liebhabers tropfte. Seine Augen waren wie Katzenaugen, reflektierten nur das Licht, nichts war darin zu sehen.

Und dann begriff sie, dass sie alles schon gewusst hatte.

Er hieß Avenant und war vor Jahrhunderten in Frankreich geboren, in Nizza. Er war schon einmal zu ihr ins Bett gekommen, als sie noch ein ganz junges Mädchen war. Er hatte ihr damals gesagt, er würde wiederkommen, wenn die Zeit dafür reif wäre. Avenant hatte Annalisa damals das Versprechen abgenommen, sich für ihn aufzuheben. Und wenn es so weit wäre, würden sie für immer zusammenbleiben.

Der Vampir lächelte, seine spitzen weißen Fangzähne waren schön und schrecklich zugleich. Seine Augen sahen jetzt sanft und feucht und voller Liebe auf sie herab. Eine goldschimmernde Träne lief ihm langsam über die Wange und glänzte im Kerzenlicht. »Du erinnerst dich«, flüsterte er.

Er hob seine schmale Hand langsam an sein Handgelenk und schlug seine Fangzähne in sein eigenes Fleisch. Annalisa spürte den Pulsschlag in der Wunde an ihrem Hals und auch in ihrem Inneren, zwischen den Beinen. Sehr schwach nur, aber er war dort. Verlangen, Gier. Das Blut lief wie ein rubinroter Strom über ihren bebenden Busen. Es war so heiß, brannte, als wäre es elektrisch aufgeladen mit außerirdischer Energie. Ein Blitz schoss über den Nachthimmel, und er hielt ihr sein tropfendes Handgelenk an den Mund.

DANKSAGUNG

An allererster Stelle möchte ich Dr. David L. Geisinger, dem Mann meines Lebens, dafür danken, dass er mir bei der Konzipierung und beim Schreiben meiner Einführung so enorme Hilfe geleistet hat. Meiner Assistentin Marilyn Anderson habe ich zu verdanken, dass die umfangreiche Korrespondenz und die schwierige organisatorische Arbeit dieses unglaublich komplexen Projekts bewältigt worden sind. Deborah Shames und Caroline Fromm Lurie standen mir mit ihren sensiblen Beurteilungen bei einigen der Beiträge ausgesprochen hilfreich zur Seite. Ich weiß auch die unermüdliche Unterstützung meiner Agentin Rhoda Weyr, meiner Lektorin Carole DeSanti und deren Assistentin Alexandra Babanskyj sehr zu schätzen. Und ich möchte auch Tess Elyse Geisinger-Barbach meinen Dank sagen für die Freude, die sie jeden Tag aufs Neue in mein Leben bringt.

Wickham Boyle schreibt schon seit früher Kindheit. Sie hat Schülerzeitungen und das Jahrbuch ihrer Schule herausgegeben. In Yale hat sie zum Abschluss eine Parodie über die Finanzierung ihres Studiums veröffentlicht, die den Titel »Alice in Numberland« trägt. Wickham Boyle hat sich schon in vielen Berufen versucht – unter anderem als Produzentin experimenteller Theaterstücke und als Wall-Street-Brokerin. Zurzeit leitet sie die Beratungsfirma »Wizard«, die Probleme aller Art zu lösen verspricht. Wicki lebt mit ihrem Ehemann und zwei coolen Kindern in New York, wo sie selbst in der City das Fahrrad als Transportmittel benutzt und Erotika, Theaterkritiken und Finanzratgeber für Anfänger schreibt. Sie arbeitet an einem Buch mit dem Titel »Zwischen meinen Beinen«.

Edward Buskirk lebt auf dem Land im Staate Michigan. Seine erotischen Romane sind zwischen Comics und Krimis angesiedelt und wurden in vielen Magazinen für Erwachsene und unter diversen Pseudonymen veröffentlicht. Die Leser von Lonnie Barbachs früheren Anthologien kennen James und Brenda aus der Geschichte »Die andere Frau« vielleicht schon aus seiner Kurzgeschichte »Andere Männer«, die auch die Vorlage für den Film »Der Voyeur« von Deborah Shames gewesen ist. Buskirk schreibt gerade an einem Roman über die beiden.

Dave Clarke lebt in seinem Haus in den Bergen zusammen mit einer höchst inspirierenden Ehefrau und zwei bemerkenswerten Töchtern. Er hat schon über fast alles geschrieben – über Polo und Vorschulen, romantische Reisen in Luxuszügen und über die schönsten Restaurants in der kalifornischen Küstenregion. Seine Arbeiten erscheinen in regionalen und überregionalen Zeitschriften. Ein Erotik-Thriller ist in Arbeit, ebenso eine Erzählung mit politischem Hintergrund.

Leslie Cole ist Autorin und Lehrerin und wohnt im Osten von Kalifornien. »Eine Unterhaltung über grünes Wasser« ist ihre erste wirkliche Erotik-Story, aber fast alle ihre Werke handeln ganz selbstverständlich auch von Sinnlichkeit. Die Autorin lässt sich gern von der Natur anregen. Sie hat gerade eine Sammlung von Kurzgeschichten beendet.

Tee A. Corinne ist Autorin und Künstlerin und lebt im Nordwesten der USA nahe dem Pazifik. Sie hat diverse erotische Romane geschrieben, manche sind in den USA zu Bestsellern geworden. Kurzgeschichten und Gedichte von ihr sind in Anthologien erschienen, beispielsweise in »The Poetry of Sex«. Ihr »Cunt Coloring Book«, das 1975 zum ersten Mal erschien, wird auch heute noch neu aufgelegt.

Kate Fox ist ein Pseudonym, nur unwesentlich verändert gegenüber ihrem richtigen Namen Kate Foss – doch, wie sie selber findet, »ein bisschen wohlklingender«. Kate wuchs in San Francisco auf und hat 1996 ihren Universitätsabschluss in Stockton gemacht. Sechs Monate später zog sie nach New York und begann eine Karriere im Verlagswesen. Inzwischen ist sie Herausgeberin und Chefredakteurin der literarischen Vierteljahreszeitschrift *Akkadian*.

Hannah Katz lebt mit ihrem Ehemann in Nordkalifornien. Ihre hier veröffentlichte erste erotische Geschichte hat sie unter Pseudonym geschrieben. Sie schreibt und reist gern, liebt Sciencefiction und hat kürzlich beschlossen, mehr Zeit mit ihrem Computer zu verbringen.

Nancy Sasha Long – Autorin, Performerin, Sozialarbeiterin... Schreibt gern über Essen, Konflikte, Männer und Erotik. Sie steckt voller Neugier auf Menschen, Liebesaffären, Filme, Literatur und fremde Länder. Sie ist viel gereist, hat im Osten gelebt, unzählige Aushilfsjobs gemacht, z.B. als Tänzerin, Lehrerin, Versammlungsleiterin und Taxifahrerin. Sie hat verschiedene Schulen, Ehen, Scheidungen und eine Zwillingsgeburt hinter sich und kürzlich als Koproduzentin wahre Lebensgeschichten verschiedener Autoren herausgebracht.

Carroll Mavis-Raine ist das Pseudonym einer Autorin aus Manassa, Virginia. Ihre erotischen Romane und Erzählungen sind in Amerika und England erschienen. Ihre Kurzgeschichte »Der Schatten« ist in Lonnie Barbachs Anthologie *Wildkirschen* enthalten. Sie ist mit einem Italiener verheiratet, der zwar sehr sexy ist, aber dennoch nicht die Vorlage ist für die Hauptfigur ihrer Erzählung »Italienische Nachspeise«.

Phoenix McFarland lebt in einem entzückenden kleinen Ort an der Küste von British Columbia. Ihre erotischen Erzählungen wurden zuerst in *All Acts of Love and Pleasure* veröffentlicht. Sie hat ein Buch unter dem Titel *The Complete Book of Magical Names* geschrieben. Ihre Kurzgeschichten sind vielfach ausgezeichnet worden. Bevor sie zum Schreiben kam, hat sie als Aktmodell, Stunt-Frau, als Nachrichtenredakteurin sowie als Geologin gearbeitet und gehörte zur Crew des Kartographierungsprojekts von Afrika.

Ethan Monk ist der angenommene Autorenname eines kalifornischen Rechtsanwalts, der in der Unterhaltungsbranche arbeitet. Anfang der neunziger spielte er in Stand-up-Comedys und macht seine eigene One-man-Show »Monsters in My Closet«. Zurzeit ist er Vorsitzender einer großen Non-Profit-Kunst-Vereinigung. Die hier vorliegende Story ist sein erster Versuch auf dem Gebiet erotischer Literatur, und er hofft, dass er daraufhin »interessante und anmachende Briefe von Lesern aus aller Welt bekommt«. Monk schreibt an einem humoristischen Roman über das Älterwerden der Baby-Boomer.

Doraine Poretz ist Dichterin und Stückeschreiberin und unterrichtet auch. Sie gibt Seminare über Prosa, Poesie und Tarot, veranstaltet Lesungen über Lyrik und Weltliteratur in Buchhandlungen in West Hollywood. Zurzeit schreibt sie an einer Neufassung ihres Theaterstücks über Anaïs Nin.

Lisa Prosimo kommt aus New York, lebt aber jetzt schon länger in Kalifornien. Ihre Storys wurden in *Sauce Box* veröffentlich, einem Journal für erotische Literatur. Auch in *Herotica 6* erscheint eine ihrer Geschichten.

Lynn Santa Lucia ist Journalistin und schreibt für ein Magazin, das bisher in Miami ansässig war, jetzt aber nach New York City übergesiedelt ist. Geboren ist sie in Buffalo, New York, aber sie hat lange in Italien und Spanien gelebt und die Anregungen für ihr kreatives Schreiben aus ihren vielen Reisen bezogen. Hier legt sie zum ersten Mal eine erotische Erzählung vor. Im Augenblick arbeitet sie an einer Sammlung erotischer Reisegeschichten, die meist im mediterranen Bereich angesiedelt sind.

Renate Stendhal ist eine deutsche Autorin und Übersetzerin, die jetzt in Berkeley, Kalifornien lebt, nachdem sie über zwanzig Jahre in Paris verbracht hat. Ihr Buch *Gertrude Stein in Wort und Bild* erschien 1994 bei Algonquin Books. *Sex and other Sacred Games* mit Koautorin Kim Chernin kam 1989 bei Times Books heraus, und 1997 hat sie ein weiteres Buch zusammen mit Cecilia Bartoli herausgebracht: *The Passion of Song*. Sie arbeitet zurzeit an ihren Pariser Erinnerungen.

Joseph S. Teller lebt in San Francisco und ist seit über zwanzig Jahren verheiratet. Er hat Musik studiert und an der University von Colorado seinen Abschluss gemacht, zog aber erst einige Jahre mit einer Band durchs Land, bevor er sich als freischaffender Musiker in Los Angeles niederließ. Vor ein paar Jahren hat Teller mit dem Schreiben angefangen. Im Moment arbeitet er an einer Story über Voodoo-Kult.

Dina Vered ist ein Pseudonym, hinter dem sich eine international erfolgreiche Journalistin und Fernsehautorin verbirgt. Ihre Beiträge erscheinen regelmäßig in großen Tageszeitungen und Zeitschriften.

Saskia Walker lebt im englischen Brighton. Sie interessiert sich besonders für die Erforschung sinnlicher Fantasiewelten, die sie literarisch ausdrücken und sichtbar machen möchte. Erst vor knapp zwei Jahren hat sie ernsthaft mit dem Schreiben begonnen und seither schon eine Anzahl von Storys verschiedener Art publiziert. Eine erotische Erzählung mit dem Titel »In Pursuit of Knowledge« erschien 1997 in der Anthologie *Sugar and Spice*. Sie schreibt außerdem Kunstkritiken und Liebesromane und fotografiert.

Staci Layne Wilson lebt mit ihrem Mann, drei Katzen und drei Pferden in Rancho Palos Verdes, einer Gemeinde im Süden von Kalifornien. Schon mit zwölf hat sie einen Artikel in einer überregionalen Zeitschrift publiziert und seitdem immer geschrieben; Hunderte von Artikeln sind in Fachzeitschriften und Magazinen erschienen, aber im Romanschreiben sieht sie ihre wirkliche Berufung. »Der kleine Tod« ist ihre erste erotische Geschichte.

Bruce Zimmerman ist von Beruf Roman- und Fernsehautor. Seine Bücher *Blood Under the Bridge*, *Thicker than Water* und andere wurden für Preise nominiert, unter anderem für den »Edgar Award as Best First Mystery«. Im Moment hat er seine Seele dem Teufel verkauft und schreibt für Hollywood. Er lebt mit Frau und zwei Söhnen in Santa Monica.

Sind Sie oft zu gutmütig, zu
nachgiebig, zu hilfsbereit?
Warten Sie geduldig in der
Schlange, bis man sich Zeit für
Sie nimmt? Laden Sie Ihre
Nachbarin zum Kaffee ein,
obwohl Sie viel lieber mal die
Füße hochlegen würden? Und
haben Sie zu viel Verständnis für
andere und verleugnen sich
dabei selbst?
Die Psychologin Renate Göckel
zeigt auf, wie Nettigkeit zum
Zwang werden kann. Zugleich
hilft sie, dieses zwanghafte
Verhalten zu erkennen, damit
Sie endlich Ihre eigenen
Wünsche und Gefühle ausleben
können – mit wahrem
Selbstbewusstsein.

*»Ein guter Ratgeber zur
Entwicklung eines gesunden
Egoismus.«*
Der Spiegel

Renate Göckel

**Brave Mädchen holt der
Wolf**
Schluss mit der weiblichen
Selbstverleugnung

Econ | **ULLSTEIN** | List